판탈레온과 특별봉사대

PANTALEÓN Y LAS VISITADORAS
by Mario Vargas Llosa

Copyright © Mario Vargas Llosa, 1973
Korean translation copyright © MUNHAKDONGNE Publishing Corp., 2009
All rights reserved.

Korean translation rights by arrangement with Agencia Literaria Carmen Balcells, S.A.
through MOMO Agency, Seoul.

이 책의 한국어판 저작권은 모모 에이전시를 통해
Agencia Literaria Carmen Balcells, S.A.사와 독점 계약한 (주)문학동네에 있습니다.
저작권법에 의해 한국 내에서 보호를 받는 저작물이므로 무단 전재와 무단 복제를 금합니다.

이 도서의 국립중앙도서관 출판시도서목록(CIP)은
e-CIP 홈페이지(http://www.nl.go.kr/cip.php)에서 이용하실 수 있습니다.
(CIP제어번호: CIP2009003140)

Mario Vargas Llosa : Pantaleón y las visitadoras

판탈레온과 특별봉사대

마리오 바르가스 요사 장편소설
송병선 옮김

문학동네

서문

나는 이 소설을 1973년과 1974년에 바르셀로나에 있는 사리아 지역의 허름하고 비좁은 집에서 썼으며, 동시에 소설의 영화 시나리오도 함께 작업했다. 영화는 호세 마리아 구티에레스가 감독을 맡아 촬영해야 했지만, 영화계의 황당한 술책에 휘말려 결국은 내가 그와 함께 공동으로 감독을 맡게 되었다. 그 영화가 실패작으로 끝난 것은 모두 내 책임이다.

아마존 수비대원들의 성적 욕망을 해소하기 위해 페루 군부가 조직했던 '특별봉사대'라는 소설의 이야기는 사실에 바탕을 두고 있다. 나는 1958년과 1962년에 아마존 지역을 방문하면서 너무나 확장되고 왜곡된 나머지 잔혹하고 처참한 우스개 꼴이 되고 만 특별봉사대의 존재에 관해 알게 되었다. 믿기 힘들겠지만 당시 나는 사르트르의 생각처럼 참여문학론에 동조하고 있었고, 그로 인해 비꾸러진 나머지 처음에는 아주 진지한 어조로 이 이야기를 쓰려고 시도했다. 하지만 그럴 수 없다는 것을, 이 이야기는 익살과 농담과 웃음을 요구한다는 것을 깨달았다. 이 작품은 당시 나에게 문학에서의 유머와 장난이 어떤 가능성을 가지고 있는지 드러내주면서 진지한 문학에서 해방되는 경험을 하게 해주었다. 고되고 힘들게 써냈던 내 이전 작품들과는 달리, 나는 이 소설을 쉽게 쓰면서 재미를 만끽했고, 각 장이 끝날 때마다 호세 마리아 구티에레스와 오시오 거리에 사는 내 이웃들인 파트리시아 그리에베와 페르난도 톨라에게 읽어주었다.

이 책은 출판되면서 나의 모든 소설 중에서 전무후무한 베스트셀러가 되었다. 그로부터 몇 년 후 나는 리마에서 미스터리한 전화 한 통을 받았다. 상대방은 "난 판탈레온 판토하 대위입니다"라며 우렁찬 목소리로 말했다. "만나서 당신이 어떻게 내 이야기를 알게 되었는지 설명을 듣고 싶습니다." 나는 그와 만나기를 거부했다. 소설 속의 인물은 현실의 삶에 간여해서는 안 된다는 내 믿음에 충실하고 싶었기 때문이다.

1999년 7월 29일, 런던에서
마리오 바르가스 요사

호세 마리아 구티에레스에게

차례

서문	5
판탈레온과 특별봉사대	13
해설 | 마리오 바르가스 요사의 작품 세계	373
마리오 바르가스 요사 연보	385

이 세상에는 여러 가지 일 중에서도
뚜쟁이로 봉사하는 것을
유일한 임무로 삼는 사람들이 있다.
우리는 그들을 마치 다리처럼 건너간 후
계속 걸어간다.

—귀스타브 플로베르, 『감정교육』

1

"일어나요, 판타*." 포치타**가 말한다. "벌써 여덟시예요. 판타, 판티타."
"벌써 여덟시라고? 맙소사, 세상 모르고 잤어." 판티타가 하품한다. "내 계급장 달았어?"
"그럼요, 중위님." 포치타가 차려 자세를 취한다. "아이, 미안해요, 대위님. 내가 습관이 될 때까지는 그냥 중위로 계속 있어야 할 것 같아요. 그래요, 계급장을 달아놓으니 아주 멋져 보이는걸요. 하지만 지금 당장 일어나야 해요. 약속이 몇 시죠?"

---

* '판타'는 이 작품의 주인공인 판탈레온 판토하의 애칭이다. 이 작품에서는 종종 '판타' 혹은 '판티타'라고 불리며, 그의 성(姓)인 '판토하'로 지칭되는 경우도 있다.
** '포치타'는 판탈레온의 아내 이름이다. '포차'로 불리기도 한다.

"응, 아홉시야." 판타티는 얼굴에 비누칠을 한다. "포차, 이번에는 어디로 발령이 날까? 수건 좀 줘. 당신은 어딜 거라고 생각해?"

"여기 리마요." 포치타는 잿빛 하늘과 테라스와 자동차와 행인들을 바라본다. "생각만 해도 군침이 돌아요. 리마, 리마, 리마!"

"꿈도 꾸지 마. 리마는 절대 아니야. 헛된 꿈이야." 판타는 거울을 들여다보면서 넥타이를 맨다. "적어도 트루히요나 타크나 같은 도시만 돼도 좋겠어."

"〈엘 코메르시오〉에 실린 이 기사 정말 재밌네요." 포치타는 얼굴을 찌푸린다. "레티시아에서 한 녀석이 세상의 종말을 알린다면서 스스로 십자가에 못 박혔대요. 그래서 정신병원에 집어넣었는데, 사람들이 그를 성인이라고 믿고서 힘으로 빼내갔대요. 레티시아는 콜롬비아 밀림 지역이죠. 그렇죠?"

"네가 대위 옷을 입으니 얼마나 근사한지 모르겠다." 어머니 레오노르 부인이 식탁에 잼과 빵, 우유를 갖다 놓는다.

"지금은 콜롬비아 땅이지만 예전에는 페루 땅이었어. 그자들이 우리한테서 빼앗아갔지." 판타는 토스트에 버터를 바른다. "어머니, 커피 조금만 더 주세요."

"난 우리를 다시 치클라요로 보내줬으면 좋겠다." 레오노르 부인은 접시에 빵 부스러기를 쓸어 담고는 식탁보를 치운다. "어쨌거나 거기서 아주 잘 지냈잖니. 바닷가 근처로 발령받는 게 나한테는 가장 중요해. 애야, 행운을 빈다. 네게 축복을 내려달라고 기도할게."

"성부와 성신, 그리고 십자가에서 돌아가신 성자의 이름으로." 프란시스코 형제는 밤을 향해 눈을 들고, 횃불을 향해 다시 눈을 내린다. "제 손은 묶여 있나이다. 당신에게 장작을 제물로 바칩니다. 저를 위해 성호를 그어주소서!"

"로페스 로페스 대령님을 만나뵈러 왔습니다, 아가씨." 판탈레온 판토하 대위가 말한다.

"장군님 두 분도 함께 기다리고 계세요." 비서 아가씨가 윙크를 하며 애교를 부린다. "들어가세요, 대위님. 저기 갈색 문으로요."

"우리 대위가 왔군." 로페스 로페스 대령이 자리에서 일어난다. "들어오게, 판토하. 새 계급장 축하하네."

"승진 시험 성적도 최고였고 만장일치로 결정되었지." 빅토리아 장군이 한 손을 내밀고는 손바닥으로 그의 어깨를 툭툭 친다. "축하하네, 대위. 그렇게 조국과 군대를 위해 봉사하는 거야."

"자, 앉게, 판토하." 코야소스 장군이 소파를 가리킨다. "편안하게 앉아. 그리고 정신 똑바로 차리고 지금부터 내가 하는 이야기 잘 듣게나."

"너무 겁주지 말게, 티그레." 빅토리아 장군이 손을 내젓는다. "우리가 도살장으로 보낸다고 생각할지도 모르잖나."

"자네에게 새로운 임무를 부여하기 위해 행정부대 책임자들께서 몸소 여기까지 오셨다네. 자네가 그 문제를 꼭 해결해야 한다는 의미지." 로페스 로페스 대령은 진지한 표정을 짓는다. "그래, 판토하. 아주 골치 아픈 문제라네."

"장군님들께서 친히 오신 것만으로도 제게는 더없는 영광입니다." 판토하 대위는 군화 뒤꿈치를 맞붙이면서 '딱' 하는 소리를 내며 차려 자세를 취한다. "하지만 대령님, 정말로 궁금합니다."

"담배 피우겠나?" 티그레 코야소스 장군이 담배와 라이터를 꺼낸다. "우선 거기 그렇게 서 있지 말고 이리 와서 앉게나. 담배 태우지 않겠나?"

"그것 보십시오. 정보부 보고서가 맞았습니다." 로페스 로페스 대령은 복사한 서류를 만지작거린다. "그대로입니다. 담배도 피우지 않고 술도 마시지 않으며 여자에게 눈길도 주지 않습니다."

"그 어떤 나쁜 습관도 없는 장교로군." 빅토리아 장군은 감탄을 금치 못한다. "이제 우리 페루의 성녀인 산타 로사와 성인 산 마르틴 데 포레스와 함께 천국에서 우리 군대를 대표할 사람을 찾게 되었군."

"과찬이십니다." 판토하 대위는 얼굴을 붉힌다. "저에게도 장군님들께서 모르시는 나쁜 점이 있을 겁니다."

"자네가 자네 자신에 대해 아는 것보다 우리가 자네에 관해 더 잘 알고 있네." 티그레 코야소스 장군은 서류철을 들었다가 다시 책상에 내려놓는다. "자네가 어떻게 살아왔는지 조사하기 위해 우리가 얼마나 많은 시간을 바쳤는지 안다면, 자네는 너무 놀라 눈이 튀어나올 정도일 걸세. 우리는 자네가 했던 일과 하지 않았던 일, 심지어 앞으로 하게 될 일까지 모두 알고 있다네, 대위."

"우리는 자네의 복무 기록을 달달 외운다네." 빅토리아 장군은 서류철을 펼치고 기록카드와 서류용지를 이리저리 뒤섞는다. "장교로 복무하면서 한 번도 징계를 받은 적이 없으며, 사관생도 시절에도 겨우 여섯 번 벌점을 받았을 뿐이지. 판토하 대위, 그래서 바로 자네가 선택된 것이네."

"그리 적지 않은 우리 사단 여든 명의 장교 중에서 말일세." 로페스 로페스 대령이 한쪽 눈썹을 치켜든다. "이제 자네는 공작새처럼 으쓱대며 다녀도 된다네."

"제게 그토록 좋은 평가를 내려주셔서 감사합니다." 판토하 대위의 눈시울이 촉촉이 젖어든다. "그런 믿음에 어긋나지 않도록 최선을 다하겠습니다, 대령님."

"판탈레온 판토하 대위라고?" 스카비노 장군이 전화기를 마구 흔들어댄다. "자네 말이 잘 들리지 않네. 무엇 때문에 내게 보낸다는 것인가, 티그레 장군?"

"치클라요에 있을 당시 아주 훌륭했군." 빅토리아 장군이 보고서를 살펴본다. "몬테스 대령이 자네를 놓치지 않으려고 안달을 했더군. 자네 덕택에 지구대가 시계처럼 정확하게 운영된 것 같아."

"'천부적인 조직력, 정확하고 엄밀한 질서 의식, 행정 능력.'" 티그레 코야소스 장군이 보고서를 읽는다. "'효율적이고 진정한 감화력으로 연대 행정을 이끌었음.' 빌어먹을, 검둥이 몬테스 대령이 자네에게 홀딱 반했군."

"과한 찬사에 몸 둘 바를 모르겠습니다." 판토하 대위는 고개를 숙인다. "저는 항상 제 임무를 완수하려고 했을 뿐 그 이상은 아닙니다."

"무슨 임무라고?" 스카비노 장군이 폭소를 터뜨린다. "티그레 장군, 자네도 그렇고 빅토리아 장군도 더이상 나를 놀리지 말게. 난 바보가 아니야."

"그럼 본론으로 들어가겠네." 빅토리아 장군은 손가락 하나를 입에 갖다 댄다. "이 일은 절대 비밀을 요하네. 대위, 나는 지금 자네에게 부여할 임무에 관해 말하는 걸세. 티그레 장군, 자네가 이 비밀 임무에 관해 말해주게."

"간단하게 말하자면, 밀림에 주둔한 군대가 그 지역 여자들을 겁탈하고 다닌다네." 티그레 코야소스 장군은 숨을 들이쉬더니 눈을 깜빡거리고는 헛기침을 한다. "곳곳에서 강간 사건이 일어나는 바람에, 그 빌어먹을 놈들을 모두 재판에 회부할 수도 없는 실정이네. 아마존 지역 전체가 야단을 떨며 분노하고 있어."

"매일 우리에게 고발장과 신속히 조치를 취해달라는 청원서가 빗발치듯 한다네." 빅토리아 장군은 턱수염을 만지작거린다. "심지어 벽촌에 있는 조그만 마을에서도 항의단들이 오고 있어."

"당신 병사들이 우리 여자들을 욕보이고 있습니다." 파이바 룬우이 면장이 모자를 짓눌러 찌그러뜨리며 말을 잇지 못한다. "불과 몇 달 전에 내 귀여운 처제를 겁탈하더니, 지난주에는 내 아내를 강간하려고 했습니다."

"아니오, 그들은 내 병사들이 아니오. 이 나라의 병사들이오." 빅토리아 장군은 면장을 달래려는 제스처를 취한다. "진정하시오, 진정하시오, 면장. 우리 군부는 면장 처제에게 일어난 불행한 사고에 대해 몹시 유감스럽게 생각하고 있으며, 최선을 다해 보상할 것이오."

"이제는 강간을 '불행한 사고'라고 부릅니까?" 벨트란 신부가 흥분하면서 거든다. "그건 글자 그대로 강간이었습니다."

"플로르가 밭에서 돌아오는 길에, 군복을 입은 사내 둘이 붙잡아서는 바로 거기서, 그러니까 길 한복판에서 그녀 위로 올라갔단 말입니다." 테오필로 모레이 면장은 손톱을 물어뜯으며 그 자리에서 펄쩍펄쩍 뛴다. "너무나 정확하게 명중을 한 나머지 그녀는 지금 임신중입니다, 장군님."

"도로테아 양, 그 빌어먹을 두 놈이 누구인지 반드시 내게 알려주시오." 페테르 카사우안키 대령이 화를 참지 못하고 고함을 친다. "울지 마요, 제발 울지 마. 어떻게든 곧 이 문제를 해결하겠소."

"대령님은 내가 나갈 거라고 생각하세요?" 도로테아가 흐느낀다. "저 많은 군인들 앞에 나 혼자 나가란 말이에요?"

"병사들은 바로 이곳, 그러니까 유치장 앞으로 행진할 것입니다." 막시모 다빌라 대령은 쇠창살 뒤로 숨는다. "아가씨는 이렇게 창문으로 지켜보다가 그 못된 놈들을 발견하는 즉시 내게 가르쳐주기만 하면 됩니다, 헤수스 양."

"못된 놈들이라고요?" 벨트란 신부가 침을 튀기며 말한다. "차라리 빌어먹을 놈들, 개 같은 놈들, 죽일 놈들이라고 말하는 편이 낫지요. 아순타 부인에게 그런 파렴치한 짓을 하다니! 그런 식으로 군대의 명예를 더럽히다니!"

"우리 집 하녀 루이사 카네파는 하사에게 겁탈당했어요. 그런 다음 상병한테, 그다음에는 이등병한테 차례로 강간을 당했어요." 바카코르소 중위는 안경을 닦는다. "사령관님, 그 여자는 그게 좋았는지 지금은 '젖퉁이'라는 이름으로 몸 파는 일을 하면서 '카멜레온'이라는 기둥서방하고 붙어다닌다더군요."

"그럼 이 작자들 중 누구와 결혼하고 싶은지 가리켜봐요, 도로테아 양." 아우구스토 발데스 대령이 세 명의 병사 앞을 왔다 갔다 한다. "군종신부가 지금 당장 당신과 결혼시켜줄 겁니다. 자, 어서 고르시오, 어서 골라요. 당신이 낳을 아이의 아버지로 어떤 놈을 원합니까?"

"내 마누라는 바로 교회에서 급습을 당했어요." 목수 아드리아노 라르케는 의자 모서리에 꼼짝도 하지 않고 앉아 있다. "대성당이 아니라 바가산의 성 그리스도 교회에서요, 선생님."

"바로 그렇습니다, 청취자 여러분." 신치가 큰 소리로 말한다. "음탕하게도 신성을 모독한 그 작자들은 하느님을 전혀 두려워하지 않았고, 성신의 집을 전혀 존중하지도 않았으며, 로레토 마을에 두 세대를 선물한 위풍당당하고 존엄한 부인의 허연 머리카락은 안중에도 없었습니다."

"글쎄 말이에요, 나를 억지로 끌고 가더니 바닥에 쓰러뜨리려고 했어요." 크리스티나 부인이 눈물을 흘린다. "술에 취해 비틀거렸어요. 그 사람들이 얼마나 입에 담지 못할 말을 했는지 당신들이 들어봐야 해요. 제단 앞에서 맹세할 수 있어요."

"장군님, 로레토를 통틀어 가장 인자한 영혼을……" 벨트란 신부가 하늘이 무너질 듯이 소리친다. "다섯 번이나 강간했단 말입니다!"

"그리고 그 부인의 어린 딸과 조카딸, 그리고 양녀에게까지 그랬다는 걸 나도 알고 있네, 스카비노 장군." 티그레 코야소스 장군은 견장에 붙은 비듬을 떨어낸다. "그런데 벨트란 신부는 우리 편이오, 아니면 반대편이오? 군종신부인 거요, 아닌 거요?"

"나는 사제로서 항의하며, 군인으로서도 그렇습니다, 장군님." 벨트란 신부는 배를 집어넣고 의기양양하게 가슴을 편다. "그런 파렴치한 짓은 군대뿐만 아니라 희생자들에게도 너무나 큰 피해를 주기 때문입니다."

"우리 병사들이 그 훌륭한 여인에게 했던 짓은 아주 잘못된 행동이었소." 빅토리아 장군이 모호하게 대답하고 웃으면서 깍듯이 인사한다. "그러나 그 친척들이 병사들을 거의 죽을 정도로 구타했다는 사실을 잊지 마시오. 여기 의사가 발부한 진단서가 있소. 갈비뼈 골절, 타박상, 찢겨나간 귀 부위. 이 경우, 내가 보기에는 무승부요."

"이키토스라고요?" 포치타는 셔츠에 물을 뿌리다 말고 다리미를 든다. "맙소사, 우리를 정말 외딴 벽지로 보내네요, 판탈레온."

"너는 나무로 음식을 준비하는 불을 지피고, 나무로 네가 사는 집을 지으며, 잠자는 침대를 만들고, 강을 건너는 뗏목을 만든다." 프란시스코 형제는 꼼짝도 하지 않는 머리와 열망하는 얼굴, 그리고 팔을 벌린 수많은 사람들 위에 매달려 있다. "너는 나무로 물고기를 잡는 작살을 만들고, 멧돼지를 잡는 창을 만들며, 죽은 사람을 묻는 관을 만드느니라. 형제들이여! 형제들이여! 나를 위해 무릎을 꿇어라!"

"정말이지 보통 문제가 아니라네, 판토하." 로페스 로페스 대령이 이리저리 고개를 흔든다. "콘타마나에서는 면장이 마을 사람들에게 군인들이 외출하는 날이면 여자들을 집 안에 가두고 내보내지 말라는 지시를 내렸다네."

"무엇보다도 바다에서 너무 멀리 떨어져 있어." 레오노르 부인은 바늘을 내려놓고 실을 묶고는 이로 끊어버린다. "밀림에는 모기가 많잖아! 내가 모기를 얼마나 싫어하는지 너도 알잖니."

"이 명단을 자세히 보게." 티그레 코야소스 장군이 이마를 긁적인다. "1년도 채 되지 않았는데 마흔세 명이나 임신했네. 벨트란 신부 휘하에 있는 군종신부들이 스물두 명의 여자를 결혼시켰지만, 그런 악행을 종식시키기 위해서는 강제 결혼보다 더 극단적인 조치가 필요해. 처벌도 하고 경고도 했지만 상황은 하나도 바뀌지 않았네. 밀림에 들어간 병사들은 모두 미친놈이 되고 만단 말이야."

"하지만 그곳을 가장 탐탁지 않게 생각하는 사람은 당신 같아요." 포치타가 가방을 열면서 먼지를 떨어낸다. "판타, 그 이유가 뭐죠?"

"더위, 그러니까 기온 때문일 걸세. 그렇게 생각하지 않나?" 티그레 코야소스가 흥분해서 말한다.

"그럴 가능성이 큽니다, 장군님." 판토하 대위가 중얼거린다.

"후텁지근한 습기와 우거진 밀림." 티그레 코야소스 장군이 혓바닥으로 입술을 훑는다. "밀림에 도착해 불같이 뜨거운 공기를 들이마시기 시작하면 피가 끓는 것 같더군. 밀림에 들어가면 항상 그런 느낌이 들어."

"자네 부인이 그 말을 들으면 좋아하겠군." 빅토리아 장군이 웃으며 농담한다. "부인 발톱을 조심하게, 티그레 장군."

"처음에는 음식 때문이라고 생각했네." 코야소스 장군이 손바닥으로 자기 배를 탁 친다. "주둔지에서는 양념을 많이 사용하곤 하는데, 그것이 사람들의 성욕을 부추긴다고 여겼지."

"여러 전문가에게 자문을 구했습니다. 심지어 엄청난 돈을 들여 스위스 전문가와도 상담했습니다." 로페스 로페스 대령이 엄지와 검지를 비벼댄다. "수많은 직함과 학위를 가진 영양학자이지요."

"전혀 문제가 없습니다." 베르나르 라오에 교수가 프랑스어로 말하면서 수첩에 기록한다. "필요한 영양분은 줄이지 않고 병사들의 성욕을 85퍼센트 정도 감퇴시킬 수 있는 음식을 준비하겠습니다."

"너무 지나친 것은 금물입니다." 티그레 코야소스 장군이 조그맣게 속삭인다. "박사님, 우리는 내시 군대는 원하지 않습니다."

"오르코네스 초소의 병사들을 이키토스로 보내야 합니다. 이키토스로 후송해야 합니다." 산타나 소위가 초조해한다. "그렇습니다, 아주 심각합니다. 그리고 매우 긴급을 요하는 일입니다. '스위스 배식 작전'에서 우리는 기대했던 결과를 얻지 못했습니다. 제 부하들은 배고픔과 결핵으로 죽어가고 있습니다. 오늘 또다른 병사 두 명이 검열 도중에 실신했습니다, 사령관님."

"농담이 아니네, 스카비노." 티그레 코야소스 장군은 전화기를 어깨와 귀 사이에 끼고서 담배에 불을 붙인다. "이리저리 곰곰이 생각하고 또 생각했는데, 그것만이 유일한 해결책이야. 내가 그곳으로 판토하와 그의 아내, 그리고 어머니까지 보내겠네. 그러니 행운을 비네."

"포치타하고 나는 떠날지도 모른다는 생각은 늘 해왔고, 이키토스로 가게 돼서 행복해하고 있어." 레오노르 부인은 손수건을 접고 치마를 정리하며 신발을 싼다. "그런데 넌 왜 계속해서 풀이 죽어 있니? 무슨 일이라도 있는 거니?"

"자네는 사나이야, 판토하." 로페스 로페스 대령은 자리에서 일어나 두 팔로 그를 붙잡는다. "자네야말로 이 골치 아픈 문제에 종지부를 찍을 유일한 해결책일세."

"어쨌거나 그곳은 도시예요, 판토하. 그것도 아주 멋진 도시 같아요." 포치타는 걸레를 쓰레기통에 던지고, 매듭을 묶고, 지갑을 닫는다. "그런 얼굴 하지 마요. 첩첩산중으로 가는 것보다는 낫잖아요?"

"대령님, 사실 저도 어떻게 해야 할지 모르겠습니다." 판토하 대위가 침을 삼킨다. "하지만 물론 명령에 따를 것입니다."

"당분간 밀림으로 가 있게." 로페스 로페스 대령은 지휘봉을 잡아 지도에서 한 장소를 가리킨다. "작전 중심지는 이키토스가 될 것이야."
"이 문제의 뿌리에 접근해서 모든 걸 미연에 방지해야 하네." 빅토리아 장군이 활짝 펼친 자기 손바닥을 주먹으로 때린다. "판토하, 이미 자네도 예상했겠지만, 문제는 짓밟힌 여자들에 한정된 게 아니야."
"그 빌어먹을 더위 속에서 순진무구한 비둘기처럼 살아야만 하는 병사들의 문제이기도 하지." 티그레 코야소스 장군이 입을 쩝쩝 다신다. "밀림에서 복무하는 건 고달픈 일이네, 판토하. 아주 힘든 일이야."
"아마존 부락에서 치마를 두른 여자는 모두 주인이 있다네." 로페스 로페스 대령이 몸짓을 하며 이야기한다. "홍등가도 없고 몸가짐이 헤픈 여자도 없어. 심지어 그 비슷한 여자도 없다네."
"병사들은 산속에서 임무를 수행하며 일주일 내내 갇혀 지내면서 외출 나갈 날만 꿈꾸지." 빅토리아 장군이 상상한다. "제일 가까운 마을까지 가려 해도 한참을 걸어야 해. 그들이 마을에 도착하면 뭐가 기다리고 있겠나?"
"빌어먹게도 계집이 부족하기 때문에 아무것도 없어." 티그레 코야소스 장군이 어깨를 으쓱거린다. "그러면 계집과 못 자는 병사들은 이성을 잃어버리고, 아니스 술 한 잔을 마신 후에는 자기 앞을 지나가는 여자는 누구든 상관없이 표범처럼 덮쳐버리고 말지."
"동성애나 심지어 수간하는 경우도 있다는 보고를 받았네." 로페스 로페스 대령이 구체적으로 언급한다. "오르코네스에 주둔하는 상병이 원숭이와 섹스를 하다가 들켰다면 믿을 수 있겠나?"
"그 원숭이는 '제5막사의 왕가슴녀'라는 황당한 이름에 딱 들어맞습니다." 산타나 소위가 억지로 웃음을 참는다. "더 정확하게 말하자면 들어맞았습니다. 제가 이미 총으로 쏴서 죽여버렸기 때문입니다. 대령님, 그 빌어먹을 놈은 지금 영창에 갇혀 있습니다."

"간단히 말하면, 금욕은 수천 명의 가련한 인간들을 부패시킨다네." 빅토리아 장군이 말한다. "그리고 사기를 저하시키고, 신경쇠약에 냉혈한으로 만들지."

"판토하, 그 굶주린 인간들에게 먹을 것을 줘야 하네." 티그레 코야소스 장군이 그의 눈을 진지하게 쳐다본다. "이게 바로 자네가 할 일이네. 바로 거기서 자네의 조직적인 두뇌를 활용하게 될 거야."

"판타, 왜 그렇게 아무 말 없이 넋을 잃고 멍하니 앉았어요?" 포치타는 비행기표를 지갑에 넣으면서 탑승구가 어디냐고 묻는다. "거기에는 큰 강이 흐를 거예요. 우리는 거기서 수영도 하고, 원주민 마을에도 들를 거예요. 자, 어서 기운 내요."

"얘야, 왜 그렇게 이상한 표정을 짓고 있니?" 레오노르 부인은 구름과 프로펠러, 그리고 숲을 바라본다. "여기까지 오는 내내 한 마디도 하지 않는구나. 뭐가 그토록 걱정이니?"

"아무 일도 아니에요, 어머니. 아무것도 아니야, 포치타." 판타는 안전띠를 맨다. "난 괜찮아. 아무 일도 없어. 저것 좀 봐, 벌써 거의 도착했나 봐. 저게 아마존 강일 거야, 그렇지?"

"당신 요즘 내내 멍한 표정이에요." 포치타는 선글라스를 끼면서 외투를 벗는다. "한 마디 말도 안 하고, 눈뜬 채로 잠을 자는 것 같아요. 맙소사, 이건 보통 더운 게 아니네요! 판타, 당신 이런 모습은 한 번도 본 적이 없어요."

"새로운 근무지 때문에 조금 걱정이 돼서 그랬어. 하지만 이젠 괜찮아." 판타는 지갑에서 지폐 몇 장을 꺼내 운전사에게 건네준다. "네, 기사님. 549번지에 있는 리마 호텔이오. 잠깐만 기다리세요, 어머니. 제가 내리는 걸 도와드릴게요."

"당신은 군인이잖아요!" 포치타는 여행 가방을 의자에 던져놓고는 신발을 벗는다. "어디로든 발령날 수 있다는 걸 당신 잘 알고 있잖아요. 판타, 이키토스는 그리 나쁜 부임지가 아니에요. 아주 멋진 곳 같지 않아요?"

"그래, 당신 말이 맞아. 내가 바보처럼 굴었어." 판타는 옷장 문을 열어 군복과 정복을 걸어놓는다. "아마도 치클라요에 너무 정이 들었었나 봐. 하지만 모두 지난 일이야. 그건 그렇고 이제 가방이나 풀지? 말할 수 없이 덥군, 그렇지?"

"나라면 평생이라도 호텔에서 살 수 있을 거예요." 포치타는 침대에 벌렁 드러누우며 기지개를 켠다. "당신한테 모든 걸 다 해주잖아요. 그러니 걱정할 필요 없어요."

"우리 아기 판토하 사관생도를 이런 싸구려 호텔에서 맞이해도 괜찮은 건가?" 판타는 넥타이를 풀고 셔츠를 벗는다.

"판토하 사관생도라고요?" 포치타는 눈을 휘둥그레 뜨고 블라우스 단추를 풀면서 한쪽 팔꿈치를 베개에 괸다. "정말이에요? 판타, 그럼 이제는 그 문제를 해결할 수 있는 거예요?"

"내가 대위만 되면 그렇게 하자고 약속하지 않았어?" 판타는 바지를 흔들어 펼친 다음 접어서 걸어놓는다. "로레토 태생이 되겠지, 어때?"

"판타, 아주 멋진 생각이에요." 포치타는 손뼉을 치면서 웃고 매트리스에서 펄쩍펄쩍 뛴다. "아, 너무 행복해요, 판티타 아기 사관생도, 판티타 2세라니 생각만 해도 너무 기뻐요."

"가능하면 빨리 그 문제를 해결하자고." 판타가 손을 벌리면서 다가간다. "빨리 오도록 말이야. 자, 이리 와. 어디로 도망치는 거야?"

"아니, 왜 이래요?" 포치타가 침대에서 뛰어내려 화장실로 달려간다. "당신 미쳤어요?"

"이리 와, 판타에게 와." 판타는 가방에 부딪히고 의자를 넘어뜨린다. "지금 당장 해결하자고. 자, 포치타, 이리 와."

"하지만 지금은 아침 열한시밖에 안 됐고, 이제 막 호텔에 도착했잖아요." 포치타는 판타를 밀쳐내면서 화를 낸다. "이거 놔요, 판타. 어머님이 들으실지도 몰라요."

"자, 이키토스를 이렇게 개시하자고. 이 호텔을 이렇게 개시하자고." 판티타는 숨을 헐떡이면서 포치타를 잡으려고 애쓰더니, 그녀를 껴안고 침대 위로 미끄러진다. "내 사랑 포치타, 이제 시작하자고."

"이렇게 많은 고발과 문서들 때문에 어떤 일이 벌어졌는지 보시오." 스카비노 장군은 인장과 서명으로 뒤덮인 공문 한 장을 머리 위로 쳐든다. "당신 역시 여기에 책임이 있소, 벨트란 중령. 그 작자가 이키토스에서 해야 할 일 좀 보시오."

"치마 찢어진단 말이에요." 포치타는 옷장 뒤로 숨어 베개를 던지면서 그만 하라고 부탁한다. "판타, 당신이 이럴 줄 몰랐어요. 당신은 항상 점잖게 굴었잖아요. 그런데 도대체 왜 이러는 거예요? 날 좀 가만히 놔둬요. 내가 알아서 벗을게요."

"병을 치료하려고 했지, 병을 만들려고 한 것은 아니었습니다." 벨트란 중령이 얼굴을 붉히며 공문을 읽고 또 읽는다. "저는 약이 병보다 더 나쁠 거라고는 생각지도 못했습니다, 장군님. 정말 생각지도 못했던 끔찍한 일입니다. 이런 어처구니없는 일을 그대로 놔두실 생각입니까?"

"브래지어, 스타킹." 판타가 땀을 흘리며 벌렁 드러눕더니 상체를 굽히고서 몸을 쭉 편다. "티그레 장군 말이 맞았어. 후텁지근한 날씨에 불처럼 뜨거운 공기와 정열을 들이마시고, 피는 끓어오르고 있어. 자, 이리 와서 내가 좋아하는 곳을 어루만져줘. 포차, 내 귀를 만져줘."

"낮에 하려니 부끄러워요, 판타." 포치타는 칭얼대며 침대 시트로 몸을 가리고 한숨을 내쉰다. "여보, 당신 곧 잠들 것 같아요. 세시까지 사령부에 가야 하지 않아요? 항상 그 시간에는 부대에 있어야 하잖아요."

"샤워를 해야겠어." 판티타는 무릎을 꿇고 몸을 굽히더니 다시 몸을 편다. "말하지 마. 다른 걸 생각하게 만들려고 하지 마. 귀를 어루만져줘. 그래, 그렇게 해줘. 바로 그거야. 황홀해지는 것 같아. 아, 나도 내가 누군지 모를 지경이야."

"난 자네가 누군지, 왜 이키토스에 왔는지 잘 알고 있네." 로헤르 스카비노 장군이 중얼거린다. "솔직하게 말하겠네. 나는 자네가 이 도시에 있다는 사실이 전혀 달갑지 않아. 처음부터 이 말은 분명히 해두겠네."

"죄송합니다, 장군님." 판토하 대위는 머뭇거리며 말한다. "오해가 있는 것 같습니다."

"난 자네가 조직하려는 특별봉사대에 동의하지 않네." 스카비노 장군은 대머리를 선풍기 가까이 갖다 대고 잠시 눈을 감는다. "난 처음부터 반대했고, 지금도 그건 위법 행위라고 생각하네."

"무엇보다도 말할 수 없이 부도덕한 행위지요." 벨트란 신부가 성난 듯 부채를 부친다.

"상부의 명령이기 때문에 나와 중령은 아무 말도 할 수 없었네." 스카비노 장군은 손수건을 펼치고서 이마와 관자놀이와 목덜미의 땀을 닦는다. "대위, 그러나 상부는 우리를 납득시키지 못했네."

"장군님, 저는 이 계획과 아무런 상관도 없습니다." 판토하 대위는 부동자세로 땀을 흘린다. "신부님, 이번 명령을 받고 지금까지 살아오면서 가장 크게 놀랐던 것 같습니다."

"신부가 아니라 중령이네." 벨트란 신부가 호칭을 고쳐준다. "계급장도 볼 줄 모르나?"

"죄송합니다, 중령님." 판토하 대위는 뒷굽으로 가볍게 소리를 낸다. "제가 이 문제와 전혀 관련이 없다는 사실만은 자신 있게 말씀드릴 수 있습니다."

"이런 추잡한 계획을 입안한 행정부대의 핵심 장교 아닌가?" 스카비노 장군은 선풍기를 잡더니 자기 이마, 즉 대머리 앞에 놓고서 목청을 가다듬는다. "어쨌거나 처음부터 분명히 밝혀두어야 할 것이 있네. 나는 이런 일이 일어나는 걸 막을 수는 없지만, 우리 군대에 해가 되지 않도록 최선을 다할 것이야. 그 누구도 내가 제5지구를 책임진 이후 로레토에 심어놓은 우리 군대 이미지에 먹칠을 할 수는 없네."

"저도 그렇게 되기를 바랍니다." 판토하 대위는 장군의 어깨너머로

흙탕물이 된 강과 바나나를 가득 실은 거룻배, 그리고 푸른 하늘과 이글거리는 태양을 바라본다. "최선을 다할 준비가 되어 있습니다."

"이 사실이 누설되는 날에는 몹시 곤란한 상황이 벌어지게 될 걸세." 스카비노 장군은 목소리를 높이고, 양손을 창턱에 올린다. "리마의 전략가들은 책상에 앉아 차분하게 더러운 계획을 고안하지. 하지만 만일 이 일이 알려진다면, 그 힘든 일을 해결해야 할 사람은 바로 나, 스카비노 장군이니 말일세."

"저도 동감입니다. 저를 믿어주십시오." 판토하 대위는 땀을 흘리고, 군복 소매가 축축이 젖는 것을 보면서 간청한다. "이런 임무를 맡겨달라고 한 건 절대로 제가 아닙니다. 이건 제가 지금껏 해왔던 업무와 너무 다릅니다. 정말이지 제가 이 임무를 제대로 수행할 수 있을지 저도 모르겠습니다."

"네 아버지와 어머니는 너를 만들기 위해 나무판자 위에 함께 있었다. 너를 이 세상으로 데려온 여자는 몸부림쳤고, 나무판자 위에서 너를 낳기 위해 다리를 벌렸다." 프란시스코 형제가 어둠에 잠긴 저 위에서 우레처럼 소리친다. "나무판자는 그분의 육체를 느꼈고, 그분의 피로 붉게 물들었으며, 그분의 눈물을 받았고, 그분의 땀으로 축축해졌다. 나무판자는 성스럽고, 땔감은 건강을 가져다준다. 자매들이여! 형제들이여! 그대들의 팔을 내게 활짝 벌려라!"

"이 문으로 수십 명이 줄지어 들어올 것이네. 이 사무실은 항의서에 서명 문서에 익명의 편지로 가득 차게 될 것이야." 벨트란 신부가 흥분하여 몇 발짝 왔다 갔다 하더니, 부채를 폈다 접는다. "그자들은 아마존 전체에서 하늘이 떠나갈 정도로 고함을 칠 것이고, 이런 소동의 주모자가 스카비노 장군이라고 생각할 것일세."

"사람들을 선동하는 신치가 벌써부터 마이크 앞에서 온갖 비난을 퍼붓는 소리가 들리는 것만 같군." 스카비노 장군은 뒤로 돌더니 갑자기 태도를 바꾼다.

"저는 특별봉사대를 비밀리에 운영하라는 지시를 받았습니다." 판토하 대위는 대담하게 군모를 벗고 손수건으로 이마와 눈을 닦는다. "장군님, 그 지시를 잊지 않고 항상 명심하겠습니다."

"도대체 내가 어떻게 해야 그 사람들을 달랠 수 있겠나?" 스카비노 장군은 소리를 지르면서 책상 주위를 돌아다닌다. "리마에서는 내가 무슨 역할을 맡아야 할지 생각이나 했을 것 같나?"

"장군님께서 원하신다면, 오늘 당장이라도 저를 다른 곳으로 전보발령해달라고 요청하겠습니다." 판토하 대위의 얼굴이 창백해진다. "그렇게라도 해서 제가 특별봉사대에 전혀 사심이 없다는 것을 보여드리겠습니다."

"그 천재들이 생각해낸 완곡한 표현은 집어치우게." 벨트란 신부는 뒤로 돌아 구두 굽을 탁탁 치면서 반짝이는 강물과 오두막집과 나무들이 늘어선 평원을 바라본다. "봉사대원들, 봉사대원들이라."

"전보발령 같은 것은 생각지도 말게. 일주일도 안 되어 다른 장교에게 똑같은 임무를 맡겨 내게 보낼 테니." 스카비노 장군은 다시 자리에 앉아 선풍기 바람을 쐬고서 대머리의 땀을 훔친다. "이 일이 군대에 해를 끼치느냐 그렇지 않느냐는 전적으로 자네 손에 달렸네. 자네는 화산처럼 커다란 책임을 어깨에 짊어진 거야."

"장군님, 제가 편안하게 주무시도록 해드리겠습니다." 판토하 대위는 몸을 꼿꼿이 세우더니 어깨를 쭉 펴고서 정면을 바라본다. "제 일생에서 가장 소중히 여기고 가장 사랑한 것이 바로 군대입니다."

"지금 자네가 군대를 위해 봉사할 수 있는 최선의 방법은 군대에서 멀리 떨어져 있는 걸세." 스카비노 장군은 부드러운 목소리로 다정한 표정을 지으려고 애쓴다. "적어도 그 특별봉사대를 책임지는 동안에는 말일세."

판토하 대위가 눈을 꿈뻑거린다. "죄송합니다만 지금 무슨 말씀을 하시는 겁니까?"

"난 자네가 사령부나 이키토스의 막사에 발을 들여놓지 않길 바라네." 스카비노 장군은 윙윙 소리만 낼 뿐 보이지 않는 선풍기 날개에 손바닥과 손등을 번갈아 갖다 댄다. "모든 공식 행사나 사열, 혹은 미사나 종교 행사에 참석하지 않아도 좋네. 또한 군복을 입고 다닐 필요도 없어. 사복만 입도록 하게."

"근무를 할 때도 사복을 입어야 합니까?" 판토하 대위는 계속해서 눈을 깜박거린다.

"자네 근무지는 사령부에서 아주 멀리 떨어진 곳에 마련할 것이네." 스카비노 장군은 걱정스럽고 당황스러우며 동정 어린 눈빛으로 그를 쳐다본다. "모르는 척하지 말게. 자네가 조직하려는 특별봉사대를 위해 이곳에 사무실이라도 열어줄 거라고 생각했나? 이키토스 외곽, 그러니까 아마존 강변에 내가 창고 하나를 준비해놓았네. 항상 사복을 입고 다니게. 그곳이 군대와 연관되어 있다는 사실을 그 누구도 알아서는 안 되며 눈치 채서도 안 되네. 알겠나?"

"예, 장군님." 판토하 대위는 입을 벌린 채 고개를 끄덕인다. "단지…… 저는 일이 이렇게 되리라고는 전혀 예상하지 못했습니다. 잘은 모르겠지만, 아마도 이 일은 제 성격을 바꾸는 것과 같은 일이 될 것 같습니다."

"기밀 임무를 부여받았다는 사실을 명심하게." 벨트란 중령은 창가를 떠나 그에게 다가오며 자비로운 미소를 보낸다. "자네의 삶은 자네가 얼마나 눈에 띄지 않느냐에 달렸네."

"그렇게 하도록 최선을 다하겠습니다, 장군님." 판토하 대위는 더듬거리며 말한다.

"자네가 군 기지에 사는 것도 바람직하지 않네. 그러니 시내에 조그만 집을 알아보게나." 스카비노 장군은 눈썹과 귀, 그리고 입술과 코를 차례차례 손수건으로 닦는다. "그리고 다른 장교들과도 관계를 갖지 않길 바라네."

"그 관계란 우정에 바탕을 둔 관계를 의미합니까, 장군님?" 판토하 대위는 감정을 억누르며 말한다.

"애정 어린 관계는 아니겠지." 벨트란 신부가 웃는 것인지 투덜대는 것인지 아니면 기침을 하는 것인지 알 수 없게 어정쩡하게 말한다.

"나도 그게 힘들다는 사실은 알고 있네. 물론 어려울 거야." 스카비노 장군이 다정한 목소리로 말한다. "하지만 다른 방법이 없네, 판토하. 자네는 임무를 수행하면서 아마존 지역의 모든 사람과 접촉하게 될 거야. 군대에 불명예의 꼬투리를 제공하지 않는 유일한 방법은 자네가 희생하는 것이네."

"간단히 말하자면, 제가 장교라는 지위를 숨겨야만 한다는 말씀이시군요." 판토하 대위는 멀리 나무를 기어오르는 벌거벗은 아이, 절룩

거리는 붉은 왜가리, 그리고 수풀이 타오르는 지평선을 바라본다. "사복을 입고 민간인들과 어울려 다니며, 민간인들처럼 일해야 한다는 말씀이시군요."

"하지만 항상 육군 장교로서 생각해야 하네." 스카비노 장군이 책상을 가볍게 친다. "이미 우리 사이에 연락 업무를 맡을 중위 한 사람을 임명했네. 그 장교와 일주일에 한 번 만나서 그를 통해 자네 활동을 보고하게나."

"그 일에 대해서는 전혀 걱정하지 마십시오. 죽은 사람처럼 철저히 비밀을 지키겠습니다." 바카코르소 중위는 맥주잔을 움켜쥐면서 건배를 외친다. "대위님, 저는 모든 걸 알고 있습니다. 매주 화요일에 만나는 게 어떻겠습니까? 만나는 장소는 술집이나 사창가가 좋을 것 같습니다. 이제 대위님은 이런 분위기와 친해져야 합니다. 그렇지 않나요?"

"장군의 말을 듣는데 마치 내가 범죄자나 나병환자처럼 느껴졌어." 판토하 대위는 박제된 원숭이와 앵무새를 비롯한 다른 새들을 유심히 살펴본다. 그리고 술집에서 선 채로 술을 들이켜는 사람들도 쳐다본다. "빌어먹을! 스카비노 장군조차 내 임무를 방해하는데, 내가 어떻게 일을 시작하겠나? 상관이 사기를 죽여놓으면서 내게 위장하라고, 남들에게 내 모습을 보이지 말라고 하는데 도대체 어떻게 해야 하는 건가?"

"사령부에 기분 좋은 표정으로 가더니 다시 우거지상이 되어 돌아왔네요." 포치타가 발돋움을 하면서 뺨에 키스한다. "무슨 일이에요, 판타? 늦게 도착해서 스카비노 장군한테 좋지 않은 소리라도 들었어요?"

"최선을 다해 도와드리겠습니다, 대위님." 바카코르소 중위가 그에게 포테이토칩을 건넨다. "제가 전문가는 아니지만, 최선을 다하겠습니다. 너무 불평하지 마십시오. 대위님과 같은 자리를 차지하려고 무슨 일이라도 하려는 장교들은 수없이 많습니다. 대위님이 얼마나 자유롭게 지낼 수 있는지를 생각하십시오. 대위님 스스로 근무 시간과 근무 체계를 정하게 될 테니까요. 재미있는 일은 차치하고라도 말입니다."

"여기서 살아야 한단 말이니? 이렇게 형편없는 곳에서 말이야?" 레오노르 부인은 군데군데 칠이 벗겨진 벽과 더러운 바닥, 그리고 천장의 거미줄을 쳐다본다. "군 기지에 있는 집은 아주 예쁘던데, 왜 거기 집을 주지 않는 거니? 판타, 다시 말하는데 네 성격이 너무 좋아서 그래."

"나를 패배주의자라고 생각하지는 말게, 바카코르소. 단지 어떻게 해야 할지 몰라서 그럴 뿐이네." 판토하 대위는 포테이토칩을 씹어 삼키면서 속삭이듯 맛있다고 말한다. "나는 훌륭한 행정장교야. 그래, 그건 사실이네. 하지만 이건 내 분야가 아니라서 도대체 어떻게 해야 할지 정말 모르겠네."

"대위님, 작전 중심지는 둘러보셨습니까?" 바카코르소 중위는 다시 맥주잔을 채운다. "스카비노 장군은 이키토스의 그 어떤 장교도 이타야 강변에 있는 창고 근처에 접근하지 말라는 명령을 하달했습니다. 그 명령을 어길 경우 한 달간 중노동에 처하겠다고 했답니다."

"아직 가보지 않았네. 내일 일찍 가볼 작정이네." 판토하 대위는 술을 마시고 입을 닦으면서 트림을 참는다. "솔직히 말하자면, 이런 임무를 이행하기 위해서는 이 방면에 경험이 있어야 해. 밤 문화의 세계를 알고 약간 방탕한 사람이 되어야 하지."

"판타, 그런 복장으로 사령부에 갈 거예요?" 포치타는 가까이 다가와서 민소매 셔츠를 만지고, 파란색 바지와 작은 기수 모자의 냄새를 맡는다. "군복은 입지 않아도 돼요?"

"불행하게도 나는 그렇지 못했네." 판토하 대위는 슬픈 표정을 지으면서 창피하다는 몸짓을 한다. "난 결코 방탕한 생활을 한 적이 없어. 심지어 학창 시절에도 그랬다네."

"다른 장교 가족과 함께 있을 수 없다고?" 레오노르 부인은 먼지떨이, 빗자루, 양동이를 휘두르며 먼지를 떨어내고 바닥을 쓸고 걸레질을 하다가 소스라치게 놀란다. "민간인들처럼 살아야 한다니, 그게 무슨 말이니?"

"사관후보생 시절에도 외출할 수 있는 날조차 학교에 남아서 공부하는 편을 택했으니, 내가 어땠을지 생각해보게." 판토하 대위는 향수에 젖어 옛날을 떠올린다. "특히 수학을 열심히 공부했네. 내가 가장 좋아했던 과목이지. 한 번도 파티 같은 데 가본 적이 없어. 거짓말처럼 들릴지 모르지만 가장 쉬운 춤의 스텝만 배웠고, 그래서 볼레로와 왈츠만 출 줄 알지."

"동네 사람들이 당신이 대위라는 사실을 알아서도 안 된다고요?" 포치타는 창문을 닦고 바닥에 걸레질을 하고 벽에 페인트칠을 하다가 소스라치게 놀란다.

"그래서 지금 내가 맡은 일이 끔찍하다는 생각이 드는 거네." 판토하 대위는 회의적인 표정으로 주위를 둘러보고, 중위의 귀에 입을 바싹 갖다 대며 말한다. "평생 거리의 여자들과 접촉 한 번 못 해본 사람이 어떻게 그런 여자들을 중심으로 특별봉사대를 조직할 수 있겠나, 바카코르소?"

"특별 임무라고요?" 포치타는 문에 왁스칠을 하고 벽장에 도배를 한 후에 벽에 그림을 건다. "첩보 부대에서 일하는 거예요? 아, 판타, 이제야 모든 비밀을 알겠어요."

"나는 나를 믿고 기다리는 수천 명의 병사를 상상하네." 판토하 대위는 맥주병을 자세히 살펴보다가 감정에 사로잡히면서 꿈을 꾼다. "병사들은 날짜를 세고, 곧 그 날짜가 다가와 특별봉사대가 조만간 이곳에 도착할 거라고 생각하지. 그런 생각만 해도 머리카락이 쭈뼛쭈뼛 선다네, 바카코르소."

"군사기밀이건 아니건, 그런 건 나하고 상관없어." 레오노르 부인은 옷장을 정리하고 커튼을 기우며 전등갓의 먼지를 떨고서 전등 플러그를 꽂는다. "이 엄마한테도 비밀이 있니? 자, 어서 말해봐라. 어서 말해봐."

"난 그들을 속이거나 실망시키고 싶지 않네." 판토하 대위는 고민에 빠진다. "그런데 어디서부터 시작해야 하지?"

"나한테 이야기하지 않으면 당신만 손해예요." 포치타는 침대 시트를 깔고 카펫을 펼치며 가구에 광을 내고 선반에 잔과 그릇과 냅킨을 가지런히 정리한다. "당신이 좋아하는 곳을 절대로 만져주지도, 귀를 살며시 물어주지도 않을 거예요. 그러니 당신 마음대로 하세요."

"대위님, 가장 먼저 시작해야 할 것은 말이지요······" 바카코르소 중위가 미소를 짓고 건배를 외치면서 기운을 북돋운다. "봉사대원들이 판토하 대위에게 오지 않는다면, 판토하 대위가 봉사대원들을 찾아가야 한다는 것이지요. 제가 보기에는 그게 가장 간단합니다."

"첩자로 활동하는 거예요, 판타?" 포치타는 손을 비비면서 침실을 바라보더니, 레오노르 부인에게 자신들이 그 돼지소굴을 얼마나 훌륭하게 바꿔놓았느냐고 속삭인다. "영화에 나오는 집 같지 않아요? 여보, 너무 마음이 설레요. 너무 흥분돼요."

"오늘밤에 이키토스의 홍등가로 한번 나가보십시오." 바카코르소 중위가 냅킨에 몇몇 주소를 적는다. "'마오 마오' '007' '외눈박이 고양이' '산환시토'의 주소입니다. 그런 분위기에 친숙해져야 합니다. 제가 기꺼이 함께 가드리고 싶지만, 대위님도 아시다시피 스카비노 장군의 지시가 워낙 엄해서 그럴 수가 없습니다."

"그렇게 멋있게 입고 어딜 가니?" 레오노르 부인은 그렇지, 포치타? 아무도 못 알아볼 거야, 그러니 우리는 상을 받아도 마땅해, 하고 말한다. "정말 근사하게 차려입었구나. 게다가 넥타이까지 맸네. 이 더위에 쪄 죽겠구나. 고급 장교 모임이니? 이 밤에? 판타, 네가 비밀 요원으로 일하다니 정말이지 세상 오래 살고 볼 일이구나. 그래, 쉿, 쉿, 입 다물게."

"그중 어디든지 가서 짱꼴라 포르피리오를 찾으십시오." 바카코르소 중위는 냅킨을 접어 그의 주머니에 넣어준다. "대위님을 도와줄 사람입니다. 가정에 '세탁부'를 조달해주는 사람이랍니다. '세탁부'가 뭔지는 아시죠?"

"그래서 그리스도는 물에 빠져 돌아가시지도 않았고, 화형이나 교수형을 당해 돌아가시지도 않았으며, 돌팔매질이나 매질로 세상을 떠나시지도 않았다." 프란시스코 형제는 탁탁거리며 타오르는 횃불과 웅얼거리는 기도 소리 위로 흐느끼면서 소리친다. "이런 이유로 그리스도는 나무에 못 박히셨으며, 이런 이유로 그리스도는 십자가를 택하셨다. 듣고 싶은 사람은 누구든 듣고, 깨닫고자 하는 사람은 누구든 깨달아라. 자매들이여! 형제들이여! 나를 위해 가슴을 세 번 때려라!"

"안녕하십니까? 에헴." 판탈레온 판토하는 코를 풀고서 등 없는 의자에 걸터앉아 카운터에 기댄다. "네, 맥주 한 잔 주십시오. 이키토스에 막 도착해서 이곳을 둘러보는 중입니다. 여기가 '마오 마오'라는 곳이지요? 아. 그래서 토템처럼 조그만 화살표가 있군요. 이제야 알겠습니다."

"여기 있어요. 아주 차갑습니다." 바텐더는 맥주병을 꺼내고 맥주컵을 닦으면서 홀을 가리킨다. "그래요, 여기가 '마오 마오'입니다. 오늘은 월요일이라 아무도 없네요."

"한 가지 물어볼 게 있습니다, 에헴." 판탈레온 판토하는 헛기침을 하면서 목청을 가다듬는다. "그게 가능한지 모르겠군요. 단지 정보만 얻고 싶습니다."

"어디서 아가씨들을 구할 수 있냐는 건가요?" 바텐더는 엄지와 검지로 둥근 원을 만든다. "바로 여기지요. 하지만 오늘은 십자가의 성인인 프란시스코 형제를 보러 갔어요. 사람들 말로는 브라질에서 여기까지 걸어왔고 기적을 행한다고도 하더군요. 저기 누가 들어오네요. 헤이, 포르피리오, 이리 와. 손님을 소개해줄게. 관광 정보를 얻고 싶어하셔."

"갈보집과 아가씨들을 찾나요?" 짱꼴라 포르피리오는 한쪽 눈을 찡긋하고서 인사를 하며 악수를 청한다. "물론이지요, 선생님. 2분 낼로 기꺼이 모든 걸 알려들이지요. 요금은 맥주 한 병이면 충분합니다. 괜찮습니까?"

"반갑습니다." 판탈레온 판토하는 옆자리를 가리키면서 앉으라고 한다. "물론입니다, 기꺼이 맥주 한 병 시켜드리지요. 하지만 오해하지 않으면 좋겠습니다. 여기에 개인적으로 관심이 있는 게 아니라, 기술적인 문제에 관심이 있어서랍니다."

"기술적이오?" 바텐더가 역겹다는 표정을 짓는다. "끄나풀은 아니지요, 선생님?"

"갈보집은 몇 개 안 돼요." 짱꼴라 포르피리오는 손가락 세 개를 펴서 보여준다. "당신의 건강과 멋진 삶을 위해 건빼하지요. 두 개는 점잖은 곳이고, 한 곳은 거지들이나 들르는 싸굴려지요. 또한 스스로 집들을 전전하는 갈보들도 있지요. '세탁부'라고 하는데, 아시죠?"

"아, 그래요? 재미있군요." 판탈레온 판토하는 웃으면서 맞장구친다. "그냥 궁금해서 그럽니다. 나는 이런 곳에 자주 오진 않아요. 당신은 연관이 있나요? 그러니까 그런 장소들과 친분이 있거나 접촉을 하느냐는 말입니다."

"창녀들이 있는 곳이 바로 이 짱꼴라의 집이랍니다." 바텐더가 빙긋이 웃는다. "그래서 베들레헴의 푸만추*라고 불리지요. 그렇지 않나, 친구? 베들레헴은 수상가옥들이 있는 곳, 그러니까 아마존 지역

---

* 영국 작가 색스 로머의 연작 소설에 등장하는 중국인 악당.

의 베네치아예요. 그곳에 가봤나요?"
 "나는 살아오면서 해보지 않은 일이 없어요. 하찌만 후회하지 않아요, 선생님." 짱꼴라 포르피리오는 맥주 거품을 불어 날려버리고서 한 모금 마신다. "똔은 많이 벌지 못했지만, 경험은 많니 했지요. 극장 매표원도 해봤고, 걸룻배 키잡이도 했고, 수출룡 뱀도 잡아봤어요."
 "갈봇집이나 드나드는 녀석이라고 결국 직장에서 전부 쫓겨나지 않았어?" 바텐더는 담배에 불을 붙인다. "너네 엄마가 너한테 했던 예언을 노래로 불러봐."

 가난하게 태어난 짱꼴라는
 도둑이나 바보로 죽는단다.

 짱꼴라 포르피리오는 폭소를 터뜨리면서 이렇게 노래한다. "아, 걸룩한 하늘에 계신 예쁜 우리 엄머니. 인쌩은 한 번밖에 살 수 없으니, 즐껍게 살라야 해요. 그러치 않아요? 차까운 맥주 한 병 더 시켜도 되죠, 선생님?"
 "좋아요. 하지만, 에헴, 흠." 판탈레온 판토하가 얼굴을 붉힌다. "더 멋진 생각이 있는데, 장소를 바꾸면 어떨까요?"
 "판토하 씨?" 추추페 마담은 꿀 냄새를 풍긴다. "반가워요, 어서 들어오세요. 편하게 계세요. 우리는 누구라도 잘 대접하지요. 항상 깎으려고 드는 빌어먹을 군인들만 빼고요. 안녕, 내 사랑, 짱꼴라 도둑놈."
 "판토하 씨는 리마에서 온 내 친꾸야." 짱꼴라 포르피리오가 그녀의 뺨에 키스하면서 엉덩이를 꼬집는다. "여끼에 가겔를 차릴 거야.

추추페, 당신도 눈치 챘겠지만, 아주 고급 가겔를 말이야. 이 난쟁이 이름은 '젖빨개'인데 이 가게의 마스꼬트지요."

"이 빌어먹을 놈아. 감독관이자 바텐더, 경호원이라고 말하면 어디가 덧나?" 젖빨개는 술병을 갖다주고 술잔을 치우고 술값을 받고 전축을 틀며 여자들을 스테이지로 모은다. "그러니까 추추페 하우스에 오신 게 이번이 처음이지요? 두고 보세요, 이번이 마지막이 되지는 않을 겁니다. 아가씨들이 프란시스코 형제를 만나러 갔기 때문에 그리 많지는 않아요. 모로나 호수 옆에 커다란 십자가를 세웠다는 사람 말이에요."

"나도 거기에 갔었어. 쩡말 살람들이 많더군. 거기서 잡상인들른 제철을 만났덜라고." 짱꼴라 포르피리오는 나가는 손님들에게 인사를 한다. "그 형제라는 사람, 연설을 끼가 막히게 하던걸. 그다지 많이 알아들를 수는 없었지만, 살람들을 감동시키더군."

"너희가 나무에 박는 모든 것은 제물이다. 나무에서 끝나는 모든 것은 승천하고, 십자가에 못 박히신 분이 그걸 맞이하신다." 프란시스코 형제가 단조로운 말투로 노래한다. "아침을 즐겁게 하는 색색의 나비, 대기를 향기롭게 해주는 장미, 밤에도 반짝이는 작은 눈의 박쥐, 심지어 손톱 밑에서 외피를 형성한 진드기들까지 그분은 모두 환영하신다. 자매들이여! 형제들이여! 나를 위해 십자가를 세워라!"

"표정이 정말 심각하군요. 하지만 이 짱꼴라와 함께 다니는 걸 보면 그렇지도 않을 것 같은데." 추추페는 팔로 테이블을 훔치더니 의자를 꺼내면서 인색하지 않게 군다. "젖빨개, 맥주 한 병하고 컵 세 개 가져와. 첫 잔은 우리가 사는 거야."

"추추페가 뭔지 알라요?" 짱꼴라 포르피리오는 휘파람을 불더니 혀끝을 내민다. "아마존 지역에서 가장 지독한 독사예요. 그런 별명을 얻을 쩡도니 이 여자가 살람들에게 어떻게 행똥하는지 상상이 갈 거예요."

"입 닥쳐, 이 놈팡이야." 추추페는 그의 입을 막아버리고서 컵을 나눠주며 웃는다. "건배, 판토하 씨. 이키토스에 온 걸 환영해요."

"독으로 가뜩한 혀지요." 짱꼴라 포르피리오가 벽의 중국 장식과 깨진 거울, 빨간 칸막이 커튼, 얼룩덜룩한 의자의 너울거리는 술 장식을 가리킨다. "하지만 이 여자는 좋은 친꾸고, 이 집은 오래되긴 했지만 이키토스에서 가장 좋은 곳이에요."

"이제 괜찮다면 남은 상품들을 살펴보시지요." 젖빨개가 손가락으로 가리킨다. "깜둥이 년, 백인 년, 일본 년, 심지어 아주 새하얀 년도 있습니다. 추추페는 아가씨를 고르는 데 일가견이 있답니다, 선생님."

"음악이 넘무 좋아서 발이 근질근질하네요." 짱꼴라 포르피리오는 자리에서 일어나 한 여자의 팔을 잡더니 스테이지로 끌고 가 춤을 춘다. "네 뼈를 흔들어도 될까? 자, 일리 와, 통통한 궁둥이야."

"맥주 한 잔 같이 마셔도 될까요, 추추페 부인?" 판탈레온 판토하는 어색한 미소를 짓더니 유혹하면서 속삭인다. "괜찮으시면 몇 가지 자료를 얻어갔으면 좋겠어요."

"저 짱꼴라, 뻔뻔스럽지만 다정해요. 돈은 없지만 밤을 어떻게 즐기는지 알지요." 추추페는 종이를 접어 포르피리오의 머리로 던지고 그 종이는 목표물에 명중한다. "나도 아가씨들이 저 사람한테서 무얼 보는지는 모르지만, 저 짱꼴라만 보면 죽고 못 살아요. 어떻게 미치게 하는지 잘 보세요."

"에헴, 흠, 당신 사업과 관계된 일이에요." 판탈레온 판토하가 단념하지 않고 조른다.

"좋아요, 기꺼이 도와주겠어요." 추추페는 진지한 표정으로 고개를 끄덕이고서 그를 샅샅이 훑어본다. "판토하 씨, 하지만 난 당신이 사업 이야기가 아니라 다른 일 때문에 온 줄 알았는데요."

"머리가 깨질 듯이 아파." 판티타가 몸을 웅크리면서 침대 시트를 덮는다. "온몸이 아파. 몸이 으슬으슬 떨려."

"어떻게 안 아플 수가 있겠어요? 어떻게 그렇지 않을 수가 있겠냐고요. 내가 보기엔 차라리 잘된 것 같아요." 포치타는 구두 뒤축을 탁탁 친다. "당신 거의 네시가 다 돼서 잠자리에 들었어요. 그리고 몸도 제대로 가누지 못한 채 들어왔고요."

"세 번이나 토했단다." 레오노르 부인은 냄비와 빨래통과 수건들 사이를 오간다. "얘야, 너 때문에 방 안이 온통 지독한 냄새로 가득해."

"도대체 무슨 짓을 하고 돌아다닌 건지 이야기해봐요." 포치타가 눈에 불을 뿜으면서 침대로 다가온다.

"이미 말했잖아, 여보. 일 때문에 그런 거야." 판티타는 베개에 얼굴을 묻으며 신음한다. "내가 술도 안 마시고 밤새 돌아다니는 건 더더욱 싫어한다는 걸 당신이 더 잘 알잖아. 여보, 이런 일을 하는 건 내게도 고문이야."

"그럼 앞으로도 계속해서 그럴 거란 말이에요?" 포치타는 얼굴을 찡그리며 울상을 짓는다. "술에 취해 새벽에 잠자리에 든다는 말이냐고요! 판타, 그건 안 돼요. 정말이지 그래선 안 돼요."

"싸우지 마라." 레오노르 부인은 컵과 물주전자가 놓인 쟁반이 균형을 잃지 않도록 주의를 기울인다. "자, 차가운 수건을 머리에 대고 알카셀처* 물을 마셔봐라. 어서, 거품이 있을 때 마셔."

"내 임무야. 내가 부여받은 임무라고." 판티타의 목소리는 어쩔 줄 몰라 하면서 가늘어지더니 이내 들리지 않는다. "난 이 모든 게 싫어. 당신은 내 말을 믿어야 해. 하지만 당신에게 아무 말도 해줄 수가 없어. 제발 말해달라고 조르지 마. 내 군대 경력에 큰 문제가 생길 수 있단 말이야. 포차, 제발 내 말을 믿어줘."

"당신은 아가씨들이랑 있었어요." 포치타는 마침내 흐느낀다. "여자 없이 새벽까지 취하도록 술을 마시는 남자는 없어요. 판타, 당신은 틀림없이 여자들과 함께 있었어요."

"포차, 포치타, 머리가 깨지는 것 같아. 온몸이 아파." 판티타는 머리에 수건을 갖다 대고, 침대 아래로 손을 뻗더니 요강을 꺼내 침과 가래를 뱉는다. "울지 마. 그러면 내가 죄인이 된 것 같잖아. 하지만 난 아니야. 당신에게 맹세하는데, 난 아니야."

"눈을 감고 입을 벌려라." 레오노르 부인이 입술을 삐죽거리면서 김이 무럭무럭 나는 잔을 갖다준다. "이제 뜨거운 커피를 마셔보렴."

---

* 독일 바이엘 사에서 만든 진통제 겸 소화제로, 물에 녹여 복용하는 발포정.

2

수국초특[*]

문서번호 1

발신: 수비대와 국경 및 인근 초소를 위한 특별봉사대
제목: 지휘초소 설치 및 가능한 징집 장소 평가
취급: 1급 기밀
날짜 및 장소: 1956년 8월 12일, 이키토스

---

* '수비대와 국경 및 인근 초소를 위한 특별봉사대'의 약자.

본인 페루 육군 병참부대 대위 판탈레온 판토하는 아마존 전 지역의 수비대와 국경 및 인근 초소를 위한 특별봉사대 조직과 운영을 위임받았으며, 이에 육군 행정과 보급 및 병참사령부 사령관인 펠리페 코야소스 장군에게 정중하게 보고함.

1. (1) 본인은 이키토스에 도착한 즉시 제5지구 아마존 사령부에 출두하였으며, 지구사령관인 로헤르 스카비노 장군에게 신고함. 장군은 다정하고도 정중하게 본인의 신고를 받았으며, 본인에게 부여된 임무를 가장 효과적인 방법으로 실행에 옮기기 위해 취한 몇 가지 조처를 통보하였음. 즉, 군 기관의 명성을 보호하고자 본인이 결코 개인적으로 사령부나 군 막사에 모습을 보이지 말 것을 지시함. 또한 군복을 착용하지 말 것이며, 군 기지에 거주할 수 없으며, 기지의 장교들과의 접촉도 금하였음. 이것은 본인이 주로 만날 사람들과 자주 출입할 장소─사창가 및 빈민굴─가 군 대위의 접촉 범위에 부적합하므로 항상 민간인으로 활동해야 한다는 것을 의미함.

(2) 본인이 자랑스럽게 여기는 육군 장교로서의 신분을 숨겨야 하며, 본인이 형제로 여기는 군 동료 장교들과 격리되어 있어야 한다는 점이 가슴 아프기는 하지만, 본인은 이런 지시에 철저히 따를 것임. 이런 사실이 가족과의 관계에서 미묘한 문제를 야기할 수 있지만, 본인의 어머니와 아내에게도 본 임무에 관해 절대 비밀을 엄수하고자 함. 결과적으로 본인은 가족의 평화와 본인의 훌륭한 임무 수행에 만전을 기할 수 있도록 항상 사실을 숨기고 행동하고자 함.

(3) 상부가 본인에게 지시한 작전의 긴박성과, 밀림의 가장 외딴 지

역에서 국가를 위해 봉사하는 우리 병사들의 관심을 의식하여, 본인은 이런 희생을 감수하는 것에 동의함.

2. (1) 본인은 제5지구 사령부가 특별봉사대의 지휘초소이자 병참 창고(징집 및 보급용)로 할당한 이타야 강변에 위치한 지역에 부임하였음.

(2) 또한 이미 이런 특별봉사 활동에 뛰어난 자질이 있는 병사들을 본인 휘하에 임명하였음. 본인의 상관들이 발령했고, 성명은 신포로소 카이과스와 팔로미노 리오알토이며, 품행이 지극히 방정하며 성품이 유순하고 이성에 대해 다소 무관심하여 본 임무가 요구하는 엄격한 기준에 부합함. 그렇지 않을 경우, 그들이 수행할 작업의 성격과 처할 환경의 특성상 유혹을 받아, 본 특별봉사 임무에 심각한 문제를 야기할 수 있음. 본인은 지휘초소와 병참 창고가 위치한 지역이 최상의 조건을 구비하고 있다는 사실을 확인하였음. 첫째, 창고의 규모가 적절하고 교통수단(이타야 강)이 용이함. 둘째, 도시와 상당히 먼 거리에 위치해 있고, 가장 가까운 인가가 가로테 방앗간이며, 그곳도 강 건너편(교량이 없음)에 있기 때문에 불온한 시선에 노출될 위험이 없음. 한편 특별봉사대가 순환체제를 확립할 경우, 지휘초소의 직접 감독 아래 모든 송출과 인수 업무를 행하도록 작은 선착장을 설치할 수 있는 훌륭한 지리적 이점을 지녔음.

3. (1) 첫 일주일 동안 본인은 앞서 진술한 병참 창고를 청소하고 단장하는 데 모든 시간과 노력을 집중함. 창고는 1323제곱미터의 반사각요새이며, 4분의 1만이 골함석 지붕으로 덮여 있고, 얇은 나무 칸막이로 둘러막혀 있음. 두 개의 커다란 문 중 하나는 이키토스로 향하

는 길로 나 있으며 다른 하나는 강 쪽으로 나 있음. 지붕이 덮인 부분은 총 327제곱미터이며, 바닥에 타일이 깔려 있음. 이 부분은 2층으로 이루어져 있으며, 위층은 두꺼운 나무판자만 깔려 있고, 작은 소방용 사다리와 연결된 베란다가 있음. 본인은 그곳에 지휘초소와 개인 집무실, 서류함과 금고를 설치했음. 지휘초소에서 언제라도 지켜볼 수 있는 아래층에는 신포로소 카이과스와 팔로미노 리오알토가 사용할 그물침대를 걸었으며, 강으로 배수하는 조잡하고 허름한 화장실을 설치했음. 지붕이 없는 부분은 나무 몇 그루가 방치되어 있는 널따란 흙바닥임.

(2) 병참 창고 정리에 일주일이 소요되었다는 사실은 규율 부족과 직무 태만의 징후가 드러날 정도로 과도한 시간이지만, 사실 이 창고는 도저히 사용 불가능한 상태였음. 불결하고 더럽다고 표현할 수 있을 정도인데, 다음과 같은 이유로 그러함. 육군이 이곳을 방치했다는 사실만으로도 이 창고는 여러 잡다하고 불법적인 용도로 사용되었음을 짐작할 수 있음. 이로 인해 외국인인 프란시스코 형제의 추종자들이 이곳을 점유했음. 프란시스코 형제는 신흥종교의 설립자이며 기적을 행한다는 사람으로, 브라질과 콜롬비아, 그리고 에콰도르와 페루의 아마존 지역을 걷거나 뗏목을 타고 돌아다니면서, 지나는 곳마다 십자가를 세워 스스로 십자가에 못 박히고, 그런 터무니없는 자세로 포르투갈어나 스페인어 혹은 원주민 언어로 설교한다고 함. 또한 재앙을 예고하고 자기를 따르는 추종자들을 훈계함. (가톨릭교회와 개신교가 그에게 적대감을 드러내고 있지만, 특유의 카리스마로 인해 추종자들은 헤아릴 수 없이 많음. 그의 설교는 무지하고 무식한 사람

들뿐만 아니라, 교육을 받은 사람들에게도 큰 영향력을 행사하며, 카리스마는 의심의 여지 없이 매우 강력함. 식자층의 예로는 불행하게도 본인의 어머니를 들 수 있음.) 그리고 재물을 버리고 나무 십자가를 세우며 곧 세상의 종말이 올 것이라고 예언하면서 봉헌을 하고 제물을 바치라고 설교함. 프란시스코 형제가 최근에 지나간 여기 이키토스에는 수많은 '방주(方舟)'(신도들은 이 작자가 창설한 교파의 사원을 이렇게 부름. 사령부에서 적절하다고 판단할 경우, 첩보 부대는 아마도 이 작자에게 관심을 기울여야 할 것임)가 있으며, 그들이 자신들을 지칭하기 위해 사용하는 '형제들' '자매들' 집단은 이 창고를 '방주'로 사용하였음. 그들은 비위생적이고 잔인한 의식을 행하기 위해 이곳에 십자가를 설치했음. 이 의식은 모든 종의 동물을 십자가에 못 박아 그 동물의 피로 십자가 아래에 무릎 꿇은 열광적인 지지자들을 적시며 행해짐. 본인은 본 창고에서 수많은 원숭이와 개, 그리고 살쾡이를 비롯해 심지어 앵무새와 왜가리의 사체까지 발견했으며, 곳곳에 기름얼룩과 핏자국이 있었고, 의심의 여지 없이 전염병을 일으킬 세균이 늪을 이루고 있었음. 본인이 본 창고를 접수한 날, '방주'의 형제들을 내쫓기 위해 경찰을 불러야만 했음. 바로 그날 그들은 도마뱀을 못 박으려 준비하고 있었으며, 그 도마뱀은 압수되어 제5지구 군 창고로 인계되었음.

(3) 그 이전에 이 불운한 장소는 마법사 혹은 주술사가 사용하였음. '형제들'에게 강제로 쫓겨난 '스승 폰시오'는 이곳에서 '아야와스카'라는 넝쿨나무의 껍질을 삶으면서 야간 의식을 거행했음. 이 식물은 질병을 치료하는 데 쓰이고 환각을 불러일으키기도 하는데 유감스럽

게도 과도한 타액, 과다한 양의 오줌과 엄청난 설사 같은 일시적인 육체 장애도 야기하는 것으로 보임. 그렇게 희생된 동물 사체를 비롯하여 음식 찌꺼기와 썩은 고기, 수많은 매와 육식동물의 배설물로 악취가 가득했고 눈 뜨고 볼 수 없을 정도의 진정한 지옥으로 변해 있었음. 본인은 신포로소 카이과스와 팔로미노 리오알토에게 삽과 쇠스랑, 빗자루와 양동이를 조달하도록 시켰으며(영수증 1, 2, 3 참고), 본인의 지휘 감독하에 쓰레기를 소각하고 바닥과 벽을 물로 씻어낸 후 크레오소트로 모든 곳을 소독하였음. 이후 쥐들의 침입을 막기 위해 쥐약을 놓고 구멍을 파서 쥐덫을 놓았음. 과장된 말처럼 들릴지 모르지만, 쥐들은 너무나 많고 뻔뻔스러워 본인의 눈앞에서도 오만무례하게 돌아다녔으며, 심지어 본인의 발에 차이기도 했음. 벽은 온통 추잡한 낙서와 그림들(또한 본 장소는 불륜이 행해지는 은신처로 사용되기도 했을 것으로 사료됨), '형제들'이 자랑스럽게 그려놓은 조그만 십자가들로 가득하여 흰 도료로 칠해야 했음. 또한 지휘초소에 놓을 책상과 탁자, 그리고 서류 정리용 캐비닛을 베들레헴 시장에서 싼 값으로 구입하였음(영수증 4, 5, 6 참고).

 (4) 지붕이 덮이지 않은 곳에 관해 보고하자면, 그곳에는 육군이 창고로 사용했던 시절부터 버려진 수많은 물품들(깡통, 망가진 기계장치 같은)이 방치되어 있었음. 특별봉사대는 향후 당국의 지시를 기다리는 동안 이 물품들을 처분하지 않겠지만, 깨끗이 치우고 청소하였음. (심지어 잡초 더미 아래서 죽은 뱀 한 마리가 발견되기도 했음.)
 이상과 같이 본인은 지난 일주일 동안 일일 열 시간에서 많게는 열두 시간 동안 부여된 임무를 수행함으로써, 본인이 인수받았던 형언할 수 없는 쓰레기터이자 분뇨 더미 가득한 이곳을 거주 가능한 장소로 탈바꿈시켰음. 즉, 소박하지만 정연하고 깨끗하며 심지어 쾌적한 곳으로 변모시켜, 아직 비밀부대이긴 하지만 우리 육군 부서에 걸맞은 장소로 재탄생했음.

4. (1) 본 창고 정리를 마치고 본인은 수국초특이 관할할 지역, 이용 가능한 인원 수, 수국초특 호송대가 다닐 경로를 보다 정확히 파악하기 위해 여러 지도와 도표를 작성하는 작업에 착수함.

(2) 다음의 숫자는 사전에 행한 지리적 평가를 요약한 것임. 특별봉사대가 담당할 지역은 약 40만 제곱킬로미터이며, 이 범위 안에 특별봉사대 이용 예상 부대인 8개 수비대, 26개 초소, 45개 야전 막사가 있음. 지휘초소와 병참기지에서 앞서 명기한 지역들로 가는 주요 교통수단으로는 항로와 수로(지도 1 참고)가 있음. 그러나 몇몇 특별한 경우에는 육로를 이용함(가령 이키토스 근교, 유리마과스, 콘타마나, 푸칼파로 이동할 경우). 특별봉사대 이용자 수를 확정하기 위해, 제5지구 사령관의 허락을 받아 수비대와 국경 및 인근의 모든 초소에 설문지를 발송하였고, 중대장이 공석일 경우 대대장이 관리하도록 조치함.

A. 귀관 휘하에 몇 명의 미혼 사병이 있습니까? 답을 하기 전에 본 설문 목적상 기혼자 범주를 교회나 민법에 따라 결혼한 사병뿐 아니라, 관습상의 아내를 둔 모든 사람으로 설정한다는 것을 염두에 두십시오. 또한 비정기적이거나 산발적인 방식으로 사병이 복무하는 곳 인근에서 육체관계를 가지거나 동거하는 사람들도 이 범주에 포함합니다.

주의사항: 본 설문은 귀관 관리하에 상시적이건 일시적이건 부부생활을 유지하지 않는 병사들의 수를 가능한 한 정확하게 파악하는 데 그 목적이 있습니다.

B. 귀관의 지휘하에 있는 사병 중 미혼자의 수를 정확하게 확인했다면, 총 숫자에서 이런저런 이유로 정상적인 성행위가 불가능하다고 판단되는 모든 사병의 수를 제하십시오. 즉 성도착자, 상습적인 자위행위자, 성교 불능자, 그리고 성적으로 냉담한 자들의 수를 빼십시오.

주의사항: 이런 예외에 해당한다는 사실이 알려질 경우 동료의 비웃음의 대상이 될지도 모른다는 두려움과 인간적인 편견은 매우 자연스러운 것이기 때문에, 본 설문을 담당하는 장교는 각 사병의 증언에만 의존하여 가능성이 있는 사병을 제외하는 일은 매우 위험하다는 사실을 염두에 둘 필요가 있습니다. 그러므로 본 설문을 작성하기 전에 해당 장교는 개인 질문에서 얻은 사실과 주변 사람들의 증언(해당 사병의 친구나 동료들의 비밀 정보), 해당 장교의 관찰 등 보다 현명하고 과감한 방법을 함께 동원하기를 권합니다.

C. 귀관의 지휘하에 있는 사병 중 성행위 불능자의 수를 제하고 정상적인 성행위 능력을 지닌 미혼 사병의 수를 확정했다면, 이 그룹을 형성하는 사병들의 남성성을 만족시키기 위해 매달 요구되거나 적합하다고 생각되는 성행위 횟수를 각 사병에게 교묘하면서도 신중하게 알아보십시오.

주의사항: 본 설문은 최대 희망 횟수와 최소 희망 횟수에 관한 도표를 만들

고자 합니다. 다음의 예에 따라 작성하십시오.

    사병 X   월 최대 희망 횟수: 30회

               월 최소 희망 횟수: 4회

D. 앞의 도표가 작성되었다면, 귀관의 휘하에 있는 사병 중 성행위 능력이 있는 동일 미혼 사병 그룹에서 간접적인 조사나 우연을 가장한 질문 등의 기법을 통해 각 사병의 경우 성행위 지속 시간(준비행위부터 완전히 끝날 때까지)을 얼마 정도로 추측하거나 실제로 알고 있는지 추정하십시오. 그리고 앞 질문과 마찬가지로 최대와 최소로 작성하십시오.

    사병 X   최대 희망 시간: 2시간

               최소 희망 시간: 10분

주의사항: 본 설문의 C항과 D항의 평균을 내되, 정보를 상술하지 말고 평균치만 보내십시오. 본 설문은 귀관의 지휘하에 있는 사병들의 남성성에 필요한 월평균 정상 희망 횟수 및 각 행위에 필요한 정상 희망 소요 시간을 알아보고자 함입니다.

(4) 수비대와 초소, 야전 막사의 장교들은 본 설문에 매우 열의를 보였으며 신속하고 효과적으로 대답하였음(15개 초소만이 기상 악화나 송신 장치 결함 등으로 인한 통신 장애로 본 설문에 응할 수 없었음). 본 설문 조사 결과로 다음과 같은 도표를 작성함.

특별봉사대 이용 가능자 수: 8726명

개인당 월평균 희망 횟수: 12회

개인당 평균 희망 소요 시간: 30분

본 설문 결과 특별봉사대가 그 기능을 완벽하게 수행하기 위해서는 제5지구(아마존 지역)의 모든 수비대와 국경 및 인근 초소에 월평균 10만4712회의 봉사를 보장할 수 있어야 함.

(5) 그러나 현 상황에서 이는 요원한 목표임. 본인은 '급히 먹는 밥이 체한다' '거지도 부지런해야 더운밥을 먹는다'와 같은 속담에 숨겨진 진실과 지혜를 마음에 되새기면서, 적절하고 실현 가능한 목표를 세워 본 봉사대 활동을 시작하고자 함.

5. 또한 중간계급(상사 이상의 부사관)을 특별봉사대 이용자에 포함시켜야 하는지도 확정할 필요가 있음. 본인은 조속한 시일 내에 이 문제에 대한 명확한 답변을 상부에 요청함. 만일 상부의 대답이 긍정적이라면, 설문에서 얻어진 추정치는 상당 부분 수정되어야 함. 이미 이용자 수가 매우 많고 그들의 희망 횟수 수치가 높다는 사실에 기반하여 본인은 적어도 특별봉사대가 활동을 개시하는 단계에서는 중간계급을 포함시키지 말 것을 감히 건의함.

6. (1) 그리고 본인은 특별봉사대원 모집을 목적으로 대상과의 접촉을 시도하였음. 본인이 '마오 마오'(페바스 26번지 소재)라는 야간업소에서 우연히 알게 된 포르피리오 웡, 일명 '짱꼴라'라는 자의 협조로 레오노르 쿠린칠라, 일명 '추추페'라는 여인이 운영하는 곳을 밤

에 방문했음. '자유로운 아가씨'들이 자주 드나드는 그곳은 일반적으로 '추추페 하우스'라고 알려져 있으며, 나나이 해변으로 가는 도로에 위치해 있음. 앞서 언급한 레오노르 쿠린칠라는 포르피리오 윙의 친구이며, 포르피리오가 본인에게 그녀를 소개해주었고, 본인은 소기의 목적을 달성하고자 이키토스에 갓 정착한 사업가(수출입 전문)이며 기분 전환할 것을 찾는 사람으로 행세했음. 앞서 언급한 레오노르 쿠린칠라는 매우 협조적이었으며, 본인은 그 업소의 작업 체제와 직원들의 습관과 관련된 흥미로운 자료를 수집할 수 있었지만, 업무상 많은 술을 마실 수밖에 없었음(영수증 8 참고). '추추페 하우스'는 16명가량의 여자가 소위 고정 인력이라 할 수 있음. 그리고 15명에서 20명가량의 여자는 일주일 중 며칠은 출근했다가 며칠은 쉬는 등 부정기적으로 일하고 있음. 그것은 가령 봉사 도중에 감염된 임질이나 매독과 같은 성병 치료에서부터 일시적인 내연관계나 단기간의 계약 출장(가령 벌채노동자와 일주일간 산으로 동행하는 계약)에 이르기까지, 여러 가지 이유로 잠시 사업장에서 떨어져야 하는 경우가 있기 때문임. 요약하자면 '추추페 하우스'의 고정 인력과 유동 인력은 모두 합해 30명가량이지만, 매일 밤 있는 실제 인원(하지만 교대 가능한 인원)은 그중 반 정도임. 본인이 방문했던 날에는 단 8명만 있었지만, 거기에는 앞서 언급했던 프란시스코 형제가 이키토스에 도착했다는 특별한 이유가 있었음. 비록 본인의 추정은 불확실하지만 8명 중 대부분은 스물다섯 살 이상이었음이 틀림없음. 아마존에서는 실제보다 성숙해 보이고, 발달한 엉덩이와 탱탱한 가슴을 가지고 있으며, 교태를 부리며 걷는 매혹적인 얼굴의 아가씨들과 거리에서 마주치는 것은 흔한 일임. 해변에 사는 사람들의 기준으로 판단하건대, 스무 살이나 스물두 살로 추정되지만 실제로는 열세 살이나 열네 살인 경우가 허다함. 그 외의 사실로 본인은 '추추페 하우스'의 조명이 희미했기 때문에 어둠 속에서 그들을 관찰해야 했음. 그것은 전기시설이 빈약해서이기도 하지만, 어둠은 밝음보다 사람을 더 잘 호릴 수 있다는 이점 때문에 아마도 음탕함을 유발하려는 의도였을 수도 있음. 농담을 해도 좋을지 모르겠지만, '어둠 속에서는 모든 여자가 아름답게' 보이기 때문임. 대부분이 삼십 대지만 아주 훌륭한 미모를 찾지 않고 기능적 관점에서만 평가한다면, 거의 모든 여자가 멀리서 보면 평균적으로 훌륭한 외모를 하고 있었음. 즉, 매력적이고 통통한 육체에 특히 가슴과 엉덩이가 풍만하고, 얼굴도 내놓을 만한 정도였음. 그러나 가까이에서 살펴보면 많은 흠을 확인할 수 있음. 선천적인 것은 아니고 여드름, 천연두와 치아 상실로 인해 야기된 흠들임. 특히 치아 상실은 사람의 몸을 쇠하게 하는 기후와 부적절한 음식물에 의한 것으로, 아마존 지역에서는 매우 흔한 현상임. 그곳에 있던 8명의 여자들 대부분이 하얀 피부와 밀림에 사는 원주민의 얼굴을 하고 있었지만, 흑인 혼혈과 동양인의 특징을 지닌 여자도 있었음. 평균 신장은 작은 편이고, 전형적인 이 지역 여자들처럼 활기차고 명랑하다는 공통점을 지니고 있음. 그곳에 있는 동안 본인은 매춘부들이 봉사를 제공하지 않을 때는 춤을 추고 노래를 부르면서 피로하거나 풀이 죽은 기색은 전혀 보이지 않으며, 큰 소리로 떠들기도 하고, 이런 종류의 시설에서만 들을 수 있는 음란하고 잡스러운 농담이나 뻔뻔스러운 말들을 내뱉기도 한다는 것을 확인하였음. 말다툼을 벌이거나 싸움을 좋아하는 성격은 아닌 듯함. 하지만 레오노르 쿠린칠라와 포르피리오 웡을 통해 들은 일화로 판단하건대, 유혈 사고와 사건들이 가끔 일어나고 있음.

(2) 이외에도 본인은 다음과 같은 진술을 덧붙임. 본인은 앞서 언급한 추추페 덕분에 봉사료는 경우에 따라 다르며, 수입 중 3분의 2만이 봉사 제공자의 몫으로 돌아가고, 나머지 3분의 1은 하우스의 수수료라는 사실을 확인함.

(3) 봉사료의 차이는 매춘부의 육체적 매력 정도와 다소 관계가 있으며, 또한 봉사 시간(신속하게 이루어지는 단 한 번의 생리적인 봉사만으로 만족하는 사람에 비해, 여러 번 봉사를 받고자 하거나 혹은 전에 봉사했던 여자와 잠을 자려는 고객은 더 많은 돈을 지불함)과도 관계가 있지만, 무엇보다도 매춘부의 전공과 인내의 정도에 따라 좌우됨. 쿠린칠라 부인이 본인에게 설명한 바에 따르면, 본인이 순진하게 생각한 것과는 달리, 정상적이고 간단한 봉사로 만족하는 사람은 대다수가 아니라 극소수임(요금: 50솔, 소요 시간: 15분에서 20분). 대다수는 '이상 성행위'라고 불리는 다양한 체위나 정교한 섹스, 보조기구를 이용한 섹스, 일탈 섹스 등을 요구함.

(4) 매춘부들이 제공하는 전 영역의 봉사에는 매춘부가 행하는 단순한 자위(손으로 하는 경우: 50솔, 입으로 하는 펠라티오의 경우: 200솔)부터 항문섹스 행위(저속한 용어로 '후장 따기' 혹은 '항문 쑤시기': 250솔), 69자세(200솔), 레즈비언 섹스쇼(1인당 200솔) 등이 있음. 또한 자주 있는 경우는 아니지만, 채찍질을 하거나 당하기를 요구하는 고객, 여성복을 입거나 그런 모습을 바라보거나, 칭찬을 받거나 모욕을 당하거나, 심지어 매춘부의 소변이나 대변을 뒤집어쓰고자

하는 고객처럼 극도의 방종을 요구하는 경우 봉사료는 300솔에서 600솔 사이를 오감.

(5) 우리나라의 지배적 성 윤리와 수국초특의 제한된 예산을 고려하여, 본인은 협력자들에게 요구할 수 있고 따라서 이용자들이 희망할 수 있는 봉사를 '단순하고 정상적인 봉사'로 한정하면서, 앞서 열거한 모든 일탈행위뿐만 아니라 일탈적인 정신과 관련된 모든 성행위를 배제하기로 결정함.

(6) 전술한 사항을 전제로 특별봉사대 모집요강을 설정할 것이며, 봉사료와 봉사 시간을 확정할 것임. 그리고 이 특별봉사대가 양적인 면에서 수요를 만족시키고, 재정이 확충되고 국가의 도덕적 기준이 관대해질 경우, 특별한 경우나 특별한 요구, 그리고 특수한 필요성을 해결하기 위해 봉사의 질적 다양화 원칙 도입을 고려할 수 있음(물론 이것은 상부의 허가를 받을 때에 한함).

(7) 본인의 추정치 계산과 시장 통계 경영학적 판매실적이 요구하는 정확성을 가지고 한 명의 매춘부가 제공하거나 혹은 제공할 수 있는 하루 평균 봉사 횟수를 확인할 수 없었음. 이 수치를 내기 위해서는 매춘부의 월수입과 활동능력에 대한 잠정적 개념 확립이 필요하지만, 보기 드물 정도로 이 영역에서는 임의성이 지배하기 때문임. 매춘부는 종종 두 달이 걸려도 모으지 못할 액수를 단 일주일 만에도 벌 수 있음. 이 모든 것이 많은 요인에 의해 좌우되는데, 그 요인으로는 심지어 기후와 그다지 생각해볼 가치도 없는 행성 작용(남자들의 성욕과 분비기관에 관한 행성의 영향)까지도 포함됨.

(8) 본인은 주로 농담과 교묘한 질문을 통해 가장 매력적이고 효율

적인 여자들은 하룻밤이라는 작업 시간 동안(토요일 혹은 공휴일 전날) 과도하게 기운을 소진시키지 않은 채 약 20번의 봉사를 한다는 사실을 확인할 수 있었음. 이것을 바탕으로 다음과 같은 간명한 형식이 도출될 수 있음. 최대 효율성을 지닌 여자들 중에서 선택한 10명으로 1개조를 이루어 풀타임으로 일하고 아무 사고도 일어나지 않을 경우, 단순하고 정상적인 봉사를 매월(주 6일 근무) 4800회 제공할 수 있음. 즉, 특별봉사대의 최대 목표치인 매월 평균 10만 4712회의 봉사를 실현하기 위해서는 전일 풀타임으로 열심히 근무하고 그 어떤 불상사도 야기하지 않을 최고의 전문가 2115명으로 이루어진 상설 특수부대가 요구됨. 물론 현재 실정으로는 그 가능성이 터무니없이 요원함.

(9) 또한 본인은 다음을 추가 진술함. 시설들에서 일하는 매춘부 이외에도(이 도시에는 '추추페 하우스' 말고도 비슷한 종류의 시설이 두 곳 더 있지만, 전술한 시설보다는 수준이 낮음) 이키토스에는 '세탁부'라고 불리는 상당수의 여자들이 존재함. 그들은 떠돌아다니면서 매춘을 하는 여자들로, 각 집을 전전하며 서비스를 제공하거나—경찰의 감시가 가장 소홀한 시간인 해질녘이나 새벽—'7월 28일 광장'이나 공동묘지 주변과 같은 지역에 머무르면서 손님을 찾음. 이러한 이유로 수국초특은 필요 인력을 모집하는 데 그 어떤 어려움도 없을 것으로 사료됨. 초기에 필요한 우리의 인력 수급은 이곳 원주민의 노동력만으로도 충분하기 때문임.

(10) '추추페 하우스'와 그와 유사한 시설의 여성 인력뿐만 아니라 독립적으로 기능을 수행하는 '세탁부'들에게도 남성 보호자(기둥서방 혹은 포주)가 있음. 그들은 일반적으로 좋지 않은 전과가 있는 자

들이며, 몇몇은 사법당국에 지불해야 할 빚이 있는 자들임. 여자들은 이들에게 수입의 일부나 전부를 건네야 하는데, 이는 대부분 자발적으로 이루어짐. 기둥서방이나 포주는 문제의 화근이 될 수 있기 때문에 특별봉사대가 인력을 모집할 때 이자들을 염두에 두어야만 함. 그러나 본인은 잊을 수 없는 사관후보생 시절부터 어려움이 따르지 않는 임무는 없으며, 정력과 의지와 작업 추진력이 있으면 극복하지 못하는 어려움은 없다는 사실을 잘 알고 있음.

(11) '추추페 하우스'의 운영과 유지는 두 사람의 노력 덕택에 성공적으로 이루어지고 있는 것으로 보임. 이 두 사람은 소유주인 레오노르 쿠린칠라, 그리고 바텐더부터 관리에 이르기까지 모든 영역에서 일을 도맡아 하는 후안 리베라임. 후안 리베라는 거의 난쟁이에 가까울 정도로 신장이 작은 왜소한 남자로, 나이를 추정할 수 없으며 혼혈인이고 별명은 '젖빨개'임. 그는 하우스 종업원들과 친하게 농담을 주고받으며, 종업원들은 그의 말을 귀담아듣고 신속하게 복종함. 또한 고객들에게도 인기가 좋음. 앞서 언급한 예에 따르면 특별봉사대가 제대로 구성되기만 하면 최소한의 행정 인력으로도 가동시킬 수 있으리라 사료됨.

(12) 만남의 장소가 어때야 하는지에 관한 조사는 본인에게 어떤 환경에서 작업해야 하는지, 그리고 즉각적으로 실행해야 할 계획이 무엇인지에 대한 개괄적인 정리에 많은 도움을 주었음. 본 계획이 완성되는 대로 본인은 상부에 보고하여 승인, 보완 혹은 부결 등과 같은 결정을 기다릴 것임.

7. (1) 달성해야 할 목표와 그 목표를 달성할 수 있는 방법을 보다

잘 관리하기 위해서는 많은 과학적 지식을 얻어야 한다는 일념으로, 본인은 이키토스에 있는 서점과 도서관에서 수국초특이 제공해야만 할 봉사의 주제와 관련된 서적과 잡지 및 팸플릿을 입수하려고 노력했음. 하지만 불행하게도 본인의 노력은 거의 허사로 돌아갔음을 상부에 보고함. 이는 이키토스 소재의 두 도서관—시립도서관과 성 아우구스티누스 중고등학교 도서관—에서 일반적이거나 전문적인 서적, 특히 본인이 관심을 가진 주제(섹스 및 관련 자료)에 관한 그 어떤 인쇄물도 발견하지 못했기 때문임. 대신 이 점에 관한 연구를 진행하면서 도서관 직원들에게서 무뚝뚝하고 퉁명스러운 대답을 들었으며, 성 아우구스티누스 중고등학교에서는 심지어 신부가 본인을 부도덕하고 외설적인 작자라고 부르며 모욕하는 등 온갖 수모를 당하는 당황스러운 순간을 겪어야 했음. 이 도시에 있는 세 개의 서점 '룩스'와 '로드리게스'와 '메시아'(제칠일안식일예수재림 교회의 또다른 서점이 있긴 하지만, 그곳은 조사해볼 가치도 없었음)에서도 본인은 훌륭한 자료를 발견할 수 없었음. 설상가상으로 본인은 너무 비싼 가격으로 형편없는 싸구려 입문서를 구입해야만 했음(영수증 9와 10 참고). 구입 서적의 제목은 '남성적 충동을 어떻게 발전시킬 수 있는가'와 '최음제와 다른 사랑의 비밀' 그리고 '스무 강좌로 보는 섹스의 모든 것'이었으며, 초라하나마 이 책들을 바탕으로 수국초특의 도서관을 개시함. 본인은 상부에서 적절하다고 판단할 경우 이론과 실천 부문에서 남성과 여성의 모든 성행위와 관련된 전문 서적을 선별하여 리마에서 이곳으로 보내줄 것을 요청함. 특히 특별봉사대에 의심의 여지 없이 큰 도움이 될 성병과 그 예방법, 성도착증 등과 같은 기본적인 관심사에 관한 문서나 자료가 필요함.

8. (1) 본 보고서의 점잖지 못한 내용을 누그러뜨리기 위해 재미있는 개인적 일화로 보고를 마치려고 함. 본인은 '추추페 하우스'에 거의 새벽 네시까지 있었으며, 심각한 소화불량을 일으켰음. 본인이 음주를 좋아하지 않는 관계로 술을 거의 마시지 않고 지내왔는데, 의사의 진단(경미한 치질이 있었으나 다행히 이미 제거되었음)에 의하면 그 증상은 그날 마신 엄청난 술로 인해 야기된 것임.

(2) 본인은 상관으로부터 지시받은 사항에 따라 군 병원을 이용할 수 없었던 관계로 민간인 의사에게 치료받아야 했음(영수증 11 참고). 또한 늦은 시간에 너무 부적절한 상태로 귀가함으로써 적지 않은 가정불화를 겪어야 했음.

하느님의 은총이 깃들길.

서명: 대위(행정장교) 판탈레온 판토하
참조: 제5지구(아마존 지역) 사령관 로헤르 스카비노 장군
별첨: 영수증 11개 및 지도 1개

1956년 8월 16일 밤부터 17일까지

이글거리는 태양 아래 기상나팔이 울리며 치클라요 병영의 하루가 시작된다. 막사에서는 와글거리며 동요하는 소리가 들리고, 연병장에서는 기쁨의 소리가 들리며, 주방 굴뚝에서는 솜털 같은 연기가 흘러

나온다. 몇 초도 안 되어 모든 병사가 일어나고, 그들의 경계 태세와 생기 충만함을 따뜻하고 자비롭게 격려하는 분위기가 곳곳에서 감돈다. 그러나 세심하며 부패를 모르고 정확한 판토하 대위는 훤히 트인 연병장을 가로지른다. 끓인 염소젖을 넣은 커피와 달콤한 카니스텔 과일 잼을 바른 토스트 맛이 아직 혀끝에 살아 있다. 연병장에서는 군악대가 국경일 열병식에 대비해 연습을 한다. 한 중대가 직선 대열로 활기차게 행진한다. 그러나 엄하기 그지없는 판토하 대위는 사병들의 아침 배식 장면을 뚫어지게 바라본다. 그의 입술은 아무 소리도 내지 않은 채 숫자를 센다. 그가 침울한 표정으로 묵묵히 120까지 세자, 취사반장이 120번째 병사에게 마지막 커피를 따라주고 빵 한 조각과 120번째 오렌지를 건네준다. 그러자 이제 판토하 대위는 동상처럼 꼿꼿이 서서 몇몇 사병들이 트럭에서 식량 자루를 어떻게 하역하는지 지켜본다. 그의 손가락은 교향곡을 박자에 따라 연주하는 오케스트라 지휘자처럼 하역의 리듬을 헤아린다. 뒤에서 단호하고 굳은 목소리가 말한다. 몬테스 대령이다. 그는 수술용 메스처럼 날카로운 청각만이 간파할 수 있을 정도로 거의 감지되지 않는 작고 다정한 목소리로 아버지처럼 말한다. "치클라요 병영의 정규 병사들이 먹는 음식보다 나은 것 같지 않나? 중국 음식이나 프랑스 음식도 오리고기와 쌀만으로 열일곱 가지의 다양한 메뉴를 만드는 우리 음식과는 비교할 수 없을 거야." 그러나 이미 판토하 대위는 얼굴 근육을 하나도 움직이지 않으면서 주방의 음식을 조심스럽게 맛보고 있다. 취사 책임자인 흑인 혼혈 찬파이나는 장교에게서 눈을 떼지 않는다. 이마에 땀이 송송 맺혀 있고 입술이 떨리는 것으로 보아 몹시 걱정스럽고 두려워하는 기색이 완연하다. 하지만 이제 판토하 대위는 세심하고 무표정한 태도로 두 병사가 세탁소에서 가져온, 커다란 비닐봉지에 가득한 옷들을 점검한다. 판토하 대위는 부드러운 몸짓으로 갓 입대한 신병에게 군화를 나눠주는 작업을 관장한다. 판토하 대위는 활기 넘치고 다정한 표정을 지으면서 조그만 깃발들을 몇 개의 도표에 꽂은 다음, 칠판에 그려진 통계 곡선을 수정하고, 병참 차트에 숫자 하나를 더 적어 넣는다. 군악대는 흥겹게 민속춤 가락을 연주한다.

  습습한 향수(鄕愁)가 대기를 가득 채우고, 태양은 구름에 가려지고, 나팔과 심벌즈와 큰북은 조용해진다. 그러자 손가락 사이로 물이 졸졸 새어 나가는 느낌과 모래가 섞인 가래를 뱉는 느낌, 그리고 바람이 뺨을 스치자 뺨이 갑자기 썩어 문드러지는 느낌이 든다. 풍선이 터져버리는 느낌, 끝나가는 영화를 보는 느낌이기도 하고, 갑자기 두려움을 감지하는 슬픔의 느낌이기도 하다. 이때 다시 나팔 소리(기상나팔일까, 취사나팔일까, 묵념을 하라는 나팔일까?)가 따스한 공기(아침 공기일까, 낮 공기일까, 밤공기일까?)를 휘젓는다. 그러자 이제 오른쪽 귀에서 갈수록 커져가는 간지러움을 느낀다. 그것은 이내 귓불 전체로 번지고 목까지 전염시키며 목을 휘감더니 왼쪽 귀로 올라간다. 그 귀 역시 아무도 모르게 떨기 시작한다. 눈에 보이지 않는 솜털을 움직이면서, 갈망하는 수많은 털구멍을 열고 무언가를 찾고, 무언가를 부탁하듯이…… 이제 외고집의 향수, 다시 말하면 지독한 울적함과 비밀의 열기는 가시고, 이유 없는 걱정과 머랭처럼 피라미드 형태를 한 불안감과 신랄한 두려움이 엄습한다. 그러나 판토하 대위의 얼굴에는 그런 것이 전혀 드러나지 않는다. 그는 질서정연하게 의류 창고로 들어갈 준비를 하는 병사들을 한 명씩 차례로 꼼꼼하게 살펴본다. 하지만 그 행진용 군복은 왠지 모를 웃음을 자아낸다. 창고의 지붕이 있어야 할 곳에 국경일 사열대가 있다. 몬테스 대령이 참석할까? 그렇다. 티그레 코야소스 장군이 참석할까? 그렇다. 그럼 빅토리아 장군은? 그도 참석한다. 로페스 로페스 대령은? 마찬가지다. 그들은 수줍게 웃으며 밤색 가죽장갑으로 입을 가리고 고개를 한쪽으로 약간 돌린다. 속삭이는 것일까? 그러나 판토하 대위는 무엇 때문에 웃는지, 무엇을 보고 웃는지, 어째서 웃는지 알고 있다. 그는 들어오기 위해 호루라기 소리를 기다리는 병사들을 쳐다보지 않고, 그들의 새 옷을 모으거나 헌 옷을 건네주려 하지도 않는다. 그가 쳐다보고 확인하는 순간 어머니 레오노르도 알게 될 것이고 포치타도 그럴지 모른다고 의심하거나 추측하기 때문이다. 그러나 그는 갑자기 생각을 바꾸고 눈으로 군인들의 정렬 상태를 점검한다. 하하, 너무나 우습고, 너무나 망신스럽다. 그래, 그렇게 되어버리고 만 것이다. 피처럼 끈끈한 번민이 그의 피부 속 깊이 흘러든다. 그는 차가운 공포에 휩싸이면서도 자신의 감정을 숨기려고 애쓴다. 그들이 어떻게 옷을 꾸몄는지, 그러니까 가슴과 어깨와 엉덩이, 허벅지에서 신병 군복이 어떻게 불룩 튀어나와 있는지 지켜본다. 또한 그들의 머리카락이 모자에서 어떻게 흘러내리는지, 그들의 얼굴이 어떻게 부드러워지고 달콤해지며 홍조를 띠는지, 그리고 남자의 시선이 어떻게 상냥하고 얄궂어지며 장난기로 넘쳐나는지 바라본다. 그 표정에는 이내 선동적이고 빈정거리는 비웃음의 느낌이 덧붙여진다. 그는 갑자기 죽기 아니면 까무러치기라고 결심하고, 가슴을 약간 내밀면서 신병들에게 지시한다. "제

군들, 셔츠 단추를 풀어, 제기랄!" 하지만 그들은 이미 단추를 푼 채 그의 눈 밑을 지나가고 있다. 단춧구멍은 텅 비어 있고, 박음질한 셔츠의 가장자리는 너울거리고, 오뚝 선 병사들의 젖꼭지가 휙 지나가면서 희고 매끄러운 몸들이 뒤뚱거린다. 그리고 섬세하고 속된 가슴은 행진에 맞춰 흔들린다. 그러나 판토하 대위는 이미 중대를 이끌고 있으며, 칼을 높이 쳐들고 있다. 그의 엄한 옆모습과 고귀한 이마, 그리고 맑은 눈은 단호하게 하나, 둘, 하나, 둘 구령에 맞춰 아스팔트를 밟고 있다. 그가 얼마나 자신의 운명을 저주했는지 아무도 알지 못한다. 고통은 뼛속에 사무치고 그가 느끼는 수치심은 이루 말할 수 없다. 그의 뒤로 군인다움은 기대할 것도 없고 진흙탕에 빠진 암말들처럼 겁을 집어먹은 채 최근에 복무하기 시작한 신병들이 터덜터덜 걸어오기 때문이다. 그들은 젖꼭지가 드러나지 않도록 가슴을 제대로 여밀 줄도 모르고, 눈가림으로 셔츠를 걸칠 줄도 모르며, 규정에 따라 5센티미터 이내로 머리카락을 자르는 것도 모르고, 손톱을 잘라야 한다는 것도 모른다. 판토하 대위는 그들이 자기 뒤를 따라오고 있음을 느끼면서 남성적인 표정을 흉내 내려고 하지도 않은 채 자신들의 여성성을 과감하게 보여주고 있다고 짐작한다. 그러니까 그들이 가슴을 꼿꼿이 세우고, 허리를 비틀고 꿈틀거리며, 엉덩이를 떨고, 긴 머리카락을 흔든다는 사실을 보지 않아도 익히 알 수 있다. (그는 몸서리친다. 팬티에 오줌을 쌀 지경이다. 레오노르 부인은 군복을 다림질하면서 그걸 눈치 챌 것이고, 포치타는 그의 새로운 계급장을 달면서 웃을 것이다.) 하지만 그들이 사열대 앞을 지나고 있기 때문에, 놀란 사슴처럼 열병식에 정신을 집중해야 한다. 티그레 코야소스 장군은 엄숙한 표정을 짓고 있고, 빅토리아 장군은 하품을 억지로 참으려고 애쓰며, 로페스 로페스 대령은 이해한다는 표정으로, 심지어 기쁜 표정으로 고개를 끄덕인다. 만일 한쪽 구석에서 스카비노 장군의 회색 눈이 슬픔과 분노와 실망에 차서 그를 나무라지만 않았더라면, 자신의 명예가 더럽혀졌다며 이리 씁쓸해하지는 않았을지도 모른다.

이제 그는 그런 것에 더이상 관심을 두지 않는다. 귀의 근질근질한 느낌이 갑자기 확 달아오른다. 그러자 죽기 아니면 까무러칠 작정이었던 그는 중대원들에게 명령한다. "속보로 행진하라!" 그러고는 손수 본을 보인다. 그가 빠르지만 적절한 박자로 움직이자 부드럽고 따스하며 유혹적인 발걸음들이 뒤를 따른다. 그러는 동안 그는 불에서 갓 꺼낸 '오리를 곁들인 밥'의 밥솥에서 나오는 수증기와 흡사한 따스함이 자기 몸을 감싸고 있음을 느낀다. 판토하 대위는 갑자기 걸음을 멈추고, 뒤따라오던 오합지졸의 중대원들도 멈춘다. 그는 뺨에 가볍게 홍조를 띤 채, 그리 명확하지 않은 동작을 취한다. 하지만 모두가 그게 무엇을 뜻하는지 이해한다. 기계가 다시 돌아가자 고대했던 의식이 시작된다. 그의 앞으로 첫번째 소대가 행진한다. 기수 포르피리오 웡이 군복을 너무 엉성하게 입은 것이 눈에 거슬린다. 그는 생각한다. '견책을 받아야 해. 군복을 어떻게 착용하는지 훈련을 받아야 해.' 그러나 신병들은 무표정한 얼굴로 움직이지 않는 그의 앞을 지나가면서, 재빠르게 웃옷의 단추를 풀고 그들의 뜨거운 가슴을 보여주기 시작한다. 또한 손을 뻗어 그의 목과 귓불과 윗입술을 다정하게 꼬집으면서, 한 명씩 차례로 그의 머리로 전진해(그는 고개를 숙여 그 작업을 쉽게 해준다) 달콤하게 귀 끝을 깨문다. 짜릿한 쾌감과 동물적 만족감, 그리고 미칠 것 같은 커다란 행복감이 두려움과 향수와 비웃음을 지워버린다. 그러는 동안 신병들은 계속해서 판토하 대위의 귀를 꼬집고 애무하며 가볍게 문다. 하지만 병사 중에서 익히 알고 있던 몇몇 얼굴이 거북스럽게 그를 찔러 행복감에 갑자기 찬물을 끼얹는다. 군복을 입은 모습이 마치 말에서 떨어진 사람처럼 기괴해 보이는 레오노르 쿠린칠라가 지나가고, 병참부대의 깃발을 들고 보급계 하사 견장을 단 젖빨개가 온다. 그리고 이제는 소대의 마지막 줄에 아직 얼굴이 희미한 병사가 지나간다―그러자 고통이 분출하는 석유처럼 용솟음치며 판토하 대위의 몸과 정신을 적신다―숨 막힐 것 같은 두려움과 괴롭고도 고통스러운 비웃음, 그리고 취할 것 같은 우울함이 다시 밀려온다―그는 깃발과 군모, 그리고 헐렁한 바지와 더러운 셔츠 아래서 포치타가 슬퍼하면서 흐느끼고 있다는 사실을 안다. 나팔이 크게 울리고 어머니 레오노르는 그에게 속삭인다. "판티타, 오리를 곁들인 밥이 준비되었다."

수국초특

문서번호 2

발신: 수비대와 국경 및 인근 초소를 위한 특별봉사대
제목: 추정치 수정, 수국초특의 1차 모집과 그 특징
취급: 1급 기밀

날짜 및 장소: 1956년 8월 22일, 이키토스

본인 페루 육군 행정대위이며 수국초특 담당 장교인 판탈레온 판토 하는 육군 행정과 보급 및 병참 책임자인 펠리페 코야소스 장군에게 정중하게 다음과 같이 보고함.

1. (1) 8월 12일자 문서번호 1에서 매달 10만 4712회의 봉사를 충족시키기 위해 요구되는 수국초특 여성대원의 숫자 — 첫번째 시장 평가 (상부에 이 기술적 용어를 사용할 수 있도록 허락을 요청함)를 통해 대략적으로 얻어진 합계 — 와 관련하여 본인은 풀타임으로 아무런 사고 없이 일하면서 '매일 20회의 봉사를 할 수 있는 최상급의 전문가 2115명'으로 이루어진 상주 부대가 필요하다고 계산하였음.

(2) 이 계산은 심각한 오류를 범한 것이며 이에 대한 책임은 전적으로 본인에게 있음. 인력 업무를 남성적 관점에서 바라본 결과, 본인은 여성의 생리적 문제를 간과하는 변명의 여지 없는 실수를 저질렀음. 이 경우 추정치에 정확하고 분명한 수정을 가해야 하는데, 불행하게도 수국초특 입장에서는 불리한 결과가 나옴. 그것은 봉사전문가들이 주기적으로 '월경'을 하기에, 전 보고서에서 언급한 작업일에서 매월 5일에서 6일을 감해야 한다는 점을 생각지 못한 때문임. 남자들 사이에서는 여자들이 월경을 하는 동안 육체관계를 가지지 않는다는 것이 널리 퍼진 관습일 뿐만 아니라, 이 지역에서는 피 흘리는 여자와 은밀한 관계를 하면 성 불구자가 된다는 미신, 혹은 터부나 과학적 예외가 뿌리 깊이 박혀 있기 때문이기도 함. 따라서 그 기간은 그들이 봉사를 제공할 수 없는 상태라고 봐야 함. 이런 모든 이유로 이전의 추정치는

정정해야 할 필요가 있음.

(3) 이런 요인을 염두에 두고 대략 각 특별봉사대원의 봉사 제공 일수가 매월 평균 22일(5일간의 월경 기간과 단 3번의 일요일을 제외함. 매달 한 번의 일요일이 월경 기간과 일치하리라는 것은 그리 터무니없는 추정은 아니기 때문임)이라고 정하면, 수국초특은 아무런 사고 없이 풀타임으로 일하는 2271명의 최상급 전문가들을 필요로 함. 즉 이 수치는 잘못 계산된 이전 문서보다 156명이 많음.

2. (1) 본인은 문서번호 1에서 언급했던 사람들 중에서 최초의 민간인 협력자들을 모집했음. 이들은 '짱꼴라'라는 별명의 포르피리오 웡, '추추페'라고 불리는 레오노르 쿠린칠라, '젖빨개'라는 별명의 후안 추피토 리베라임.

(2) 앞서 언급한 사람들 중에서 포르피리오 웡은 매달 기본급으로 2000솔과 현장 근무 개념으로 300솔을 받을 예정임. 또한 그는 징집장교의 역할을 수행할 것이며(시설에 근무하는 여자들뿐만 아니라 '세탁부'처럼 방탕한 삶을 사는 여자들과도 많은 교제를 맺고 있기에 이 임무를 수행하기에 적절함), 이용 기관으로 가는 특별봉사대원의 송출 관리와 보호 임무를 맡을 것임.

(3) 레오노르 쿠린칠라와 그녀와 함께 사는 사람(이것이 젖빨개와 그녀의 관계임)과의 계약은, 본인이 업소에서 일하고 남는 시간에 특별봉사대에 협력해줄 수 있느냐고 제안하자 생각했던 것보다 쉽게 해결되었음. 본인이 두번째로 '추추페 하우스'를 방문하여 서로 신뢰하는 우호적 분위기가 조성되자, 앞서 언급한 레오노르 쿠린칠라는 본인에게 업소가 폐쇄 직전에 있으며, 얼마 전부터 업소를 팔려고 생각

해왔다는 사실을 밝힘. 매일 이 업소를 방문하는 손님들의 숫자가 늘어나는 것을 볼 때 손님 부족 때문이 아니라, 경찰과 경찰 보조 인력의 보호를 받으려면 수입의 상당 부분을 지출해야만 하는 여러 종류의 견디기 어려운 의무 때문이었음. 가령 매년 경찰서에 영업허가 갱신을 신청해야 하는데, 레오노르 쿠린칠라는 법적인 요금 이외에도 수속이 용이하게 이루어질 수 있도록 레노시니오스와 바레스 지역 경찰 간부들에게 선물 형태로 상당한 금액을 지급하고 있었음. 이것 이외에도, 본 도시에 30명이 넘는 경찰 수사 요원을 비롯하여 상당수의 경찰 간부들이 '추추페 하우스'를 소문난 불명예스러운 장소라고 고발하는 보고서를 작성하여 당장 문을 닫게 하겠다고 협박하면서 주류와 아가씨들의 무료 봉사를 요구했음. 이렇게 지속적인 경제적 출혈 이외에도 레오노르 쿠린칠라는 가게 임대료가 기하급수적으로 올라감에도(그 시설의 주인은 다름 아닌 경찰서장임), 그 비용을 내지 않으면 내쫓겠다는 협박에 그대로 지불해야만 했음. 그리고 마지막으로 레오노르 쿠린칠라는 그런 일이 온 신경을 집중하여 전념해야 하고, 불안정하고 불규칙적인 삶—바람직하지 않은 밤 생활, 음탕한 분위기, 사기와 공갈과 협박, 휴가도 없이 일요일에도 쉬지 못하는 생활—을 살아야 하고, 그런 희생을 하면서도 뚜렷한 수익을 얻지 못하는 데 지쳐 있었음. 이런 모든 이유로 그녀는 기꺼이 특별봉사대에 협력해달라는 제의를 수락하면서, 우발적이고 불확정적인 작업 시간이 아니라 영속적이고 확정적인 작업 시간을 스스로 제안함. 또한 수국 초특의 성격을 알게 되자 대단한 관심과 열의를 보임.

(4) 레오노르 쿠린칠라가 일명 '코딱지'라고 불리는 푼차나 지역의

유흥업소 주인인 움베르토 시파에게 '추추페 하우스'를 넘기기로 합의했기 때문에, 다음과 같은 조건으로 특별봉사대에서 일할 것임. 월급 4000솔과 현장 근무 개념으로 300솔을 보너스로 받을 예정임. 그리고 1년에 한해 그녀의 중재를 통해 계약한 특별봉사대원들 월급에서 3퍼센트가 넘지 않는 수수료를 받을 권리를 부여함. 그녀의 임무는 수국초특의 인사 책임자이며, 특별봉사대원 모집을 담당하고, 수송대의 시간표와 교대 시간 및 해당 대원들을 결정하며, 여성 인력을 총체적으로 관리하고 감독하는 일임.

(5) 젖빨개에게는 월 기본급으로 2000솔과 현장 근무 개념으로 300솔을 보너스로 지급함. 그의 임무는 병참기지 관리 책임자(다른 두 보조 인력인 신포로소 카이과스와 팔로미노 리오알토와 함께 수행) 및 수송대 책임자 역할임. 이상 세 명의 협력자는 8월 20일 월요일 오전 여덟시에 수국초특에 합류했음.

3. (1) 수국초특에 적절하고 독특한 면모를 부여하면서, 외부 세계에 그 활동을 알리지 않은 채 수국초특을 상징할 수 있는 기장을 제공하는 것이 바람직하다고 생각됨. 이것은 적어도 수국초특에서 근무하는 사람들이 서로를 알아보는 데 도움을 줄 뿐만 아니라, 본 특별봉사대의 대원임을 확인하고, 위치와 차량과 소유물을 확인하는 데 도움을 줄 것임. 이에 본인은 특별봉사대의 상징적 색깔로 초록색과 빨간색을 지정하였으며, 그 의미는 다음과 같음.

A. 초록색은 본 봉사대가 자신의 운명을 개척할 아마존 지역의 아름답고 풍요로운 자연을 상징함.

B. 빨간색은 본 봉사대가 진정시켜줄 우리 신병들과 병사들의 남성적 열정을 상징함.

(2) 본인은 이미 특별봉사대 지휘초소뿐만 아니라 수송대에 이 상징 색깔을 부여했고, 총 185솔(영수증 첨부)의 비용을 들여 양철공장 '양철 천국'에서 빨간색과 초록색의 조그만 배지(물론 그 어떤 글자도 새기지 않음) 24개를 제작 주문함. 이 기장은 남자대원들의 단춧구멍에 달 수 있으며, 여자 특별봉사대원은 블라우스나 정장에 달 수 있음. 수국초특에서 요구하는 비밀 원칙을 위반하지 않는 범위 내에서 이 봉사에 합류했거나 합류할 사람들의 제복과 신분증을 대체할 것임.

하느님의 은총이 깃들길.

서명: 대위(행정장교) 판탈레온 판토하

참조: 제5지구(아마존 지역) 사령관 로헤르 스카비노 장군

별첨: 영수증 1개

3

1956년 8월 26일, 이키토스

사랑하는 치치에게

  오랫동안 편지 쓰지 못해서 미안해. 너는 너를 너무도 사랑하는 언니에게 화내고 있겠지. 그러면서 이 바보 같은 포차가 어떻게 지내는지, 왜 이곳 아마존 생활에 대해 너에게 이야기해주지 않는지 화난 목소리로 말하고 있겠지. 하지만 치치, 사실대로 말하자면 나는 이곳에 도착한 이후 줄곧 네 생각을 했고 네가 너무도 보고 싶었지만, 편지 쓸 시간도 쓸 마음도 없었어. (화내는 건 아니지?) 이제 내가 왜 그랬는지 이야기해줄게. 치치, 이키토스는 나를 그리 반갑게 맞아주지 않았어. 이 새로운 변화가 별로 만족스럽지 않아. 여기서는 일이 잘 풀리지 않을 뿐만 아니라 아주 이상해. 물론 이 도시가 치클라요보다 더 꼴사납다는 말은 아니야. 오히려 정반대야. 조그맣긴 하지만 활기가 넘치고 다정해. 무엇보다도 멋있고 예쁜 건 밀림과 거대한 아마존 강이야. 이 강이 바다처럼 크다는 말은 항상 들어서 알고 있었지만, 정말이지 반대편 강변이 보이지 않을 정도야. 이것 말고도 별의별 게 다 있어. 하지만 실제로 보지 않고는 상상할 수 없을 거야. 정말로 멋있어. 우리는 '글라이더'(여기서는 조그만 쾌속정을 그렇게 불러)를 타고 두세 차례 돌아다녔어. 어느 일요일에는 탐시야코까지 갔어. 강 상류에 있는 조그만 마을이야. 그리고 다른 일요일에는 산후안 데 무니치라는 매력적인 이름을 가진 마을에도 갔어. 또다른 일요일에는 강 하류에 있는 조그만 마을인 인디애나에 갔는데 캐나다 신부들과 수녀들이 만든 마을이야. 정말 놀랍지 않니? 그 사람들은 그 먼 곳에서 이 덥고 외로운 지역까지 와서 밀림의 원주민들을 교화시켰어. 시어머니하고 같이 갔는데 다시는 어머니랑 글라이더를 타지 않을 거야. 그걸 타고 세 번 여행하는 동안 어머니는 무서워 죽겠다는 표정으로 판타를 붙잡고서, 배가 뒤집히면 너희는 헤엄쳐서 목숨을 구할 수 있지만 나는 물에 빠질 것이고, 그러면 피라니아한테 잡아먹힐 거라면서 흐느껴 울었어. (나는 실제로 그렇게 되길 바랐어, 치치. 하지만 그러면 불쌍한 피라니아들이 독살되고 말 거야.) 돌아오는 길에는 또 뭔가에 물렸다고 칭얼댔어. 치치, 말이 나왔으니 말인데, 여기서 끔찍한 것 중 하나가 바로 모기와 모래벼룩(풀 속에 숨어 있는 모기들)이야. 그것들이 온종일 쫓아다니면서 물거든. 방충약을 뿌리며 긁어대는 바람에 온몸이 부풀어오른 상처로 뒤덮인단다. 너도 알겠지만, 예쁜 피부와 고상한 피를 가진 단점은 조그만 벌레들이 물고 싶은 충동을 느끼게 한다는 거지(하하).

분명한 사실은 이키토스로 온 게 내게도 그리 멋진 일은 아니지만, 우리 시어머니한테는 치명적이라는 거야. 어머니가 그곳 치클라요에서는 정말 행복하게 지냈거든. 너도 알다시피 어머니가 몹시 사교적이잖아. 군 기지 노인네들이랑 어울려 지내고, 매일 오후 카드놀이를 하거나 라디오 연속극의 마리아 막달레나처럼 울면서 차를 대접하기도 했거든. 그런데 여기에서는 그토록 좋아했던 모든 걸, 우리가 '수도원 생활'(아, 치치, 치클라요 생활을 떠올리면 정말이지 죽어버리고 싶어)이라고 부르면서 그토록 하지 못하게 했던 모든 걸 여기서는 하나도 할 수가 없거든. 그래서 시어머니는 종교로 위안을 삼기 시작했어. 좀더 정확하게 마술이라고 말하면 네가 더 잘 이해할 수 있을 거야. 네가 기절초풍할지도 모르겠지만, 우리가 군 기지에서 살 수도 없고 장교 가족들하고도 못 만난다는 게 내가 이곳에서 받은 첫 모욕이었어. 말 그대로야. 그 이상도 그 이하도 아니야. 이건 레오노르 부인한테는 끔찍한 일이야. 제5지구 사령관 아내랑 각별한 친구가 되겠다는 큰 꿈을 품고 이곳에 왔거든. 그곳 치클라요에서 그랬던 것처럼 거드름을 피우고 싶었던 거지. 사실 어머니는 몬테스 대령 부인이랑은 절친한 친구 사이였고, 두 사람이 유일하게 하지 않았던 일은 함께 잠자리에 드는 것뿐이었어(그냥 침대 시트에 앉아 남 얘기나 하면서 수다 떨려고 말이야. 다른 이상한 생각은 하지 마). 그런데 그 농담 기억하니? 페페가 카를로스에게 이렇게 물어. "넌 우리 할머니가 늑대처럼 행동하길 바라니?" 그러자 카를로스는 "응, 그래"라고 대답하고,

페페는 이렇게 묻지. "할머니, 그런데 할머니는 언제부터 할아버지랑 그걸 하지 않았어요?" 바로 그거야!

분명한 것은 그 명령으로 육군이 우리를 이렇게 엉망으로 만들어놓았다는 거야, 치치. 이키토스에 있는 안락한 현대식 주택은 육군기지나 공군기지, 혹은 해군기지에만 있거든. 이 도시에 있는 집들은 아주 낡았을 뿐만 아니라 보기에도 흉하고 몹시 불편해. 우리는 '로레스 하사' 거리에 집을 구했어. 금세기 초, 그러니까 생고무 붐이 불었을 때 지은 집 중 하나야. 포르투갈에서 수입한 푸른색 타일이 정면을 장식하고 나무로 만든 발코니가 있는 그림 같은 집이지. 큰 창문으로는 강이 보여. 하지만 군사기지에 있는 가장 초라한 집과도 비교할 수 없어. 정말이야. 그래도 제일 화가 나는 건 육군기지나 해군기지나 공군기지에 있는 수영장에서 수영도 못 한다는 사실이야. 이키토스에는 수영장이 하나밖에 없어. 시립 수영장인데 아무나 갈 수 있는 곳이야. 한 번 가봤는데 수천 명이 우글거리더라고. 정말 구역질이 날 것 같았어. 수많은 남자가 색에 굶주린 호랑이 얼굴을 하고서 여자들이 물에 들어가길 기다리고 있어. 사람들이 많다는 핑계를 대면서…… 너도 어떤 건지 익히 상상이 될 거야. 치치, 다시는 거기 가지 않을 테야. 차라리 샤워를 하는 편이 나아. 하찮은 소위 부인만 돼도 지금 이 순간 군사기지 수영장에서 버젓이 일광욕을 즐기면서 라디오를 듣고 물에 몸을 담글 수 있는데, 여기서 쪄 죽지 않으려면 선풍기랑 붙어 있어야만 해. 너에게 맹세하는데 내가 반드시 스카비노 장군의 그걸 잘라버리고 말겠어. 그게 뭔지는 너도 알 거야(하하). 게다가 난 시중가의 반값밖에 안 되는 군인 매점에서 필요한 물품들을 구입할 수도 없고, 일반 시민처럼 시내 가게에서 사야 해. 그게 끝이 아니야. 우리는 마치 판타가 민간인인 것처럼 살아야만 해. 보너스로 월급에 2천 솔을 더 얹어주지만, 그거 가지고는 가계에 전혀 도움이 되질 않아. 치치, 너도 곧 알게 되겠지만, 돈 문제에 관해서 이 포치타는 완전히 일 그르쳐졌어. (시적인 표현이 나와버렸네. 그나마 내가 유머 감각을 잃어버리지 않은 게 다행이야.)

생각해봐. 판타는 밤낮 사복만 입어야 해. 반면에 그 사람이 그토록 좋아하는 군복은 트렁크에서 좀이 슬고 있어. 여기서는 절대로 그 군복을 못 입을 거야. 우리는 여기 사람들에게 판타가 이키토스에 사업을 하러 온 사업가라고 말하고 있어. 더욱 재미있는 건 말이야, 시어머니하고 내가 이웃 사람들을 혼란스럽게 만든다는 사실이야. 우리는 이런 이야기를 만들어냈다가 또 어떤 때는 다른 이야기를 만들어내고, 그러다가 갑자기 치클라요에서 보냈던 군대 얘기가 우리도 모르게 입 밖으로 새어 나와. 아마도 그래서 이웃 사람들이 몹시 궁금해할 거야. 우리는 이제 곧 이 동네에서 이상하고 수상쩍은 가족이라는 평판을 듣게 되겠지. 나는 지금 침대에서 팔짝팔짝 뛰면서 이 바보가 무슨 일이 있는지 당장에 이야기하지 않고 왜 자꾸만 궁금하게 만드느냐고 말하는 네 모습이 보이는 것 같아. 치치, 하지만 난 네게 아무 말도 해줄 수가 없어. 그건 군사기밀이거든. 일급비밀이라, 만일 그걸 입 밖에 냈다는 사실이 발각되면 판타는 국가배반행위로 군사재판을 받게 될지도 몰라. 치치, 그러니 상상해봐. 그 사람은 첩보부대에서 아주 중대한 임무를 부여받았고, 그래서 그가 대위라는 사실을 아무도 알면 안 되는 거야. 아이고, 이 멍청한 년! 너한테 그만 비밀을 말해버리고 말았어. 하지만 이 편지를 찢어버리고 다시 쓰기도 귀찮아. 치치, 그러니 아무에게도 입도 뻥긋하지 않겠다고 약속해. 그랬다간 내가 널 죽여버리고 말겠어. 게다가 너도 형부가 너 때문에 감방에 가거나 총살당하는 건 원치 않을 거야, 그렇지? 그러니 입 꼭 다물고, 수다쟁이인 산타나 친구들에게 달려가 이 이야기를 하면 절대 안 돼. 판타가 비밀요원이 되었다는 게 우습지 않니? 나랑 레오노르 부인은 도대체 판타가 여기 이키토스에서 뭘 감시하고 조사하는지 알고 싶어 죽을 지경이야. 우리는 판타에게 자꾸 질문을 던지고 그 사람 입에서 단서를 얻어내려고 애쓰지만, 단 한 마디도 하지 않아. 죽는 한이 있더라도 말하지 않을 테세야. 하지만 곧 알게 되겠지. 네 언니는 황소고집이잖니. 곧 누가 이길지 알게 될 거야. 단지 네게 말해둘 것은, 판타가 무슨 일을 하고 다니는지 알게 되더라도 너한테 재잘대고 싶은 생각은 없다는 거야. 네가 궁금증을 참지 못해 오줌을 싸는 한이 있더라도 말이야.

치치, 육군이 그 사람한테 정보 업무를 맡겼다는 사실은 정말 신나는 일이야. 군 경력에 큰 도움이 될 거야. 하지만 나는 이 일에 전혀 만족하지 못하고 있다는 걸 네게 말해주고 싶어. 첫째는 그의 얼굴을 거의 볼 수 없기 때문이야. 너도 판타가 자기 일을 얼마나 열심히 완수하려 하는지 알 거야. 그 사람은 모든 지시 사항을 너무나 심각하고 진지하게 받아들여. 그래서 그 일을 끝낼 때까지는 잠도 자지 않고 제대로 먹지도 않아. 적어도 치클라요에서는 근무시간이 규칙적이어서 난 그 사람 출퇴근 시간은 알고 있었거든. 그런데 이곳에서는 거의 밖에서 근무를 하는 바람에 언제 돌아오는지도 몰라. 이 말을 들으면 기절초풍하겠지만, 심지어 어떻게 하고 다니는지도 몰라. 솔직히 말하면, 군에서 지급한 평상복 셔츠랑 청바지 같은 사복을 입고 조그만 모자를 쓴 모습이 나는 아직 눈에 익지 않아. 남편이 바뀐 것처럼 느껴져. 하지만 그것 때문만은 아니야. (앗, 이건 정말 창피한 거야, 치치. 너무 창피한 거라 차마 네게 말해줄 수가 없어.) 낮에만 일하기만 하면 난 그나마 행복할 거야. 하지만 그 사람은 밤에도 나가고, 가끔은 아주 늦게 돌아와. 세 번이나 고주망태가 되어 돌아왔고, 옷도 제대로 벗지 못해서 내가 도와줘야만 했어. 그리고 다음날에는 시어머니가 이마에 물수건을 올려주고 차를 끓여줘야 했고. 그래, 치치, 네가 놀라는 모습이 눈에 선해. 믿기지 않겠지만, 판타는 절대로 술을 입에 대지 않는 사람이야. 치질을 앓은 이후부터는 저온 살균 우유만 마셨어. 그런데 혀가 꼬부라져서 곤드레만드레되어 쓰러졌어. 그 사람이 물건에 부딪혀 비틀거리며 쓰러지는 모습이랑 투덜대는 소리가 떠올라 웃음이 나와. 하지만 동시에 갑자기 그의 물건을 싹둑 잘라버리고 싶기도 해. 너도 그게 뭔지는 알겠지? (아니야, 그렇게 짓궂게 굴다간 오히려 내 손해겠지, 하하.) 판타는 주어진 임무 때문에 나가야 한다고 내게 맹세하고 부득부득 또 맹세해. 술집에 처박혀 사는 몇몇 작자들을 찾아야 하는데 수상한 사람들을 피하기 위해 술집에서만 약속을 한대. 어쩌면 그게 사실일지도 몰라. (첩보 영화에서도 그렇게 하니까, 그렇지?) 하지만 네 남편이 온밤을 술집을 전전하며 보낸다면 너는 괜찮겠니? 천만에, 절대 그렇지 않을 거야. 술집에서 단지 남자들만 만난다는 걸 믿을 정도로 내가 바보라고 해도 말이야. 그곳에는 그 사람한테 접근해서 말을 걸려는 여자들이 있을 거야. 그 외에 또 뭐가 있는지 누가 알겠어? 내가 몇 번 난리를 피웠고, 그 사람은 생사를 다투는 경우가 아니면 더이상 밤에 나가지 않겠다고 약속했어. 나, 그 사람 주머니와 셔츠와 속옷을 샅샅이 뒤졌어. 만일 여자와 함께 있었다는 최소한의 증거라도 발견되면 가만히 안 놔둘 작정이었거든. 이런 모든 일에 그나마 그 어머니가 내 편을 들어줘서 다행이야. 우리 시어머니도 자기 아들이 밤마다 나돌아다니면서 술잔치를 벌이는 꼴은 눈 뜨고 볼 수 없었거든. 항상 교회의 성인 같다고 믿었던 아들이 이제 그 정도는 아니거든. (이 이야기를 들려주면 넌 배꼽을 잡고 웃겠지.)

게다가 그 빌어먹을 임무 때문에 판타는 머리카락이 쭈뼛쭈뼛 설 정도로 소름 끼치는 사람들과 어울려야 해. 글쎄 어느 오후에 내가 친하게 지내는 이웃 여자인 알리시아랑 세시에 상영하는 영화를 보러 갔거든. 아마존 은행에 근무하는 청년과 결혼한 로레토 출신의 아주 근사한 여자인데, 우리가 이사할 때 도움을 많이 줬어. 우리는 록 허드슨(난 이 이름을 듣기만 해도 기절하니까 날 꼭 잡아줘)이 나오는 영화를 보러 엑셀시오르 극장에 갔어. 영화를 보고는 시원한 공기를 마시며 산책을 했지. 그런데 우리가 '카무 카무'라는 술집 앞을 지날 때, 판타가 그 술집 한쪽 구석에 앉아 있는 게 보이는 거야. 그런데 어떤 커플이랑 함께 있었는지 알아? 치치, 심장이 거의 멎을 뻔했어. 여자는 온 얼굴에 덕지덕지 화장을 해서 더이상 칠할 공간이 한 군데도 없었어. 심지어 귀에도 말이야. 커다란 젖통이에 엉덩이도 어마어마해서 의자에서 삐져나올 정도였어. 그리고 남자는 땅딸막한데 너무 작아서 다리가 바닥에 안 닿을 정도였어. 게다가 호색한처럼 보이는 믿을 수 없는 얼굴이었어. 판타는 그 두 사람 사이에 앉아서 마치 죽 마고우라도 되는 것처럼 신나게 이야기하고 있더라. 나는 알리시아한테 저것 봐, 내 남편이야, 하고 말했고 알리시아는 어쩔 줄 몰라 하면서 내 팔을 꽉 잡고 포차, 어서 가자, 들어가면 안 돼, 하고 대답했어. 그래서 우리는 그곳을 얼른 떠났지. 그 커플이 누구일 거라고 생각해? 앵무새처럼 화장한 여자는 이키토스에서 최악의 평판을 받는 사람으로 화목한 가정의 가장 커다란 적이었어. 추추페라고 불리는, 나나이로 가는 도로변에서 갈봇집을 운영하는 여자야. 그리고 난쟁이는 그 여자 애인이고. 그 여자가 그 광대하고 그짓을 한다고 생각하는 것만으로도 웃음이 터지지 않니? 그 여자가 타락한 여자라면 그놈은 더한 작자야. 넌 어떻게 생각하니? 나중에 판타가 어떤 얼굴을 하는지 보려고 그 사실을 모두 얘기해줬어. 물론 너무 당황한 나머지 말을 더듬거리기 시작했어. 감히 그런 사실을 부정하지는 못하고 그 커플이 매춘에 종사하는 사람들이라는 걸 인정했지. 그리고 비밀 임무 때문에 자기가 그들을 만나야만 하고, 자기가 그들과 함께 있는 걸 보더라도 나는 절대로 접근해서는 안 되며, 그의 어머니는 더욱 안 된다고 말했어. 그래서 나는 바로 그 자리에서, 당신이 그 누구와 함께 있어도 괜찮지만, 만일 나나이에 있는 그 창녀의 집에 들어간다면 우리 결혼 생활은 위험에 처할 거예요, 판타, 하고 말했어. 판타가 거리에서 그 사람들과 함께 있는 모습을 다른 사람이 본다면, 우리가 여기서 어떤 말을 듣게 될지 생각해봐.

판타의 또다른 친구는 중국인이야. 나는 늘 모든 중국인이 곱고 섬세하다고 생각했지만, 이 작자는 프랑켄슈타인이야. 알리시아는 그 사람이 멋지다고 생각하는데, 로레토 여자들 취향이 좀 별나거든. 언젠가 내가 열대어를 보려고(정말 예뻐. 하지만 뱀장어를 만져보려고 하는 순간 그놈이 꼬리에서 전기를 방전하는 바람에 바닥으로 넘어질 뻔했지 뭐니) 모로나코차 수족관에 갔을 때 거기서 그 사람이랑 마주쳤어. 레오노르 부인도 중국인과 함께 있는 아들의 모습을 어느 식당에서 봤고, 알리시아도 두 사람이 '무기 광장'을 함께 걸어가는 걸 봤대. 알리시아 말로는 그 중국인이 대단한 무법자라는 거야. 여자를 등쳐먹는 기생충 같은 기둥서방이야. 네 형부가 그들과 우정을 나눈다는 게 상상이나 되니? 난 단호하게 판타를 나무랐고, 레오노르 부인은 나보다 더 심하게 퍼부었어. 어머니는 아들이 나쁜 사람들이랑 어울려다니는 걸 보면 나보다 더 울화가 치밀거든. 특히 세상의 종말이 다가왔다는 것을 믿는 지금은 더욱 그래. 판타는 자기 어머니한테 화장 진한 여자나 난쟁이, 중국인과 함께 있는 모습을 더이상 거리에서 보는 일이 없게 하겠다고 약속했지만, 남몰래 그 사람들을 만나야 하나 봐. 그게 그 사람 일의 일부니까 말이야. 임무를 수행하면서 그런 종류의 사람들을 만나다니 도대체 일이 어떻게 돌아가는지 모르겠어. 치치, 내 신경이 왜 이리 곤두서고 흥분되는지 너는 이해할 거야.

  실제로 그렇게 해서는 안 돼. 그러니까 여자 꽁무니를 쫓아다니거나 바람을 피우거나 하는 것 따위에 신경을 곤두세울 필요는 없어. 치치, 그런데 이런 이야기를 해줘야 하나? 사실 판타가 그런 문제, 그러니까 은밀한 문제에 관해 얼마나 바뀌었는지 넌 상상도 못할 거야. 우리가 결혼한 이후 판타가 얼마나 점잖았는지 기억하니? 그래서 네가 항상 비웃으면서 포차, 난 언니가 판타와 함께 살면 국물 한 방울도 못 얻어먹을 거라고 확신해, 하고 말하곤 했지. 그렇지만 이제는 더이상 네 형부를 비웃지 못할 거야, 망할 기집애. 이키토스에 발을 들여놓자마자 판타는 맹수로 돌변했거든. 정말 무서울 정도야, 치치. 가끔은 소스라치게 놀라면서 혹시 이 사람이 병에 걸린 건 아닌가 하고 생각한다니까. 전에는 열흘이나 보름에 한 번꼴로 하려고 했는데(이런 말을 하려니 너무 창피해, 치치), 이제 이 도둑놈은 이틀에서 사흘꼴로 흥분하면서 덤비거든. 그래서 나는 그 열정에 제동을 걸어야만 해. 이런 열기와 끈끈한 습기 속에서는 그렇게 자주 하는 게 올바르지 않거든. 그렇지 않니? 게다가 그 사람 몸에도 해롭고, 머리에도 영향을 미칠 것 같아. 풀피토 카라스코의 남편이 그짓을 너무 많이 해서 그만 미쳐버렸다고 사람들이 말하지 않던? 판타는 그게 모두 기후 탓이라고 말해. 리마에서 한 장군이 밀림은 남자들을 토치램프로 만들어버린다고 경고했었어. 너한테만 털어놓는데, 사실 네 형부가 흥분해서 발정이 난 걸 보면 웃음이 나와. 가끔 점심을 먹고 나서 낮잠 핑계 삼아 낮에도 그짓을 하고 싶어 하는데, 물론 나는 허락하지 않지. 그리고 가끔씩은 그런 광기로 새벽에 나를 깨우기도 해. 어느 날 밤에는 판타가 우리 작업이 얼마나 걸리는지 알려고 스톱워치로 시간을 재는 걸 내가 눈치 채고 뭐냐고 물으니까 몹시 당황하더라. 나중에 고백했는데, 정상적인 부부가 그걸 할 때 시간이 얼마나 걸리는지 알아야 했다는 거야. 네 형부가 변태가 되어가는 건 아닐까? 일 때문에 그런 추잡한 짓을 조사한다면 누가 믿겠니? 나는 판타, 당신이 왜 그러는지 모르겠어요. 당신은 항상 점잖고 교양 있는 사람이었어요. 그래서 말인데 이제는 마치 내가 다른 판타와 그걸 하는 것 같아요, 하고 말했어. 치치, 어쨌거나 아직 처녀인 너에게 더이상 이런 추잡한 말을 늘어놓지 않을게. 그리고 네게 맹세하는데, 만일 이 이야기를 다른 사람, 특히 미친년들이나 다름없는 산타나의 여자애들에게 나불거렸다가는 내가 너를 가만두지 않을 거야.

물론 판타가 그런 일과 관련되어 골치를 앓고 있다는 사실이 조금은 나를 안심시켜. 이건 그가 아내를 좋아하고(에헴, 에헴), 거리에서 다른 여자를 찾아 바람을 피우지 않는다는 증거니까. 어쨌거나 그 이상은 아니야, 치치. 여기 이키토스 여자들은 아주 무뚝뚝하고 진지해. 네 형부가 그걸 하고 싶을 때 무슨 핑계를 대는지 알아? 아들을 낳자는 거야! 치치, 네가 듣고 있는 것처럼 마침내 그 사람이 내게 아이를 주려고 애쓰고 있어. 대위 계급장을 달자마자 그렇게 하자고 약속했고, 그 약속을 지키려는 거야. 하지만 지금은 기질이 바뀌어서 아침과 오후에 그 일을 하려는 게 내 마음에 들려고 그러는 건지, 아니면 자기가 좋아서 그러는 건지 알 수가 없어. 웃다가 죽을 이야기 하나 해줄게. 그 사람은 꼭 태엽으로 움직이는 쥐새끼처럼 밖에서 돌아와 내 주위를 빙빙 돌고 또 돌다가, 포차, 오늘 밤 아기 사관생도 하나 갖는 게 어때? 하고 용기를 내서 말해. 하하, 너무 귀엽지 않아? 치치, 난 그를 사랑해. (아직 결혼도 안 한 네게 어떻게 이런 추잡한 이야기를 하고 있는지 나도 모르겠어.) 지금까지는 아무 소식도 없어. 난 아직도 비쩍 말랐어. 그렇게 열심히 시도했는데, 어제 생리를 시작했어. 얼마나 고통스러웠는지 몰라. 이번 달에는 틀림없을 거라고 말했거든. 치치, 내 배가 불룩해지면 이리 와서 언니를 보살펴줄 거지? 아니, 내일이라도 네가 왔으면 좋겠어. 여기서 너와 함께 실컷 이런저런 이야기를 나눌 수 있다면 얼마나 좋을까. 그래, 로레토 남자들이 좋아하는 옷을 입고 오도록 해. 멋진 신랑감을 찾으려면 덤불 속에서 바늘을 찾듯이 뒤져야 해. 네가 오면 지루해하지 않도록 쓸 만한 남자가 있는지 찾아볼게. (이 편지가 얼마나 길어지고 있는지 눈치 챘어? 너도 나만큼 길게 답장해야 해. 알았지?) 치치, 혹시 내가 아이를 가질 수 없는 건 아닐까? 그런 생각만 하면 소름이 끼쳐서 나는 매일 하느님에게 어떤 벌이라도 좋으니 최소한 일남 일녀를 갖지 못하는 벌만은 내리지 말아달라고 부탁해. 의사는 내가 완전히 정상이래. 그래서 다음 달에는 아이를 갖게 되리라 기대하고 있어. 너, 남자가 그 일을 할 때마다 수백만 마리의 정자가 나오고, 그중 단 하나만이 여자의 난자로 들어가 거기서 아기가 만들어진다는 건 알고 있니? 의사가 준 책자를 읽고 있는데, 거기 아주 잘 설명되어 있어. 아마도 생명의 신비에 넋을 잃고 말 거야. 원하면 보내줄게. 네가 철이 들고 결혼을 하고 처녀성을 잃어버릴 때를 대비해 배워두는 게 좋을 거야. 그리고 하얀 거품이 뭔지, 길고 홀쭉한 건 뭔지 알게 될 거야. 난 임신해도 너무 흉한 꼴이 되지 않았으면 좋겠어, 치치. 어떤 여자들은 임신하면 정말 흉해 보이거든. 꼭 두꺼비처럼 불룩해지고 정맥이 불끈 튀어나오기도 해. 그런 건 정말로 역겨워. 그렇게 되면 네 형부는 몸이 달아도 날 좋아하지 않을 거야. 아니, 거리로 나가 즐거움을 찾을 가능성이 더 커. 그러면 나는 어떻게 해야 할까? 나도 모르겠어. 이곳이 너무 덥고 습해서 임신을 하면 힘든 나날을 보내야 할 것 같아. 특히 군사기지에 살지 못하고 우리처럼 불행한 사람들이 사는 곳에서는. 사실 이런저런 걱정 때문에 새치가 나는 것 같아. 아이를 갖는 건 행복한 일이지만, 내가 뚱뚱해졌다는 핑계로 판타라는 빌어먹을 놈이 로레토에 있는 다른 여자와 붙어먹는 건 아닐까? 특히 요즘엔 내가 잠자고 있을 때도 그 일을 하려고 덤비는 판인데…… 치치, 배고파 죽겠어. 벌써 몇 시간째 편지를 쓰는 중이야. 레오노르 부인이 점심을 차리고 있어. 우리 어머니가 손자 생각으로 얼마나 행복해하는지 넌 상상도 못할 거야. 그럼 점심 먹고 와서 계속 쓸게. 그렇다고 자살할 생각일랑 하지 마. 아직 너와 작별하는 게 아니니까. 잠깐만 기다려.

치치, 마침내 돌아왔어. 시간이 너무 오래 걸렸지. 벌써 여섯시가 다 되었어. 왕뱀처럼 먹는 바람에 낮잠을 자야만 했어. 알리시아가 '타카초'라는 음식을 선물로 가져왔어. 이곳 전통 음식이야. 정말 다정하지 않니? 이키토스에서 이런 친구라도 사귄 게 그나마 다행이야. 난 그 유명한 타카초에 대해 너무 많이 들었어. 돼지고기에 초록색 바나나를 으깬 건데, 그걸 먹으려면 베들레헴 시장까지 가야만 해. 훌륭한 요리사가 있는 '알라딘 판두로의 램프'라는 식당인데 어느 날 판타를 졸라서 그곳에 갔었어. 거긴 아주 이른 시간에 가야 돼. 시장이 새벽에 열고 빨리 닫거든. 베들레헴은 여기서 가장 예쁜 동네야. 너도 알게 되겠지만, 강 위에 나무로 만든 조그만 수상가옥들로 이루어진 동네야. 그래서 비록 찢어질 듯이 가난하지만, 아마존의 베네치아라고 불리지. 시장에는 볼거리도 많고 과일이나 생선 혹은 원주민 마을에서 만든 예쁜 목걸이나 팔찌를 사기에는 더없이 좋은 장소야. 하지만 먹으러 갈 만한 곳은 아니야, 치치. '알라딘 판두로' 식당에 들어갔을 때, 너무 놀라서 죽을 뻔했어. 얼마나 더러운지, 얼마나 많은 벌레가 돌아다니는지 너는 상상도 못할 거야. 가져온 음식이 시커먼 거야.

뭔가 했더니 모두 파리였어. 파리는 쫓아내도 금방 되돌아와서 다시 눈이나 코로 들어와. 어쨌건 나나 레오노르 부인은 음식을 입에 대지도 못했어. 토할 것만 같았거든. 하지만 야만인 판타는 세 그릇을 몽땅 먹어치우고 마른고기까지 먹었어. 주방장 알라딘 씨가 얼마나 먹으라고 성화를 하는지 타카초랑 같이 먹은 거야. 우리가 얼마나 실망했는지 알리시아한테 이야기했더니, 알리시아는 조만간 내가 타카초를 만들어 올게, 그러면 얼마나 훌륭한 음식인지 알게 될 거야, 하고 말했어. 그리고 바로 오늘 아침 '타카초'를 담은 접시를 가져온 거야. 치치, 정말 맛있어. 똑같지는 않지만 북쪽에서 먹는 바나나 튀김하고 비슷해. 이곳 바나나는 다른 맛이 나는 것 같아. 단, 문제가 하나 있는데 먹고 난 다음에 납처럼 소화시키기가 어렵다는 거야. 그래서 나는 억지로 소화를 시켜야 했고, 우리 어머니는 배에 가스가 차서 몸을 비틀고 난리를 부렸어. 그러더니 참지 못하고 내 앞에서 연속 방귀를 뀌어대는 바람에 창피해서 얼굴이 파랗게 질렸어. 그러고는 결국 토하더니 곧장 하늘나라로 가셨어. 그러니까 드러누웠단 말이야. 나 정말 나쁘지? 불쌍한 레오노르 부인은 사실 마음만은 착해. 유일하게 나를 화나게 하는 건, 자기 아들을 아직도 아기인 양, 그러니까 아기 성인인 양 다룬다는 거야. 정말 바보 같은 늙은이 아니니?

그 불쌍한 노인네가 미신에서 즐거움을 찾았다는 거 이야기했니? 우리 집을 쓰레기장으로 만들어버렸어. 우리가 이곳에 도착하고 며칠 안 돼서 이키토스에 온통 난리가 났었어. 프란시스코 형제가 왔거든. 아마 너도 그 사람에 관해 들어봤을 거야. 난 여기에 오기 전까지만 해도 그 사람이 누군지 몰랐어. 아마존에서는 말론 브란도보다 더 유명해. '방주의 형제단'이라는 종교를 창시해서는 모든 지역을 걸어다니고, 자기가 도착하는 곳에 거대한 십자가를 세우고, 방주, 그러니까 교회를 헌정해. 많은 신도가 그를 따르는데, 특히 시골에 신도들이 많대. 신부들은 그자가 자기들과 경쟁하려고 한다면서 화를 내지만 지금까지 공식적으로는 한 마디도 하지 않았어. 그건 그렇고 시어머니와 나는 그의 설교를 들으러 모로나코차에 갔어. 사람들이 얼마나 많았는지 몰라. 인상적인 것은 그가 그리스도처럼 십자가에 못 박힌 채 설교했다는 거야. 정말이지 그리스도와 똑같았어. 세상의 종말을 알리면서 사람들에게 최후의 심판을 위해 봉헌하고 희생하라고 했어. 그다지 많이 알아듣지는 못했어. 아주 어려운 스페인어로 말했거든. 하지만 사람들은 넋을 잃은 채 그의 말을 들었고, 여자들은 울면서 무릎을 꿇었어. 나도 얼떨결에 전염되어 눈물을 흘렸지. 그리고 어머니는 상상하지 못할 정도로 눈물을 철철 흘리는 바람에 도저히 달랠 수가 없었어. 마법사의 화살을 맞았던 거야, 치치. 집에 돌아와서는 프란시스코 형제를 입에 침이 마르도록 칭찬했고, 다음날 모로나코차의 방주로 가서 형제들을 만나 이야기를 나누었어. 그리고 이제 어머니는 '자매'가 되었지. 정말이지 청천벽력이었어. 진짜 종교에는 그다지 관심이 없었던 어머니가 이제는 이단의 독실한 추종자가 된 거야. 시어머니 방은 조그만 나무 십자가로 가득 차 있는데, 그게 그저 마음을 의지하는 거라면 괜찮아. 하지만 이 종교는 더러운 측면이 있어. 그러니까 동물을 십자가에 못 박는 의식이 있어. 바로 그게 내 마음에 들지 않아. 매일 아침 어머니의 조그만 십자가에 바퀴벌레나 나비, 거미가 박혀 있는 걸 보는데, 어떤 날에는 심지어 쥐가 못 박혀 있는 것도 봤어. 정말 소름 끼치고 역겹고 더러워. 이런 더러운 것을 볼 때마다 내가 쓰레기통에 버려서 우리는 몇 번 싸우기도 했어. 정말 유별나. 싸움이 시시각각 벌어지는데, 그럴 때마다 어머니는 세상의 종말이 왔다고 하면서 벌벌 떨기 시작해. 그리고 매일 판타에게 대문에 큰 십자가를 세우라고 애걸복걸해. 얼마 안 됐지만, 얼마나 많은 변화가 있었는지 알겠지?

내가 점심 먹으러 가기 전에 무슨 이야기를 하고 있었지? 아, 그래, 로레토 여자들에 관해 말하고 있었지. 맙소사, 치치. 그 여자들이 말하는 건 모두 진실이고, 심지어 그 이상이기도 해. 날마다 나는 새로운 걸 발견해. 현기증이 날 지경이고, 도대체 이게 뭐냐고 나 자신에게 묻곤 해. 이키토스는 페루에서 가장 타락한 도시일 거야. 심지어 리마보다도 더 심해. 정말이야. 아마도 기후랑 관련이 큰 것 같아. 그러니까 여자들도 너무나 무섭고 지독하다는 말이야. 판타가 밀림에 발을 들여놓자마자 어떻게 화산처럼 변했는지 이미 말했지? 최악은 그 재수 없는 계집애들이 무지하게 예쁘다는 거야. 남자들은 못생기고 천하기 짝이 없는데, 여자들은 기가 막혀. 치치, 내가 지금 과장하는 게 아니야. 내 생각에는 페루에서 가장 예쁜 여자들은(물론 지금 말하고 있는 사람과 그녀의 여동생은 예외지) 이키토스 여자들이야. 점잖아 보이건 시골뜨기처럼 보이건 심지어 매춘부처럼 보이건 모든 여자가 페루에서 최고인 것 같아. 교태를 부리며 뻔뻔스럽게 걷고, 엉덩이를 제멋대로 흔들고 다니면서 가슴이 오뚝 서 보이게 어깨를 쭉 펴고 다니는 여자들도 있어. 또 어떤 여자들은 심지어 장갑처럼 꼭 끼는 핫팬츠를 입어. 남자들이 그 여자들에게 말을 걸면 겁을 낼 거라고 생각하니? 참 어리석은 질문이지? 그 여자들은 전혀 개의치 않고 자기 갈 길을 가고, 뻔뻔스럽게도 남자들 눈을 똑바로 쳐다보면서 남자들 몇 정도는 젖통을 움켜잡고 싶도록 마음을 휘저어놓아.

어제 내가 들었던 이야기를 해줄게. 음반 가게에 들어갔는데(거기는 '세 개에 네 개'라는 식이야. 그러니까 세 개를 구입하면 네번째 음반은 공짜로 주는 거야. 정말 환상적이지 않니?) 여자애 두 명이 있었어. 한 여자아이가 다른 아이에게 "군인하고 키스해봤어?" 하고 물으니까, 다른 아이가 "아니, 그런데 그걸 왜 물어?" 하고 대답했어. 그러자 질문했던 아이가 "군인들이랑 하는 키스는 죽여주거든"이라고 얘기하는 거야. 웃지 않을 수가 없었어. 로레토 억양으로, 그것도 아주 큰 소리로 그렇게 말했어. 누군가가 자기네 대화를 들을지도 모른다는 사실은 안중에도 없었어. 이곳 여자들은 그래, 치치. 그렇게 뻔뻔스러워. 그런데 넌 그 여자애들이 키스에서 멈출 거라고 생각하니? 그런 희망일랑 꿈도 꾸지 마. 알리시아 말로는 이 작은 악마들은 고등학교 때부터 못된 짓을 시작하고, 벌어진 일은 알아서 조심스럽게 해결하는 걸 배운대. 그래서 이 교활한 것들이 결혼하면 자기가 아직 미개봉 상태라고 남편이 믿게끔 멋진 연극을 꾸민다는 거지. 몇몇 계집애들은 아야와스카―이거 들어봤지, 그렇지? 아주 이상하고 난잡한 꿈을 꾸게 만드는 물약이야―를 조제하는 마법사를 찾아가서 다시 새것처럼 만들어달라고 한대. 상상해봐, 상상해봐. 맹세컨대 나를 알리시아와 쇼핑을 하거나 영화를 보러 갈 때면 그녀가 해주는 이야기 때문에 얼굴이 새빨개져서 돌아와. 알리시아가 한 여자 친구에게 인사를 하고, 누구냐고 내가 물으면 무서운 여자라고 설명해줘. 적어도 몇 명의 애인을 가졌던 여자라는 거야. 결혼한 여자들치고 한 번이라도 군인들과 잠자리를 해보지 않은 사람이 없대. 특히 육군 병사들하고는 말이야. 그들은 아가씨들에게 특히 인기가 많아. 치치, 판타가 군복을 입지 않도록 한 조치는 어쩌면 그리 나쁘지 않은 것 같아. 이 미친년들은 자기 남편이 조금만 방심해도 기회를 놓치지 않아. 한마디로 오쟁이 진 남자로 만들어버리는 거야! 그런 타락한 년들이 두려운 대상이야. 넌 그 여자들이 침대와 시트 위에서 그 일을 치른다고 생각하니? 알리시아는 나한테, 원한다면 모로나코차로 산책하러 나가봐, 그러면 차 안에서 얼마나 많은 커플들이 아무렇지도 않게 서로 다닥다닥 붙어서(하지만 정말이야) 그 일을 하는지 볼 수 있을 거야, 하고 말하더라.

언젠가 볼로네시 영화관 맨 마지막 줄에서 한 여자가 경찰 부서장과 그짓을 하다가 발각되었어. 사람들 말로는 영화가 중간에 끊겨 불이 켜지는 바람에 들통이 나고 말았대. 재수 옴 붙은 거지. 영화관에 불이 켜졌을 때 두 사람, 특히 여자가 얼마나 놀랐을지 상상이 되니? 두 사람은 마지막 줄이 텅 빈 데다 따로따로 된 의자 대신에 긴 의자가 있는 걸 이용해 드러누웠던 거야. 대단한 물의를 일으켰어. 부서장 아내가 그 여자를 거의 죽여버렸거든. 진짜 대단했어. 모든 진실을 죄다 말해버리는 아마존 라디오에서 한 아나운서가 그 이야기를 세세하게 전해주었고, 결국 부서장은 이키토스에서 다른 곳으로 전보발령났어. 나는 그런 이야기를 믿고 싶지 않았지만, 알리시아가 거리에서 그 여자가 누구인지 내게 알려주었어. 근사하게 생긴 까무잡잡한 여자야. 파리 새끼 한 마리도 못 죽일 얼굴이었어. 나는 그녀를 쳐다보고서 알리시아에게, 너 거짓말이지? 영화가 한창 상영중인데 어떻게 그런 짓을 한단 말이야? 불편하기도 하고 들켰을 때 또 얼마나 놀랄지 알면서 말이야? 하고 말했어. 하지만 정말 그랬나 봐. 여자는 블라우스를 입지 않은 채로, 부서장은 그것이 공중에 우뚝 서 있는 채로 발견되었대. 이키토스는 파리 다음가는 죄악의 도시, 타락한 도시야. 알리시아가 수다쟁이라고는 생각하지 마. 너무 궁금해서 내가 몰래 캐낸 거야. 또한 만반의 태세를 갖추기 위해서이기도 하고. 이런 로레토 여자들에게서 나 자신을 지키려면 눈이 네 개, 손발이 여덟 개라도 모자라. 내가 뒤돌아서면 내 남편을 낚아채는 여자들이야. 알리시아도 가끔 꽉 조여서 구둣주걱을 사용해야 하는 핫팬츠를 입기는 하지만, 남자들을 유혹하면서 다니지는 않아. 아주 철저하고 빈틈이 없어. 이키토스의 뻔뻔스러운 여자들처럼 남자들에게 파렴치한 눈길을 던지지는 않아.

로레토 여자들이 얼마나 대담하고 염치가 없느냐 하면 말이야, 이런 바보! 가장 재미있는 최고의(아니면 최악의) 이야기를 해준다면서 그만 잊고 있었네. 우리가 이 허름한 집에서 자리를 잡아가는 중에 어떤 불상사를 당했는지 넌 상상도 못할 거야. 이키토스의 그 유명한 '세탁부'에 관해 들어봤니? 모든 사람이 포차, 어디 살다 왔어? 어디서 온 거야? 다들 이키토스의 그 유명한 '세탁부'를 알고 있는데, 왜 너만 몰라? 하고 말하더라. 난 아마도 바보였거나 귀가 있어도 듣지 못하는 귀머거리였나 봐. 치치, 하지만 난 치클라요에서도, 이카에서도, 그리고 리마에서도 이키토스의 '세탁부'에 관해서는 전혀 들어보지 못했어. 그건 그렇고, 이 집으로 이사 오고 나서 며칠이 지났을 때였어. 우리 침실은 아래층에 있고 창문은 거리와 마주 보고 있어. 그 당시만 해도 식모가 없었고—지금은 한 명 있는데, 내 마음까지 녹이는 아주 괜찮은 아이야—아주 뜻하지 않은 시간에 갑자기 우리 집 창문을 두드리는 소리가 나면서 여자 목소리가 들리곤 했어. "세탁부예요! 세탁할 옷 없나요?" 나는 창문을 열어보지도 않고 없다고 말하곤 했지. 나는 이키토스 거리에는 세탁부가 왜 그렇게 많은지 이상하다고 생각해보지도 않았어. 한편 식모 구하기는 왜 그렇게 어려운지도 생각하지 못했어. 사실 '일할 사람 구함'이라고 적은 조그만 종이를 붙여놓았었는데, 아주 뜸하게 한 사람 나타날까 말까 했거든. 그건 그렇고, 어느 날 아주 이른 시간이었어. 우리는 아직 침대에 있었는데, 창문을 두드리면서 "세탁부예요! 세탁할 옷 있나요?"라는 소리가 들렸어. 마침 더러운 옷이 수북이 쌓여 있었지. 여기는 끔찍할 정도로 더워서 땀을 엄청 흘리니까 하루에 두세 번씩 옷을 갈아입어야 하거든. 그래서 나는 마침 잘됐다고, 너무 비싸지만 않다면 이 세탁부에게 맡겨야겠다고 생각했지. 나는 잠깐만 기다리라고 소리치고서, 속옷 바람으로 일어나 문을 열어주러 나갔어. 바로 그때 이상한 일이 일어나고 있다는 걸 어렴풋이 깨달았어. 그 여자는 세탁 일만 빼고는 뭐든 할 수 있을 정도로 진하게 화장을 하고 있었거든. 하지만 나는 바보처럼 현실을 제대로 파악하지 못했어. 아주 매력적인 아가씨였어. 허리띠를 꽉 졸라맸는데, 그건 말할 필요도 없이 엉덩이 곡선을 강조하기 위해서였지. 그리고 매니큐어를 칠한 손톱도 아주 잘 정돈되어 있었어. 아가씨는 놀란 표정으로 나를 아래위로 훑어보았고, 나는 내가 이 여자에게 뭘 잘못했는지, 왜 나를 그런 눈으로 쳐다보는지 궁금했어.

나는 아가씨에게 들어오라고 말했고, 그녀는 집 안으로 들어왔지. 그런데 내가 말을 하기도 전에 그녀는 침실 문과 판타를 봤고, 무작정 다가가서 내가 감히 쳐다볼 수도 없는 자세로 네 형부 앞에 섰어. 손은 엉덩이에 가 있었고, 다리는 마치 공격 일보 직전의 수탉처럼 쫙 벌려져 있었어. 판타는 놀란 나머지 벌떡 일어나 앉았고, 여자의 갑작스러운 등장에 놀라서 눈이 튀어나올 것만 같았어. 나랑 판타가 침실 밖에서 기다리라고, 도대체 침실에서 뭘 하는 거냐고 말하기도 전에 그 여자가 어떻게 했는지 알아? 요금에 대해 이야기했어. 정상가의 두 배를 지불해야 한다고 말하고는 자기는 여자하고는 그런 일을 하지 않는다면서 그년이 나를 가리켰어. 날 죽도록 비웃어도 좋아. 어쨌든 네게 그런 기쁨을 선사하기 위해서라면 별의별 방법을 다 써줄 수도 있으니까. 그건 그렇고, 그 아가씨가 또 어떤 무례한 말을 했는지는 모르겠어. 그 순간 우리가 어떤 문제에 휩싸였는지 깨달았고 다리가 후들후들 떨리기 시작했어. 그래, 치치. 창녀, 매춘부였어! 이키토스의 '세탁부'들은 바로 이키토스의 갈보들이야. 세탁을 한다면서 집으로 배달 서비스를 하는 여자들이야. 그럼 이제 말해봐. 이키토스가 세상에서 가장 타락하고 음란한 도시니, 아니니? 판타 역시 무슨 일인지 깨달았고, 여기서 꺼져, 이 갈보야, 여기가 감히 어딘 줄 알고 들어와? 당장 여기서 나가! 하고 소리치기 시작했어. 그녀도 평생 그렇게 놀란 적은 없을 거야. 그리고 뭔가 잘못되었다는 걸 알고서 허겁지겁 쏜살같이 나가버렸어. 그년이 어떤 실수를 범했는지 알아? 우리가 타락한 사람들이고, 그래서 우리 셋이 함께 그짓을 하자고 자기를 집 안으로 들어오게 했다고 생각한 거야. 나중에 판타는, 누가 알겠어?

시험해볼 걸 그랬어, 하고 농담을 했어. 판타가 많이 변했다고 내가 이야기했지? 이제는 지나간 이야기라 웃으면서 농담도 할 수 있지만, 정말로 기분 나쁜 순간이었어. 온종일 나는 그 장면을 떠올리면서 창피해 죽는 줄 알았어. 내 동생 치치야, 이제 이 땅이 어떤 곳인지 알겠지? 갈보도 아닌 것들이 갈보가 되려고 애를 쓰고, 한순간이라도 한눈을 팔면 남편 없는 신세가 되는 도시야. 내가 저질렀던 실수를 봐.

이제 손에 쥐가 나, 치치. 이미 어두워졌고, 시간이 꽤 되었나 봐. 아마도 이 편지는 두툼한 가방에 넣어 보내야 할 것 같아. 빨리 답장하는지, 나처럼 길게 쓰고 이런저런 수많은 이야기를 늘어놓는지 한번 지켜보겠어. 아직도 로베르토와 사귀고 있니? 아니면 이미 바꿔치웠니? 모두 이야기해줘. 그리고 앞으로는 자주 편지 쓰겠다고 약속할게.

안녕, 치치. 너를 사랑하고 보고 싶어 하는 언니가.

포치타

1956년 8월 29일 밤부터 8월 30일까지

굴욕적인 모습, 고통스러우면서도 간지러운, 쓰라리고 부풀려진 이야기의 스냅사진. 프란시스코 볼로녜시 기념탑 앞에서 이루어진 엄숙하고 당당한 국가 제정 기념일 사열에서, 초리요스 군사학교 최고 학년에 재학중인 판탈레온 판토하 생도는 우아한 자세로 행군하다가 갑자기 항문과 직장에 벌에 쏘인 듯한 통증을 느끼고 온몸과 온 영혼이 고통스러워진다. 수백 명의 빈정거림이 눈물 어린 비밀의 상처를 난도질한다. 그는 으스러질 정도로 이를 꽉 악물고 식은땀을 줄줄 흘리면서 보조를 맞춰 행진한다. 초리요스 군사학교 교장인 마르시알 구무시오 대령이 알폰소 우가르테 학급에 베푼 즐겁고 흥거운 파티에서 구무시오 대령의 노련한 아내와 겨우 왈츠 스텝을 밟기 시작했는데, 최근 소위로 임관한 젊은 판탈레온 판토하는 갑자기 발톱이 얼어붙는 것 같다. 그의 품에 안긴 대령의 아내는 환한 표정을 짓고 있다. 대령과 그의 노련한 아내가 그날 밤 무도회를 시작하고 얼마 되지 않았을 때였다. 욕망에 불타는 간지러움, 감돌아드는 가려움, 작지만 날카로운 욕망이 그의 직장과 항문의 은밀한 부위를 열고 부풀리며 자극한다. 그의 눈에는 눈물이 괴고, 구무시오 대령 아내의 부드럽고 풍만한 허리와 두툼한 손 위로 압력을 늘이지도 줄이지도 않으면서, 병참 소위 판토하는 숨도 제대로 쉬지 못한 채 계속해서 춤을 춘다. 치클라요 제17연대 사령부 야전 텐트에서, 가까이 있는 박격포의 천둥 같은 소리와 따따따따 기관총 소리와 연말 기동 연습을 시작한 전위 중대 사격의 메마른 폭발음을 들으며, 판탈레온 판토하 중위는 칠판과 지도 앞에 서서 자신 있고 카랑카랑한 목소리로 장교단에게 군수품 보급과 배급 체제, 비축 물자와 식량 견적을 설명한다. 그런데 갑자기 놀랍고 얼얼하며 흥분되고 끈적끈적하며 톡톡 쏘는 증상 때문에 바닥에서 펄쩍 뛰고 싶은 심정이 된다. 그 증상은 항문 주위와 직장을 달아오르게 하고 따끔따끔하게 하며, 그 기관들을 부풀리고 통증을 번식시키며, 괴롭게 만들고 미치게 한다. 그런 느낌은 양쪽 궁둥이 사이에서 거미처럼 뻗어간다. 그는 갑자기 창백해지고, 별안간 식은땀으로 범벅이 되며, 불굴의 의지로 아무도 모르게 엉덩이를 오므리고, 몸을 떤 나머지 목소리는 희미해진다. 하지만 그는 계속해서 숫자를 전하고 공식들을 만들어내면서 숫자들을 더하고 뺀다. "수술을 받아야겠어." 레오노르 부인이 다정하게 속삭인다. "수술받도록 해요, 여보." 포치타가 부드럽게 같은 말을 되풀이한다. "여보게 친구, 당장 수술해서 떼어내." 루이스 렌히포 플로레스 중위가 말한다. "포경수술보다 더 쉬워. 게다가 자네의 남성보다는 덜 위험한 위치야." 군사병원의 안티파 네그론 소령은 폭소를 터뜨린다. "내가 버터로 만든 아이들 머리처럼 뾰족 튀어나온 세 곳을 단칼에 잘라주겠네, 판탈레온."

수술대 주위에서 일련의 움직임이 인다. 장을 합쳐 잇거나 붙이는 의사들과 작고 하얀 신발을 신은 간호사들의 조용한 동작이나 천장 거울에서 그를 향해 폭포처럼 쏟아지는 눈부신 빛줄기가 그를 더욱 괴롭힌다. "아프지 않을 거네, 판토하." 티그레 코야소스가 격려해준다. 그런데 그 목소리와 더불어 찢어진 눈과 떨리는 손, 그리고 달콤한 미소를 지닌 사람이 옆에 있다. 바로 짱꼴라 포르피리오다. "어금니 뽑는 일보다 더 빠르고 쉬워. 후유증도 없어, 판티타." 레오노르 부인이 안심시킨다. 그녀의 엉덩이와 이중 턱과 가슴은 너무나 커진 나머지 레오노르 쿠린칠라와 혼동될 정도다. 그는 수술대에 임산부 자세로 누워 있다. 벌어진 양다리 사이에서 안티파 네그론 박사는 메스와 솜, 그리고 가위와 위생용기들을 능숙하게 다룬다. 수술대 위에 몸을 굽히고 있는 사람이 또 있다. 그들은 몇몇 커플들처럼 때려야 뗄 수 없는 관계이며 동시에 서로 정반대되는 사람들이다. 이제 그 두 여자는 머리 주위를 맴돌며 그를 어린 시절과 사춘기 초입 시절로 되돌아가게 한다(로럴과 하디*, 맨드레이크와 로타**, 타잔과 제인). 한 명은 스페인 만틸라를 두른 뚱뚱한 산과 같고, 또다른 한 명은 곰보 자국이 있는 얼굴에 단발머리를 하고 청바지를 입은 어린 쭈그렁 할 멈이다. 그들이 거기서 뭘 하는지, 그들이 누구인지 몰라서—하지만 언젠가 수많은 사람 틈에서 스쳐 지나가며 봤던 기억이 희미하게 난다—그는 한없는 고통을 느낀다. 그런 고통을 멈추려는 시도도 하지 않은 채 그는 갑자기 울음을 터뜨린다. 그리고 자신의 깊고 시끄러운 흐느낌을 듣는다. "겁내지 마세요. 우리 특별봉사대의 첫 신병들이에요. 젖퉁이와 산드라인데, 모르겠어요? 얼마 전에 '추추페 하우스'에서 당신에게 소개한 사람들이에요." 젖빨개 후안 리베라가 그를 안심시킨다. 그는 더 작아진 것 같고, 슬픈 포치타의 연약하고 둥글며 벌거벗은 어깨에 올라앉은 작은 원숭이처럼 보인다. 그는 자신이 수치와 분노와 좌절과 증오로 죽을 수도 있다고 느낀다. 그는 이렇게 소리치고 싶다. "네가 감히 어떻게 우리 어머니와 포차 앞에서 비밀을 말하려고 해? 이런 얼치기, 팔불출! 이 썩어 문드러질 난쟁이야! 네가 감히 내 아내와 돌아가신 우리 아버지의 미망인 앞에서 특별봉사대 얘기를 꺼내?" 그러나 그는 입을 열지 못하고 그저 땀만 흘리며 괴로워한다. 네그론 박사는 작업을 끝내고 일어난다. 박사의 손에는 피 묻은 작은 조각들이 매달려 있다. 판타는 잠시 그것들을 보다가 적당한 때에 눈을 감는다. 티그레 코야소스가 너털웃음을 터뜨린다. "현실을 있는 그대로 봐야 해. 빵을 보고 빵이라 부르고, 포도주를 보고 포도

---

* 할리우드에서 활동한 유명한 희극배우 콤비.
** 1934년 리 포크가 만든 연재만화의 두 주인공.

주라고 불러야 해. 병사들은 욕구를 풀어야 하고, 자네는 그 해결책을 모색해야 해. 아니면 우리가 정액 폭탄으로 자네를 쏴버릴 테니까." "우리는 특별봉사대의 선구자적 경험을 위해 오르코네스 초소를 선택했네." 빅토리아 장군이 기쁜 표정으로 알려준다. 그러나 판탈레온은 눈과 손으로 레오노르 부인과 곱고 자상하며 수척한 포치타를 가리키면서 제발 신중하게 생각하여 입을 다물든지 나중에 말하거나 잊어버리라고 부탁한다. 하지만 빅토리아 장군은 막무가내다. "우리는 산드라와 젖퉁이 이외에도 자네가 이리스와 랄리타와도 계약을 했다는 사실을 알고 있네. 사총사, 만세!" 그는 결국 자신의 무기력함을 깨닫고 울기 시작한다.

그러나 이제 막 수술한 그의 침대 주위에서 레오노르 부인과 포치타는 사랑스럽고 다정하게 그를 바라본다. 한 점 악의의 그늘도 없다. 아무것도 모르는 그들의 눈에는 너무나 분명하고 솔직하게 위로하는 표정이 아로새겨져 있다. 그는 얄궂은 기쁨을 느끼고, 그런 느낌은 그의 몸을 타고 올라가면서 그를 조롱한다. 어떻게 특별봉사대가 아직 활동도 시작하지 않았는데 그녀들이 그것에 관해 알 수 있겠는가? 나는 아직 그녀들에게는 행복한 대위인 데다 심지어 치클라요의 기억이 아직 떠나지도 않았는데…… 그러나 네그론 박사가 젊고 환하게 웃는 여자 간호사와 함께(그는 여자 간호사를 알아보고 얼굴을 붉힌다. 포차의 친구 알리시아 아닌가!) 들어온다. 그녀의 팔에는 금방 태어난 아기처럼 세척기가 안겨 있다. 포치타와 어머니는 방을 떠나면서 그에게 친밀하면서도 거의 비극에 가까운 작별 인사를 한다. "무릎을 벌리고, 매트리스에 입을 맞추고, 엉덩이를 들게." 안티파 네그론 박사가 지시한다. 그리고 설명한다. "스물네 시간이 지났으니 장을 청소할 시간이네. 이 소금물 2리터가 자네가 평생 지은 중대하거나 가벼운 죄 모두를 씻어줄 걸세, 대위." 그는 바셀린으로 뒤덮여 있지만, 그리고 의사는 마법사처럼 솜씨가 좋은 사람이지만, 직장에 세척기를 집어넣자 비명이 터져나온다. 그러나 이제 액체는 따스하게 그의 내장 안으로 들어가고, 그는 더이상 고통을 느끼지 않는다. 심지어 쾌감을 느끼기까지 한다. 1분 동안 물이 들어가면서 거품이 일고 그의 배는 점점 부풀어오른다. 그러는 동안 대위 판토하는 눈을 감고 체계적으로 생각한다. '특별봉사대? 나에게 해가 되지 않을 거야. 절대로 해가 되지 않을 거야.' 그는 다시 비명을 지른다. 네그론 박사가 세척기를 빼고서 양다리 사이로 솜뭉치를 넣은 것이다. 간호사는 빈 세척기를 가지고 나간다. "지금까지 수술 후에 통증은 느끼지 않았지, 그렇지?" 의사가 묻는다. "그렇습니다, 소령님." 판토하 대위는 대답하면서 힘들게 몸을 꼬아 앉았더니, 곧 다시 일어난다. 한 손은 양쪽 궁둥이 사이에 꽉 끼워 넣은 솜을 누르고 있다. 그는 허리 아래로는 벌거벗은 채 마치 나무토막처럼 뻣뻣하게 화장실을 향해 걷는다. 의사가 부축해주면서 자비로우면서도 측은한 눈길로 그를 바라본다. 약간 따끔한 기운이 직장으로 퍼져나가기 시작하고, 코끼리 같은 복부는 근육이 빠르게 수축하면서 경련을 일으키고, 그는 갑작스러운 오한을 느끼면서 등줄기가 오싹해진다. 의사는 그가 변기에 앉도록 도와주더니, 손바닥으로 어깨를 가볍게 치면서 자기 철학을 요약한다. "이 경험 이후 자네 인생에서 일어날 모든 일이 훨씬 잘 풀릴 거라고 생각하면서 위안을 삼게나." 그는 화장실 문을 부드럽게 닫으면서 그곳을 떠난다. 판토하 대위는 이 사이에 수건을 하나 물고 있는 힘껏 깨문다. 그는 눈을 질 끈 감고서 무릎 사이에 양손을 놓는다. 200만 개의 털구멍이 마치 창문처럼 그의 온몸을 활짝 열고, 땀과 담즙을 토해낸다. 그는 있는 힘을 다해 마음속으로 되뇐다. "더이상 특별봉사대 일을 맡지 않겠어, 더이상 빌어먹을 특별봉사대 일은 맡지 않을 거야." 그러나 2리터의 물은 이미 내려와 미끄러지고 떨어지더니 갑자기 터져버린다. 그 물은 불같이 뜨겁고 날뛰는 악마와 같으며 치명적이고 살인적이고 배반적이다. 그것은 불과 칼과 송곳으로 만들어진 것 같은 고체 덩어리를 끌고 내려가면서 그를 초토화시키고, 따끔따끔 찌르며 얼얼하게 만들고 정신을 잃게 한다. 그는 사자처럼 울부짖고 돼지처럼 꿀꿀거리고, 동시에 하이에나처럼 웃으며 입에서 수건을 떨어뜨린다.

4

군함 '파치테아' 임무 지시 비밀 결정문

아마존 하천 지역 해군 사령관 페드로 G. 카리요 해군소장은 다음과 같은 사항을 고려함.

1. 아마존 하천 지역 해군은 외딴 지역에서 복무하는 병사와 하사관들의 오랜 숙원인 생리적, 심리적 문제를 해결하기 위한 목적으로 최근에 설립된 수국초특(수비대와 국경 및 인근 초소를 위한 특별봉사대) 책임자 판탈레온 판토하 행정대위로부터 특별봉사대 지휘초소 및 병참본부와 이용 기관 사이의 수송 체제 조직에 대한 협조와 편의 제공 요청을 받음.

2. 앞서 언급한 요청은 육군 행정과 보급 및 병참사령부(책임자 펠

리페 코야소스 장군)와 제5지구(아마존 지역) 사령부(사령관 로헤르 스카비노 장군)의 허가를 받음.

3. 해군사령부는 본 지원 요청을 긍정적으로 검토함. 이와 더불어 수국초특이 아마존 벽지에 위치한 해군기지로 업무 범위를 확장할 수 있는지 문의함. 앞서 언급한 지역에서 해군병사들 역시 특별봉사대 설립의 원인이 되었던 육군 사병 및 하사관들과 동일한 필요성과 욕구로 고통을 받고 있음.

4. 이 점에 관해 상의한 바, 판탈레온 판토하 행정대위는 수국초특이 앞서 언급한 제안에 동의하는 데 전혀 문제가 없다고 대답하였고, 이에 대해 아마존 하천 지역의 밀림 기지에 있는 해군부대들이 수국초특이 만든 설문에 응해야 한다고 밝힘. 이 설문은 수국초특을 필요로 하는 페루 해군병사들의 잠재적 인원을 파악하기 위한 것임. 이에 책임 장교들은 신속하면서도 신중하게 본 설문을 이행하였으며, 이용 가능자 327명, 이용자 월평균 희망 횟수 10회, 개인당 평균 희망 시간 35분이라는 자료를 도출해 제출함.

이에 다음과 같이 결정함.

1. 병원선으로 사용되었던 '파치테아' 호를 특별봉사대 병참본부와 이용 기관 사이의 아마존 유역 수송 수단으로 임시 할당함. 또한 상사 카를로스 로드리게스 사라비아의 책임하에 네 명의 승무원이 상주하도록 배정함.

2. 해군 군함 '파치테아'는 1910년 콜롬비아 전투에 참전하여 혁혁한 전공을 세우면서 활동을 개시한 선박으로, 해군에서 50년간 끊임

없이 봉사한 후 퇴역하여 현재 산타 클로틸데 항에 정박해 있음. 산타 클로틸데 항을 출발하기 전에 깃발과 기장을 비롯하여 페루 해군 소속 선박임을 알리는 다른 표시들도 모두 제거하기로 했으며, 판탈레온 판토하 행정대위가 지시한 대로 다시 도색하기로 함. 판토하 대위는 페루 해군 군함 색깔인 푸른빛이 감도는 회색이나 흰 구름과 같은 색이 되어서는 안 되며, 뱃머리와 선장실에 적혀 있는 원래의 이름 '파치테아'를 특별봉사대가 선택한 '이브'로 교체하라고 지시함.

3. (1) 새로운 임무를 부여하기 전에 상사 카를로스 로드리게스 사라비아와 그의 지휘를 받는 승무원들은 상관들에게 그들이 수행할 임무가 얼마나 민감하고 어려운 것인지 설명을 들었으며, 본 임무를 수행할 경우 단지 사복만을 착용하고 그들이 해군병사라는 사실을 숨겨야 한다는 지시를 받았음.

(2) 이동중에 그들이 듣거나 볼 것에 관해 최대한 비밀을 지켜야 한다는 지시도 받았음.

(3) 전체적으로 요약하면, 특별봉사대 성격에 관해 일체의 비밀 누설이나 언급을 피할 것을 명령받음.

4. 옛 페루 군함 '파치테아' 호가 새로운 임무를 수행하는 데 필요한 연료는 해군과 육군이 특별봉사대를 각각 활용한 횟수에 의거한 비율로 지급함. 이것은 매달 각 기관에 제공된 봉사 횟수나 수국초특이 할당된 육군 수비대나 하천 지역 기지로 이동한 횟수에 의해 결정됨.

5. 수국초특은 일급비밀에 해당하기 때문에, 본 계획은 당일 지시 시간에 읽어서도 안 되고, 군사기지에 게시해서도 안 되며, 단지 이 업무를 수행하는 장교들에게만 통보해야 함.

서명: 아마존 하천 지역 사령관 해군소장 페드로 G. 카리요

작성 일시 및 장소: 1956년 8월 16일, 산타 클로틸데 기지

참조: 페루 해군 참모본부, 육군 행정과 보급 및 병참사령부, 제5지구(아마존 지역) 사령부

수국초특

문서번호 3

발신: 수비대와 국경 및 인근 초소를 위한 특별봉사대

제목: 분홍돌고래 기름, 추추와시, 코코볼로, 클라보와스카, 와카푸루나, 이푸루로 및 비보라차도의 특성, 그리고 본인의 경험으로 파악한, 수국초특에서 그것들이 지니는 중요성 및 제안

취급: 1급 기밀

날짜 및 장소: 1956년 9월 8일, 이키토스

본인 페루 육군 행정대위이며 수국초특 책임 장교인 판탈레온 판토하는 육군 행정과 보급 및 병참사령부 사령관인 펠리페 코야소스 장군에게 정중하게 다음과 같이 보고함.

1. (1) 아마존 전 지역에 걸쳐 분홍돌고래 종류(아마존 강에 사는 돌고래)가 정력이 강한 피조물이라는 믿음이 널리 퍼져 있음. 이 고래

는 악마나 사악한 영혼의 도움을 받아 최대한 많은 여자를 성폭행하여 자신의 본능을 충족시키고, 이를 위해 그 어떤 여자도 거부할 수 없는 매우 남성적이고 근사한 인간의 모습을 취한다고 알려져 있음.

(2) 이런 믿음 때문에 또다른 믿음이 일반화됨. 즉, 분홍돌고래 기름이 성적 충동을 증가시키며, 남자들이 여자를 그냥 놔두지 못하게 만든다는 믿음임. 이런 이유로 시장과 가게에서 그 수요가 엄청남.

(3) 본인은 이런 민속신앙이나 미신 혹은 과학적 사실이, 특별봉사대 창설을 야기하고 확고히 한 문제와 어떤 형태로 관련이 있는지를 밝힐 목적으로 직접 실험함. 의사의 처방을 핑계 삼아 본 작업을 실행하면서, 본인은 본인의 어머니와 아내에게 일주일 동안 가정에서 만드는 모든 음식에 분홍돌고래 기름을 주원료로 사용할 것을 부탁했고, 그 결과는 다음과 같음.

2. (1) 이틀째부터 본인은 성욕이 갑자기 증가하는 것을 경험했으며, 이런 비정상적 상황은 이후 날이 갈수록 심해짐. 그주 마지막 이틀 동안 본인의 마음은 오로지 낮이건 밤이건(악몽에서도) 추잡한 생각과 남성적 행위로 가득했으며, 전반적인 신경계를 비롯하여 집중력과 작업 능률이 심각하게 저하됨.

(2) 그 결과 본인은 실험을 했던 일주일 동안 아내에게 부탁하여 하루 평균 2회의 은밀한 관계를 가질 수 있었음. 이는 본인이 이키토스에 오기 전에는 열흘에 한 번, 이키토스에 도착한 이후로는 사흘에 한 번 부부관계를 가져왔다는 사실에 비춰볼 때, 본인 자신도 매우 놀랍고 도발적인 것이었음. 이키토스에 도착한 이후부터 부부관계 횟수가 증가한 것은 의심의 여지 없이 본인의 상관들이 이미 확인한 요인들

(더위와 습한 분위기)로 인해, 아마존 땅을 밟은 바로 그날부터 본인의 정액 분출 충동이 증가하는 경험을 했기 때문임.

(3) 동시에 본인은 분홍돌고래 기름의 정력 증강 기능은 남성에게만 영향을 미친다는 것을 확인할 수 있었음. 물론 본인의 아내가 흥분제의 영향을 받았다손 치더라도 불굴의 정신으로 숨겼을 수도 있다는 사실을 고려해야 함. 이는 '숙녀'라는 이름에 걸맞은 여자는 그 누구라도 단정함과 정숙함을 자연스러운 감정으로 여기기 때문이며, 본인은 본인의 아내가 '숙녀'라는 사실이 자랑스러움.

3. (1) 본인은 상관들에게 위임받은 임무를 가장 완벽하게 완수하고자 하는 노력을 아끼지 않았으며, 심지어 본인의 육체적 건강에 피해를 입고 가정의 평화가 깨질 수도 있다는 위험을 무릅씀. 그런 소망으로 본인은 남성성의 회복이나 강화를 위해 로레토의 민간요법과 민간주술이 제안하는 몇몇 처방을 손수 시험함. 이런 남성성 회복이나 강화는 이곳에서 사용되는 속어—이런 표현을 용서해주기 바람—로 '죽은 사람 깨우기' 혹은 보다 더 저속하게 '음경 치료'라고 부름. 본인은 여기서 단지 몇 가지만을 언급하고자 하는데, 이 지역에서는 섹스와 관련된 모든 것이 매우 예민하고 또 다양하기 때문임.

(2) 말 그대로 이런 종류의 처방은 수천 가지를 상회하며, 따라서 최선의 노력을 다하여 격리된 개인이 혼자 이 실험을 위해 일생을 희생할 각오가 되어 있더라도 그 목록을 철저하게 작성한다는 것은 불가능하다고 봄. 이것은 미신이 아니라 민간전승의 지식이라는 점을 인정해야만 함. 가령 추추와시, 코코볼로, 클라보와스카나 와카푸루나 등의 나무껍질은 술에 우려내 먹으면 즉각적이고 무제한적 성욕을 야기

하며, 이는 남성성을 보여주는 행위 이외에는 그 무엇으로도 잠재울 수 없음. 특히 이푸루로와 소주의 혼합물은 생식기관에 거의 천문학적인 속도로 작용하며 매우 강력함. 그것을 들이켜자마자 본인은 도저히 감출 수 없는 열병과 상상을 초월하는 부끄럽고 당황스러운 행위를 경험함. 이유는 불행하게도 그 경험이 본인의 집에서가 아니라 나나이 해변에 있는 '어둠'이라는 야간업소에서 이루어졌기 때문임.

(3) 그것보다 더 지독하고 정말로 마귀적 성질을 지닌 것으로는 비보라차도라는 것이 있음. 이것은 독사를 넣어 담근 소주로서 특히 살진 뱀을 사용하는데, 앞서 언급했던 그 어느 것보다도 강력한 효과를 야기함. 본인은 이키토스에 있는 또다른 야간업소인 '밀림'에서 우연히 그것을 마시게 되었는데, 즉시 그것이 딱딱해졌고, 굉장한 열정에 사로잡힌 나머지 자제심과 마음의 평정을 되찾기 위해 아직 그것이 줄어들지 않은 상태로, 앞서 언급한 업소의 불편한 화장실로 달려가서 사춘기 이후 사라졌다고 생각했던 혼자서 하는 악습에 도움을 청해야만 했음.

4. 앞서 설명한 모든 이유로 본인은 상부에 수비대와 국경 및 인근 초소의 모든 사병 및 하사관들에게 제공되는 음식 제조 과정중에 분홍돌고래 기름을 사용하는 행위와, 군부대의 각 병사가 그 기름을 사용하는 행위를 절대 금지할 것을 요구함. 마찬가지로 코코볼로와 클라보와스카, 와카푸루나, 이푸루로, 비보라차도와 같은 정력제를 액체나 고체 형태, 혹은 순수 상태나 다른 것과 혼합한 상태 등 그 어떤 형태로든 사용하는 것을 즉시 금지하고, 위반 시에는 처벌할 것을 요청함. 그러지 않을 경우 이미 과도한 수요에 직면해 있는 특별봉사대

는 더 많은 요구로 폭격을 당할 것임.

　5. 본 서류는 본인의 가정생활에 관해 극히 은밀한 비밀 정보를 담고 있는바, 이 서류에 대해 비밀을 유지하고 가능하면 읽은 다음 파기할 것을 요청함. 본인은 육군이 본인에게 부여한 매우 힘든 업무를 수행하기 위해 헌신했지만, 본 서류가 발표될 경우 동료 장교들의 비웃음과 농담의 대상이 될지도 모른다는 생각에 몹시 걱정스러우며 불안해하고 있음.

　하느님의 은총이 깃들길.

　서명: 대위(행정장교) 판탈레온 판토하
　참조: 제5지구(아마존 지역) 사령관 로헤르 스카비노 장군

　※ 검토결과
　1. 판토하 대위의 제안을 규정으로 명문화하고, 따라서 제5지구의 막사와 야영지, 그리고 초소의 모든 지휘관에게 오늘 이후 취사 준비 중에 앞서 열거된 성분이 포함된 재료나 약, 향신료 사용을 절대 금지할 것을 지시함.
　2. 판토하 대위의 요청에 따라, 상기자의 가정 및 개인생활에 대한 부적절한 내용이 포함된 관계로 수국초특 3번 서류는 소각할 것을 지시함.

　　　　육군 행정과 보급 및 병참사령부 사령관 펠리페 코야소스 장군
　　　　　　　　　　　　　　　1956년 9월 18일, 리마

페루 공군 제37호 카탈리나 수상비행기 '레케나'호와 관련된 비밀결정문

페루 공군 아마존 지역 제42공군대대 대대장 안드레스 사르미엔토 세고비아 대령은 다음과 같은 사항을 고려함.

1. 행정대위 판탈레온 판토하는 육군 상부 기관의 허가와 지원을 받아 최근에 설립된 특별봉사대 인력을 이타야 강변에 위치한 병참본부부터 이용 기관까지, 그리고 이용 기관부터 병참본부까지 상시적으로 이동시키기 위해 제42공군대대의 협조를 요청하였음. 이용 기관들은 대부분 고립된 지역에 위치해 있는바, 특히 우천 시에는 항공편만이 유일한 수송수단임.

2. 페루 공군 참모부의 행정 및 개발 사령부는 육군의 의견을 존중하여 본 요청에 응하기로 결정함. 그러나 특별봉사대 성격에 관하여 이견이 있음을 통보함. 그것은 특별봉사대가 공군의 고유 업무 및 통상적 업무와 그다지 관련이 없으며, 본 기관의 명성과 명예에 위험을 초래할 수 있다고 여기기 때문임. 그러나 이것은 단순한 추측에 불과하며, 결코 자매 기관의 업무에 간섭하고자 하는 의도는 없음.

이에 다음과 같이 결정함.

1. 페루 공군 소속의 제37호 카탈리나 수상비행기 '레케나'호를 앞서 언급한 업무가 실행될 수 있도록 임대 조건으로 제공함. 아마존 지역 제42대대 공군 정비 및 기술부에서 '레케나'호를 다시 비행할 수 있는 조건으로 만들어주는 즉시, 앞서 언급한 업무가 원활히 이루어질 수 있도록 조치함.

2. 모로나코차 항공기지를 이륙하기 전 제37호 카탈리나 수상비행기는 수국초특에 필요한 서비스를 제공하는 동안 페루 공군 소속임이 절대 드러나지 않도록 철저히 위장하여야 함. 따라서 판토하 대위의 요청에 따라 동체와 날개 부분을 도색하고(빨간색 테두리 안에 파란색과 초록색을 사용함), 이름도 '레케나'에서 '델릴라'로 변경함.

3. 페루 공군 소속의 제37호 카탈리나 수상비행기 조종사로 제42공군대대 하사관을 임명함. 해당 연도에 가장 많은 징계와 견책을 받은 하사관임.

4. 장기간 사용으로 페루 공군 소속의 제37호 카탈리나 수상비행기가 기술적 결함을 보일 수 있음을 고려하여, 아마존 지역의 제42공군대대 기술자가 매주 정기적으로 점검하고자 함. 해당 기술자는 비행기 수리 및 기술 지원을 위해 사복 차림을 하고 수국초특 병참본부로 비밀리에 수송될 것임.

5. 특별봉사대가 카탈리나 수상비행기를 최대한 주의하여 사용하도록 판토하 대위에게 요청함. 본 비행기는 1929년 3월 3일 루이스 페드라사 로메로 중위가 처음으로 이키토스에서 유리마과스까지 직접 비행한 것으로, 페루 공군의 진정한 역사적 유물이기 때문임.

6. 페루 공군 소속의 제37호 카탈리나 수상비행기의 보수와 사용에 드는 모든 비용과 연료는 수국초특에서 전적으로 책임짐.

7. 본 결정문은 최대 기밀을 요하는 관계로 본 업무 관계자에게만 통보되어야 함. 앞서 언급된 사람을 제외하고 타인에게 본 내용을 전파하거나 공유하는 자는 60일간의 강제부역에 처함.

서명: 페루 공군 대령 안드레스 사르미엔토 세고비아

작성 일시 및 장소: 1956년 8월 7일, 모로나코차 공군기지

참조: 페루 공군 참모부의 행정 및 개발 사령부, 육군 행정과 보급 및 병참사령부, 제5지구(아마존 지역) 사령부

바르가스 게라 군부대 의무단 내부 지침서

바르가스 게라 군부대 의무단 책임자인 로베르토 키스페 살라스 사령관은 제5지구(아마존 지역) 사령부의 비밀 지령에 의해 다음과 같은 지침을 승인함.

1. 의무단 소속의 안티파 네그론 아스필쿠에타 소령은 감염증 및 전염병 분과의 남자 간호사와 실습 의무장교 중에서 제5지구 사령부가 수국초특의 향후 의료 지원을 위해 지정한 지시 사항을 충실히 이행할 수 있도록 과학적이고 도덕적인 면에서 가장 잘 훈련된 인원을 선발할 예정임.

2. 금주에 네그론 아스필쿠에타 소령은 선정된 간호사나 실습 의무장교에게 수국초특에서 담당할 업무를 예상하여 속성 이론 및 실천 교육을 실시할 예정임. 담당 업무는 기본적으로 이, 빈대, 서캐, 진드기, 벼룩 등의 소재를 파악할 뿐만 아니라, 특별봉사대를 구성하는 여성 신병들의 성병 및 음부 감염과 음부 전염병을 찾는 것임. 이 검사는 본 신병들이 수국초특 이용 기관으로 출발하기 직전에 실시됨.

3. 네그론 아스필쿠에타 소령은 위생보조원에게 구급약품을 제공

할 것이며, 그 외에 질 검사를 위한 탐침과 밑받침대, 손가락에 끼우는 고무 덮개, 그리고 흰 가운 두 벌, 고무장갑 두 벌, 적절한 분량의 공책을 제공할 것임. 위생보조원은 바르가스 게라 군부대 의무단에 수국초특 위생지원소의 양적, 질적 작업 결과를 작성하며 매주 보고하여야 함.

4. 본 지침은 단지 관계자에게만 전달하고, '일급기밀'로 분류하여 보관할 것.

서명: 의무단장 로베르토 키스페 살라스
작성 일시 및 장소: 1956년 9월 1일, 바르가스 게라 군부대
참조: 제5지구(아마존 지역) 사령부, 수비대와 국경 및 인근 초소를 위한 특별봉사대(수국초특) 책임자 행정대위 판탈레온 판토하

알베르토 산타나 소위가 그의 지휘하에 있는 오르코네스 초소에서 실시된 수국초특 시험 비행에 관해 제5지구(아마존 지역) 총사령부에 보내는 보고서

상부의 지시에 따라 알베르토 산타나 소위는 제5지구(아마존 지역) 사령부에 본인이 지휘하고 있는 나포 강 위 초소에서 일어난 사건에 관해 다음과 같이 보고함.

오르코네스 초소가 수비대와 국경 및 인근 초소를 위한 특별봉사대 활동의 첫 시범 대상으로 선정되었다는 사실을 상부로부터 보고받고, 본인은 이 작전의 성공을 위해 모든 편의를 제공할 준비를 했으며, 무

선통신을 통해 판탈레온 판토하 대위에게 시범 경험에 앞서 준비 사항에 대해 문의함. 판토하 대위는 직접 나포 강으로 이동하여 예비조사와 본 실험 경과를 감독할 것이니 아무 준비도 필요하지 않다고 대답함.

실제로 9월 12일 월요일 오전 10시 30분경에 본 초소 앞에 있는 나포 강에 초록색 수상비행기가 착륙함. '미친놈'이라는 별명의 비행사가 조종하는 수상비행기 기체에는 빨간 글씨로 '델릴라'라는 이름이 새겨져 있었으며, 승객으로는 사복을 입은 판토하 대위와 추추페라는 여인이 탑승하고 있었음. 추추페는 기절 상태였기 때문에 업어서 내려야 했음. 그녀의 혼절 이유는 바람으로 인해 비행기 동체가 몹시 흔들려 이타야 강부터 나포 강까지 비행하는 동안 몹시 겁을 먹었기 때문임. 게다가 그녀의 진술에 따르면 비행사가 그녀의 공포심을 가중시켰고, 그것을 즐기기 위한 의도로 비행 도중 계속해서 위험하고 쓸모없는 공중곡예를 했으며, 그녀가 그것을 견딜 수 없었기 때문임. 앞서 언급한 여인은 의식을 되찾자 욕설과 천박한 몸짓으로 조종사를 공격하려고 했고, 사태에 종지부를 찍기 위해 판토하 대위가 개입해야만 했음.

가벼운 식사 후 마음의 평정을 되찾자, 판토하 대위와 그의 협력자는 다음날 9월 13일 실시 예정인 시범 경험에 필요한 모든 준비를 시작함. 준비 작업은 참여 인력과 지형 파악 두 가지로 이루어짐. 첫번째와 관련하여 판토하 대위는 본인의 도움을 받아 본 초소에 근무하는 22명의 사병과 하사관들—상사 이상의 부사관들은 제외됨—에게 일일이 특별봉사대의 수혜를 받고 싶은지 질문하고 특별봉사대의 성격과 임무를 설명하면서 이용자 명단을 작성함. 사병들은 처음에는 믿을 수 없다는 불신감을 가지고 반응했으며, 따라서 모두가 시범에 참여하기를 거부함. 이것은 그들이 "이키토스로 가고 싶은 자원자들!"을 모집한다면서 자원하는 사병들에게 화장실 청소를 명하는 것과 같은 일종의 '전략'이라고 생각했기 때문임. 바로 이런 이유로 앞서 언급한 추추폐가 나타나 사병들의 의심과 불신을 해소하기 위해 천하고 상스러운 언어로 다시 설명해야 했음. 우선 사병들은 들뜬 기분으로 떠들었으며, 이후 엄청나게 흥분한 나머지 상사 이상의 부사관들과 본인은 그들을 진정시키기 위해 최대한의 기운을 써야 했음. 22명의 사병과 하사 중 21명이 특별봉사대 이용 지원자로 신청했으며, 유일하게 빠진 사병은 이병 세군도 파차스임. 그는 시범 경험이 13일 화요일에 이루어지기 때문이라고 지적했으며, 미신을 믿고 있었기에 그날 그 행사에 참가하면 틀림없이 불행이 닥칠 것이라고 확신했음. 오르코네스 초소 위생병의 지적으로 이용 가능자 명단에서 상병 우론디노 치코테도 제외되었음. 이는 그가 피부 발진 현상을 보였고, 여성 신병을 통해 나머지 사병들에게 퍼트릴 가능성이 있기 때문임. 이렇게 총 20명의 이용자 명단이 최종 작성되었고, 이들과 의논한 끝에 제공될 봉사의 보답으로 수국초특이 정한 가격을 각자의 월급에서 제하기로 합의함.

  지형상의 준비 사항은 기본적으로 수국초특 첫 파견 전문가들에게 할당할 네 곳의 장소를 마련하는 것으로 이루어졌고, 추추페라는 여자의 지시 아래 실행되었음. 이 여인은 비가 올 경우를 대비하여 지붕이 있어야 하며, 청각적 혼선이나 경쟁심 유발을 방지하기 위해 되도록 붙어 있지 않은 장소가 좋겠다고 했음. 그러나 불행히도 이런 요청을 완전히 만족시킬 수는 없었음. 본 초소의 지붕 덮인 시설을 살펴본 결과, 상부에서도 알고 있는 것처럼 그런 곳은 매우 협소했기 때문에 가장 적합한 장소로 식품 창고와 통신실, 그리고 의무실이 선정되었음. 그나마 면적이 넓은 식품 창고는 두 개의 칸막이 방으로 나뉘었고, 식료품 상자를 칸막이로 사용하였음. 앞서 언급한 추추페는 이후 각 장소에 지푸라기 매트리스나 고무 매트리스를 갖춘 침대를 갖다 놓거나 그물침대를 설치하고, 해당 물품이 망가지거나 다른 액체가 침투하지 못하도록 방수용 유포를 씌울 것을 요청함. 초소 막사에서 추첨으로 선정된 네 개의 침대와 매트리스가 앞서 언급한 장소로 즉시 옮겨졌지만, 그녀가 요구한 방수용 유포는 구할 수 없었기 때문에 비가 올 때 사용하는, 기계와 병기를 덮는 타르 칠한 방수포로 대체함. 또한 이 시기에 극성을 부리는 모기와 같은 해충들이 봉사활동에 장애가 되지 않도록 모기장을 설치하는 작업을 진행함. 추추페 부인이 요구한 요강을 각 방에 제공할 수 없었기 때문에—본 초소에는 앞서 언급한 요강이 단 한 개도 비치되어 있지 않음—네 개의 사료용 양동이가 제공되었음. 각 방에 세면대와 물 양동이를 설치하는 데는 하등의 문제가 없었으며, 또한 각 방에 옷을 걸기 위한 의자나 상자 혹은 긴 의자를 비롯하여 두 개의 두루마리 화장지를 제공하는 것에도 문제가 없었음. 여성 신병들이 이 마지막 물품을 많이 사용하므로—본 지역처럼 고립된 곳에서는 신문이나 포장지처럼 화장지를 대체할 것이 전혀 없음—나뭇잎을 사용하다가 사병들 사이에 심각한 피부 염증과 두드러기가 생긴 경우가 있음을 감안하여, 본인은 가능한 한 빠른 시기에 본 물품을 보급해줄 것을 병참사령부에 요청하는 바임. 마찬가지로 앞서 언급한 추추페는 각 방에 커튼을 설치하는 일이 필요불가결한 것이라고 지적함. 커튼으로 방을 완전히 어둡게 만들지 않으면서도 햇빛의 강도를 약화시킴으로써, 그녀의 경험에 의하면 봉사에 가장 적절한 분위기를 자아낸다고 함. 추추페 부인이 제안한 꽃무늬 커튼을 구할 수는 없었지만, 그다지 큰 문제가 되지 않았음. 에스테반 산도라 상사가 군대용 담요와 외투를 이용하여 일종의 커튼을 독창적으로 고안해냈고, 각 방에 어두운 분위기를 제공하여 소기의 목적을 달성함. 이외에도 봉사활동이 끝나기 전에 어두워질 경우를 대비하여, 추추페 부인은 각 방의 전등을 붉은 천으로 씌우도록 하면서 이러한 분위기가 본 행위를 실행하는 데 가장 적절하다고 강조함. 마지막으로 앞서 언급한 추추페 부인은 각 방에 여성적 취향을 엿볼 수 있는 것들이 어느 정도 갖춰져야 한다고 요구하면서, 두 신병의 도움을 받아 야생화의 꽃과 줄기로 손수 작은 꽃다발을 만들었고, 그 꽃다발을 각 방의 침대 머리 판에 멋지게 배치하였음. 이 작업을 마지막으로 준비 작업은 종료되었고, 수송 인력이 도착하기를 기다리는 일만 남았음.

  다음 날인 9월 13일 화요일 14시 15분에 오르코네스 초소의 선착장에 첫번째 특별봉사대 파견단이 닻을 내렸음. 초록색으로 갓 칠한 뱃머리에 빨갛고 굵은 글씨로 '이브'라는 이름이 적힌 수송선이 눈에 들어오자마자, 초소 병력은 그날의 일과를 종료하고 열렬한 환호성을 지르면서 환영의 표시로 모자를 공중으로 던졌음. 판토하 대위의 지시에 따라 시범 경험 동안 그 어떤 민간인도 초소에 접근하지 못하도록 경비체제가 가동되었음. 하지만 오르코네스에서 가장 가까운 마을은 나포 강 상류의 케추아 원주민 마을로, 강을 따라 배로 이틀을 올라가야 있다는 사실을 염두에 둔다면 민간인이 접근할 위험은 거의 없음. 여자 신병들의 단결된 협조 덕택에 하선 작업은 매우 질서정연하게 이루어졌음. 수송선 '이브'는 민간인으로 위장한 해군 상사 카를로스 로드리게스 사라비아와 네 명의 승무원이 통솔했고, 이들은 판토하 대위의 지시에 따라 '이브'호가 오르코네스에 머무르는 내내 선상에 남아 있었음. 특별봉사대는 판토하 대위의 두 협력자가 관장하고 있었는데, 이들은 포르피리오 욍과 별명이 '젖빨개'라는 사람이었음. 본 특별봉사대는 네 명의 여자 신병으로 구성되어 있었으며, 그들이 하선용 트랩에 모습을 보이자 모든 사병이 손뼉을 치며 맞이했음. 네 신병의 이름은 랄리타, 이리스, 젖퉁이, 산드라(네 신병은 성姓을 밝히기를 거부했음)였음. 네 사람이 하선하자 젖빨개와 추추페가 식품 창고로 그들을 집결시켜 휴식을 취하게 하면서 지시 사항을 전달했고, 그러는 동안 앞서 언급한 포르피리오 욍은 문 앞에서 경비를 섰음. 봉사대원들의 출현이 초소의 사병들을 들뜨게 했다는 점을 감안하여, 활동 개시 시간으로 정해진 오후 다섯시까지 여자 신병들을 숙소에 격리시키는 것이 적절했지만, 이것은 수국초특 내에서 약간의 문제를 야기했음. 어느 정도 지나 여독이 풀리자, 앞서 언급한 여자 신병들은 주위를 살펴보고 초소를 산책하고 싶다는 이유를 대면서 집결지에서 벗어나려고 했기 때문임. 수국초특 호송 책임자들이 그런 행동을 허락하지 않자, 언성을 높이고 욕을 해대면서 항의를 했고, 심지어 강제로 문을 열려고 시도하기도 했음. 한곳에 여자 신병들을 격리 수용하기 위해 판토하 대위가 식품 창고로 들어가야만 했음. 참고로 하나의 일화를 소개하자면, 이병 세군도 파차스는 특별봉사대가 도착하고 얼마 후 불운과 싸울 만반의 준비가 되었다면서 자기도 이용자에 포함시켜달라고 요청했으나, 최종 명단이 이미 작성된 관계로 그 요청은 거부되었다는 사실을 언급함.

16시 55분에 판토하 대위는 봉사대원들에게 각자 할당된 방으로 이동할 것을 지시했으며, 이에 앞서 이미 추첨에 의해 랄리타와 젖퉁이는 식품 창고, 산드라는 통신실, 이리스는 의무실로 배정되었음. 감독관의 자격으로 판토하 대위는 식품 창고 앞에, 본인은 통신실 앞에, 그리고 상사 마르코스 마라비야 라모스는 의무실 앞에 자리를 잡았으며, 각자 스톱워치를 휴대했음. 17시 정각에 보초를 제외한 나머지 사병들의 일과가 종료되자 20명의 이용자들은 대형을 이루어 정렬하라는 지시를 받았고, 그들에게 봉사대원을 선택하라고 지시함. 그러자 처음으로 심각한 문제가 발생함. 20명 중에서 18명이 단호하게 젖퉁이를 선호한다고 의사를 표시했고 나머지 두 명은 이리스를 선택하면서, 두 봉사요원에게 이용 지원자가 없는 사태가 발생했기 때문임. 결정을 내려야 할 필요성이 대두되자 판토하 대위가 해결책을 제안했고, 본인은 실행에 옮겼음. 해결책은 다음과 같음. 복무 기록 카드에 따라 이번 달 최고의 품행을 보여준 다섯 명은 그들이 요청한 젖퉁이에게 배정되었으며, 가장 많은 징계와 견책을 받은 병사 다섯 명은 산드라에게 배정됨. 이는 그녀가 네 명의 봉사요원 중에서 외모에 가장 결함(얼굴에 얽은 자국이 많음)이 많기 때문임. 다른 사병들은 두 그룹으로 나뉘어 추첨을 통해 이리스와 랄리타가 있는 장소로 향했음.

다섯 명으로 이루어진 네 그룹이 형성되자, 봉사 장소에 들어간 이후 최대 20분 이상 초과할 수 없으며, 이것은 수국초특 규정에 의한 정상적인 최대 봉사 시간이고, 대기자들은 행동중인 동료들을 교란시키지 않도록 최대한 정숙하며 자제심을 발휘해달라고 간단하게 설명함. 바로 그 순간 두번째 심각한 문제가 발생함. 그것은 모두가 전문봉사대원의 봉사를 가장 먼저 받기 위해 각 그룹의 선두 자리를 차지하려고 싸우면서, 서로 밀치고 말다툼을 벌였기 때문임. 다시 한번 질서를 유지하라고 지시를 내린 후, 추첨을 통해 순서를 정해야 했음. 이로 인해 약 15분이 지체됨.

17시 15분에 개시 명령을 내림. 시범 작전은 예상 시간 내에서 최소한의 불상사만 야기하면서 성공적으로 마쳤다는 사실을 먼저 이야기할 필요가 있음. 각 이용자에게 허락된 봉사전문가와의 만남 시간에 관해 판토하 대위는 만족스럽고 완벽한 봉사를 하기에는 너무 짧지 않을까 걱정했지만, 그 시간은 오히려 너무 길었다는 결과가 나옴. 가령 본인이 측정했던 산드라 그룹의 대상자 다섯 명이 이용한 시간은 1번 사병 8분, 2번 사병 12분, 3번 사병 16분, 4번 사병 10분이었으며, 5번 사병은 3분이라는 기록을 세움. 다른 그룹에 속했던 사병들도 이와 비슷한 시간을 기록함. 어쨌거나 판토하 대위는 이런 기록은 일반적인 현상으로서 상대적으로 유효한 것에 불과할 뿐이며, 그 이유는 오르코네스가 워낙 고립된 곳으로 이용자들이 너무나 오래(몇몇은 6개월) 이곳에서 지낸 탓에 비정상적으로 행위를 빨리 끝내는 경향이 있기 때문이라고 지적함. 앞서 언급한 젖빨개와 추추페가 각 방의 양동이에 담긴 물을 교환하기 위해 봉사와 그 이후 봉사 사이에 몇 분간 기다리는 시간이 있었다는 점을 감안한다면, 본 작전은 시작부터 끝까지 두 시간이 채 걸리지 않았다는 결론을 도출할 수 있음. 시범 경험 동안 몇 가지 사건이 벌어지긴 했지만 그다지 중대한 성격을 띤 것은 아니며, 심지어 어떤 사건은 줄을 서서 기다리는 이용자의 긴장을 완화시켜줄 정도로 재미있고 유용한 것이었음. 가령 본 초소는 18시가 되면 〈신치의 소리〉라는 프로그램을 듣기 위해 매일 이키토스의 '라디오 아마존' 방송에 주파수를 맞추어 스피커로 내보는데, 송신장치를 자동으로 설정해놓았다는 사실을 잊은 초소 라디오 조작자의 방심으로 이 아나운서의 목소리가 오르코네스 전역에 소란스럽게 울려 퍼지면서, 사병들은 왁자지껄한 웃음을 터뜨리고 즐거워했음. 특히 봉사대원 산드라와 일병 에스테반 산도라가 속옷 바람으로 뛰쳐나오는 순간에 그런 소란이 벌어졌음. 이들은 통신실에서 봉사 업무를 수행하고 있었기 때문에 갑자기 소리가 나자 소스라치게 놀랐던 것임. 다른 사건은 식품 창고에서 젖퉁이와 랄리타의 방이 함께 붙어 있다는 점을 이용하여 랄리타 줄 마지막에 서 있던 이병 아멜리오 시푸엔테스가 악의적으로 젖퉁이 봉사요원의 방에 들어가려고 하면서 발생했음. 이미 상부에서도 감지했을 테지만, 젖퉁이는 오르코네스 초소 사병들 사이에서 가장 많은 인기를 얻었던 대원임. 판토하 대위는 이병 시푸엔테스가 경솔한 시도를 하면서 대열을 이탈한 것을 적발하여 엄하게 견책함. 바로 그 식품 창고에서 마찬가지로 또다른 불상사가 일어났음. 이 사안은 수국초특 요원들이 출발한 후 본인에 의해 발견된 것임. 봉사에 할애된 시간이나 혹은 그 이전에, 특별봉사대원들이 식품 창고에 모여 있는 동안 누군가가 식품 상자를 개봉한 후 일곱 개의 참치 통조림을 비롯하여 네 개의 비스킷 상자와 두 개의 음료수 상자를 꺼내 갔는데 아직까지 범인은 확인하지 못함.

요약하자면, 이런 사소한 사건 중 하나만 제외하고서 작전은 19시에 성공리에 종결되었고, 본 초소 사병들 사이에 몹시 만족스럽고 평화로우며 기쁨에 넘치는 분위기가 팽배해졌음. 그리고 본인은 각자의 봉사가 끝날 무렵 몇몇 이용자가 두 번의 봉사를 받기 위해 다시 줄을 설 수도 있느냐(동일한 줄이거나 다른 줄)고 질문했다는 사실을 밝히는 것을 잊고 있었음. 이런 요청은 판토하 대위에 의해 즉각적으로 거부됨. 판토하 대위는 수국초특이 최대 작전 규모에 도달할 경우, 반복해서 봉사를 받을 가능성을 연구할 것이라고 설명함.

시범 경험이 끝나자마자 네 명의 봉사대원과 민간인 협력자 젖빨개와 추추페, 그리고 포르피리오 웡은 이타야 강변에 위치한 병참본부로 돌아가기 위해 '이브'호에 탑승했으며, 판토하 대위는 '델릴라'를 타고 출발함. 수상비행기 조종사가 앞서 언급한 추추페에게 규정대로 운전하겠으며, 전날과 같은 사고는 반복되지 않을 것이라고 여러 차례 말했지만, 그녀는 비행기로 되돌아가는 것을 거부함. 오르코네스를 떠나기 전, 하사관들과 일반 사병들의 박수와 감사 속에서 판토하 대위는 수국초특 대원들에게 최대한의 편의를 베풀어주고 시범 경험을 성공리에 마칠 수 있도록 도와준 것에 대해 감사를 표했으며, 이번 경험이 그에게 매우 유익했고, 향후 특별봉사대의 작업과 통제 및 이동 체제를 개선할 수 있는 완벽한 밑그림을 그리게 해주었다고 덧붙였음.

이 보고서가 매우 유용하게 쓰이기를 바라며, 오르코네스 초소에 근무하는 네 명의 상사와 준위가 서명한 청원서를 상부에서 긍정적으로 검토해주기 바람. 이것은 향후 중간 지휘관인 부사관들도 수국초특을 이용할 수 있도록 허락해달라는 것으로, 본 경험이 하사 및 일반 사병들의 심리적, 육체적 안정에 매우 효과적이었다는 점에 의거하여 본인 역시 이런 요청이 받아들여지기를 재청하는 바임.

하느님의 은총이 깃들길.

서명: 나포 강 소재 오르코네스 초소장 알베르토 산타나 소위
날짜: 1956년 9월 16일

육군 행정과 보급 및 병참사령부

회계 및 경리과

비밀 결정문 제069호

행정부대 장교 혹은 제5군사지구(아마존 지역) 막사와 야영지 및 초소에서 행정 기능을 담당하는 부사관들에게 오늘 1956년 9월 14일자로 사병 수당과 중사 이하 하사관 월급 총액에서 수비대와 국경 및 인근 초소를 위한 특별봉사대(수국초특)가 제공한 봉사에 대한 요금을 제할 수 있는 권한을 부여함. 상기 공제는 다음과 같은 규정에 입

각하여 엄격하게 시행되어야 함.

1. 상부의 허가를 받아 수국초특이 책정한 요금은 어떤 경우나 상황에서도 단지 두 종류만 있음을 밝힘.

사병: 1회 봉사당 20솔

하사관(하사 및 중사): 1회 봉사당 30솔

2. 매달 허용된 최대 봉사 횟수는 8회이며, 최소 횟수는 제한 없음.

3. 공제된 총액은 행정장교나 행정 담당 부사관에 의해 수국초특에 송금될 것임. 수국초특은 봉사대원들의 봉사 횟수에 의거하여 매달 보수를 지급함.

4. 본 제도의 확인 및 통제를 위해 다음과 같은 절차를 따를 것임. 행정장교나 행정 책임을 맡은 부사관은 본 결정문과 함께 일정 분량의 마분지 쿠폰을 받게 될 것임. 쿠폰은 두 종류로, 각각 수국초특의 상징 색깔을 쓰고 있으며 그 어떤 표시도 없음. 빨간색 쿠폰은 사병들이 사용하는 것이며, 따라서 20솔의 가치를 지님. 초록색 쿠폰은 하사 및 중사용이며, 따라서 30솔임을 의미함. 매달 첫날 사병과 중사 이하의 하사관들에게 최대 봉사 횟수에 해당하는 숫자의 쿠폰, 즉 8매를 배당할 것임. 쿠폰 1매는 이용자가 봉사를 받을 때마다 봉사요원에게 지급함. 매달 마지막 날 사병과 하사 및 중사들은 본 병참본부에 미사용 쿠폰을 반환하여야 하며, 매달 말일 반환되지 않은 쿠폰의 수에 해당하는 액수가 공제됨. (쿠폰을 분실했거나 찾지 못했을 경우, 손해액은 수국초특이 아닌 봉사요원에게 지급됨.)

5. 도덕성과 품위상의 이유로 이런 회계 작업의 성격과 관련하여 최대한의 비밀을 유지해야만 함. 수국초특의 봉사료 공제는 지구대나

야영지 혹은 초소 장부에 암호로 나타내야 함. 이를 위해 다음과 같은 명목을 사용할 수 있음.

(1) 군복 비용 공제

(2) 무기 훼손비 공제

(3) 가족 이주비 가불

(4) 체육 활동비 공제

(5) 과식 비용 공제

본 결정문 제069호는 부대에 공지되지 않을 것이며, 회람이나 당일 지시로 통보되지도 않을 것임. 행정장교나 행정부사관은 부대 사병들이나 중사 이하의 하사관들에게 본 내용을 구두로 통지하면서, 동시에 이 점에 관해 최대한 비밀을 유지하도록 교육할 것. 이와 같은 사항은 군의 명성을 해치거나 모욕적인 비판을 야기할 수 있는 미묘한 것이기 때문임.

서명: 육군 행정과 보급 및 병참사령부 부장 에세키엘 로페스 로페스 대령

위의 내용을 준수하고 배포할 것.

펠리페 코야소스 장군

1956년 9월 14일, 리마

콘타마나 제7기갑부대 알폰소 우가르테의 군종신부 아벤시오 P. 로하스 대위가 제5지구(아마존 지역) 군종신부단 중령에게 보내는 서신

1956년 11월 23일, 콘타마나

군종신부단 중령
고도프레도 벨트란 칼릴라
로레토 이키토스

존경하는 벨트란 중령님께

제 의무를 준수하기 위해 중령님께 다음과 같이 보고합니다. 저희 부대는 이달 연속하여 두 번이나 창녀단의 방문을 받았습니다. 이 창녀들은 이키토스에서 왔으며, 배를 타고 이곳에 도착하였고, 막사에서 머물렀습니다. 이들은 장교들의 완전한 묵인 아래 공공연히 사병들을 상대로 육체를 파는 일에 종사했습니다. 제가 알기로는 앞서 언급한 두 번의 경우 키가 작고 흉하게 생긴 작자가 창녀단을 이끌었으며, 그는 이키토스의 사창가에서 '젖빨개' 혹은 '푸포'라는 별명으로 알려진 작자입니다. 저는 이 사건을 단지 들어서만 알고 있기에 보다 자세한 사항은 말씀드릴 수 없습니다. 두 번 모두 저는 세가라 아발로스 소령의 명령에 의해 사전에 부대에서 떨어진 곳에 있어야만 했기 때문입니다. 첫 방문이 있던 날, 중령님께서도 익히 잘 알고 계신 것처럼 저는 제 몸에 상당한 피해를 준 간염에서 아직 완전히 회복되지 않은 상태였습니다. 하지만 이런 사항은 전혀 고려하지 않은 채 아발

로스 소령은 본 부대의 납품업자가 죽어가고 있으니 그에게 종부성사를 해줄 것을 지시했습니다. 저는 악취 나는 진구렁을 여덟 시간이나 걸어 그가 사는 곳으로 갔지만, 그는 술이 곤드레만드레 취해 있었고, 원숭이에 물린 하찮은 상처 하나만 팔에 나 있었습니다. 두번째로 창녀단이 방문했을 때, 소령은 야전 텐트에 축성을 내리라는 지시를 하달했습니다. 그곳은 탐험가들이 대피하는 장소로, 와야가 강을 열네 시간이나 거슬러 올라가야 합니다. 중령님도 아시겠지만 그건 정말이지 터무니없는 임무였습니다. 우리 육군 역사상 그런 초라한 시설에 축복을 내리는 일은 흔하지 않기 때문입니다. 분명히 그 두 번의 지시 모두 제가 제7기갑부대가 매음굴로 변한 광경을 목격하지 못하도록 만든 핑계에 불과합니다. 그러나 저는 중령님께 그로 인해 제가 매우 고통스러울 수는 있었을지라도, 두 번의 쓸모없는 여행으로 야기된 육체적 피로와 심리적 좌절감을 느끼지는 않았을 것이라고 감히 말씀드릴 수 있습니다.

존경하는 중령님, 재차 간곡히 부탁드리건대 중령님의 존귀한 특권으로 영향력을 발휘하시어, 제가 하느님의 아들이자 영혼의 목자로서 보다 커다란 영적 은혜를 베풀 수 있도록, 보다 건전한 부대로 전보발령을 내달라는 요청을 받아주시기 바랍니다. 중령님을 힘들게 한다는 위험을 무릅쓰면서 다시 한번 말씀드립니다. 무한한 냉소와 계속된 비웃음을 감내할 수 있는 도덕적 요새나 신경계는 없다고 말입니다. 저는 장교들뿐만 아니라 사병들에게도 이미 그런 냉소와 비웃음의 대상입니다. 모두가 군종신부는 부대의 오락물이며 웃음거리라고 확신하는 것 같습니다. 그런 비열한 장난의 희생양이 되지 않은 채 하루도 온전히 지낼 수 없는 실정입니다. 그들은 제가 한창 미사를 집전하는 동안 감실에 성체 대신 쥐를 가져다놓는 불경스러운 행위를 저지르기도 하고, 제가 눈치 채지 못하도록 제 등에 외설스러운 그림을 붙여 모든 부대원의 비웃음을 사게 하며, 혹은 제게 맥주를 마시자고 권하는데 그것이 오줌이었던 경우도 있었습니다. 이외에도 보다 수치스럽고 모욕적이며 심지어 제 건강을 위협하는 경우도 있었습니다. 저는 세가라 소령이 이런 모욕적 행위를 사주하고 선동하는 것이라고 의심했으며, 이런 추측은 이제 분명한 사실로 판명되었습니다.

이런 사실들을 중령님께 알려드리오니 창녀단의 방문에 관해 제5지구 총사령부에 보고서를 보내야 옳은지, 아니면 중령님께서 손수 이 문제를 처리하시는 것이 좋은지, 그렇지 않으면 이 주제에 관해 철저히 침묵을 지키는 것이 바람직한지 가르쳐주시면 고맙겠습니다.

중령님의 고명하신 조언을 기다리고, 중령님의 건강과 축복을 위해 기도를 올리면서 중령님의 부하가 애정 어린 인사를 보냅니다.

서명: 제5군사지구(아마존 지역) 콘타마나 소재 제7기갑부대 알폰소 우가르테의 군종신부 아벤시오 P. 로하스 대위

군종신부단 중령이자 제5지구(아마존 지역) 군종신부단장 고도프레도 벨트란 칼릴라가 콘타마나 소재 제7기갑부대 알폰소 우가르테의 군종신부 아벤시오 P. 로하스 대위에게 보내는 서신

1956년 12월 2일, 이키토스

군종신부단 대위
아벤시오 P. 로하스
로레토 콘타마나

대위에게

 파이타처럼 고독하고 의지할 곳 없는 지역에 살게 된 것에 다시 한 번 유감을 표하고 싶소. 제7기갑부대 알폰소 우가르테를 방문한 여성 대표단은 수비대와 국경 및 인근 초소를 위한 특별봉사대(수국초특)에 소속된 봉사대원들이오. 이것은 육군에 의해 조직 관리되고 있으며, 이 기관에 대해서는 내가 내 휘하에 있는 모든 군종신부에게 이미 몇 달 전에 군종신부단 회람 04606호를 통해 통보하였소. 수국초특의 존재는 군종신부단 마음에 전혀 들지 않으며, 아직 나 자신도 달갑지 않소. 하지만 선장이 지휘하는 우리 기관에서 선원이 왈가왈부할 수 없다는 사실을 귀관에게 다시 주지시킬 필요는 없다고 생각하오. 따라서 우리는 눈을 감고서 우리의 상관들에게 빛을 내려주어 가톨릭교회와 군 윤리 관점에서 그것을 커다란 실수라고 여길 수 있게 해달라고 하느님께 기도하는 수밖에 없소.
 편지의 나머지 내용에서 언급한 귀관의 불평에 대해서 나는 귀관을 엄하게 꾸짖을 수밖에 없소. 세가라 아발로스 소령은 귀관의 상관이며, 귀관에게 부여하는 임무가 유용한지 불필요한지를 판단하는 것은 귀관이 아니라 그의 몫이오. 귀관의 의무는 소령의 명령을 가능한 한 신속하고 효과적으로 이행하는 것이오. 귀관이 비웃음의 대상이 되고 있다는 것은 나도 물론 유감이며 그것에 대해 내게도 일말의 책임이 있다고 여기오. 하지만 나는 다른 사람들의 사악한 본능보다 귀관의 우유부단한 성격에 더 문제가 있다고 느끼고 있소. 귀관이 사제이자 군인이라는 이중의 지위로 인해 큰 존경을 받도록 하는 것은 그 누구보다도 바로 귀관의 의무라는 사실을 상기시킬 필요가 있겠소? 나도 15년간 군종신부로 일하고 있지만, 내게 존경을 표하지 않은 경우는 단 한 번밖에 없었소. 귀관에게 자신 있게 말하는데 그 버릇없는 작자는 지금 자기 머리를 쥐어박으며 살 것이오. 성직자의 옷을 입은 것은 치마를 입은 것이 아니오, 로하스 대위. 그리고 군에서는 여성적 성향을 지닌 군종신부를 너그럽게 봐주지 않소.

복음에서 말하는 유순함을 잘못 이해했는지 아니면 단지 귀관의 무력함 때문인지는 모르겠지만, 우리 종교인들이 남자가 아니며 가슴에 털도 없는 나약한 사람들이고, 사원에서 장사치들과 맞서 채찍을 휘두르셨던 그리스도를 본받을 수 없는 경멸스러운 존재라는 인상을 주는 데 귀관이 이바지했다면, 그건 지극히 유감스러운 일이오.

품위를 지키고 보다 용기를 내기 바라오, 로하스 대위!

제5군사지구 군종신부단 단장 고도프레도 벨트란 칼릴라 중령

5

"판타, 일어나요." 포치타가 말한다. "판티타, 벌써 여섯시예요."
"울리 아기 사관생도가 움직였어?" 판타가 눈을 비빈다. "배 만져 봐도 돼?"
"그렇게 바보처럼 말하지 마요. 왜 그렇게 짱꼴라처럼 말하는 거예요?" 포치타는 짜증이 난다는 듯 손짓을 한다. "아뇨, 움직이지 않았어요. 자, 만져봐요. 뭐가 느껴져요?"
"이 미친 '형제들'은 이제 심각한 문제가 되었습니다." 바카코르소가 〈오리엔테〉 신문을 흔들면서 말한다. "이 사람들이 모로나코차에서 한 짓을 보셨습니까? 총으로 쏴 죽여도 모자란 놈들입니다. 그나마 경찰이 규정에 따라 소탕 작전을 펴고 있는 게 다행이지요."
"일러나봐, 울리 아기 사관생도." 판타는 포치타의 배꼽에 귀를 갖다 댄다. "기상나팔 솔리 못 들었어? 뭘 기달리는 고야? 어서 일러나, 어서 잠 깨."

"그렇게 말하는 거 마음에 안 들어요. 모로나코차 아이 일로 내가 얼마나 긴장하고 초조해하는지 모르겠어요?" 포치타가 나무란다. "배를 너무 세게 누르지 마요. 아이가 다칠지도 모른단 말이에요."

"여보, 난 그냥 장난한 거야." 판타가 손가락으로 자기 눈을 잡아당긴다. "내 조수 중에 한 사람 말투가 입에 붙어버렸어. 겨우 그런 거 가지고 화낼 거야? 자, 그러지 말고 키스나 해줘."

"우리 아기 사관생도가 죽었을지 몰라 두렵단 말이에요." 포치타는 자기 배를 어루만진다. "어젯밤에 움직임이 없었는데, 오늘 아침에도 여전히 그래요. 분명히 무슨 일이 있는 거예요, 판타."

"부인, 평생 이렇게 정상적인 임신은 처음 봤습니다." 아리스멘디 박사가 진정시킨다. "모든 게 정상이니 전혀 걱정하지 마십시오. 단 한 가지, 긴장하거나 불안해하지 마세요. 그리고 모로나코차의 비극에 관해서는 생각하지도 말하지도 마시고요."

"고럼 잘리에서 일어나 운동을 합시다, 포차 뿌인." 판타가 침대에서 뛰어내린다. "자, 한나, 둘, 한나, 둘."

"당신, 정말 싫어요. 당신이 고꾸라져서 죽었으면 좋겠어요. 왜 내가 싫다는데 계속 그런 말투를 고집하는 거죠?" 포치타는 베개를 던진다. "짱꼴라처럼 말하지 마요, 판타."

"여보, 행복해서 그래. 모든 게 잘되어가고 있거든." 판타는 팔을 굽혔다 폈다 하더니 쭈그리고 앉아 토끼뜀을 뛴다. "육군이 내게 부여한 임무를 잘해내리라고는 생각지도 못했어. 그런데 불과 6개월 만에 그 임무를 너무나 훌륭하게 수행해서 나조차도 놀랄 지경이야."

"처음에는 당신이 첩자가 된다는 게 너무 걱정스러웠어요. 악몽도 꾸고 자면서 울기도 하고 소리도 질렀잖아요." 포치타가 혓바닥을 내민다. "하지만 이제는 정보부 활동이 마음에 드나 봐요."

"물론 나도 그 끔찍한 이야기를 알고 있네." 판토하 대위가 고개를 끄덕인다. "불쌍한 우리 어머니가 그 광경을 직접 목격했다는 사실을 생각해보게, 바카코르소. 어머니는 충격 때문에 기절까지 하셨어. 사흘 동안 병원에 입원해서 치료를 받았는데 신경과민이셨지."

"얘야, 여섯시 반에 나가야 한다고 하지 않았니?" 레오노르 부인이 고개를 내민다. "아침상 차려놓았다."

"어머니, 금방 목욕하고 나올게요." 판타는 몸을 풀더니 혼자서 권투 연습을 하고서 로프에서 뛰어내린다. "안녕, 레오놀르 뿌인."

"도대체 무슨 일이 있었기에 네 남편이 저러니?" 레오노르 부인이 놀란다. "너랑 나는 이 도시에서 일어난 일 때문에 가슴이 조마조마해 죽겠는데, 네 남편은 종달새보다도 더 즐거운 표정이구나."

"비밀은 미스 블라질이지요." 짱꼴라 포르피리오가 속삭인다. "추추페, 당신에게 맹쎄해요. 그 사람 어제 알라딘 판둘로 식당에서 그 여잘 만났고, 싸팔뜨기가 되어벌렸어요. 너무나 감탄한 나머지 눈이 돌아벌렸어요. 추추페, 이번에는 녹아떨어지고 말았어요."

"지금도 그렇게 예뻐? 아니면 한물갔어?" 추추페가 말한다. "마나우스로 간 다음에는 한 번도 본 적이 없어. 그때는 '미스 브라질'이 아니라 '올가'였지."

"기똥차게 예뻐서 쓸려질 정도예요. 눈하고 젖 말고도 평생 진열장에서 산 여자철럼 보였어요. 정말이지 옹동이 하나는 쭉여줘요." 짱꼴라 포르피리오는 휘파람을 불면서 공중을 만지작거린다. "살람들리 말하길, 그 여자 때문에 두 녀석이 쭉었대요."

"두 사람이라고?" 추추페가 머리를 저으며 부정한다. "내가 아는 바로는 미국 선교사 놈밖에 없어."

"그럼 학생은 어떻게 된 거죠?" 젖빨개가 코를 후빈다. "경찰서장 아들인데 모로나코차에서 목을 매단 사람 말이에요. 그녀 때문에 죽은 거 아니에요?"

"아니야, 그건 사고였어." 추추페는 젖빨개의 코에서 그의 손을 떼어내면서 손수건을 건네준다. "그 코흘리개는 마음을 추스른 상태였어. '추추페 하우스'에 다시 와서 근사한 계집애들이랑 함께 즐겼어."

"하지만 그 녀석 침대에서 아무 여자한테나 '올가'라고 불렀어요." 젖빨개가 코를 풀고서 손수건을 돌려준다. "우리가 그 학생을 지켜보면서 얼마나 웃어댔는지 기억 안 나요? 무릎을 꿇고서 그 여자들이 올가라고 상상하면서 발에 키스했어요. 그 학생은 사랑을 잊지 못해 죽은 거예요. 나는 그렇다고 확신해요."

"난 왜 당신이 확신 못 하는지 알아요, 냉혹한 추추페." 짱꼴라 포르피리오는 자기 가슴을 탕탕 친다. "젖빨개와 내게 넘쳐흐르는 것이 당신에게는 부족해요. 그건 발로 마음이에요."

"정말 안됐어요, 어머니. 진심으로 위로를 표하고 싶어요." 포치타는 몸서리를 친다. "저는 그저 그 끔찍한 사건을 듣고 읽기만 했는데도 악몽을 꾸고, 그 사람들이 우리 아기 사관생도를 십자가에 못 박는 걸 보면서 소스라치며 잠에서 깨요. 그런데 어머니는 눈으로 직접 그 어린아이를 보셨으니, 어떻게 제정신일 수가 있겠어요. 아, 어머니, 저는 지금 그 사건을 말하고만 있는데도 온몸에 소름이 돋아요."

"올가를 봐. 평생 문제만 일으켰어." 추추페가 생각에 잠겨 말한다. "마나우스에서 돌아오자마자 볼로네시 영화관에서 저녁 영화 상영시간에 경찰 부서장이랑 일하는 장면을 들켰고. 아마 브라질에서도 그렇게 했을 거야!"

"야하고 뻔뻔한 여자, 바로 내가 좋아하는 스타일이에요." 젖빨개가 자기 입술을 깨문다. "여기도 죽여주고 저기도 죽여주죠. 버드나무처럼 키가 크고, 심지어 똑똑해 보이기까지 해요."

"이 빌어먹을 놈아, 지금 당장 강물에 빠져 죽고 싶어?" 추추페가 그를 떠민다.

"당신 화를 돋우려고 농담한 거예요." 젖빨개는 펄쩍펄쩍 뛰고 그녀에게 입을 맞추더니 폭소를 터뜨린다. "내 마음속에는 당신밖에 없어요. 다른 사람은 직업적인 관점에서만 봐요."

"판토하 씨가 벌써 그 여자랑 계약했어?" 추추페가 말한다. "그 사람이 여자의 덫에 빠져드는 걸 봤으면 좋겠어. 사랑에 빠지면 남자들 마음은 부드러워지거든. 그 사람은 너무 꼿꼿해. 그게 바로 판토하 씨에게 필요한 거야."

"글러고 싶지만, 그는 돈이 없어요." 짱꼴라 포르피리오가 하품을 한다. "아이, 졸려. 이 특별봉사대에서 유일하게 마음에 안 드는 게 발로 쌔벽에 일러나는 거예요. 젖빨개, 쩌기 여자들리 오고 있어."

"택시에서 내릴 때부터 눈치 챘어야 했어." 레오노르 부인이 이를 부딪치며 덜덜 떤다. "하지만 그러지 못했어, 포치타. '방주'에는 평소보다 사람이 더 많았고, 다들 반쯤 정신이 나간 상태이긴 했지만 왜 눈치 채지 못했는지 모르겠어. 사람들은 기도하고 소리를 지르며 울고 있었어. 공중에서는 전기 불꽃이 튀고 게다가 천둥 번개도 쳤어."

"안녕하세요, 행복하고 기운찬 봉사대원 여러분." 젖빨개가 노래한다. "자, 건강진단을 해야 하니 한 줄로 서세요. 싸우지 말고 먼저 온 순서대로. 군대에서 하듯이, 우리 판토하의 마음에 들게 말이에요."

"눈이 왜 구래? 밤에 무쓴 일 있었어, 피추사?" 짱꼴라 포르피리오가 뺨을 가볍게 꼬집는다. "봉싸대원 일로는 충뿐하지 않나 보지?"

"계속해서 네 마음대로 일하면 여기 오래 못 있을 거야." 추추페가 경고한다. "판토하한테 그 말을 수없이 들었을 텐데."

"이런 표현을 써서 미안하지만, 특별봉사대원으로 근무하는 동안 창녀 일은 할 수 없어." 판토하가 지시한다. "당신들은 육군의 민간인 봉사대원이지 성매매하는 사람들이 아니야."

"추추페, 난 아무 일도 안 했어요." 피추사는 포르피리오에게 손톱을 보여주고, 자기 궁둥이를 손바닥으로 찰싹 때리면서 입장을 굽히지 않는다. "감기에 걸려 밤에 잠을 못 잤기 때문에 얼굴이 이런 거란 말이에요."

"더이상 그 사건에 대해선 얘기하지 마세요, 어머니." 포치타가 그녀를 껴안는다. "의사가 그 아이를 생각하지 말라고, 그리고 저에게도 그 사건에 대해 생각하지 말라고 했잖아요. 기억나시죠? 세상에, 그 가엾은 것. 아이를 보셨을 때 이미 죽어 있었죠? 아니면 그때까지도 신음하고 있었나요?"

"젖빨개, 나는 더이상 건강검진을 받지 않겠다고 맹세했어요. 난

검진을 받지 않겠어요." 젖퉁이가 두 주먹을 자기 엉덩이에 갖다 댄다. "저 간호사 보통내기가 아니에요. 앞으로 나한테 절대 손 못 대게 하겠어요."

"그럼 내가 만져주겠어." 젖빨개가 소리친다. "저 안전 수칙 안 읽었어? 자, 읽어, 읽어봐. 도대체 무슨 개소리를 지껄이고 있는지 말이야."

"'지체하지 말고 잔소리도 하지 말고 명령에 복종할 것'." 추추페가 읽어준다.

"달른 건 읽지 않았어?" 짱꼴라 포르피리오가 소리 지른다. "쩌기 한 달 전부터 붙어 있었어."

"'명령을 이행한 후에만 명령에 대해 이의를 제기할 수 있다.'" 추추페가 읽어준다.

"글을 읽을 줄 몰라서 안 읽었어요." 젖퉁이가 웃는다. "난 그걸 자랑스럽게 여기고요."

"젖퉁이 말이 맞아요, 추추페." 털보녀가 앞으로 걸어 나온다. "저 놈은 우리를 등쳐먹는 작자예요. 건강진단이란 건 우리를 이용해먹기 위한 술수에 불과하다고요. 병을 찾아낸다는 핑계로 손을 편도선까지 집어넣어요."

"지난번에는 내가 따귀를 때려줬죠." 코카가 등을 긁는다. "바로 여기를 물었거든요. 알다시피 내가 경련을 일으키는 부위잖아요."

"자, 줄을 서요. 간호사도 감정이 있는 남자니까 너무 불평하지 마요." 추추페가 손뼉을 치고 웃으면서 여자들을 야단친다. "은혜를 저버리지 마요. 우리 특별봉사대가 당신들을 검사해주고 항상 건강하게 지켜주는데, 더이상 뭘 바라는 거예요?"

"자, 한 줄로 서서 들어가요, 아가씨들." 젖빨개가 지시한다. "판토하가 자기가 도착하면 즉시 출발할 수 있도록 우리 대원들에게 만반의 준비를 하라고 했어요."

"그래, 이미 죽어 있었던 것 같아. 소나기가 내리기 시작하자마자 그 아이를 못 박았다고 했으니까." 레오노르 부인의 목소리가 떨린다. "적어도 내가 그 아이를 봤을 때는 움직이지도 않았고 울지도 않았어. 아주 가까이에서 그 아이를 봤단다."

"내 요청서를 스카비노 장군에게 전달했나?" 판토하 대위는 나뭇가지에서 햇볕을 쬐고 있는 왜가리를 겨냥해 총을 쏘지만, 총알은 빗나간다. "날 만나주겠다고 했나?"

"아침 열시에 사령부에서 기다리실 겁니다." 바카코르소 중위는 숲 위로 미친 듯이 날갯짓을 하면서 멀어져가는 새를 바라본다. "하지만 마지못해 수락하셨습니다. 대위님도 아시다시피 장군님은 특별봉사대를 결코 승낙하지 않으셨습니다."

"그건 나도 잘 알고 있네. 지난 7개월 동안 딱 한 번 만날 수 있었어." 판토하 대위는 다시 엽총을 들고서 텅 빈 거북딱지를 향해 총을 쏜다. 그러자 딱지가 먼지를 일으키며 떨어진다. "바카코르소, 그게 옳다고 생각하나? 이게 보통 힘든 임무가 아닌데도 스카비노 장군은 나를 못마땅하게 여기고 수상한 작자로 생각해. 마치 내가 특별봉사대를 고안해내기라도 한 것처럼 말이야."

"그걸 고안하시지는 않았지만 아주 기막히게 만드셨습니다, 대위님." 바카코르소 중위는 귀를 막는다. "특별봉사대는 이제 현실이 되었고, 군에서 인정을 받았을 뿐만 아니라 찬사도 받고 있습니다. 대위님의 작업을 자랑스럽게 여기셔도 좋습니다."

"아직 그럴 수 없네. 그건 희망일 뿐이야." 판토하 대위는 빈 탄창을 던지고 이마의 땀을 닦고는 다시 총알을 장전하고서 중위에게 건네준다. "아직 모르겠나? 지금은 매우 어려운 상황이야. 절약하면서 노력한 결과 우리는 매주 500회의 서비스를 제공하고 있지. 하지만 이 숫자로는 턱없이 부족해. 감질나게만 할 뿐이야. 우리가 얼마나 많은 수요를 충족시켜야 하는지 아나? 1만이야, 1만, 바카코르소!"

"점차로 그렇게 될 겁니다." 바카코르소 중위는 힘들게 나무를 겨냥하고서 총을 발사하여 비둘기 한 마리를 죽인다. "대위님의 불굴의 의지와 작업 방식을 볼 때, 1만 번의 섹스에 도달할 수 있을 것이라고 확신합니다, 대위님."

"주당 1만 번이라고?" 스카비노 장군이 인상을 쓴다. "판토하, 너무 과장된 숫자네."

"아닙니다, 장군님." 판토하 대위의 얼굴이 빨개진다. "그건 과학적 통계입니다. 이 차트를 보십시오. 매우 신중하게 계산된 숫자이며, 심지어 매우 보수적 관점에서 접근한 숫자입니다. 여기를 보십시오. 매주 1만 번의 봉사는 '기본적인 심리적, 생물학적 필요성'에 해당하는 것입니다. 하사와 중사, 그리고 일반 사병들의 '남성성의 완전한 충족'을 이루려면, 매주 5만 3200회라는 수치가 나옵니다."

"정말 그 불쌍하고 가련한 작은 천사가 그때까지도 작은 손과 발에서 피를 흘렸나요, 어머니?" 포치타는 말을 더듬으면서 눈을 크게 뜨고 입을 크게 벌린다. "모든 '형제들' '자매들'이 그 작은 몸에서 흘러나오는 피로 흠뻑 젖었단 말이에요?"

"까무러치겠군." 벨트란 신부가 숨을 헐떡인다. "도대체 누가 자네 밥그릇에 그런 빌어먹을 생각을 집어넣었나? 누가 '남성성의 완전한 충족'이 교접을 함으로써만 이루어진다고 말했나?"

"최고의 성 전문가, 생물학자, 심리학자들입니다, 신부님." 판토하 대위가 시선을 떨어뜨린다.

"신부가 아니라 중령이라고 부르라니까, 제기랄!" 벨트란 신부가 소리친다.

"죄송합니다, 중령님." 판토하 대위는 굽 소리가 나도록 차려 자세를 취하면서 어찌할 줄 모른다. 그는 가방을 열어 서류를 꺼낸다. "여기 보고 자료를 가져왔습니다. 이것들은 프로이트, 해블록 엘리스, 빌헬름 슈테켈, 『리더스 다이제스트』, 그리고 우리나라 사람인 알베르토 세긴 박사의 작품에서 발췌한 글입니다. 중령님께서 책을 참고하고 싶으시다면 병참본부 도서관에 비치되어 있습니다."

"여자들뿐만 아니라 이제는 막사에 포르노도 유포하고 있기 때문에 그런 말을 한 걸세." 벨트란 신부는 탁자를 탁탁 친다. "나도 그걸 잘 알고 있네, 판토하 대위. 귀관의 조수인 난쟁이가 보르하 수비대에서 더러운 책자를 나눠주었네. 바로 『이틀 밤의 쾌락』과 『독거미 마리아의 일생과 정열과 사랑』이라는 책이야."

"그것은 남성의 발기를 가속화함으로써 시간을 절약하고자 할 목적 때문이었습니다, 중령님." 판토하 대위가 설명한다. "지금 저희는 정상적인 방법으로 하고 있습니다. 문제는 저희에게 자료가 충분히 없다는 것입니다. 싸구려 판본이라 책을 펼치기만 해도 종이가 떨어져 나가고 맙니다."

"그 아이는 조그만 눈을 감고 있었어. 조그만 머리는 마치 그리스도의 모형처럼 가슴 위로 떨어져 있었고." 레오노르 부인은 두 손을 모은다. "멀리서 보니까 꼭 아기 원숭이 같았어. 하지만 너무나 하얀 육체가 내 관심을 끌어서 가까이 다가가봤지. 십자가 바로 아래까지 갔고, 거기서 나는 깨달은 거야. 아, 포치타, 죽는 순간까지도 그 가련한 어린 천사가 내 눈앞에서 사라지지 않을 것 같아."

"그러니까 한 번만 그런 것도 아니고, 그 악마 같은 난쟁이가 주도한 것도 아니란 말이군." 벨트란 신부는 씨근거리면서 땀을 흘리고 숨막혀 한다. "그런 책자들을 사병들에게 선물한 장본인이 바로 특별봉사대란 소리군."

"선물할 예산이 없기 때문에 빌려주는 겁니다." 판토하 대위가 분명하게 밝힌다. "서너 명으로 이루어진 봉사대는 한나절 동안 50명, 60명, 80명의 병사들에게 봉사해야 합니다. 그 소설들은 아주 훌륭한 결과를 낳았고, 그래서 저희가 그 방법을 사용하는 것입니다. 사병들이 줄을 서서 기다리는 동안 그 책자를 읽고, 그들은 책을 읽지 않은 사병들보다 2분이나 3분 정도 빨리 행위를 마칩니다. 특별봉사대 보고서에도 설명되어 있습니다, 중령님."

"맙소사. 이제 내가 죽기 전에 속세의 모든 이야기를 들을 수 있겠군." 벨트란 신부는 휴게실에서 팔을 흔들더니 군모를 집어 쓰고, 차려 자세로 선다. "내 조국의 육군이 이런 타락의 나락으로 빠질 것이라고는 상상도 못했습니다. 이 모임의 결과가 제게는 몹시 유감스럽습니다. 이제 그만 가도 되겠습니까, 장군님?"

"가도 좋소, 중령."

"시어머니 일은 정말 안됐어, 포치타." 알리시아가 냄비 뚜껑을 열고 숟가락 끝으로 맛을 본 후 웃으면서 불을 끈다. "그걸 봤다니 끔찍하셨을 거야. 아직도 '자매'로 계속 계시니? 그 사람들이 시어머니를 못살게 굴진 않아? 범인을 찾는다고 경찰이 '방주'와 관련된 사람은 전부 체포하는 것 같던데."

"왜 면회를 요청한 것인가? 내가 귀관을 만나고 싶어 하지 않는다는 사실은 귀관도 잘 알고 있지 않나?" 스카비노 장군이 시계를 본다. "간단명료할수록 좋겠네."

"저희는 너무나 일이 많아 어찌할 바를 모르고 있습니다." 판토하 대위가 고민에 찬 표정으로 보고한다. "저희는 책임을 다하기 위해 초인적인 노력을 기울이고 있습니다. 하지만 도저히 불가능합니다. 무전기로, 전화로, 편지로 요청이 쇄도하고 있지만, 그 요청을 충족해줄 조건이 되지 못합니다."

"도대체 무슨 빌어먹을 일이야! 3주가 지났는데도 특별봉사대가 보르하에는 한 번도 오지 않았단 말이야." 페테르 카사우안키 대령은 화를 참지 못하고 전화통을 흔들어대며 소리친다. "판토하 대위, 귀관은 지금 내 병사들을 맥빠지게 하고 있단 말이야. 사령부에 정식으로 이의를 제기하겠어."

"봉사대를 보내달라고 했더니 샘플만 한 명 보냈어." 막시모 다빌라 대령은 새끼손가락 손톱을 물어뜯으면서 침을 뱉고 화를 낸다. "두 명의 봉사대원이 130명의 사병과 18명의 하사와 중사들에게 봉사할 수 있을 것이라는 황당한 생각을 어떻게 할 수 있나?"

"파견 가능한 봉사대원이 없는데 어떻게 하라는 말인가요?" 추추페는 손사래를 치면서 무전기에 침을 뱉는다. "암탉이 알을 낳듯이 창녀들을 마구 늘리란 말인가요? 게다가 딱 두 명만 보냈어도 한 명은 열 명 몫을 하고도 남을 젖퉁이란 말이에요. 그리고 마지막으로, 왜 나한테 화를 내는 거죠, 악어 대령님?"

"난 제5지구 사령부에 귀관의 차별과 편애에 관해 이의를 제기하겠네, 마침표." 아우구스토 발데스 대령은 편지 내용을 구술한다. "산티아고 강변의 수비대는 매주 특별봉사대의 봉사를 받는데 우리 부대는 매달 한 번에 불과해, 마침표. 포병이 보병보다 남성적이지 않다고 생각한다면, 쉼표, 나는 그 반대라는 것을 보여줄 준비가 되어 있네, 쉼표, 판토하 대위."

"아니야, 우리 시어머니한테는 귀찮게 안 했어. 하지만 판타가 경찰서로 가서 레오노르 부인은 그 범죄와 아무런 관련도 없다는 걸 설명해야 했지." 포치타 역시 수프 맛을 보고서 알리시아, 정말 끝내주게 맛있어, 하고 소리친다. "경찰 한 명이 집으로 와서 어머니가 뭘 봤는지 묻더라고. 이제는 더이상 '자매'가 아니야. 어머니는 '방주'에 대해 말하는 것도 듣는 것도 싫어해서. 아마도 고통의 시간을 보낸 것 때문에 프란시스코 형제를 십자가에 못 박고 싶어 할지도 몰라."

"나도 이 모든 것을 너무나 잘 알고 있고, 그래서 슬프다네." 스카비노 장군이 고개를 끄덕인다. "하지만 불장난을 하면 불에 데는 법이니까 그리 놀랍지는 않아. 사람들이 타락했기 때문에 자연히 더욱더 많이 원하는 것이네. 우리는 시작부터 실수를 범했어. 이제 이 사태를 멈추게 할 수는 없네. 갈수록 요청이 쇄도할 걸세."

"그리고 갈수록 저는 병사들에게 더 적은 봉사를 제공할 수밖에 없습니다." 판토하 대위가 슬픔에 잠긴다. "제 협력자들은 피로에 지쳐 있고, 저는 더이상 요구할 수가 없습니다. 그랬다간 그들이 이탈하고 말 것입니다. 특별봉사대를 더욱 확충해야 합니다. 저는 봉사대원을 열다섯 명으로 증원해줄 것을 요청합니다."

"내 권한이라면 그 요청을 거부하겠네." 스카비노 장군은 못마땅한 표정을 지으며 자기 대머리를 만지작거린다. "불행히도 최종 결정은 리마의 전략가들 손에 달렸지. 자네의 요청을 전하겠지만 나는 거기에 부정적인 견해를 밝히겠네. 군대에 유급 창녀 열 명이 있다는 것만 해도 충분하고도 남아."

"제가 보고서를 준비했습니다. 특별봉사대 확충에 따른 평가와 도표입니다." 판토하 대위는 질 좋은 판지를 펼쳐서 밑줄을 그으며 열심히 설명한다. "아주 세심하게 준비한 연구 자료입니다. 며칠 밤을 새워 작성한 것입니다. 장군님, 제발 주의 깊게 읽어주십시오. 예산이 22퍼센트 증액되면, 저희는 매주 500회에서 800회의 봉사를 제공하면서 작업량을 60퍼센트 넘게 향상시킬 수 있습니다."

"허락하겠네, 스카비노." 티그레 코야소스 장군이 결정한다. "이런 투자는 할 만한 가치가 있네. 아무런 효과도 없는 브롬화물을 음식에 넣는 것보다 훨씬 싸고 효과적이네. 이 보고서가 그걸 잘 설명해주는군. 수국초특이 활동을 개시한 후로는 마을에서의 부녀자 겁탈 사건은 감소했고, 병사들은 훨씬 더 만족해하고 있네. 다섯 명의 여자 신병을 더 모집하게나."

"그럼 공군은 어떻게 하나, 티그레?" 스카비노 장군은 회전의자에 앉아 빙 돌더니 자리에서 일어나 다시 앉는다. "공군 전체가 우리 계획에 반대하고 있다는 사실을 모르나? 여러 번 우리에게 특별봉사대를 승인하지 않겠다고 통보했네. 또한 육군과 해군에도 그런 조직이 군사 기관과 양립할 수 없다고 생각하는 장교들이 있다네."

"불쌍한 우리 어머니는 '방주'의 그 미친 자들을 좋아했습니다, 경찰국장님." 판토하 대위는 창피해서 고개를 흔든다. "그들을 만나러 가끔 모로나코차에 가서 아이들에게 옷가지를 갖다주었습니다. 아시는지 모르겠지만 참으로 이상한 일이었습니다. 어머니는 한 번도 종교를 가져본 적이 없거든요. 하지만 이번 사건으로 어머니는 치유되었습니다. 제가 보증하겠습니다."

"이 돈을 그에게 주게나. 너무 망설이거나 거부하지는 말게." 티그레 코야소스 장군이 웃는다. "판토하는 아주 잘하고 있으니 밀어줘야 하네. 그리고 새로운 신병으로는 죽여주는 여자를 뽑으라는 말, 잊지 말고 전해주게."

"바카코르소, 그 소식을 들으니 얼마나 기쁜지 모르겠어." 판토하 대위가 숨을 깊이 들이마신다. "이 보충 인력은 커다란 곤경에 빠진 우리 봉사대를 구해줄 걸세. 과도한 업무로 인해 우리는 붕괴 일보 직전이었어."

"자, 보시다시피 대위님 소원대로 되었습니다. 이제 다섯 명을 더 충원할 수 있습니다." 바카코르소 중위는 그에게 서류를 건네주면서 영수증에 서명해달라고 한다. "코야소스와 빅토리아 같은 거물들이 대위님을 후원하는데, 스카비노 장군이나 벨트란 중령의 반대가 무슨 상관입니까?"

"물론 우리는 당신 어머니를 귀찮게 하지는 않을 겁니다. 그러니 걱정하지 마십시오, 판토하 씨." 경찰국장은 그의 팔짱을 끼고서 문까지 배웅한 후, 악수를 건네면서 작별 인사를 한다. "솔직히 말하면 십자가에 못을 박은 사람들을 찾아내기는 매우 어려울 것 같습니다. 150명의 '자매들'과 76명의 '형제들'을 체포했지만 그들은 모두 똑같습니다. 누가 어린아이에게 못을 박았는지 아느냐고 물으면 예, 압니다, 하고 대답합니다. 누구냐고 물으면 접니다, 하고 대답합니다. 모두가 하나같이 그렇게 대답하죠. 칸틴플라스가 나오는 〈삼총사〉처럼 말입니다. 그 영화 보셨습니까?"

"게다가 특별봉사대의 질적인 변화를 꾀할 수 있을 것이네." 판토하 대위는 문서를 다시 읽더니 손가락 끝으로 어루만지면서 콧구멍을 벌름거린다. "지금까지 나는 기능적 요인에 바탕을 두고 인력을 선발했어. 오로지 능률의 문제였지. 이제는 미학적이고 예술적인 요인이 고려될 거야."

"정말입니까?" 바카코르소 중위가 손뼉을 친다. "그러니까 여기 이키토스에서 밀로의 비너스라도 발견하셨단 말입니까?"

"양팔이 온전히 있고, 얼굴은 죽은 사람도 벌떡 일어나게 할 수 있을 정도라네." 판토하 대위는 기침을 하고 눈을 깜박거리면서 귀를 만진다. "미안하네, 이만 가봐야겠네. 아내가 산부인과에 있는데, 상태가 어떤지 알고 싶어. 우리 아기 사관생도가 두 달만 있으면 태어날 거야."

"아기 사관생도 대신 아기 봉사대원이 나오면 어떻게 하나요, 판토하 씨?" 추추페가 웃음을 터뜨리더니 이내 입을 다물고 놀란 표정을 짓는다. "너무 기분 나빠하지 마세요. 그런 눈으로 쳐다보지 마세요.

아니 농담도 못 해요? 당신은 나이답지 않게 너무 점잖고 딱딱해요."

"당신은 여기서 모범을 보여야 하는데, 저 표어도 읽지 않았소?" 판토하가 벽을 가리킨다.

"'봉사 시간에는 농담도 장난도 하지 말 것.'" 젖빨개가 읽는다.

"왜 특별봉사대 사열 준비가 되지 않았나?" 판토하는 좌우를 살펴보더니 혀를 찬다. "건강검진은 끝났나? 정렬하고 출석을 불러야 하는데, 도대체 뭘 기다리는 건가?"

"정렬해, 대원들!" 젖빨개가 손으로 확성기 모양을 만든다.

"어서 뛰어와, 이년들라!" 짱꼴라 포르피리오가 이구동성으로 외친다.

"그럼 관등성명을 댄다." 젖빨개가 봉사대원들 사이에서 점잔 빼면서 지시한다. "자, 빨리 해."

"1번, 리타!"

"2번, 페넬로페!"

"3번, 코카!"

"4번, 피추사!"

"5번, 젖퉁이!"

"6번, 랄리타!"

"7번, 산드라!"

"8번, 마클로비아!"

"9번, 이리스!"

"10번, 털보녀!"

"한 명도 빠짐없이 이상 없음, 판토하 씨!" 포르피리오가 고개를 숙여 인사한다.

"판타, 이제 어머니는 미신은 믿지 않지만 광신도가 되어가고 있어요." 포치타가 공중에 십자가를 그린다. "당신 어머니가 몰래 가는 곳이 어딘지 알아요? 우리가 그토록 궁금해하던 곳 말이에요. 바로 성 아우구스티누스 교회예요."

"건강검진 보고서!" 판탈레온 판토하가 명령한다.

"건강검진 결과, 모든 대원이 작전을 수행할 수 있는 최적의 상태임." 젖빨개가 진단 서류를 판독한다. "'코카'라는 이름의 대원은 등과 팔에 몇 개의 혈종이 있으며, 이로 인해 아마도 작업 능률이 저하될 수 있음. 이상. 서명 수국초특 위생보조원."

"거짓말이에요. 내가 그 빌어먹을 자식의 따귀를 때렸더니 나를 싫어하는 거예요. 그놈이 복수하려는 거예요." 코카는 지퍼를 내리고서 어깨와 팔을 보여주면서 증오에 찬 눈빛으로 의무실을 바라본다. "내 고양이가 할퀸 조그만 상처가 몇 개 있을 뿐이에요, 판토하 씨."

"그래, 어쨌거나 그게 차라리 더 나을지도 몰라, 여보." 판타는 침대보 아래에서 어깨를 으쓱거린다. "나이를 먹으면서 종교에 귀의하게 된다면 야만적인 신앙보다는 진짜 종교가 훨씬 나아."

"그 고양이 이름이 후아니토 마르카노인데, 호르헤 미스트랄*하고 똑같아." 젖퉁이가 리타에게 귀엣말로 속삭인다.

"국경일이라도 넌 그가 달라면 줄 거지?" 코카가 독사처럼 갈지자로 걷는다. "돼지 젖퉁이 같은 년."

---

* 멕시코에서 주로 활동한 스페인 출신 영화배우.

"사열 도중에 말한 벌로 코카와 젖퉁이에게 각각 벌금 10솔." 판토하는 냉정함을 잃지 않은 채 연필과 공책을 꺼낸다. "귀관이 특별봉사대에 합류할 조건이 된다고 생각하면, 그렇게 해도 좋다. 코카, 의무대의 이름으로 작업을 허락한다. 그러니 너무 화내지 말도록. 그럼 오늘 작업 일정을 보고하시오."

"세 개 조로 나뉘고, 두 개 조는 48시간 후에, 한 개 조는 오늘밤에 귀대함." 대열 뒤에서 추추페가 모습을 드러낸다. "판토하 씨, 이미 제비를 뽑아 결정했습니다. 신병 셋으로 이루어진 조는 모로나 강변에 주둔한 아메리카 항구의 진지로 갑니다."

"누가 지휘하고 누가 그곳에 가나?" 판탈레온 판토하가 연필심을 입술에 갖다 대더니 침을 묻힌 후 적는다.

"제가 지휘하고 코카와 피추사와 산드라가 저와 함께 갑니다." 젖빨개가 말한다. "'미친놈'이 '델릴라'에 젖을 주고 있으니, 10분 내로 출발할 수 있습니다."

"'미친놈'한테 제대로 행동하고 평소처럼 곡예비행은 하지 말라고 말 좀 해주세요." 산드라가 강에서 흔들리는 수상비행기와 그 비행기에 타고 있는 조그만 사람을 가리킨다. "내가 죽으면 당신이 손해라는 사실을 명심해요. 유산으로 내 작은 딸들을 당신에게 남겨줄 테니까요. 여섯 명이나 되거든요."

"앞의 대원들과 같은 이유로 산드라에게 벌금 10솔." 판탈레온 판토하가 검지를 들더니 공책에 기록한다. "젖빨개, 당신 조를 선창으로 데려가시오. 대원들, 여행 잘하고, 항상 확신을 가지고 기운차게 업무에 임하도록."

"아메리카 항구로 가는 조, 출발." 젖빨개가 명령한다. "가방을 들고 '델릴라'를 향해 속보로 행진."

"2조와 3조는 한 시간 내로 '이브'호에 탑승하고 출발합니다." 추추페가 보고한다. "2조 대원은 이리스, 털보녀, 페넬로페와 랄리타입니다. 제가 이끌고 마산(Mazán) 강에 주둔한 볼로네시 수비대로 갑니다."

"십자가에 못 박힌 아이 때문에 너무나 걱정돼요. 우리 아기 사관생도가 기형으로 태어나면 어떻게 하죠?" 포치타가 얼굴을 찡그린다. "그거야말로 끔찍한 비극일 거예요, 판타."

"3쪼는 저와 함께 쌍류에 있는 야발리 야영지로 갑니다." 짱꼴라 포르피리오는 손으로 공중을 가른다. "귀대는 목요일 쩡오입니다, 판토하 씨."

"알았다. 자, 승선하고 귀관이 들은 대로 행동하도록." 판탈레온 판토하는 봉사대원들과 작별한다. "짱꼴라와 추추페, 귀관들은 잠시 내 사무실에 들르도록. 전달할 게 있다."

"다섯 명이 추가된다고요? 정말 좋은 소식이네요, 판토하 씨." 추추페가 손바닥을 비빈다. "이번 여행에서 돌아오면 내가 구해볼게요. 아무 문제 없을 거예요. 지원자가 넘쳐흐르거든요. 제가 이미 말했듯이 우리는 유명해졌어요."

"아주 좋지 않은 일이오. 우리는 항상 숨어서 일해야 하오." 판탈레온 판토하는 '다문 입에는 파리가 들어가지 않는다'는 안전 수칙 표어를 가리킨다. "후보자를 열 명 정도 데려오면 좋겠소. 그러면 내가 가장 훌륭한 다섯 명을 고르겠소. 아니, 네 명을 고르겠소. 이미 한 명은 생각해놓은 아이가 있으니……"

"'미스 브라질' 올가군요!" 짱꼴라 포르피리오가 두 손으로 가슴과 엉덩이와 다리를 그린다. "아주 훌륭한 생각입니다, 판토하 씨. 그 조각 같은 아이는 울리를 유명하게 만들어줄 겁니다. 여행에서 돌아오면 저도 즉시 그 여잘 찾겠습니다."

"지금 당장 찾아서 지체 없이 내게 데려오게." 판탈레온 판토하는 얼굴이 빨개지면서 목소리를 바꾼다. "'코딱지'가 자기 매음굴에 입대시키기 전에 말이야. 짱꼴라, 아직 한 시간이나 남았어."

"맙소사! 너무 서두르네요, 판토하 씨." 추추페가 잼과 설탕과 머랭 냄새를 풍긴다. "나도 그 예쁜 올가의 얼굴을 다시 한번 보고 싶어요."

"진정해, 여보. 더이상 그 일은 생각하지 마." 판타가 걱정하며 마분지를 잘라 거기에 색칠하고는 걸어둔다. "지금부터 이 집에서는 십자가에 못 박힌 어린아이와 '방주'의 미친놈들에 관해서는 절대 한마디도 하지 마. 어머니, 어머니도 잊지 않으시도록 이 종이를 벽에 붙여놓겠어요."

"다시 만나게 되어 반가워요, 판토하 씨." 미스 브라질이 그를 집어삼킬 것처럼 쳐다보면서 교태를 부리듯이 몸을 흔들고, 향기를 피우며 노래하듯 이야기한다. "그러니까 여기가 그 유명한 판티랜드, 그러니까 '판타의 땅'이군요. 얘기는 많이 들었지만 어떤 곳인지는 상상할 수 없었어요."

"그 유명한 뭐라고요?" 판탈레온 판토하가 고개를 내밀면서 의자 하나를 가져온다. "여기 앉아요."

"'판티랜드'요. 사람들이 이곳을 그렇게 부르던데요." 미스 브라질은 팔을 벌리면서 제모한 겨드랑이를 내보인다. "이키토스뿐만 아니라 다른 곳에서도 전부 그렇게 부르던걸요. 마나우스에서도 판티랜드에 관해 말하는 소릴 들었어요. 정말 희한하고 재미있는 이름이에요. 디즈니랜드에서 따온 건가요?"

"내 이름 '판타'에서 따온 게 아닌가 싶소." 판토하는 그녀를 아래위로, 그리고 양옆으로 훑어보면서 미소를 짓더니 이내 심각한 표정을 한다. 그러더니 다시 웃으면서 땀을 흘린다. "그런데 미스 브라질이 아니라 페루 여자 아니오? 적어도 당신 말투로 보아서는 그런 것 같은데."

"물론 여기서 태어났어요. 내가 마나우스에서 살았기 때문에 그런 별명이 붙은 거예요." 미스 브라질은 자리에 앉아 치마를 올리고는 콤팩트를 꺼내 코와 뺨에 분을 칠한다. "하지만 당신이 지금 보다시피 사람은 자기가 태어난 나라로 돌아오지요. 어느 왈츠의 가사처럼 말이에요."

"얘야, 그 표어 좀 떼어내는 게 좋겠다." 레오노르 부인이 눈을 가린다. "'순교자에 관한 이야기 금지'라는 글귀를 보면 포치타와 내가 축복받은 하루 내내 다른 이야기를 할 수 없게 된단 말이야. 판타, 넌 도대체 무슨 생각을 하는 거니?"

"판티랜드에 대해 사람들은 뭐라고 말하오?" 판탈레온 판토하는 책상을 톡톡 치면서 의자에서 몸을 흔든다. 그는 자기 손이 어떻게 움직이고 있는지 전혀 눈치 채지 못한다. "거기서 무슨 말을 들었소?"

"너무 과장이 심해서 믿을 수 없을 거예요." 미스 브라질은 다리를 꼬고 팔짱을 낀다. 말을 하면서 수줍어하고 윙크를 하며 입술을 적신다. "마나우스에서는 여기가 몇 개의 블록에 걸쳐 있는 넓은 지역이고 무장 병력의 보호를 받고 있다고 말해요."

"너무 실망하지 마요. 이제 시작일 뿐이니까." 판탈레온 판토하는 미소를 지으면서 다정하고 사교적이며 이야기하기 좋아하는 사람처럼 보이려고 애쓴다. "미리 알려주는데, 지금 우리는 배 한 척과 수상비행기 한 대를 구비하고 있소. 하지만 국제적으로 널리 알려지는 건 그리 탐탁지 않소."

"또 모든 사람이 환상적인 조건에서 일할 수 있는 일자리가 있다고 말을 하지요." 미스 브라질은 어깨를 한 번 으쓱하더니 손가락을 만지작거리고, 안절부절못한 채 눈썹을 깜빡거리며 목을 흔들고 머리카락을 펄럭인다. "그래서 난 꿈을 꾸며 배를 탔어요. 마나우스의 아주 근사한 집에 친구 여덟 명을 남겨둔 채 판티랜드로 오기 위해 짐을 꾸렸던 거예요. 친구들은 나랑 똑같은 옷을 입게 될 거고요."

"괜찮다면 이곳을 판티랜드 대신에 병참본부라고 불러주기 바라오." 판토하는 진지하고 자신만만하고 직무에 충실한 사람처럼 보이려고 애쓴다. "왜 오라고 했는지 포르피리오가 설명했소?"

"미리 귀띔해줬어요." 미스 브라질은 코를 찡그리고 속눈썹을 팔랑거리면서 눈을 떨어뜨린다. 그녀의 눈동자가 빨갛게 이글거린다. "내가 일할 수도 있다는 게 사실인가요?"

"그렇소. 특별봉사대를 확충할 예정이오." 판탈레온 판토하는 의기양양해하면서 도표가 그려진 차트를 쳐다본다. "우리는 네 명으로 시작해서 여섯 명, 여덟 명, 열 명으로 증원했소. 이제는 열다섯 명으로 특별봉사대를 늘릴 예정이오. 언젠가는 사람들이 말하는 규모가 될지 누가 알겠소."

"그 말을 들으니 정말 기뻐요. 사실 여기서 일이 잘 풀리지 않아 마나우스로 돌아갈까 생각하고 있었어요." 미스 브라질은 입술을 깨물면서 입을 닦는다. 그리고 손톱을 점검하고는 치마를 흔들어 먼지를 떨어낸다. "우리가 '알라딘 판두로의 램프'에서 처음 만났을 때는 당신이 나한테 좋은 인상을 받지 못했다고 생각했어요."

"잘못 생각했소. 난 좋은 인상을, 아주 좋은 인상을 받았소." 판탈레온 판토하는 연필과 공책을 정리하면서 책상 서랍을 여닫고 기침을 한다. "좀더 일찍 당신과 계약하고 싶었지만, 예산상 그럴 수가 없었소."

"판토하 씨, 월급이 얼마나 되고 내가 해야 할 일이 뭔지 알 수 있을까요?" 미스 브라질은 목을 쑥 빼고서 손으로 꽃다발 모양을 만들고는 노래하듯이 지저귄다.

"매주 세 번 파견 나가는 것이오. 두 번은 비행기를 타고, 한 번은 배를 타고 가오." 판탈레온 판토하가 하나하나 설명한다. "한 번 파견 갈 때마다 열 번 봉사를 하오."

"파견이란 막사로 가는 걸 의미하나요?" 미스 브라질은 놀라면서 손뼉을 친다. 그리고 웃음을 터뜨리고 짓궂게 윙크를 하면서 호들갑을 떤다. "그 봉사라는 게, 아이, 너무 재밌어요!"

"알리시아, 할 말이 있어." 레오노르 부인은 순교자 아이의 조그만 그림에 입을 맞춘다. "그래, 그 사람들은 말할 수 없이 끔찍한 짓을 저질렀어. 하지만 악한 마음이 있어서가 아니라 두려워서 그랬던 거야. 비가 너무 많이 내려서 공포에 질렸고, 희생 제물을 바치면 하느님께서 세상의 종말을 연기해줄 거라고 믿었어. 아이에게 해를 끼칠 생각은 없었어. 아니, 그 아이를 천국으로 곧장 보내주는 거라고 생각했어. 경찰이 발견한 '방주'마다 그 아이 제단이 있는 걸 못 봤니?"

"당신이 받을 돈은 하사와 중사 및 사병들의 월급에서 공제되는 액수의 50퍼센트요." 판탈레온 판토하는 종이에 무언가를 써서 그녀에게 건네주면서 자세하게 설명한다. "나머지 50퍼센트는 특별봉사대 유지비로 사용될 것이오. 그럼 이제 잠시 옷을 벗어주시겠소? 당신은 훌륭한 여자니까 굳이 안 해도 되지만, 나는 규칙대로 해야만 하오."

"아이, 정말 당황스럽네요." 미스 브라질은 침통한 표정을 지으며 자리에서 일어나 패션모델처럼 몇 걸음을 걷더니 다시 얼굴을 찌푸린다. "판토하 씨, 지금 그날이에요. 바로 어제 시작했어요. 이번만큼은 뒷문으로 들어가시면 안 될까요? 브라질에서는 그런 걸 아주 좋아해요. 심지어 더 선호한답니다."

"난 단지 당신 몸을 살펴보고서 합격 여부를 판단하자는 것이오." 판탈레온 판토하는 꼿꼿이 선 채로 얼굴이 창백해지더니 눈썹을 찌푸리며 분명하게 말한다. "이것은 모든 대원이 의례적으로 해야 하는 신체검사요. 당신은 지금 너무 과열된 상상을 하고 있소."

"아, 그렇군요. 난 또 우리가 어디서 그 일을 치르나 궁금해하고 있었어요. 여기에는 카펫도 안 깔려 있어서요." 미스 브라질은 발로 마루청을 가볍게 두드리고서 안도의 미소를 지으며 옷을 벗더니 옷을 접어놓고 자세를 취한다. "이 정도면 괜찮아 보이죠? 지금은 약간 마른 상태지만, 일주일 내에 정상 체중을 회복할게요. 내가 사병들한테 인기 있을 거라고 생각하지 않으세요?"

"의심의 여지가 없소." 판탈레온 판토하는 그녀를 바라보면서 고개를 끄덕이고는 몸을 떨면서 목청을 가다듬는다. "우리 특별봉사대의 스타인 젖퉁이보다 더 인기가 있을 것 같소. 합격했으니 이제 옷을 입어도 좋소."

"그것뿐만이 아니에요, 레오노르 부인." 알리시아는 그림을 살펴보면서 성호를 긋는다. "아이 순교자의 그림과 기도문뿐 아니라 동상도 보이기 시작했어요. 사람들 말로는 '방주'의 자매 형제들이 줄어들기는커녕, 예전보다 더 많아졌대요."

"거기서 뭐 하는 거요?" 판탈레온 판토하는 의자에서 벌떡 일어나더니 성큼성큼 걸어서 계단으로 가 성난 표정을 짓는다. "누가 이곳에 올라오라고 했나? 검사 중에는 지휘본부로 올라오는 게 엄격히 금지되었다는 것을 모르나?"

"판토하 씨, 신치라는 사람이 선생님을 찾고 있습니다." 신포로소 카이과스가 머뭇거리며 말하더니 입을 딱 벌린 채 서 있다.

"판타 씨, 아주 급하고 중요한 일이라고 합니다." 팔로미노 리오알토가 홀린 듯이 그녀를 쳐다본다.

"두 사람 다 당장 여기서 나가!" 판탈레온 판토하는 자신의 몸으로 그들의 시야를 가리고는 손을 뻗어 난간을 쳐 쿵 소리를 낸다. "그 작자보고 기다리라고 하게. 어서 나가! 보는 건 금지 사항이란 말이야!"

"너무 걱정하지 마세요. 난 괜찮아요. 본다고 닳는 것도 아닌데." 미스 브라질은 속옷과 블라우스, 치마를 입는다. "그러니까 당신 이름이 판타죠? 이제 왜 판티랜드라고 하는지 알겠어요. 사람들이 기발하네요."

"내 이름은 판탈레온이오. 우리 아버지와 할아버지 이름도 판탈레온이오. 두 분 모두 훌륭한 군인이셨소." 판토하는 벅찬 감격을 느끼면서 미스 브라질에게 다가가 블라우스 단추를 향해 두 손가락을 뻗는다. "내가 도와주겠소."

"내 몫을 70퍼센트로 올려주실 수 없나요?" 미스 브라질은 가르랑거리는 소리를 내면서 뒷걸음질쳐 그에게 몸을 바싹 갖다 붙이고는 자신의 체취를 그의 얼굴에 내뿜으면서 손으로 그의 것을 찾아 꽉 쥔다. "이 하우스는 훌륭한 물건을 손에 넣은 거예요. 달거리가 끝나면 당신에게 내 실력을 보여주겠어요. 그러니 잘 좀 봐주세요, 판타. 절대 후회하지 않을 거예요."

"이거 놔, 놓으란 말이야. 거기 잡지 말란 말이야!" 판탈레온 판토하는 펄쩍 뛰며 얼굴이 빨개지고 부끄러워하면서 화를 낸다. "당신에게 두 가지 경고하겠소. 하나는 다른 봉사대원들과 마찬가지로 절대로 내게 반말을 하지 말고 존댓말을 사용해야 한다는 것이오. 다른 하나는 내게 도를 넘는 방자한 짓을 하지 말라는 것이오."

"하지만 앞부분이 툭 튀어나왔잖아요. 난 호의를 베풀려던 거지 당신 기분을 상하게 하려던 건 아니에요." 미스 브라질은 풀이 죽으면서 슬프고 놀란 표정을 짓는다. "미안해요, 판토하 씨. 맹세하건대 앞으로는 절대로 그러지 않겠어요."

"아주 특별한 예외의 경우로 당신에게 60퍼센트를 주겠소. 우리 특별봉사대의 1등급 대원이라는 점을 감안해서 말이오." 판탈레온 판토하는 자신이 방금 내뱉은 말을 후회하면서 마음을 가라앉히고 그녀를 계단이 있는 곳까지 배웅한다. "이건 또한 당신이 멀리서 왔기 때문이오. 하지만 이에 관해서는 일언반구도 하면 안 되오. 그럴 경우 나는 당신 동료들과 엄청나게 복잡한 문제에 휘말리게 될 것이오."
"한 마디도 하지 않겠어요, 판토하 씨. 우리 두 사람만 아는 비밀로 해두겠어요. 정말 고마워요." 미스 브라질은 다시 입가에 미소를 띠더니 요염하고 새롱거리는 자태를 되찾고서 계단을 내려간다. "손님이 있으니 나는 이만 갈게요. 아무도 없을 땐 판티타 씨라고 불러도 되나요? 그 이름이 판탈레온이나 판토하보다 더 예쁘고 사랑스러워요. 그럼 안녕, 또 만나요."

"물론 그들이 한 짓은 끔찍하다고 생각해, 포치타." 레오노르 부인은 파리채를 들고 잠시 기다리다가 파리 한 마리를 탁 때리고는 사체가 바닥으로 떨어지는 걸 본다. "하지만 네가 나처럼 그 사람들을 알면 원래 나쁜 사람들은 아니라는 걸 깨닫게 될 거야. 무식한 건 맞아. 하지만 타락한 인간들은 아니야. 그 사람들 집에도 가봤고 이야기도 해봤어. 구두장이거나 목수거나 미장이들이야. 대부분은 글을 읽을 줄도 몰라. '형제들'이 된 후부터는 술에 취하지도 않고 아내를 속이지도 않고 고기나 쌀을 먹지도 않아."

"만나서 반갑습니다, 우리 악수하지요." 신치는 고개를 숙여 일본식으로 인사를 하더니 마치 황제처럼 지휘초소를 지나가면서 담배를 빨고 그 연기를 내뿜는다. "뭐든지 필요한 게 있으면 기꺼이 도와드리겠습니다."

"안녕하십니까." 판탈레온 판토하가 담배 냄새를 맡더니 어리둥절해하며 가볍게 기침을 한다. "앉으십시오. 무슨 일이십니까?"

"문에서 마주친 여자는 어찌나 아름답던지 정신이 아찔하더군요." 신치는 계단을 가리키며 휘파람을 불더니 열광하면서 담배를 피운다.

"우라질. 사람들이 판티랜드는 여자들 천국이라고 하던데, 그 말이 맞는 것 같군요. 판토하 씨, 당신 정원에서는 아주 아름다운 꽃들이 자라는군요."

"난 할 일이 많아서 낭비할 시간이 없습니다. 그러니 어서 용건을 말씀하십시오." 판탈레온 판토하는 투덜대면서 공책을 들고 자기를 에워싼 연기구름을 분산시키려고 한다. "우선 판티랜드란 용어에 관해서 말하자면, 내가 별로 좋아하지 않는 단어란 사실을 미리 주지시켜 드리고 싶습니다. 지금 농담하고 싶은 기분이 아닙니다."

"그 이름은 내가 만든 게 아닙니다. 사람들의 상상이 만든 것이지요." 신치는 양팔을 벌리고 마치 포효하는 군중 앞에 있는 것처럼 말한다. "로레토 사람들의 상상은 항상 날카롭고 생동감이 넘치며 재치 있습니다. 판토하 씨, 나쁜 의미로 받아들이지 마십시오. 사람들의 창작품을 넓은 마음으로 받아들여야 합니다."

"어머니 말을 들으니 겁나네요." 포치타가 자기 배를 어루만진다. "비록 '방주'에서는 나오셨지만 마음은 계속해서 '자매'이신 것 같아요. 그 사람들한테 얼마나 애정을 가지고 말하는지 아세요? 우리 아기 사관생도를 십자가에 못 박겠다는 생각은 제발 하지 않으셨으면 좋겠어요."

"아마존 라디오에서 프로그램을 진행하고 있지 않습니까?" 판탈레온은 숨이 막혀 기침을 하면서 젖은 눈을 닦는다. "오후 여섯시 프로그램이지요?"

"내가 바로 그 사람입니다! 지금 당신은 그 유명한 〈신치의 소리〉 장본인 앞에 있습니다." 신치는 목소리에 힘을 주어 굵게 하고, 눈에 보이지 않는 마이크를 잡으면서 낭독한다. "부패한 관리들이 두려워하는 대상이고, 미천한 판사들을 응징하는 채찍이며, 부정과 맞서 싸우는 회오리바람입니다. 공중파를 통해 민중의 맥박을 포착하여 전하는 목소리입니다."

"그렇군요. 언젠가 당신 프로그램을 들은 적이 있습니다. 유명하죠?" 판탈레온 판토하는 자리에서 일어나 맑은 공기를 찾아 힘껏 숨을 쉰다. "이렇게 와주셔서 대단히 영광입니다. 무엇을 도와드릴까요?"

"나는 이 시대의 사람입니다. 편견이 없고 진보적인 사람입니다. 그래서 당신을 도와주려고 왔습니다." 신치는 자리에서 일어나 그의 뒤를 쫓아가면서 연기에 둘러싸인 그를 향해 휘주근한 손가락을 내민다. "게다가 당신이 마음에 듭니다, 판토하 씨. 나는 우리가 좋은 친구가 될 수 있을 거라고 생각합니다. 나는 첫눈에 우정을 나눌 수 있는 사람인지 아닌지 알아보며, 내 후각은 실수가 없습니다. 당신을 돕고 싶습니다."

"정말 고맙습니다." 판탈레온 판토하는 신치가 악수를 하고 그의 어깨를 툭 치도록 놔둔다. 그리고 자기 책상으로 되돌아가서 계속해서 기침한다. "하지만 나는 당신 도움이 필요하지 않습니다. 적어도 지금은 말입니다."

"당신은 솔직하고 순진한 사람이기 때문에 그렇게 생각하는 거랍니다." 신치는 온 공간을 휘어잡을 듯 움직이면서 농담 반 진담 반으로 호들갑을 떤다. "이 육욕의 아성에 파묻혀 당신은 속세의 함성에는 아랑곳하지 않고 있습니다. 내가 본 바로는, 당신은 지금 일이 어떻게 돌아가는지 모르고 있어요. 거리에서 사람들이 무슨 소리를 하고 다니는지, 어떤 위험이 당신을 에워싸고 있는지 모르고 있습니다."

"선생님, 저는 시간이 별로 없습니다." 판탈레온 판토하는 시계를 바라보면서 초조해한다. "당신이 원하는 걸 지금 말씀해주시든지, 아니면 이만 돌아가주셨으면 좋겠습니다."

"네 마누라한테 사과하라고 안 하면 난 더이상 이 집에 있지 않겠다." 레오노르 부인이 울면서 방 안에 틀어박힌다. 그리고 먹지도 않겠다며 위협한다. "미래의 내 손자를 십자가에 못 박는다고! 아무리 임신 때문에 신경이 날카로워도 나한테 그런 버르장머리 없는 말을 하는 걸 참고 있어야 하겠니?"

"난 지금 거스를 수 없는 압력을 받고 있습니다." 신치는 재떨이에 담배를 끄면서 꽁초를 마구 짓이기더니 괴로운 표정을 짓는다. "가정주부, 가장, 학교와 문화 기관, 모든 피부색과 머리카락의 교회, 심지어 마법사와 마약중독자까지도 야단들입니다. 나는 인간입니다. 참는 데도 한도가 있습니다."

"그게 도대체 무슨 소립니까? 무슨 소리를 하고 계시는 겁니까?" 판탈레온 판토하는 담배연기의 마지막 구름이 사라지는 것을 보면서 미소 짓는다. "무슨 소린지 전혀 이해할 수가 없습니다. 보다 분명하게 말하든지, 아니면 본론으로 들어가주십시오."

"이 도시는 판티랜드를 치욕의 도가니로 함몰시키고 당신을 파탄 내길 바라고 있습니다." 신치가 벙긋거리면서 요약한다. "이키토스가 속으로는 타락한 곳이지만 겉으로는 청교도 같다는 사실을 모르셨습니까? 특별봉사대는 이곳 사람들이 분개할 만한 것입니다. 단지 나처럼 진보적이고 현대적인 사람만이 받아들일 수 있는 체제입니다. 대부분의 사람들은 이런 난잡한 기관이 있다는 사실에 혐오를 느낍니다. 더 알기 쉽게 말하자면, 그들은 당신을 파멸시키길 바라지요."
 "나를 파멸시킨다고요?" 판탈레온 판토하가 매우 심각한 표정을 짓는다. "나를 말입니까? 특별봉사대가 없어지길 원한다고요?"
 "이 아마존 지역에 〈신치의 소리〉가 쓰러뜨릴 수 없을 정도로 확고한 것은 하나도 없습니다." 신치가 씩씩거리면서 공중에서 손가락 하나를 흔들고는 거드름을 피운다. "겸손 떨지 않고 말하겠습니다. 만일 내가 공격 목표물로 정하면, 특별봉사대는 일주일도 지속될 수 없을 겁니다. 그리고 당신은 서둘러 이키토스를 떠나야만 할 것입니다. 슬픈 일이긴 하지만 이건 사실입니다. 친구."
 "그러니까 나를 협박하러 왔다는 말이군요." 판탈레온 판토하는 등을 곤추세우며 앉는다.
 "전혀 그렇지 않습니다. 오히려 정반대입니다." 신치는 유령을 찌르는 시늉을 하면서 마치 테너 가수처럼 자기 가슴을 부여잡고서 상상의 지폐를 센다. "지금까지 나는 투쟁정신과 원칙에 입각하여 모든 압력을 견뎌왔습니다. 그러나 앞으로는 나도 살아야 하고 또 공기만 먹고 살 수 없는 입장이니, 최소한의 대가만 받고 그 일을 해주겠습니다. 이게 정당하다고 생각하지 않습니까?"
 "그러니까 내게 공갈을 치러 왔단 말이군요." 판탈레온 판토하는 자리에서 일어나 고개를 숙이더니 휴지통을 엎어버리고서 계단 쪽으로 달려간다.
 "난 당신을 도와주려는 겁니다. 사람들에게 물어보시오. 그러면 내 방송이 허리케인 같은 힘을 가졌다는 사실을 알 테니까요." 신치는 가슴을 내밀며 득의양양하게 자리에서 일어나 이리저리 걸으면서 몸짓을 한다. "내 방송은 재판관이나 경찰관을 비롯해 부부관계도 가차 없이 무너뜨립니다. 내가 공격하는 것은 무엇이든 산산조각이 나고 말지요. 나는 얼마 안 되는 돈으로 특별봉사대와 그 뒤에 있는 수뇌부를 라디오에서 지켜줄 용의가 있습니다. 당신을 위해 커다란 전투를 벌일 준비가 되어 있다는 소립니다, 판토하 씨."

"농담도 이해 못하는 그 늙은 할망구가 나한테 사과하라고 한다고요?" 포치타는 컵을 깨뜨리고 침대에 엎드려 판타를 꼬집으면서 울음을 터뜨린다. "당신 두 사람 때문에, 이런 충격 때문에 애가 죽으면 어떻게 할 거예요? 이 바보 멍청이, 내가 진심으로 그 말을 했다고 생각해요? 그건 악의 없는 농담이에요. 그냥 농담한 거란 말이에요."

"신포로소! 팔로미노!" 판탈레온 판토하는 손뼉을 치면서 소리친다. "위생보조원!"

"왜 그래요? 그렇게 화낼 일이 아닙니다. 진정하십시오." 신치는 잠자코 있더니 목소리를 낮추고서 짐짓 놀란 표정으로 주위를 바라본다. "지금 즉시 대답할 필요는 없습니다. 주위에 물어보시고, 내가 누구인지 확인해보세요. 그러고서 다음주에 논의하도록 합시다."

"이 개자식을 여기서 당장 끌어내 강물에 처박아버려!" 판탈레온 판토하가 계단 입구로 급히 달려온 사람들에게 명령한다. "그리고 다시는 이 병참본부에 들여보내지 마."

"이것 보시오. 당신 스스로 목숨을 끊지 마시오. 그토록 무책임한 짓은 하지 마시오. 나는 이키토스의 슈퍼맨이오." 신치는 팔을 내젓고 밀치면서 자기를 방어하다가 미끄러지고, 이내 쫓겨나 모습을 감추더니 물에 빠진다. "이거 놔! 이게 무슨 짓인지 알아? 이보시오, 판토하, 당신, 곧 후회하게 될 거요. 난 당신을 도와주러 온 사람이란 말이오. 난 당신의 친구란 말이야!"

"맞습니다, 정말 개자식입니다. 하지만 그 프로그램은 여기에서는 돌멩이까지도 듣습니다." 바카코르소 중위는 '루초의 술집' 테이블에 버려져 있던 잡지를 뒤적인다. "대위님, 이타야 강물에 빠진 그 녀석이 문제를 일으키지 않았으면 하는 바람입니다."

"더러운 공갈에 굴복하느니 차라리 문제가 생기는 편이 나아." '야쿠루나는 누구이며 무슨 일을 하는지 아시나요?'라는 제목이 판토하 대위의 궁금증을 자극한다. "나는 티그레 코야소스 장군에게 보고서를 제출했고, 그분은 이해할 거라고 확신하네. 그런 문제보다 차라리 다른 문제에 관심을 쏟고 싶어, 바카코르소."

"주당 1만 번의 봉사라고요, 대위님?" 바카코르소 중위의 손가락 사이로 '물의 천사 혹은 악마, 그가 바로 허리케인과 홍수를 일으킨다'는 글이 보인다. "이 더위 속에서 1만 5천 번으로 늘렸단 말입니까?"

"그냥 떠도는 말들이네." 판토하 대위는 잡지 삽화 위로 고개를 숙인다. 삽화는 '그는 강물에 사는 악어의 등을 타거나 거대한 보아뱀을 타고 돌아다닌다'고 말한다. "정말 그토록 말이 많단 말인가? 여기 이키토스에서? 우리 특별봉사대에 관해, 나에 관해 그토록 말이 많은가?"

"판타, 어젯밤 또 같은 꿈을 꾸었어요." 포치타가 자기 이마를 만진다. "그 사람들이 똑같은 십자가를 양쪽에 놓고 당신이랑 나를 못 박았어요. 당신 어머니가 와서 우리에게 창을 하나씩 꽂았고요. 내 배에, 그리고 당신 고추에요. 정말 황당한 꿈이죠, 여보?"

"물론 대위님은 이 도시에서 가장 유명한 분입니다." 바카코르소 중위의 팔꿈치에 가려 문장 중에서 '거북딱지로 만든 신발을 신고'라는 글귀만 보인다. "여자들이 가장 혐오하는 존재이고 남자들이 가장 시기하는 존재입니다. 판티랜드, 아, 이 말을 사용해 죄송합니다. 어쨌든 이 단어는 모든 대화의 중심이 되고 있습니다. 그러나 대위님은 그 누구도 만나지 않으시고 특별봉사대만을 위해 사시니, 그런 것에 신경 쓰지 않으셔도 됩니다."

"나 때문이 아니라 가족 때문에 신경을 쓰는 거야." 판토하는 마침내 팔꿈치에 가려져 있던 '밤마다 나비의 날개로 만든 커튼을 치고 잠을 잔다'는 구절을 읽는다. "아내가 몹시 예민한데, 현재 상태에서 이런 사실을 알게 되면 엄청난 충격을 받을 거야. 우리 어머니는 말할 것도 없고."

"떠도는 말이 나왔으니까 말인데요." 바카코르소 중위는 잡지를 바닥에 던지고서 몸을 돌린 후 회상한다. "아주 재미있는 이야기를 하나 해드리지요. 스카비노 장군이 면장이 이끄는 이웃 나우타 마을의 유지들과 만났는데, 그들이 청원서를 들고 왔습니다. 하하."

"우리는 특별봉사대의 활동이 육군 막사와 해군기지에만 한정된다는 것이야말로 지나친 특권이라고 생각합니다." 면장 파이바 룬우이는 안경을 고쳐 쓰고 자기 동료를 바라보면서 엄숙한 자세를 취하며 청원서를 읽는다. "아마존의 버려진 마을에 사는 성인들과 병역필증이 있는 사람들도 특별봉사대를 사병들과 동일하게 할인된 가격으로 이용할 수 있는 권리를 갖게 해달라고 요구하는 바입니다."

"그 특별봉사대는 당신들의 썩어 문드러진 마음속에만 존재하는 것이오, 친구들." 스카비노 장군은 그들의 말을 끊고서 미소 짓더니 다정한 아버지처럼 인자한 눈길로 바라본다. "어떻게 이런 황당한 요구 사항을 가지고 면담을 요청할 생각을 합니까? 만일 언론에서 이런 사실을 알게 된다면 미지않아 면장 자리에서 쫓겨날 것이오, 파이바룬우이 씨."

"우리는 성경처럼 순수하게 살아가는 마을 사람들에게 유혹을 던짐으로써 민간인들에게 좋지 않은 예를 심어주고 있습니다." 벨트란 신부가 갑자기 얼굴 표정을 바꾼다. "저는 리마의 전략가들이 이 청원서를 읽으면 창피해서 얼굴이 벌게질 거라고 생각합니다."

"이것 좀 들어보게. 아마 놀라 자빠질 것이네, 티그레 장군." 스카비노 장군은 전화기를 움켜쥐고서 성난 목소리로 청원서를 읽는다. "이미 사방에 소문이 돌기 시작했어. 나우타 마을의 유지라는 작자들이 요구하는 것 좀 들어보게. 내가 자네에게 그토록 경고했던 일들이 이제 현실이 되어 우리를 골치 아프게 만들고 있네."

"손가락으로 아무리 계산한다고 무슨 뾰족한 수가 나옵니까?" 바카코르소 중위는 닭고기 한 조각을 들더니 한입 뜯는다. "스카비노 장군이 말했듯이 행정장교들은 항상 숫자에 미쳐서 모든 걸 처리하려고 하지요."

"빌어먹을 멍청이들. 전에는 군대가 자기 아내를 덮친다고 항의하더니, 이제는 자기들이 덮칠 여자가 없다고 지랄이야." 티그레 코야소스 장군은 압지를 만지작거린다. "그들을 만족시킬 방법은 없어. 좋아하는 건 불평하고 투덜대는 것뿐이야. 그 작자들을 거리로 내쫓고 그런 빌어먹을 청원서는 받지 말게, 스카비노."

"정말 소름끼치는 일이야." 판토하 대위는 가슴에 냅킨을 두르고 샐러드에 오일과 식초를 뿌린 후, 포크를 들고 먹기 시작한다. "우리 특별봉사대의 활동을 민간인에게까지 확장한다면, 아마존 지역의 남성 인구를 염두에 둘 때 주당 1만 회의 요구 수치가 적어도 백만 회로 올라갈 걸세."

"외국에서 봉사대원들을 수입해야겠군요." 바카코르소 중위는 남은 닭고기를 먹어치우고 하얀 뼈만 남긴 채 맥주를 들이켠다. 그러고 나서 입과 손을 닦고 꿈꾸듯 말한다. "밀림은 매음굴이 될 것이고, 대위님은 이타야 강변의 조그만 사무실에서 백만 개의 스톱워치를 들고 홍수처럼 쏟아지는 정액의 시간을 재게 되겠지요. 대위님도 그걸 좋아하시겠죠? 자, 솔직히 말해보세요."

"포치타, 내가 뭘 봤는지 넌 상상도 못 할 거야." 알리시아는 바구니를 식료품 창고에 넣고서 봉지 하나를 꺼내 포치타에게 준다. "'형제'인 압돈 라구나네 빵집에서 모로나코차 아이 순교자 빵을 만들기 시작했어. 그 빵을 '아기 빵'이라고 부르고, 사람들은 너 나 할 것 없이 무더기로 그 빵을 사가고 있어. 여기 하나 가져왔어. 자, 한번 봐."

"열 명을 부탁했는데, 스무 명을 데려왔군." 판탈레온 판토하는 계단 난간 너머로 생머리, 곱슬머리, 빨간 머리, 까만 머리, 밤색 머리들을 바라본다. "추추페, 내가 종일 이 후보들을 검사해야 하나?"

"내 잘못이 아니에요." 추추페는 난간을 붙잡고 계단을 내려간다. "일자리 네 개가 있다는 소문이 돌아서 동네 여자들이 전부 파리 떼처럼 모여들기 시작했다니까요. 산후안 데 무니치하고 탐시야코에서 온 사람도 있어요. 이키토스에 있는 아가씨는 전부 우리랑 일하려고 하는데 도대체 난들 어떻게 하나요, 판토하 씨?"

"정말이지 이해할 수가 없어." 판탈레온 판토하는 그녀 뒤를 쫓아 내려가면서 그녀의 불그스레한 등과 통통한 엉덩이, 힘줄이 불거져 나온 종아리를 본다. "여긴 일은 많지만 돈은 그다지 많이 못 받는 곳이야. 그런데 뭐 때문에 이토록 아가씨들에게 인기가 많은 거지? 근사하게 생긴 짱꼴라 포르피리오 때문인가?"

"안정적이기 때문이에요, 판토하 씨." 추추페는 머리로 울긋불긋한 색깔의 옷들을 가리킨다. 그 옷들은 마치 벌 떼처럼 떼를 지어 웅성거린다. "거리에서 하는 일은 전혀 안정적이지 않아요. '세탁부'가 행운의 하루를 보내면 그 이후 사흘은 공쳐야 해요. 휴가도 없고 일요일에도 쉬지 못하죠."

"'코딱지'는 자기 매음굴에서 무자비해요." 젖빨개는 호각을 불어 여자들을 조용히 시키고 가까이 오라고 지시한다. "그 작자는 아가씨들을 배고파 죽게 만들고 함부로 다뤄요. 그리고 피곤해하거나 불평하는 기색이 보이면 즉시 내쫓고요. 배려라든가 인간성이 어떤 건지 전혀 모르는 사람이에요."

"하지만 여기는 다르지요." 추추페가 부드러운 목소리로 말하면서 손을 주머니에 넣는다. "항상 손님이 있고, 근무 시간은 여덟 시간이고, 매우 잘 조직되어 있어서 여자들이 좋아하는 거예요. 심지어 벌금을 내라고 해도 대원들이 아무런 불평도 안 하고 참는 거 보셨죠?"

"사실 첫날은 약간 걱정됐어." 레오노르 부인은 빵을 잘라 버터와 잼을 바르고는 한입 물어 맛을 보면서 씹는다. "하지만 어쩔 수 없지 않니? '아기 빵'은 이키토스에서 최고로 맛있어. 애야, 한번 맛보지 않을래?"

"좋소. 그럼 네 명을 뽑도록 하겠소." 판탈레온 판토하가 지시한다. "뭘 기다리나? 어서 줄을 세워, 짱꼴라."

"어이, 아가씨들, 얼굴 잘 보이게 조끔씩 떨어져요." 짱꼴라 포르피리오는 여자들의 팔을 잡고 등을 밀어 앞으로 나아가게 하거나 뒤로 물러서게 하고, 옆으로 움직이게 하면서 정렬시키고 키를 잰다. "난쟁이 아가씨들른 앞으로, 거인 아가씨들른 뒤로 가세요."

"모두 정렬했습니다, 판토하 씨." 젖빨개는 이쪽저쪽으로 뛰어다니면서 조용히 하라고 지시하고, 엄숙하고 진지한 것이 무엇인지 본보기를 보여주면서 정렬시킨다. "모두 대열을 맞춰 정렬했습니다. 자, 아가씨들, 이제 오른쪽으로 돌아요. 그래요, 아주 잘했어요. 이제는 왼쪽으로 돌아서 아가씨들의 예쁜 얼굴을 보여주세요."

"싸무실로 한 명씩 올려 보내 나체 검싸를 할까요, 판토하 씨?" 짱꼴라 포르피리오가 가까이 다가와 귀엣말로 속삭인다.

"그건 불가능해. 그랬다간 오전 내내 아무 일도 못 할걸." 판탈레온 판토하는 시계를 보며 생각에 잠긴다. 그러더니 이내 밝은 표정으로 앞으로 한 발짝 내딛고서 아가씨들 얼굴을 바라본다. "시간을 절약하기 위해 단체 점검을 실시하겠다. 내 말을 잘 들어라. 공개적인 자리에서 옷을 벗는 데 이의가 있는 사람은 대열에서 나와라. 그러면 나중에 내가 개별적으로 검사하겠다. 아무도 없나? 그런 사람이 없을수록 좋다."

"남자들은 모두 밖으로 나가요." 추추페가 선창으로 향한 문을 열고 남자들을 대열에서 빼내어 마구 밀더니 되돌아온다. "서둘러, 이게으름뱅이들아. 내 말 안 들려요? 신포로소, 팔로미노, 간호사, 짱꼴라 모두 나가요. 그리고 젖빨개도 나가. 피추사, 저 문 닫아."

"치마와 블라우스, 브래지어를 모두 벗어라." 판탈레온 판토하는 뒷짐을 지고서 엄숙한 표정을 지으며 한 명씩 자세히 검사하면서 각각 평가하고 비교한다. "팬티를 입은 사람은 그대로 입고 있어도 좋다. 이제 그 자리에서 뒤로 돌아! 그래, 바로 그거야. 자, 그럼 선정된 사람을 호명하겠다. 너, 까무잡잡한 여자. 너, 빨간 머리. 너, 동양 여자. 너, 까만 여자. 자, 이제 빈자리가 찼다. 나머지 여자들은 추추페에게 주소를 남겨두고 가도록. 아마도 곧 다른 기회가 있을 것이다. 자, 모두 고맙고 다음에 만날 수 있기를 바란다."

"선정된 여자들은 내일 아침 아홉시 정각에 이곳에 와서 건강진단을 받아야 해요." 추추페는 주소를 적어주고 문 앞까지 함께 가 작별 인사를 한다. "아가씨들, 깨끗이 목욕하고 와요."

"자, 이게 따뜻하구나. 안 그러면 맛이 없어." 레오노르 부인은 김이 모락모락 나는 수프 그릇을 준다. "아주 유명한 로레토 수프야. 마침내 용기를 내서 이 수프를 만들었어. 포차, 맛이 어때?"

"아가씨들 고르는 걸 보니 눈이 보통이 아니네요, 판토하 씨." 미스 브라질은 심술궂게 웃는다. 그러더니 눈에 불똥을 튀기며 쳐다보며 노래하듯이 말한다. "각양각색이고 맛도 서로 다른 여자들을 뽑았네요. 내 궁금증 하나만 풀어줄래요? 그렇게 많은 벌거벗은 여자들을 보다가 언젠가는 여자들에게 아무런 감정도 느끼지 않을까 두렵지 않으세요? 어떤 의사들한테는 그런 일이 일어난다던데요."

"아주 맛있어요, 어머니." 포치타는 혀끝으로 얼마나 뜨거운지 알아본 후 한 숟가락 떠서 먹는다. "해안 지방에서 아가밋국이라고 부르는 것과 아주 비슷해요."

"지금 날 놀리는 거요, 미스 브라질?" 판탈레온 판토하는 눈썹을 찌푸린다. "미리 알려주는데, 진지한 사람이 된다는 것과 바보가 된다는 것은 같지 않소. 잘못 생각하지 마시오."

"차이가 있다면 이 수프에 넣은 생선은 모두 아마존 강에서 잡은 것이지, 태평양에서 잡은 게 아니란 사실이야." 레오노르 부인은 접시에 다시 수프를 따라준다. "파이체, 피라니아, 가미타나라고 부르는 것들이야. 얼마나 맛있는지 몰라!"

"잘못 생각한 사람은 바로 당신이에요. 나는 당신을 놀리는 게 아니라 당신에게 농담을 하고 있는 거예요." 미스 브라질은 속눈썹을 떨어뜨리고 엉덩이를 꿈틀거리더니 가슴을 한껏 부풀리면서 어조를 바꾼다. "나, 당신 여자친구 하면 안 돼요? 판토하 씨, 내가 입만 열어도 당신은 거칠고 사나워져요. 조심하세요. 나는 게와 같다는 사실을 명심하세요. 그러니까 바닷물을 거슬러 올라가는 걸 좋아해요. 계속해서 나를 쓰레기처럼 취급하면 난 당신을 사랑하게 될 거예요."

"어휴, 너무 더워요!" 포치타는 냅킨으로 부채질을 하면서 맥박을 잰다. "판타, 선풍기 이리 줘요. 숨 막혀 죽을 것 같아요."

"당신이 더워하는 건 수프 때문이 아니라, 우리 아기 사관생도 때문이야." 판타는 배를 만지고 뺨을 어루만진다. "아마도 하품하면서 기지개를 켜고 있을 거야. 어쩌면 오늘밤에 나올지도 몰라. 3월 14일이니까 아주 좋은 날이야."

"일요일 전에는 나오지 않았으면 좋겠어요." 포치타가 달력을 쳐다본다. "먼저 치치가 왔으면 좋겠어요. 아기를 낳을 때 옆에 있으면 좋을 것 같아요."

"내 계산으로는 아직 나올 때가 아니야." 레오노르 부인이 땀이 나 벌겋게 상기된 얼굴을 윙윙 돌아가는 선풍기 날개에 갖다 댄다. "적어도 일주일은 더 있어야 해."

"맞아요, 어머니. 제 방에 있는 도표 못 봤어요? 출산일은 오늘부터 일요일 사이예요." 판타는 생선 가시를 빨아먹으면서 빵에다 접시에 남은 수프를 모두 묻힌 후 물을 마신다. "의사 말대로 했어? 오늘 좀 걸었냐고. 당신의 둘도 없는 친구 알리시아와 말이야."

"그래요. '단골'에 가서 아이스크림을 먹었죠." 포치타가 힘들게 숨쉰다. "그런데 판티랜드라는 게 뭔지 알아요, 여보?"

"뭐?" 판티타의 손과 눈과 얼굴이 굳는다. "지금 뭐라고 했어?"

"내 생각에는 아주 더럽고 추잡한 곳 같아요." 포치타는 한숨을 내쉬면서 선풍기 바람을 쐰다. "'단골'에서 남자들 몇이 판티랜드 여자들에 관해 음탕한 농담을 하고 있었어요. 너무 재밌죠? 꼭 판타라는 이름에서 나온 것 같잖아요!"

"에취, 음, 에취." 판티타는 목이 막혀 재채기를 하고 그의 눈에서는 눈물이 나온다.

"물 한 모금 마셔라." 레오노르 부인은 판티타의 이마를 만지더니 손수건을 건네주고 그의 팔을 올려준다. "너무 급하게 먹어서 그런 거야. 그렇게 먹지 말라고 내가 항상 말했잖니. 자, 등을 좀 두드려줄 테니까 그런 다음 물을 조금 더 마셔."

6

수국초특

이용 기관 지시 사항

수비대와 국경 및 인근 초소를 위한 특별봉사대는 다음과 같은 지시 사항을 하달함. 이 사항이 철저히 지켜질 경우 이용 기관은 합리적이고 효과적으로 수국초특을 이용할 수 있을 것이며, 수국초특 역시 효율적이고 신속하게 임무를 완수할 수 있을 것임.
 1. 수국초특이 파견대의 도착을 알리는 즉시, 각 부대 및 초소 책임자는 특별봉사대원들이 일할 수 있는 방을 마련할 것. 방은 다음과 같은 조건을 만족시켜야 함. 지붕이 있는 곳이되 각 방은 서로 붙어 있

지 않아야 함. 또한 무분별한 시선을 차단하고 희미한 빛이나 어둠을 제공할 수 있는 커튼이 구비되어야 하며, 봉사가 야간에 이루어질 경우, 석유램프나 전등은 빨간 전등갓이나 전술한 색깔의 천 혹은 종이로 덮여 있어야 함. 각 방은 다음과 같은 시설이 구비되어야 함. 지푸라기 매트리스나 고무 매트리스를 갖춘 침대. 매트리스는 방수포나 방수 즈크 시트로 덮여 있어야 함. 옷을 걸 수 있는 의자나 못이 있어야 하며, 용변을 볼 수 있도록 요강이나 들통, 커다란 양철통과 같은 용기를 비치해야 함. 그리고 깨끗한 물이 공급되는 세면대, 비누, 수건, 두루마리 화장지 각 한 개, 호스와 노즐이 있는 세척기를 구비하여야 함. 또한 각 방이 매력적인 분위기를 띠도록 꽃다발이나 에칭판화 혹은 예술적 그림 같은 여성적이면서도 미학적인 보완 품목을 구비할 것을 추천함. 각 부대 및 초소는 특별봉사대가 도착할 때까지 모든 준비를 완료해두는 것이 좋으며, 각 방이 보다 적절하게 정돈되도록 책임 장교는 특별봉사대 책임자에게 자문을 구할 수 있고, 봉사대 책임자는 이에 필요한 도움을 제공할 것임.

2. 책임 장교는 특별봉사대가 부대 및 초소에 기능 수행 및 완료를 위해 반드시 필요한 시간 동안만 머물 수 있도록 모든 조치를 취해야 함. 또한 특별봉사대는 특별한 이유 없이 필요 시간 이상 머물지 않을 것임. 도착부터 출발까지 특별봉사대 대원은 부대 및 초소 영내에만 머물러야 하며, 그 어떤 경우에도 인근 지역의 민간인들과 접촉할 수 없고, 봉사 시간 이외에는 영내에서 하사 및 중사를 비롯한 사병들과 접촉할 수 없음. 봉사 시간 전후로 특별봉사대원들은 할당받은 거처에 머물러야 하며, 군인들과 함께 식사를 할 수 없으며 사병들과 대화

할 수도 없고 군 시설을 둘러볼 수도 없음. 부대 및 초소 인근 주민들이 특별봉사대가 있다는 사실을 알지 못하도록 봉사대원들이 부대 및 초소에 머무르는 동안 그 어떤 외부인도 영내 출입을 금하도록 하는 것이 바람직함. 각 부대 및 초소는 특별봉사대의 모든 요원에게 무료로 거처와 세 끼 식사(아침, 점심, 저녁)를 제공하여야 함.

3. 특별봉사대가 실제로 도착할 때까지 하사 및 중사, 그리고 일반 사병들에게 도착을 알리지 않을 것을 권함. 이것은 지난 경험에 비춰 볼 때, 특별봉사대 도착이 미리 전해질 경우 병사들 사이에 희망과 조바심이 널리 퍼져 임무 수행에 명백한 해를 끼치기 때문임. 특별봉사대가 도착하는 즉시 부대 및 초소 책임자는 하사 및 중사와 사병들에 한하여 이용자 후보 명단을 작성하여야 하며, 이용자 후보 신청을 하는 모든 병사에게 특별봉사대를 이용할 수 있도록 허락해야 함. 후보자 명단이 작성되면 명단에서 모든 종류의 전염성 질병을 앓는 후보들, 특히 성병(임질과 매독)을 비롯하여 진드기, 빈대, 이, 사면발이와 신체에 기생하는 다른 종류의 해충이 있는 사람들을 제외시켜야 함. 모든 후보가 건강진단 검사를 받도록 권함.

4. 이용자 명단이 작성되면 후보들에게 그곳에 있는 특별봉사대원에 관한 정보를 알려주고, 각자의 취향을 밝힐 것을 지시함. 경험으로 미루어볼 때, 이용자들이 자발적으로 선택할 경우 특별봉사대원들은 결코 공평한 배분을 받지 못한다는 사실을 염두에 두고, 부대 및 초소 책임자는 자신이 생각하는 방법(제비뽑기, 복무 파일에 의한 공적이나 과실 기준)을 이용하여 이용자들을 같은 수로 나누어 봉사대원이 담당할 그룹으로 편제할 수 있음. 또한 특별봉사대원이 각 부대당 최

소 10회의 봉사를 보장할 의무가 있음을 명심해야 함. 예외적인 경우, 가령 이용자의 숫자가 앞서 언급한 숫자를 상회할 경우 형평성과 균형의 원칙은 무시될 수 있으며, 이용자들로부터 더 많은 요청을 받을 경우 봉사대에서 덜 피곤한 봉사대원에게 더 많은 숫자를 배당할 수 있음.

5. 그룹 편제가 끝나면 이용자가 각 방에 입장할 순서를 추첨하는 작업이 진행되며, 각 방 문 앞에 통제 요원을 배치함. 1회 봉사당 최대 허용 시간은 20분임. 예외적으로 이용자의 숫자가 봉사대원의 최소 봉사 횟수(10회)에 미달하는 부대나 초소의 경우, 봉사 시간은 30분으로 연장될 수 있으며, 어떤 경우에도 그 이상은 허락하지 않음. 사전 지시 사항을 통해 부대 및 초소 책임자들은 이용자들에게 특별봉사는 일반적이라고 여겨지는 것에 한정되며, 봉사대원은 이상하거나 정도를 벗어난 성격, 혹은 기괴한 환상이나 그러한 어떤 요구도 만족시킬 의무가 없다는 사실을 주지시켜야 함. 그 어떤 이용자도 동일한 봉사대원이나 상이한 봉사대원과의 특별봉사를 반복할 수 없음.

6. 각 방에 들어가기 위해 순서를 기다리는 동안 이용자들의 긴장을 해소하고 철저한 준비를 할 수 있도록 특별봉사대 책임자는 이용자들에게 사진이나 글과 같은 적절한 인쇄물을 배포할 것이며, 이 인쇄물은 이용자가 봉사대원이 있는 장소로 입장하는 순간 받았을 때의 상태 그대로 통제 요원에게 반납되어야 함. 사진이나 글이 파손되거나 훼손되었을 경우, 벌금을 부과함과 동시에 향후 수국초특으로부터 봉사받을 권리를 박탈함.

7. 수국초특은 특별봉사가 가장 편리한 시간(해질녘이나 밤), 즉 주

간 임무가 끝난 이후에 실행될 수 있도록 이용 기관에 도착하기 위해 노력할 것임. 그러나 시간이나 거리 문제로 지체될 경우 부대 및 초소 책임자는 봉사가 주간에 이루어질 수 있도록 허락해야 하며, 어두워질 때까지 특별봉사대를 억류해서는 안 됨.

8. 봉사활동이 종료되면 부대 및 초소 책임자는 수국초특에 세밀히 확인된 통계 자료를 보내야 하며, 이 자료에는 다음과 같은 사항을 기록해야 함. (a) 각 봉사대원이 봉사한 이용자의 정확한 숫자. (b) 이용자의 군번과 성명, 그리고 월급 공제에 필요한 쿠폰. (c) 부대 체류 중 봉사요원(특별봉사대 책임자, 특별봉사대원, 수송 요원)의 행동에 대한 간단한 보고서. (d) 수국초특 개선을 위한 건설적 비판과 제안.

서명: 대위(행정장교) 판탈레온 판토하
승인: 육군 행정과 보급 및 병참사령부 사령관 펠리페 코야소스 장군

통계 자료 보고서

1957년 9월 2일, 라구나스

알베르토 J. 멘도사 R. 페루 육군 대위는 본인이 지휘하고 있는 와야가 강변에 위치한 라구나스 야영지를 방문한 특별봉사대 제16파견대 활동에 대해 수국초특에 다음과 같은 보고서를 제출하게 된 것을

기쁘게 생각함.

특별봉사대 제16파견대는 이키토스에서 하천선 '이브'호에 승선하여 9월 1일 목요일 15시에 라구나스 야영지에 도착하였으며, 동일 19시에 와야가 강변에 위치한 푸에르토 아르투로 야영지를 향해 출발함. 레오노르 쿠린칠라(추추페) 부인이 둘세 마리아, 루니타, 피추사, 바르바라, 페넬로페, 리타로 구성된 특별봉사대의 책임자였음. 지시사항에 의거하여 83명의 이용자는 6개 그룹으로 나뉘었고(14명 그룹 5개, 13명 그룹 1개), 이들은 규정된 제한 시간 내에 앞서 언급한 특별봉사대원들에게 매우 만족스러운 봉사를 받음. 병사들의 선호도가 가장 떨어진 둘세 마리아라는 대원에게 13명으로 이루어진 그룹이 할당됨. 첨부 서류에는 83명 이용자의 성명과 군번, 월급 공제에 필요한 쿠폰이 기록되어 있음. 본 부대에 체류하는 동안 특별봉사대의 행동은 매우 적절하였으며, 단지 한 가지 사건만 발생했음. 선박이 도착한 후 사병 레이날디노 춤베 키스케가 특별봉사대원 중 자신의 이복누이(루니타라는 이름의 대원)를 알아보고 그녀에게 욕을 퍼부으며 육체적 형벌을 가하려고 했음. 다행히 헌병이 미리 제지하는 바람에 경미한 결과로 종결됨. 춤베 키스케는 이용 자격이 박탈되었으며, 난폭한 성질과 부적절한 행동으로 6일간의 중노동형과 함께 유치장에 감금됨. 그러나 그의 배다른 누이인 루니타와 다른 특별봉사대원들의 요청에 의해 중노동 처벌만은 사면받음. 본인은 모든 하사 및 중사와 사병들이 이구동성으로 칭찬해 마지않는 수국초특에 상사 이상의 부사관들에게도 봉사를 확대해줄 것—이것은 그들이 수차에 걸쳐 요청했기 때문임—을 비롯하여 미혼 장교들이나 가족이 복무지에서 멀리 떨어진 곳에 살고 있는 장교들을 위한 특별부대나 1등급 특별봉사대 창설을 검토해줄 것을 요청함.

서명: 육군 대위 알베르토 J. 멘도사 R.

수국초특

문서번호 15

발신: 수비대와 국경 및 인근 초소를 위한 특별봉사대
제목: 봉사 1주년 기념 행사 및 평가, 특별봉사대 찬가
취급: 1급 기밀
날짜 및 장소: 1957년 8월 16일, 이키토스

본인 페루 육군 행정장교이며 수비대와 국경 및 인근 초소를 위한 특별봉사대 책임자인 대위 판탈레온 판토하는 육군 행정과 보급 및 병참사령부 사령관 펠리페 코야소스 장군에게 정중하게 다음과 같이 보고함.
  1. (1) 이달 4일 수국초특 제1주년 기념 행사를 치르기 위해, 본인은 이 기관의 남성 및 여성 인력에게 이타야 강변에 위치한 바에서 동료 의식에 입각한 간단한 점심을 제공하였음. 본 특별봉사대의 빈약한 예산에 너무 큰 부담이 되지 않도록, 본 점심은 인력 관리 책임자

인 레오노르 쿠린칠라(일명 추추페)의 지도 아래 자발적으로 지원한 여성 봉사대원들에 의해 준비됨.

(2) 연회 도중 대원들은 즐겁고 재미있게 우애를 돈독히 하면서 맛있는 아마존 지역의 요리를 먹음. 메뉴는 이 지역의 유명한 수프(인칙 카피), 닭고기와 쌀밥, 코코넛 아이스크림으로 구성하였으며, 음료로는 맥주가 제공됨. 또한 식사와 동시에 본 기념 행사로 잠시 업무를 중지하고, 지난 1년간 특별봉사대가 이룩했던 성과를 점검하고 그에 대한 평가 의견, 건설적 비판과 제안을 교환하였음. 이런 의견 교환은 육군이 우리에게 위임한 업무를 보다 잘 수행하고 개선하기 위한 관점에서 진행됨.

2. (1) 요약하자면, 수국초특의 첫해 평가—본인이 연회 디저트 시간에 참석자들에게 행한 간단한 연설을 통해 정리한 것임—결과 봉사대가 수비대와 국경 및 인근 초소를 비롯하여 아마존 지역의 해군 기지에 복무하는 하급 하사관 및 사병들에게 제공한 봉사 횟수는 총 6만 2160회에 이름. 이는 수요에 형편없이 못 미치는 숫자지만, 특별봉사대로서는 어느 정도 성공이라고 평가할 수 있음. 앞서 언급한 숫자는 시와 때를 막론하고 수국초특이 모든 생산적 활동에서 최고의 의욕을 보여주면서 **최대 작업 효율 능력을 발휘했음을** 입증하는 것임. 이는 총 6만 2160회라는 숫자를 본 조직의 총 구성요원으로 나누어 분석한 결과 유추할 수 있음.

(2) 실제로 본 특별봉사대가 4명의 대원에 불과했던 첫 두 달 동안, 총 봉사 횟수는 4320회에 달했으며, 이는 각 대원당 월평균 540회를 기록했음을 의미함. 다시 말하면 매일 20회의 특별봉사를 했으며, 이

는 본 대원들이 최대 효율을 발휘했을 경우의 숫자에 해당함. (사령부는 본인이 보낸 문서번호 1의 내용을 참조하기 바람.)

(3) 특별봉사대 대원이 6명으로 구성되었던 3, 4개월째 봉사 횟수는 총 6480회로 증가하였으며, 이 수치 역시 각 대원당 매일 평균 20여 회에 해당함.

(4) 5, 6, 7개월째는 총 1만 3560회의 봉사활동이 있었으며, 이는 수국초특 인력 8명의 대원이 각각 매일 평균 20회의 봉사를 했음을 의미함.

(5) 8, 9, 10개월째도 평균치는 최대 효율치와 정확하게 일치함. 즉, 이 기간에 이루어진 총 1만 6200회의 봉사는 수국초특을 구성하는 10명의 여자 대원이 하루 평균 20회 봉사했음을 보여줌. 한편 마지막 두 달 동안은 현재 우리 조직을 구성하는 20명의 대원이 총 2만 1600회의 봉사를 했으며, 이는 우리 대원들이 그 어떤 변동도 없이 높은 효율성을 유지하고 있음을 보여줌.

(6) 본인은 수국초특 대원들에게 타의 모범이 되는 행실을 보여주고 규칙적인 작업을 해준 것을 치하하면서, 향후 질적인 면에서나 양적인 면에서 보다 높은 생산 수준에 도달할 수 있도록 두 배의 노력을 경주해달라고 독려하는 것으로 연설을 마침.

3. (1) 수국초특을 위한 마지막 건배를 한 후, 우호적인 행동으로 특별봉사대원들은 본인 앞에서 1주년 기념 행사를 위해 그들이 비밀리에 작사한 노래를 불렀으며, 본 특별봉사대의 찬가로 채택할 것을 제안함.

(2) 모든 특별봉사대원이 여러 번에 걸쳐 정말 열심히 본 찬가를 노

래함으로써 본인은 전술한 청원을 수락하였으며, 이에 상부의 인준을 받고자 기다림. 본 찬가는 본 조직을 구성하는 인력들의 관심과 사랑을 나타내며, 단체 노동의 실현에 필요불가결한 형제애를 북돋우고, 높은 사기와 젊은 기백을 드러내면서 진취적인 정신을 고양하는 데 일조할 것임을 염두에 두기 바람. 천진난만하고 짓궂은 내용도 있지만 그것은 극히 일부분에 불과하여, 실현된 작업에 전혀 해를 끼치지 않는 정도임을 감안해주기 바람.

4. 아래의 글은 전술한 노래의 가사이며, 이것은 전 세계에 익히 알려진 멕시코 민요 〈라 라스파〉에 맞춰 노래해야 함.

특별봉사대 찬가

항상 봉사하고 봉사하며 또 봉사하세
조국의 육군에게
항상 봉사하고 봉사하며 또 봉사하세
자부심을 갖고 성심성의껏 봉사하세

병사들을 행복하게 해주세
추추페의 전우들이여, 모든 사병과 장교들에게
어서 돌아와 힘을 합쳐라!
이것은 우리의 명예로운 의무

항상 봉사하고 봉사하며 또 봉사하세

조국의 육군에게
항상 봉사하고 봉사하며 또 봉사하세
자부심을 갖고 성심성의껏 봉사하세

그래서 우리는 즐겁고 행복하다네
우리 특별봉사대의 비행기와 배에서
짱꼴라와 추추페와 젖빨개와 함께
더이상 다투지도 않고 더이상 질병도 없이

항상 봉사하고 봉사하며 또 봉사하세
조국의 육군에게
항상 봉사하고 봉사하며 또 봉사하세
자부심을 갖고 성심성의껏 봉사하세

땅에서건, 그물침대에서건, 수풀에서건,
막사에서건, 야영지에서건, 공터에서건
상관이 명령하면
우리는 키스하고 포옹하며 사랑한다네

항상 봉사하고 봉사하며 또 봉사하세
조국의 육군에게
항상 봉사하고 봉사하며 또 봉사하세
자부심을 갖고 성심성의껏 봉사하세

밀림과 강과 도랑을 건너
표범도 퓨마도 호랑이도
우리는 두렵지 않아
우리는 애국심에 불타
멋지게 사랑하기 때문에

항상 봉사하고 봉사하며 또 봉사하세
조국의 육군에게
항상 봉사하고 봉사하며 또 봉사하세
자부심을 갖고 성심성의껏 봉사하세

이제 대원들은 조용히 하고
일하러 떠나야 한다네
'델릴라'가 우리를 기다리고
흥분한 '이브'가 출발하려고 하네

안녕, 안녕, 안녕
짱꼴라, 추추페, 젖빨개
안녕, 안녕, 안녕
사랑하는 판탈레온 씨

하느님의 은총이 깃들길.

서명: 대위(행정장교) 판탈레온 판토하

참조: 제5지구(아마존 지역) 사령관 로헤르 스카비노 장군

※ 검토결과

판토하 대위에게 다음과 같은 사항을 전달할 것. 육군 행정과 보급 및 병참사령부는 수국초특 여성 대원들이 가사를 붙인 〈특별봉사대 찬가〉를 조건부 승인함. 이것은 〈라 라스파〉 같은 외국곡을 사용하는 대신, 조국의 풍요로운 민요 중 하나에 가사를 붙이는 것이 더욱 적절할 것 같기 때문임.

육군 행정과 보급 및 병참사령부 사령관 펠리페 코야소스 장군

나포 강변의 오르코네스 초소장 페루 육군 소위 알베르토 산타나가 보낸 무선 암호 전문

이키토스의 바르가스 게라 군사 야영지에서 수신하여 수신자에게 전송됨. (참조: 제5지구 아마존 지역 사령부)

행정장교이며 수비대와 국경 및 인근 초소를 위한 특별봉사대 책임자인 판탈레온 판토하 대위에게 다음과 같은 사항을 전달하기 바람.
 1. 본인과 오르코네스 초소의 상급 하사관, 하급 하사관, 사병들의

이름으로 귀하의 따님 글라디스의 탄생을 진심으로 축하하며, 갓 태어난 따님의 행복과 성공을 기원함. 특별봉사대 제11파견대의 도착으로 어제야 비로소 기쁜 소식을 접할 수 있었기에 축하 인사가 늦었음.

2. 동시에 본인과 본인 휘하에 있는 모든 사병의 이름으로 우리 초소는 특별봉사대 활동에 적극적인 지지와 협력을 약속하며, 얼마 전부터 라디오 아마존 〈신치의 소리〉 프로그램이 특별봉사대를 부정한 방법으로 빗대거나 악의적으로 암시하는 것에 대해 단호하게 비난하며 거부한다는 사실을 통보하고자 함. 우리의 분노에 대한 표시로 전술한 라디오 프로그램을 더이상 오르코네스 초소에서 방송하지 않기로 결정했으며, 이제는 국영방송의 〈흘러간 노래와 음악〉을 확성기를 통해 병사들에게 들려주고 있음.

감사의 말을 전하면서.

나포 강변의 오르코네스 초소장 알베르토 산타나 소위

보르하 수비대 책임자인 페루 육군 대령 페테르 카사우안키가 수비대와 국경 및 인근 초소를 위한 특별봉사대에 보내는 성명문

1957년 10월 1일, 보르하

보르하 수비대 책임자인 페루 육군 대령 페테르 카사우안키는 '젖빨개'라는 별명의 남자가 이끄는 코카, 털보녀, 플로르와 마클로비아로 이루어진 특별봉사대 제25파견대가 본 부대에 체류하는 동안 일어난 다음과 같은 사실을 수국초특에 통보하게 되어 유감으로 생각함. 기상악화로 인해 수상비행기 '델릴라'호가 마라논 강에서 이륙할 수 없게 되면서, 봉사대는 일주일 동안 더 체류해야만 했음. 이 기간중에 몇 가지 사고가 발생했으며, 자세한 사항은 다음과 같음.

1. 봉사활동이 끝난 후(특별봉사대가 도착한 날 정상적으로 봉사활동이 이루어졌음) 봉사대원들이 사병들과 규정에 어긋난 접촉을 하지 못하도록, 전 봉사대원은 체류에 필요한 모든 것이 구비된 하사관 방에 머물렀음. 시의적절한 비밀 정보 덕택에 본 지휘부는 '미친놈'이라는 별명을 가진 '델릴라'호의 조종사가 비합법적인 거래를 준비하고 있음을 인지하게 되었음. 조종사는 전술한 특별봉사대원들의 봉사에 대한 대가로 이미 보르하 수비대의 상급 하사관들에게 금액을 제안한 상태였음. 작업이 한창중이던 야간에 급습하여 본 부대의 상급 하사관 3명에게 엄한 징계를 내렸으며, '미친놈'이란 작자는 특별봉사대가 출발하는 날까지 영창에 구금하였고, 봉사대원들은 호된 질책을 받았음.

2. 특별봉사대가 보르하 수비대에 체류하던 사흘째, 대원들이 모여 있던 숙소 주위로 삼엄한 경계를 펼쳤지만, 봉사대원 마클로비아와 봉사대 경계를 책임지고 있던 상사 테오필로 구알리노가 함께 탈영하는 사건이 발생함. 즉시 탈영병들을 뒤쫓고 체포하기 위한 조치가 취해졌으며, 이들은 수비대의 글라이더를 불법적으로 탈취하여 도망쳤다는 사실이 밝혀졌음. 집중적인 수색을 벌인 결과, 탈영병들은 산타 마리아 데 니에바라는 지역에서 발견되었으며, '방주'의 형제들이 제

공한 비밀 은신처에 숨어 있었음. 날씨가 좋지 않았고 강물이 매우 거칠었다는 점을 감안한다면, 이들이 마라뇬 강의 급류를 가로질렀다는 것은 거의 기적에 가까움(이들의 순진한 믿음에 의하면, 이는 모로나코차 아이 순교자의 천우신조와 같은 도움을 받았기 때문이라고 함). '방주' 광신도들의 은신처는 즉시 경찰에 통보되었으며, 경찰은 그곳을 급습했지만 '형제들'과 '자매들'이 산속으로 도망치는 바람에 불행히도 성공을 거두지 못했음. 반면 보르하 수비대의 탈영병들은 체포되었음. 그들은 처음부터 저항할 생각이 없었으며, 따라서 카밀로 보오르케스 로하스 상사가 지휘하는 수색대는 그들을 쉽게 제압할 수 있었음. 포로들에게서 압수한 서류를 통해, 바로 그날 아침 두 사람은 산타마리아 데 니에바의 부지사 앞에서 민법에 따라, 그리고 선교 신부 앞에서 종교법에 따라 결혼했다는 사실이 확인되었음. 상사 테오필로 구알리노는 이병으로 강등되었으며, 120일 동안 영창에서 빵과 물만 먹으면서 지내는 형벌을 받았음. 그리고 그의 비난받아 마땅한 행동은 그의 복무서류에 '매우 심각한 위법행위'라고 기록됨. 특별봉사대원 마클로비아는 병참본부로 이송되었으며, 수국초특에서 적절하다고 여겨지는 처벌을 부과하기 바람.

하느님의 은총이 깃들길.

서명: 마라뇬 강의 보르하 수비대 책임자 페테르 카사우안키 페루 육군 대령

1957년 10월 12일, 이키토스

친구 판토하에게

인간적인 것이 모두 그렇듯 인내에도 한계가 있네. 나는 자네가 내 인내심을 남용중이라고 말하고 싶진 않네. 하지만 공평한 사람이라면 그 누구라도 자네가 내 인내심을 유린하고 있다고 할 걸세. 최근 몇 주 동안 자네가 고용한 사람인 젖빨개와 추추페, 그리고 짱꼴라 포르피리오를 통해 우정 어린 구두 메시지를 보냈지만 자네는 돌처럼 침묵을 지키고 있네. 이것을 어떻게 생각해야 하겠는가? 문제는 슬플 정도로 단순하네. 자네는 친구가 누구이고 친구가 아닌 사람은 누구인지 단호하게 구분하는 법을 배우고 깨달아야만 하네. 그렇지 않으면 번창 일로에 있는 판토하 씨—이렇게 거리를 두며 이야기하는 것을 용서해주기 바라네—자네의 사업은 곧 침몰하고 말 것이네. 도시 전체가 내게 자네를 공격하라고 요구하고 있고, 이키토스의 모든 점잖은 사람들이 그 어떤 상황도 참작할 여지가 없는 전례 없는 스캔들이라고 여기고, 가차 없이 비난하라고 다그치고 있다네. 자네도 이미 알고 있다시피, 나는 이 시대가 만든 사람이며, 내가 죽기 전에 모든 것을 보고 행하며 알고자 하는 사람이네. 또한 진보와 발전을 위해 내가 보았던 이 아름다운 로레토 땅에서 자네의 사업 같은 것이 번창하는 걸 받아들일 수 있는 사람이네. 그러나 열린 마음을 가지고 있다고 자부하는 나 같은 사람조차도 충격을 받은 사람들, 너무나 놀란 나머지 성호를 긋는 사람들, 그리고 하늘을 향해 소리를 지르는 사람들을 이해할 수밖에 없다네. 친구 판토하, 처음에는 그저 네 명에 불과했지만, 이제는 스무 명인가? 아니면 서른 명, 혹은 쉰 명인가? 자네는 그 죄 많은 여인들을 아마존의 강과 하늘로 데려오고 데려가고 있네. 사람들이 자네의 사업이 망해야 한다고 거침없이 말하고 있다는 사실을 자네는 알아야 하네. 가족들은 집에서 그리 멀지 않은 곳에, 어린 딸들이 볼 수 있는 곳에 그런 음탕하고 사악한 시설이 있다는 사실을 알고서 제대로 잠을 이루지 못하네. 자네는 이키토스 아이들의 가장 커다란 재밋거리가 이타야 강변으로 가서 색색의 짐들을 실은 수상비행기와 선박의 출발과 도착을 보는 것이라는 사실을 틀림없이 알고 있을 걸세. 바로 어제 성 아우구스티누스 학교의 교장이며 성인이자 현자로 추앙받는 호세 마리아 신부가 눈물을 머금으면서 내게 그런 사실을 전했다네.

현실을 받아들이게. 날로 번창하는 자네 사업의 삶과 죽음은 내 손에 달렸다네. 지금까지 나는 압력을 견뎌냈고, 시민들의 분노를 어느 정도 진정시키고 신중하게 경고를 하는 것에 그쳤네. 그러나 자네가 이런 사실을 이해하려고 하지 않고 계속해서 고집을 부린다면, 그리고 이달이 지나기 전에 내가 받아야 할 것이 내 손 안에 들어오지 않는다면, 자네 사업과 자네 사업 뒤에 있는 브레인과 주인들에게 최소한의 동정심도 베풀지 않는 무자비한 전쟁이 벌어질밖에 다른 도리가 없네. 그리고 자네와 자네 사업은 치명적인 결과를 낳게 될 걸세.

판토하, 나는 이런 것과 다른 것들에 관해 자네와 우호적으로 대화를 나누고 싶었네. 하지만 자네의 성격과 방종함, 그리고 버릇없는 태도를 나는 의아하게 여기네. 게다가 입가에 미소를 머금고 이야기하자면, 나에게 두 번이나 강제로 이타야 강의 더러운 물을 먹게 했지만 자네를 기꺼이 도와줄 마음이 있는 나는 그걸 장난으로 받아들이며, 심지어 용서할 수도 있다고 여기네. 그러나 세번째 수모를 받게 되면, 나는 비록 폭력을 좋아하지 않지만 남자답게 대처하겠네.

판토하, 어제 아주 늦은 시간에 나는 자네가 노인요양소 근처에 있는 곤살레스 비힐 가로수 길을 산책하는 모습을 보았네. 자네에게 다가가 인사하려고 했지만, 자네가 다른 사람과 함께 있으면서 너무나 다정한 시간을 보내고 있다는 사실을 눈치 챘고, 그래서 자네를 알은 체하지 않았네. 나는 어떤 것이 신중한 태도이고 이해심 있는 자세인지 알기 때문이네. 자네가 허리를 껴안고서 너무나 다정스럽게 귀에 입질하고 있는 그 아리따운 여자를 지켜보면서 나는 너무나 기뻤다네. 그러나 그 여자는 자네의 아름다운 아내가 아니었고, 나는 그 사실을 머릿속으로 되뇌었다네. 그 여자는 부지런한 사업가가 마나우스에서 수입한 보석 같은 여자로, 화려한 과거가 있는 사람이지. 판토하, 정말이지 자네의 눈은 아주 훌륭하네. 그리고 이 도시의 모든 남자가 자네를 부러워한다는 사실을 명심하게. 그것은 이키토스에 발을 들여놓은 여자 중에서 미스 브라질이 남자들이 가장 유혹하고 싶고 가장 원하는 사람이기 때문이라네. 자네와 사병들은 한마디로 행운아네. 자네는 아름다운 모로나 호숫가에서 석양을 바라보며, 이 지역의 연인들에게 유행이 되어버린 것처럼 아이 순교자가 십자가에 못 박힌 벼랑에서 영원한 사랑의 맹세를 할 작정이었나?

이미 나를 알고 있는 자네에게 충심 어린 인사를 전하며.

XXX

수국초특

문서번호 18

발신: 수비대와 국경 및 인근 초소를 위한 특별봉사대
제목: 1957년 9월 22일부터 30일까지 보르하에 체류하던 특별봉사대 제25파견대에 일어난 사건
취급: 1급 기밀
날짜 및 장소: 1957년 10월 6일, 이키토스

본인 페루 육군 행정장교이며 수비대와 국경 및 인근 초소를 위한 특별봉사대 책임자인 대위 판탈레온 판토하는 육군 행정과 보급 및 병참사령부 사령관 펠리페 코야소스 장군에게 정중하게 다음과 같이 보고함.

1. 페루 육군 페테르 카사우안키 대령의 첨부된 보고서 및 보르하 수비대에서 발생한 심각한 사건에 관해, 수국초특은 철저한 수사를 한 결과 다음과 같은 사실을 밝혀냄.

(1) 첨부된 페루 공군과 해군 기상 보고서에 의하면, 특별봉사대 제25파견대가 보르하에 머물렀던 8일 동안(9월 22일부터 30일) 그 지역의 날씨는 더할 나위 없이 좋았음. 햇빛은 화사했으며, 한 방울의 비도 내리지 않았으며, 마라뇬 강물은 잔잔했음.

(2) 특별봉사대 제25파견대 대원들의 진술에 의하면, 그들이 보르하에 체류하게 되었던 것은 '델릴라'의 프로펠러 문제로 수상비행기

의 출발이 지연되었기 때문인데, 이에 대해 대원들은 그들을 보르하에 억류하기 위한 목적으로 누군가가 악의적으로 프로펠러를 제거했다고 한목소리로 단호하게 진술함. 이것은 8일째 되던 날 프로펠러가 마찬가지의 알 수 없는 방법으로 수상비행기에 부착되어 있었기 때문임.

(3) 또한 특별봉사대 제25파견대의 모든 대원이 보르하에 8일간 강제로 체류하는 동안 코카, 털보녀, 플로르와 마클로비아(당연하지만 이 마지막 대원은 수비대에 있는 동안에만) 봉사대원은 부대의 장교들과 상사 이상의 부사관들에게 매일 반복하여 봉사하도록 권유받았음. 이는 고급 장교들과 상급 부사관들에게 봉사를 제공하지 않는 수국초특의 규정에 위반되며, 앞서 언급된 봉사가 재정적으로 보상받지 못했다는 점에서도 본 조직의 규정에 위반됨.

(4) '델릴라' 호의 조종사는 자신이 보르하 수비대 감옥에 갇히게 된 이유가, 규정에 위반될 뿐 아니라 강요에 의한 봉사대원들의 무료 봉사를 막으려고 했다는 사실에 기인한다고 진술함. 봉사대원들의 대략적인 계산에 의하면 그 봉사는 247회라는 엄청난 횟수에 이름.

(5) 본인은 본 수사 결과를 본인이 존경하고 존중하는 훌륭한 육군 사령관인 페테르 카사우안키 대령의 증언에 반론을 하기 위해서가 아니라, 모든 진실이 환히 밝혀질 수 있도록 전술한 사령관의 보고서를 상세히 부연하려는 단순 협력의 일환으로 통보하는 것임.

2. 한편 특별봉사대원 마클로비아와 전 상사 테오필로 구알리노의 도주 및 결혼에 관해 수국초특이 실시한 수사는 페테르 카사우안키 대령의 보고서 내용과 정확히 일치한다는 사실을 통보하게 된 것을 영광으로 여김. 대령의 보고서는 전 상사 구알리노와 특별봉사대원이

보르하 수비대에서 탈영할 수 있는 유일한 통로가 강이었기 때문에 수비대의 쾌속정인 글라이더를 일시적으로 점유했으며, 기회가 되면 즉시 그 배를 돌려주려는 확고한 의도가 있었다고 밝히고 있음. 특별봉사대원 마클로비아는 무책임한 행동을 한 이유로 그 어떤 수당이나 추천서도 받지 못한 채 수국초특에서 면직되었음.

3. 수국초특의 노력과 이용 기관 책임 장교들의 노력에도 불구하고 기록된 대다수의 사건과 마찬가지로, 본인은 이번 사건의 원인이 본 특별봉사대 인력의 절대 부족에 있다는 사실을 상부에 보고함. 20명(현재는 전술한 마클로비아 대원의 강제 탈퇴로 아직 인원이 보충되지 않아 19명임)으로 구성된 특별봉사대는 수국초특의 모든 협력자와 함께 전심전력을 다해 일하고 있지만, 이용 기관의 과다한 요구를 충족시키기에는 턱없이 부족한 숫자이며, 따라서 본 특별봉사대의 소망과는 달리 그 모든 기관에 봉사를 제공할 수 없는 실정임. 다음의 표현을 써서 죄송하지만 이는 구우일모(九牛一毛)와 같으며, 이런 배급은 초조와 불안감을 비롯하여 좌절감을 야기하고, 가끔은 조급하고 돌발적이며 유감스러운 행동을 유발함. 다시 한번 본인은 수국초특의 활동 대원을 30명으로 확충하는 강경하고 과감한 조치를 취해줄 것을 상부에 요구함. 인원이 확충될 경우, 아마존 지역에 복무하는 우리 병사들의 '남성적 충만함'을 만족시키기에는 아직 요원한 현재 상태에 상당한 진전을 가져올 수 있을 것임.

하느님의 은총이 깃들길.

서명: 대위(행정장교) 판탈레온 판토하

첨부서류: 마라뇬 강변에 주둔한 보르하 수비대 책임자 페테르 카사우안키 대령의 보고서, 페루 공군과 해군의 기상 보고서 2개

※ 검토결과

판토하 대위의 보고서를 제5지구(아마존 지역) 사령관인 로헤르 스카비노 장군에게 다음과 같은 지시 사항과 함께 전달할 것.

1. 9월 22일부터 30일 사이에 보르하 수비대에서 특별봉사대 제25파견대와 관련하여 일어난 사건에 대해 즉각적이고 구체적인 수사에 착수하고 관련자들을 엄중 문책할 것.

2. 판토하 대위의 소청에 응하여 특별봉사대 활동 대원을 20명에서 30명으로 증원할 수 있도록 필요한 재원을 제공할 것.

육군 행정과 보급 및 병참사령부 사령관 펠리페 코야소스 장군

1957년 10월 10일, 리마

페루 해군 아마존 지역 사령관 페드로 G. 카리요 제독이 페루 육군 제5지구(아마존 지역) 사령관 로헤르 스카비노 장군에게 보내는 기밀 문서

1957년 10월 2일, 산타 클로틸데 기지

아래 사항을 고려해주기 바람.

본인은 귀관에게 아마존 지역에 흩어져 있는 여러 해군 기지의 해

군 병사들뿐 아니라 해군 장교들을 통해 특별봉사대 찬가와 관련하여 불만과 경악의 소리를 들었음을 알리는 바입니다. 티 한 점 없이 하얀 제복을 입은 우리 해군 병사와 장교들은 전술한 찬가의 가사를 쓴 작사가가 페루 해군이나 해군 병사에 대해 단 한 번도 언급하지 않은 점을 몹시 유감으로 여기고 있습니다. 마치 해군이 특별봉사대의 후원자가 아니라는 것처럼 말입니다. 귀관에게 재차 확인할 필요는 없지만, 우리는 수송선과 승무원을 제공했으며, 유지 비용을 공평하게 부담했고, 현재까지 우리가 요청한 봉사에 관해 규정된 봉사료를 한 치의 오차도 없이 정확하게 지불했습니다.

이런 누락이 단지 부주의와 우연에 기인한 것이지, 해군을 모독하려는 그 어떤 의도도 없었으며 육군 동료들이 해군 사병들을 무시하는 감정을 갖게 하려는 의도 역시 없었다고 확신하면서, 본인은 귀관에게 인사와 함께 이 공문을 보냅니다. 만일 본인이 통보한 누락 사항을 수정할 수 있다면 수정해달라고 요청하는 바입니다. 이런 누락은 사소하고 평범한 것에 불과하지만, 분노와 함께 미묘한 문제를 야기할 수 있고, 이런 문제로 인해 군 기관 사이의 관계가 교란되어서는 안 되기 때문에 이처럼 요청하는 것입니다.

하느님의 은총이 깃들길.

서명: 페루 해군 아마존 지역 사령관 페드로 G. 카리요 제독

※ 검토결과
앞의 문서 내용을 판토하 대위에게 통보하고, 여기에 언급된 문제

에 관해 수국초특이 저지른 변명할 수 없는 요령 부족을 질책할 것. 그리고 페드로 G. 카리요 제독과 해군 동료들이 만족할 수 있도록 빠른 시일 내에 조치를 취할 것.

제5지구(아마존 지역) 사령부 사령관 로헤르 스카비노 장군
1957년 10월 4일, 이키토스

1957년 10월 20일, 레케나

용감안 신치에게

우리는 당신이 사회 부정과 맞서 싸우는 방송을 들엇습니다. 우리 모두는 그 방송을 듣고 당신에게 박수를 칩니다. 그거슨 산타 이사벨리타의 해군 병사들이 이키토스에서 게집애들을 '이브'라는 이름의 선박에 태워 대려와서 향기나는 물에 그 여자들과 목요글 하기 때문임니다. 그들은 그 누구도 그 여자들을 건드리지 못하게 함니다. 레케나의 진보적인 절믄이들인 우리가 그 여자들에게 아무것도 하지 못하도록 다시 데돌려 보냄니다. 용감한 신치, 그게 오른 일임니까? 이미 우리는 마을의 면장 테오필로 모레이가 이끄는 남자 대표단을 구성하여 산타 이사벨리타 기지의 책임자에게 항으하러 갓지만, 이 겁쟁이는 특별봉사대가 존재하지도 안는데, 어떠케 자기가 레케나의 절믄이들이 특별봉사대원들과 결혼하도록 할 수 있겐느냐면서 모든 걸 부정햇습니다. 그러면서 이 작자는 아이 순교자를 두고 맹새햇습니다. 마

치 우리가 눈도 없고 귀도 없는 것처럼 말입니다. 신치. 당신은 특별봉사대원을 어떠케 생각하나요? 왜 해군 병사들에게는 봉사해주고, 우리에게는 해주지 안을까요? 우리에게는 부랄이 업다고 생각하는 걸까요? 용감안 신치, 당신 방송에서 이거세 관해 말해주새요. 그들을 벌벌 떨게 해주고 그들에게 한 방 세게 날려주새요.

당신의 청치자들
아르티도로 소마, 네포무세노 킬카, 카이파스 산쇼

이 편지와 함께 당신 신치처럼 황금 부리를 가진 엥무세 한 마리를 선물로 보냄니다.

수국초특

문서번호 26

발신: 수비대와 국경 및 인근 초소를 위한 특별봉사대
제목: 특별봉사대 찬가의 의도와 그 혼동에 대한 설명
취급: 1급 기밀
날짜 및 장소: 1957년 10월 16일, 이키토스

본인 페루 육군 행정장교이며 수비대와 국경 및 인근 초소를 위한 특별봉사대 책임자인 대위 판탈레온 판토하는 페루 해군 아마존 지역 사령관 페드로 G. 카리요 제독에게 정중하게 다음과 같이 보고함.

 1. (1) 특별봉사대 찬가 가사에서 영광스러운 해군과 용감한 해군 병사들에 관해 분명하게 언급하지 않은 용서받을 수 없는 부주의에 깊은 유감을 표함.

 (2) 변명이 아니라 단순한 정보 차원에서 본인은 귀 제독에게 이 찬가의 가사는 수국초특의 지휘부가 의뢰하여 작성한 것이 아니라, 대원들의 자발적인 창작품이며, 그 형식과 내용에 관해 사전에 비판적 평가를 거치지 않은 채 비계획적이고 어느 정도 성급한 방식으로 채택되었음을 알려드리는 바임.

 (3) 가사에 명시적으로 드러나 있지 않더라도, 전술한 찬가의 정신뿐만 아니라 수국초특에서 일하는 모든 대원의 가슴과 정신은 해군기지와 해군 병사들을 항상 염두에 두고 있음. 또한 본 특별봉사대의 모든 인력은 해군에 깊은 사랑과 존경심을 품고 있음을 밝히고자 함.

 2. 찬가 문제를 해결하기 위한 작업이 진행되었으며, 다음과 같은 수정을 통해 가사를 개선하였음.

 (1) 각 연 사이에 다섯 번 불리는 후렴 부분은 원 형식의 첫번째와 세번째, 다섯번째만 그대로 유지됨. 즉 다음과 같음.

　　항상 봉사하고 봉사하며 또 봉사하세
　　조국의 육군에게
　　항상 봉사하고 봉사하며 또 봉사하세
　　자부심을 갖고 성심성의껏 봉사하세

두번째와 네번째 후렴 부분의 둘째 행은 다음과 같이 수정됨.

항상 봉사하고 봉사하며 또 봉사하세
조국의 해군에게
항상 봉사하고 봉사하며 또 봉사하세
자부심을 갖고 성심성의껏 봉사하세

(2) 찬가의 첫번째 연은 2행의 "모든 사병과 장교들에게"라고 말하는 부분을 삭제하면서 명확하게 수정될 것임. 이 부분은 다음과 같은 가사로 대체됨.

병사들을 행복하게 해주세
추추페의 전우들이여, 용감한 해군 병사들에게
어서 돌아와 힘을 합쳐라!
이것은 우리의 명예로운 의무

하느님의 은총이 깃들길.

서명: 대위(행정장교) 판탈레온 판토하
참조: 육군 행정과 보급 및 병참사령부 사령관 펠리페 코야소스 장군, 제5지구(아마존 지역) 사령부 사령관 로헤르 스카비노 장군

통계 자료 보고서

막시모 다빌라 페루 육군 대령은 마라뇬 강변에 주둔한 바랑카 수비대를 찾은 특별봉사대 제32파견대의 방문에 관해 수국초특에 다음과 같은 종합 보고서를 제출하게 된 것을 기쁘게 여김.

특별봉사대 제32파견대 방문 일자: 1957년 11월 3일
이동 수단 및 인력: 선박 '이브'호
봉사대 책임자: 포르피리오
봉사대원: 코카, 젖퉁이, 랄리타, 산드라, 이리스, 후아나, 로레타, 미스 브라질, 로베르타, 에두비헤스
수비대 체류시간: 총 6시간, 14시부터 20시까지
이용자 수 및 봉사활동 전개: 총 192명의 이용자는 다음과 같이 분류되어 봉사받음. 총 10명으로 이루어진 1개 그룹은 봉사대원 미스 브라질에게 할당됨(그녀는 본 연대의 사병들이 가장 소망했던 대원이지만, 이 특별봉사대원에게는 최소 숫자의 이용자만 할당하라는 수국초특의 지시가 있었고, 그 지시를 따랐음). 22명으로 이루어진 1개 그룹은 본 연대 사병들에게 두번째로 인기가 높았던 봉사대원 젖퉁이에게 배당됨. 20명으로 이루어진 8개 그룹은 각각 나머지 봉사대원에게 할당됨. 그러나 이런 배분은 아래에 설명되는 예기치 않은 취소 사태 후에 적용한 것임. 바랑카는 이 시기에 해가 일찍 지고 '이브'호는 땅거미가 지기 전에 출항해야 하기 때문에, 모든 작업이 해질녘 이전까지 종료될 수 있도록 봉사대원 거처에서 이용자가 체류할 수 있는

최대 시간을 20분에서 15분으로 감축함으로써 모든 것이 순조롭게 진행됨.

평가: 모든 이용자가 봉사활동에 완전히 만족함. 그러나 위의 이유로 시간이 단축된 것에 몇몇 이용자가 불만을 제기하기도 함. 바랑카 수비대에서 맞이한 수국초특의 모든 파견대처럼 특별봉사대 제32파견대의 행동은 전적으로 적절하였음.

예기치 않은 사건: 본 수비대 의무실에서 교묘하게 여자 복장을 하고 특별봉사대 제32파견대와 함께 여행하던 밀항자를 발견함. 그는 헌병에게 인도되어 심문을 받았으며, 그 결과 이 작자는 아드리안 안투네스(일명 '카멜레온')로 밝혀짐. 스스로 밝힌 바에 따르면 봉사대원 젖퉁이의 보호자이자 기둥서방임. 밀항자는 자신이 보호하는 여자에 의해 '이브'호에 탑승했으며, 그의 협박과 위협을 이기지 못해 봉사대 책임자는 그의 탑승을 승인했고, 나머지 대원은 그의 황당한 의도가 실현될 수 있도록 침묵을 지켰다고 고백함. 여자 옷을 입고 위장한 그는 자기가 새로 도착한 봉사대원 아드리아나라고 말하면서 승무원을 속였음. 그러나 바랑카에 도착하자 아드리아나라는 봉사대원은 첫번째 이용자인 사병 로헬리오 시몬사에게 병에 걸렸다고 거짓말을 했으며, 적절한 방식으로 봉사를 제공하지 않기 위해 대신 동성애 혹은 기괴한 방식으로 봉사하겠다고 제안함. 이를 이상하게 여긴 사병 로헬리오 시몬사는 본 사건을 보고했고, 가짜 아드리아나는 본 수비대의 남자 위생병에 의해 강제로 신체검사를 받아 남성임이 밝혀지면서 이런 속임수가 발각됨. 처음에 밀항자는 특별봉사대원 젖퉁이의 수입(개인 수입 총액의 75퍼센트를 받음)을 보다 상세히 통제하고자

이런 연극을 꾸몄다고 주장함. 그것은 그녀가 그의 몫을 줄이려고 수입을 조작한다고 의심했기 때문임. 그러나 심문관들이 그의 말을 믿지 않자 그는 오랫동안 자기가 수동적인 성욕도착자였으며, 자신의 진정한 의도는 병사들과 악덕 행위를 실천함으로써 특별봉사대원의 의무를 수행하고 있는 여자 자리를 차지할 수 있음을 보여주기 위한 것이었다고 고백함. 이 모든 것은 그와 함께 살고 있는 젖퉁이에 의해 확인됨. 본 부대는 이 작자의 처신을 결정할 수 있는 법적 권한을 갖고 있지 않기에, 수국초특 지휘부가 이자에게 보다 적절한 조치를 취할 수 있도록 아드리안 안투네스(일명 '카멜레온')에게 수갑을 채워 감시하에 '이브'호 편으로 병참본부로 이송함.

  제안사항: 수국초특의 특별봉사가 사병들에게 좋은 결과를 낳고 있기에, 특별봉사대를 이용 기관에 보다 자주 파견할 수 있는 가능성이 연구되었으면 하는 바람임.

  서명: 마라논 강변에 주둔한 바랑카 수비대 대장 막시모 다빌라 페루 육군 대령
  별첨: 이용자 성명과 군번 목록, 할인 티켓, 밀항자 아드리안 안투네스(일명 '카멜레온')

1957년 11월 1일, 이키토스

  존경하는 판토하 사모님께

저는 여러 번 사모님 댁의 대문을 두드리러 갔지만, 갈 때마다 후회하고 눈물을 흘린 채 제 사촌 로시타의 집으로 돌아왔습니다. 사모님 남편은 저에게 '우리 집 근처에라도 오면 지옥에 보내버리겠어'라고 협박하지는 않았습니다. 그러나 저는 절망적인 상태에 놓여 있으며 이미 지옥과 같은 삶을 살고 있습니다. 사모님, 저를 불쌍히 여겨주세요. 오늘은 저희가 사랑하는 사람들이 죽은 날이에요. 저는 직접 파차나 성당으로 달려가 사모님이 사랑하신 망자들을 위해 기도할 작정입니다. 판토하 사모님, 저는 제가 착한 사람이라는 것을 알고 있으며 사모님이 누구인지도 알고 있습니다. 저는 사모님의 따님이 얼마나 예쁘고 귀여운지 보았습니다. 성녀와 같은 그 얼굴은 마치 모로나코 차의 아이 순교자 같았습니다. 사모님의 따님이 태어났을 때, 우리는 판티랜드에서 너무나 즐거워했다는 사실을 말씀드리고 싶습니다. 우리는 사모님의 남편을 위해 파티를 벌였고, 술에 취하게 만들어 따님과 더욱 행복할 수 있도록 했습니다. 아마도 따님은 하늘에서 내려온 순수한 영혼을 지닌 작은 천사 같을 거라고 우리끼리 말하곤 했답니다. 아마 틀림없이 그럴 겁니다. 저는 알고 있습니다. 제 마음이 그렇다고 제게 속삭이기 때문입니다. 사모님은 저를 알고 계십니다. 1년 전, 아니 그 이전에 사모님은 저를 보았습니다. 사모님은 제가 정말로 세탁을 하는 여자라고 생각하는 실수를 범하시면서 '세탁부'를 집에 들어오게 하셨지요. 그 여자가 바로 저랍니다. 저를 도와주세요. 가련한 마클로비아를 불쌍히 여겨주세요. 저는 배고파 죽어가고 있으며, 가엾은 테오필로는 저곳 보르하에 있습니다. 그는 수비대 영창에 갇혀 있습니다. 한 친구가 제게 가져다준 편지를 보니 그는 빵과 물만 먹고 있다고 합니다. 불쌍한 테오필로, 그의 죄라면 오로지 저를 사랑한 죄밖에는 없습니다. 제발 저를 도와주세요, 사모님. 그렇게 해주시면 정말이지 죽을 때까지 그 은혜를 잊지 않겠습니다. 사모님, 사모님 남편이 저를 판티랜드에서 쫓아냈는데 어떻게 살아갈 수 있겠습니까? 사람들은 제가 보르하에서 잘못했고, 테오필로를 사주하여 함께 도망쳤다고 말하고 있습니다. 하지만 그런 생각을 품은 것은 제가 아니라 그 사람이었습니다. 그가 바로 저에게 니에바로 도망치자고, 비록 창녀일지라도 모든 걸 용서해주겠다고 했습니다. 제가 보르하에 도착한 것을 보고 그의 마음은 '네가 평생을 찾아 헤매던 여자가 나타났다'고 말했다 합니다.

저는 다정하기 그지없는 제 사촌 여동생 로시타 덕택에 잠잘 곳은 겨우 마련했지만 그녀 역시 몹시 가난해서 저를 부양할 능력이 없답니다, 사모님. 저는 글을 쓸 줄 모르기 때문에 그녀가 저를 대신하여 이 편지를 쓰고 있습니다. 저를 불쌍히 여겨주세요. 그러면 하느님께서 사모님에게 천국에서 상을 내리실 것이고, 마찬가지로 사모님 따님에게도 `상을 내리실 겁니다. 저는 거리에서 산책을 하는 따님을 보았습니다. 눈이 얼마나 예쁜지, 저는 천사라고 생각했습니다. 저는 판티랜드로 돌아가야만 합니다. 제발 사모님 남편께 저를 용서하고 다시 고용하라고 말씀 좀 해주세요. 제가 남편 분을 위해 항상 열심히 일하지 않았나요? 제가 판토하 씨와 일을 한 이후 무슨 문제라도 일으켰나요? 아무 문제도 없었습니다. 오로지 이번 한 번뿐입니다. 1년에 단 한 번 이런 조그만 실수를 저질렀는데, 그게 그리 큰 잘못인가요? 저에게는 한 남자를 사랑할 권리도 없나요? 미스 브라질이 교활하고 못된 짓을 할 때 남편 분은 군침을 흘렸습니다. 사모님, 조심하세요. 그 여자는 나쁜 여자예요. 마나우스에서 살았는데 거기 창녀들은 모두 도둑년이에요. 확신하는데 그 여자가 남편 분에게 마법을 걸어 자기 마음대로 주무를 수 있도록 음식에 무언가를 넣는 게 분명합니다. 게다가 그 여자 때문에 두 명의 남자가 자살하기도 했답니다. 한 사람은 성인 같은 젊은 미국인이고, 다른 사람은 학생이라는 말이 있습니다. 혹시 판토하 씨는 자기가 원하는 것을 이미 얻은 게 아닐까요? 조심하세요, 그 여자는 사모님에게서 남편을 빼앗을 수도 있고, 사모님을 고통의 수렁에 빠뜨릴 수도 있는 여자랍니다. 저는 그런 일이 일어나지 않도록 해달라고 기도하겠어요.

 판토하 사모님, 제발 판토하 씨에게 말씀 좀 해주시고 간청해주세요. 테오필로는 앞으로도 여러 달 동안 감옥에 갇혀 있어야 하고, 저는 그 사람을 만나러 가고 싶습니다. 그건 제가 그를 보고 싶어하기 때문입니다. 밤이면 밤마다 그를 생각하며 울다가 잠이 듭니다. 사모님, 그는 제가 하느님 앞에서 맞이한 남편입니다. 니에바의 늙은 신부님 앞에서 우리는 결혼했습니다. 그곳 '방주'에서 우리는 사랑과 충성의 맹세로 암탉을 못 박았습니다. 그는 '형제'가 아니었지만 저는 '자매'였거든요. 프란시스코 형제가 이키토스에 도착한 이후 저는 자매가 되었습니다. 하느님, 그에게 축복을 내려주소서. 저는 그의 설교를 들으러 갔고, 그후 '자매'가 되었습니다. 저는 테오필로를 개종시켰고, 그는 '형제들'이 니에바에서 우리를 어떻게 도와주는지 보고 '형제'가 되었습니다. 가난한 사람들은 우리에게 먹을 것을 주고 그물 침대를 빌려주고 집과 가축, 그들이 가지고 있던 모든 것을 두고 산으로 갔습니다. 하느님을 믿고 그처럼 착한 일만 하는 사람들을 박해하는 게 정당한 일인가요?

 뱃삯도 없는데 어떻게 제가 테오필로를 만나러 갈 수 있겠습니까? 제가 어디에서 일을 해야 할까요? '코딱지'는 악의에 가득 찬 사람입니다. 그는 제가 그를 버리고 판티랜드에 들어갔다는 이유로 저를 받아주지 않습니다. 다시 세탁부로 일하고 싶은 마음은 추호도 없습니다. 그 일은 죽을 정도로 피곤하며, 게다가 버는 돈의 대부분을 경찰에게 바쳐야 합니다. 사모님, 저는 일할 곳이 없습니다. 우리 여자들이 알고 있는 것처럼, 남편 분에게 키스를 해주시고 모든 수단을 사용해주세요. 그러면 남편 분이 저를 용서해줄 것이고 저는 무릎을 꿇고 사모님의 발에 입을 맞출 것입니다. 저는 저곳 보르하에 있는 제 남편 테오필로를 생각합니다. 그럴 때면 야만인들이 자신의 고통에 종지부를 찍기 위해 사용했던 방법처럼, 제 가슴에 야자수 가시를 찔러 목숨을 끊고 싶은 심정입니다. 하지만 사촌 여동생 로시타가 그렇게 하도록 놔두지 않을 뿐만 아니라, 아버지이신 하느님과 이 땅에서 하느님의 집사로 활동하시는 프란시스코 형제도 저를 용서하지 않을 겁니다. 그들은 이 땅의 모든 피조물을 사랑하십니다. 심지어 창녀까지도 사랑하십니다. 제발 저를 불쌍히 여기시고, 남편 분에게 저를 다시 채용해주십사 말씀해주세요. 다시는 남편 분을 화나게 하지 않을 거라고 저는 굳게 맹세합니다. 사모님의 따님을 두고 맹세합니다. 사모님, 저는 목이 쉴 때까지 따님을 위해 기도하겠습니다. 제 이름은 마클로비아입니다. 남편 분은 이미 알고 계십니다.

 판토하 사모님, 정말 고맙습니다. 하느님께서는 사모님에게 보답해주실 겁니다. 사모님의 발에 입을 맞추며, 사모님의 따님에게도 온 마음을 다해 입을 맞춥니다.

마클로비아

제5지구(아마존 지역) 군종신부단 단장 벨트란 칼릴라 중령의 전역 요청서

1957년 12월 4일, 이키토스

로헤르 스카비노 준장
제5지구(아마존 지역) 사령관
(인편 전달)

존경하는 장군님께
 저는 장군님의 중재로 페루 육군에서 즉시 전역시켜달라는 힘든 요청을 하고자 합니다. 저는 페루 육군에서 18년간 복무하는 영광을 누렸습니다. 즉, 제가 사제로 서품을 받은 바로 그해부터 18년간 복무하였으며, 그 기간에 저는 중령이라는 계급까지 올라갔습니다. 저는 그것이 제가 세운 업적에 기초했다고 믿고 싶습니다. 동시에 매우 슬픈 도덕적 책임을 느끼면서 제 직속상관이신 장군님을 통해 페루 육군에 세 개의 훈장과 네 개의 표창장을 반납하고자 합니다. 이것들은 제가 희생과 열성을 다해 군종신부단에서 복무하는 동안 육군이 제 공로를 치하하고 격려하고자 수여한 것들입니다.

  저는 본 기관으로부터의 전역을 비롯하여 메달과 표창장을 반납하는 이유를 분명하고도 자세하게 서술할 의무가 있다고 느낍니다. 그것은 바로 우리 육군에 어느 정도 공개적인 동시에 비밀리에 음흉하게 존재하는 조직 때문입니다. 그 조직은 수비대와 국경 및 인근 초소를 위한 특별봉사대라는 완곡한 용어를 사용하고 있지만, 실제로는 이키토스와 아마존의 군사 주둔지와 해군 기지 사이에서 활동중이며 갈수록 성행하고 있는 매춘 거래에 종사하는 단체입니다. 사제로서만이 아니라 군인으로서 저는 훌륭한 공적과 유명한 영웅들을 배출하여 페루 역사를 영광스럽게 장식한 보로네시와 알폰소 우가르테의 군대가, 군 내부에 금전을 목적으로 하는 사랑을 조성하는 부끄럽기 짝이 없는 기관으로 전락하고, 군대 예산으로 그런 행동을 지원하며, 행정 장교단과 병참 전력을 그런 일에 봉사하도록 배치하는 것을 도저히 묵과할 수 없습니다. 저는 단지 전술한 기관의 설립과 대조되는 역설적인 면을 귀하에게 상기시키고자 합니다. 저는 지난 18년 동안 육군에 이동 사제단을 설치해줄 것을 꾸준히 요청해왔지만 결국은 수포로 돌아갔습니다. 이는 아마존 지역은 군종신부가 없는 고립된 수비대에서 복무하는 사병들이 대부분이기 때문에 그들에게 정기적으로 고해성사와 성체성사를 제공하기 위한 목적이었습니다. 그런데 앞서 언급한 특별봉사대는 창립된 지 불과 1년 반이 안 되었음에도 이미 수상비행기와 수송선, 트럭을 비롯하여 최신식 통신 장비를 구비하고서, 광활한 밀림 전역에 죄악과 음탕함을 비롯하여 의심의 여지 없이 매독을 퍼뜨리고 있습니다.

마지막으로 저는 이 야릇한 특별봉사대가 아마존 지역에서 페루와 페루 군대의 공식 신앙인 가톨릭 종교가 미신의 역병으로 위협을 받고 있는 순간에 출현해 번성하고 있다는 사실을 지적하고 싶습니다. 미신의 역병은 '방주의 형제단'이라는 이름 아래 마을과 부락을 휩쓸고 있으며, 무지하고 순진한 사람들 속에서 갈수록 많은 신도를 확보해나가고 있습니다. 또한 이들은 모로나코차에서 잔인하면서도 야만스럽게 희생된 어린아이를 숭배하며, 이런 기괴한 숭배는 도처로 파급되는 실정입니다. 심지어 이미 확인된 것처럼 군 병영으로까지 확산되고 있습니다. 장군님, 불과 두 달 전에 우카얄리 강변에 주둔한 산 바르톨로메 초소에서 광적인 신병들이 비밀리에 '방주'를 조직하여 폭풍을 퇴치하기 위해 살아 있는 한 원주민을 십자가에 못 박으려고 시도했다가, 해당 부대 장교들의 사격으로 저지되었던 일이 있었음을 장군님께 다시 한번 말씀드릴 필요는 없다고 생각합니다. 그리고 바로 이 순간, 즉 군종사제단이 아마존 지역의 부대 안에서 이런 신성모독적인 처벌과 살인 행위와 맞서 싸우는 동안, 사령부는 군대의 도덕관념을 저하시키고 관습을 해이하게 만드는 특별봉사대를 인가하고 그 기능을 홍보하는 일이 적절하다고 생각하고 있습니다. 우리의 군대가 매춘을 조장하고 매춘을 주선하는 타락한 기능까지 맡는다는 것은 무관심하게 보아넘기기에는 너무나 중대한 타락의 증상이라고 본인은 생각하는 바입니다. 만일 윤리적 부패가 우리 국가의 척추인 군대까지 장악한다면, 그 어느 순간에라도 그런 부패는 조국이라는 성스러운 기관으로 번질 수 있습니다. 이 보잘것없는 군종사제는 작위 혹은 부작위의 죄를 범하면서 이런 끔찍한 과정의 공범이 되길 원치 않는 바입니다.

충성!

서명: 제5지구(아마존 지역) 군종신부단 단장 고도프레도 벨트란 칼릴라 중령

※ 검토결과

본 요청서를 국방부와 참모본부로 다음과 같은 건의 사항을 포함하여 전송할 것.

1. 군종신부 벨트란 칼릴라 중령의 전역 요청서는 결정적이고 단호한 성격을 띠고 있으므로 받아들일 것.
2. 본 요청서에서 그가 과도한 용어를 사용한 것에 관해 부드럽게 훈시할 것.
3. 그의 복무에 대해 감사를 표할 것.

제5지구(아마존 지역) 사령부 사령관 로헤르 스카비노 장군

7

1958년 2월 9일자 라디오 아마존 〈신치의 소리〉 방송

스튜디오 벽을 장식하고 있는 '모바도' 시계가 정확히 오후 여섯시를 가리키면, 라디오 아마존에서 애청자 여러분의 청취율 최고 프로그램을 방송해드립니다.

[시그널 음악: 아마존 민속 왈츠 〈라 콘타마니나〉, 소리가 높아지다 작아지며 배경음악으로 남는다.]

신치의 소리!

[시그널 음악: 왈츠 〈라 콘타마니나〉, 소리가 높아지다 작아지며 배경음악으로 남는다.]

항상 진실과 정의를 추구하면서 30분 동안 시사 해설과 논평, 일화, 그리고 정보를 전해드립니다. 페루 아마존 지역 주민들의 맥박과 고동을 수집하여 전하는 목소리입니다. 여러분도 잘 아시는 기자 헤르만 라우다노 로살레스, 일명 '신치'가 직접 쓰고 진행하는 너무나 솔직하고 인간적인 생방송 프로그램입니다.

[왈츠 〈라 콘타마니나〉, 소리가 높아지다 작아지며 완전히 사라진다.]

안녕하십니까, 애청자 여러분. 페루 동부 최초의 라디오 방송국 아마존 방송의 전파를 통해 다시 한번 여러분을 만나게 되었습니다. 이 프로그램은 대도시에 사는 남자, 문명의 길을 따라 첫걸음을 내딛는 머나먼 부락의 여자, 번창 일로의 사업가, 고립된 벽지의 가난한 농부, 즉 정복 불가능한 우리 아마존의 발전을 위해 싸우고 일하는 모든 사람들에게, 밀림의 광활한 초록지대에 우뚝 솟아 있는 고아한 페루인의 품격이자 등불인 이키토스에서 30분에 걸쳐, 우정 어린 이야기와 경이로운 사실들을 비롯하여 숨겨진 비밀을 폭로하고 중요한 논쟁을 소개하며 충격적인 기사와 역사적인 소식들을 전합니다. 애청자 여러분, 하지만 본격적인 방송을 하기에 앞서 몇 가지 광고를 들으시겠습니다.

[음반과 테이프에 녹음된 광고 방송: 60초]

자, 오늘도 '간략한 문화 소식'으로 시작하겠습니다. 청취자 여러분, 우리는 지치지 않고 다음의 말을 반복하겠습니다. 우리는 지적, 정신적 수준을 함양하고, 특히 우리의 주변 환경과 우리의 땅, 우리가 살고 있는 도시에 관해 깊이 알아야 할 필요가 있습니다. 우리는 우리가 살고 있는 지역의 비밀을 비롯하여, 거리에 자신들의 이름을 빌려준 사람들의 삶과 행적, 우리가 살고 있는 집의 역사를 알아야 합니다. 그 집들 대부분은 우리 지역의 자랑이며 영원히 사라지지 않는 무대이거나 위대한 지도자들의 요람이었습니다. 우리는 이 모든 것을 배워야 합니다. 우리의 마을과 도시로 조금 더 깊이 들어감으로써 우리의 조국과 동포를 조금 더 사랑하게 될 것입니다.

오늘 우리는 이키토스에 있는 가장 유명한 저택 중 하나를 골라 그 역사를 들려주고자 합니다. 여러분도 익히 짐작하셨겠지만, 그 저택은 바로 흔히 '강철의 집'이라고 일컬어지는 아주 유명한 집입니다. 너무나 독창적이고 색다르며 우아한 이 저택은 '무기 광장'에 서 있으며, 현재는 고결하고 훌륭한 '이키토스 사교클럽'이 바로 이 저택에 자리 잡고 있습니다. 〈신치의 소리〉는 이렇게 묻고 싶습니다. 얼마나 많은 로레토 사람들이, 이키토스의 비옥한 땅에 발을 들여놓은 이방인들이 감탄해 마지않는 '강철의 집'을 지은 사람을 알고 있을까요? 쇠로 지은 이 아름다운 집을 유럽과 전 세계에서 가장 칭송받는 건축가이자 토목기술자 중 한 사람이 설계했다는 사실을 아는 사람이 얼마나 될까요? 이 집이 20세기 초에 '빛의 도시' 파리에 자신의 이름을 붙인 세계적으로 유명한 탑을 세운, 훌륭한 프랑스 사람의 창의적인 머리에서 나왔다는 사실을 알고 있는 사람이 얼마나 될까요? 파리에 세워진 그 탑은 바로 에펠탑입니다! 그렇습니다, 애청자 여러분. 여러분이 지금 들으신 것처럼 '무기 광장'에 있는 '강철의 집'은 매우 대담하고 유명한 프랑스의 건축가 에펠의 작품입니다. 다시 말하면, '강철의 집'은 우리나라뿐만 아니라 전 세계적인 걸작이며 역사적인 기념물입니다. 이것은 그 유명한 에펠이 언젠가 무더운 이키토스에 있었다는 것을 의미할까요? 아닙니다. 그는 한 번도 이키토스의 땅을 밟지 않았습니다. 그렇다면 이런 위대한 작품이 우리가 사랑하는 도시에서 빛나고 있다는 사실을 어떻게 설명할 수 있을까요? 이것이 바로 오늘 오후 '간략한 문화 소식'에서 밝히고자 하는 내용입니다……

[몇 번의 짧은 아르페지오]

고무 붐이 일어난 시절이었습니다. 그때 로레토의 위대한 선구자들, 몹시 갈망하던 고무를 찾아 북쪽에서 남쪽으로, 동쪽에서 서쪽으로 아마존의 밀림을 헤쳐나갔던 바로 그 사람들은, 우리 도시를 위해 일종의 자선사업으로 누가 자기 집을 당대의 가장 예술적이고 가장 값비싼 재료로 짓는지 내기를 걸었습니다. 그렇게 해서 대리석 주택과 석재 가옥, 파란색 타일로 외벽을 장식한 집, 정교한 발코니를 갖춘 집들이 세워졌습니다. 이것들은 아직도 이키토스 거리를 아름답게 장식하고 있으며, 아마존의 황금시대를 떠올리게 하고, 우리 모국인 스페인의 시인 호르헤 만리케가 "모든 지나간 시간이 더 나았다"고 읊었던 말이 맞았음을 그대로 보여주고 있습니다. 그건 그렇고, 위대한 고무 사업가이고 모험가였던 이런 개척자들 가운데, 백만장자이며 위대한 로레토 사람인 안셀모 델 아길라가 있었습니다. 당대의 부자들과 마찬가지로, 그는 자신의 지칠 줄 모르는 정신과 문화적 갈증을 달래기 위해 유럽을 여행하곤 했습니다. 바로 여기서 이키토스 출신의 안셀모 델 아길라의 이야기가 시작됩니다. 살을 에는 것 같은 유럽의 추위가 몰아닥쳤을 때입니다. 청취자 여러분, 여러분은 로레토의 그 시민이 얼마나 추위에 몸을 떨었을지 상상할 수 있겠습니까? 그는 독일의 어느 도시에 도착하여 조그만 호텔에 투숙했습니다. 그 호텔은 그를 사로잡았고, 그는 너무도 안락하면서도 과감한 형태와 독창적인 아름다움에 매료되었습니다. 그 건물이 모두 강철로 지어졌기 때문이지요. 그래서 우리 지방 출신인 아길라가 어떻게 했을까요? 결단력이 있고 굼뜨지도 않으며, 우리 지역 사람들의 특징인 자기 고향에 대한 열정을 가지고 그는 이렇게 생각했습니다. '이런 훌륭한 건축물은 우리 도시에 있어야만 해. 이키토스는 이런 건축물을 가질 자격이 있고, 우아하고 우수한 도시가 되기 위해서는 이런 건축물이 필요해.' 씀씀이가 남달랐던 로레토의 갑부는 한 푼도 깎지 않고 호텔 주인이 요구한 가격을 주저 없이 지불하면서, 위대한 에펠이 지은 조그만 독일의 호텔을 구입했습니다. 그는 그 건물을 분해하여 배에 선적한 후 이키토스로 가져왔습니다. 심지어 나사 하나도 빼놓지 않고 모두 가져갔지요. 애청자 여러분, 역사상 최초의 조립식 건물이 된 것입니다! 아길라의 감독 지휘하에 그 건물은 아주 정성스럽게 이곳에서 다시 조립되었던 것입니다. 여러분은 어느 건물과도 필적할 수 없는 이 흥미로운 예술 작품이 이키토스에 세워진 사연을 들으셨습니다.

후일담으로 안셀모 델 아길라는 자기 고향의 문화유산을 풍요롭게 만들고자 고귀한 소망을 품고 정성 어린 일을 했지만, 그것은 약간 무분별한 행동이기도 했음을 지적하고 싶습니다. 그가 구입한 건물의 소재는 문명화된 유럽 북극 지방의 추위에 적당하며, 이키토스에서는 매우 다른 결과를 낳을 수도 있음을 고려하지 않았던 것입니다. 쇠로 만들어진 저택은 우리가 익히 알고 있는 기후에서는 심각한 문제를 야기할 수 있었지요. 그리고 실제로 그런 일은 일어나고야 말았습니다. 이키토스에서 가장 비싼 이 저택은 뜨거운 햇볕 아래서 마치 용광로처럼 변했고, 그 집의 벽을 만지는 사람들은 하나같이 손에 물집이 잡혔기 때문에 도저히 사람이 살 수 없는 장소가 되었던 것입니다. 그래서 아길라 씨는 그 집을 고무업자인 친구 암브로시오 모랄레스에게 팔아버릴 수밖에 없었습니다. 모랄레스 씨는 '강철의 집'의 푹푹 찌는 지옥 같은 분위기 속에서도 참고 살 수 있을 것이라고 생각했지요. 하지만 그 역시 실패하고 말았습니다. 그렇게 거의 해마다 집주인이 바뀌다가, 마침내 이상적인 해결책을 발견했습니다. 바로 '이키토스 사교클럽'을 만들자는 것이었지요. 이 클럽은 '강철의 집'이 불길을 내뿜는 낮에는 텅 비어 있다가, 날씨가 선선해지는 밤이 되면 찾아오는 우리 도시의 가장 우아한 귀부인들과 훌륭한 신사들로 인해 광채를 발하게 되었던 것입니다. 그러나 신치는 '강철의 집'을 이키토스에 선보였던 선각자를 염두에 두면서, 시청이 이 집을 박물관이나 그와 유사한 것으로 만들어야 한다고 생각합니다. 고무 산업이 절정에 이르렀던 이키토스의 황금시대, 즉 우리의 소중한 검은 황금이 로레토를 이 나라 경제 중심지로 만들었던 시기를 기념하는 장소로 변모시켜야 한다고 생각합니다. 애청자 여러분, 이것으로 1부 '간략한 문화 소식'을 마치겠습니다!

[몇 번의 짧은 아르페지오, 음반과 테이프에 녹음된 광고 방송: 60초, 몇 번의 짧은 아르페지오]

'오늘의 논평' 시간입니다. 애청자 여러분, 오늘밤 우리가 다룰 주제는 그다지 썩 유쾌하지 않은 내용입니다. 그러나 기자이자 로레토의 시민이며 가톨릭 신자이고 한 가족의 아버지로서 저는 이 주제를 다루어야 할 의무를 느낍니다. 오늘 주제는 매우 심각한 문제이기에 여러분의 귀에 거슬릴 수도 있습니다. 그래서 여러분의 미성년 자녀들을 라디오에서 멀리 떨어져 있게 해달라고 부탁하고 싶습니다. 저는 솔직함이 특징이며, 〈신치의 소리〉는 아마존의 모든 힘을 동원하여 지금까지 진실의 성채를 지키고자 했습니다. 그래서 저는 이런 노골적이고 뻔뻔스러운 사실을 언급할 수밖에 없으며, 제가 지금까지 해왔던 것처럼 이런 사실을 있는 그대로 전할 수밖에 없다는 것을 미리 알려드립니다. 저는 아마존 주민의 지지를 받으며 말합니다. 대부분 침묵을 지키고 있지만 저는 그들이 지닌 올바른 생각을 그대로 전하는 사람이라는 사실을 알고 있습니다. 그에 걸맞게 저는 차분하고도 힘 있게 이 이야기를 다룰 것입니다.

[몇 번의 짧은 아르페지오]

우리는 그 누구도 이 프로그램을 들으며 불쾌해지는 걸 원치 않습니다. 그래서 우리는 수차례에 걸쳐 그 누구도 불쾌하지 않도록, 도덕을 중시하며 살아가고 생각하는 이 도시의 모든 교양인과 점잖은 사람들의 분노와 수치를 유발하는 행위를 조심스럽게 언급했습니다. 우리는 이런 창피하고 불명예스러운 사실을 직접 정면으로 공격하고자 하지 않았습니다. 고백하자면, 우리는 순진하게도 분노의 책임자가 자신의 엄청난 이익을 위해 이키토스에 어떤 정신적, 물질적 피해를 끼치고 있는지 이해하고 재고할 것이라 믿었기 때문입니다. 또한 그가 자신의 목표를 이루기 위해, 즉 자신과 타인의 욕망과 부패라는 금지된 수단을 통해서라도 자신의 돈 상자에 돈을 비축하거나 가득 채우기 위해, 그 어떤 방벽과 생각도 존중하지 않으면서 상업주의적 열망을 추구하고 있었음을 깨달으리라고 믿었던 것입니다. 얼마 전에 순진한 사람들의 이해 부족과 맞서고, 물리적으로 올바른 우리의 판단을 전함으로써 우리는 바로 이 방송을 통해 문명 캠페인을 벌였으며, 그것을 통해 영광의 성 토요일 이후 아이들의 죄를 씻긴다는 이유로 매질하던 관습을 로레토에서 종식시킬 수 있었습니다. 저는 조그만 모래알로 우리의 아이들을 울리고, 또한 아이들을 심리적으로 무능하게 만들었던 악습을 아마존 지역에서 근절시키는 데 어느 정도 공헌했다고 생각합니다. 이것 이외에도 우리는 '방주의 형제단'이라는 미명 아래 아마존 전역을 감염시킨 미신 집단과도 맞서 싸웠습니다. 그들은 아무것도 모르는 무지한 우리 국민들을 이용하여 작은 짐승들을 십자가에 못 박은 후 우리의 밀림에 흩뿌렸습니다. 그들은 거짓 메시아와 사이비 그리스도를 남용하여 자신들의 주머니를 채우고 인기를 얻으려는 병적인 본능을 만족시켰습니다. 또한 군중들을 길들이며 통제하고 반기독교적인 사디즘을 전파했습니다. 그래서 우리는 익명의 겁쟁이들이 우리에게 예언했듯이 '무기 광장'에서 우리를 십자가에 못 박겠다는 위협에도 굴하지 않고 이런 운동을 벌였습니다. 우리는 맞춤법이 엉망인 협박을 일삼는 편지들을 매일 받습니다. 그들은 돌을 던지고서 손을 등뒤로 숨기며 욕을 퍼붓지만, 정작 얼굴은 드러내지 않는 그런 용감한 자들이었습니다. 바로 엊그제 이마에 땀이 맺힐 정도로 열심히 일하며 돈을 벌려고 집을 나서는 순간, 우리는 현관에서 십자가에 못 박힌 고양이 한 마리를 보았습니다. 그건 한마디로 야만적이며 잔인한 경고였습니다. 하지만 우리 시대의 헤롯인 그들이 그런 가공할 만한 위협으로 신치의 입을 다물게 할 수 있을 것이라고 생각했다면 그건 커다란 오산입니다. 우리는 이 방송을 통해 종교를 빙자한 그 종파의 범죄, 이상한 광신주의와 계속해서 투쟁할 것입니다. 또한 당국이 아마존의 적그리스도인 프란시스코 형제라는 사람을 체포하도록 최선을 다할 것을 맹세합니다. 우리는 그 작자가 모로나코차에서 일어난 아동 살인의 주모자이자 가해자로서 평생을 감옥에서 썩기를 바랍니다. 그는 '방주'에 열광한 몇몇 밀림 부락에서 지난 몇 달간 십자가에 못 박으려고 했지만 실패했던 몇몇 살인 기도의 주모자이기도 하며, 지난주 산타마리아 데 니에바의 선교 마을에서 이런 무법자 '형제들'의 손으로 노인 아레발로 벤사스를 십자가에 매달아 가증스럽게 처형한 주범이기도 합니다.

[몇 번의 짧은 아르페지오]

오늘 똑같은 확고한 신념을 가지고 위험을 감수하면서, 신치는 묻습니다. 사랑하는 청취자 여러분, 우리는 이 사랑스러운 도시에서 언제까지 수치스러운 광경, 그러니까 특별봉사대라는 부적절한 이름으로 불리는 단체를 계속해서 보고 있어야 합니까? 이 단체는 창시자에 대한 우스꽝스러운 오마주인 '판티랜드'란 이름으로 더욱 널리 알려져 있습니다. 여기서 신치는 묻습니다. 품위 있는 로레토의 아버지와 어머니, 도대체 언제까지 우리의 순진하고 아무 경험도 없는 무지한 아이들이 위험에 빠진 채 계속해서 고통을 겪어야 합니까? 그것이 비록 축제나 서커스처럼 보일지라도, 언제까지 우리 아이들이 부끄러움도 모르는 여자들, 그러니까 완곡하지 않게 말하자면 창녀들의 통행을 보지 못하도록 안달해야 하는 겁니까? 이 여자들은 판탈레온 판토하라는 이름의 법도 원칙도 없는 작자가 우리 도시의 문 앞에 세워놓은 불법의 소굴을 뻔뻔스럽게 드나들고 있습니다. 신치는 묻습니다. 이 작자는 2년에 걸쳐 건전한 시민들의 코밑에서 불법적이며 모욕적으로 부유한 사업을 번창시키고 이끌었습니다. 도대체 얼마나 강력하고 어두운 세력이 이자를 비호하는 걸까요? 우리는 협박 따위에 겁을 먹지 않습니다. 누구도 우리를 매수할 수 없습니다. 그 어떤 것도 발전과 도덕, 그리고 문화와 페루 아마존 지역의 애국심을 위한 우리의 강력한 운동을 막을 수 없습니다. 단칼에 용의 머리를 베어버린 성 게오르기우스처럼 이제 우리는 괴물과 맞서 싸울 시간이 되었습니다. 우리는 이키토스에 불미스러운 조직을 원치 않습니다. 우리는 창피해 고개를 숙여야만 하고, 현대식 바빌로니아의 술탄처럼 유감스럽게도 널리 알려진 판토하 씨가 이끄는 그 매춘부 종합 산업 집단으로 인해 계속된 악몽과 고통 속에서 살고 있습니다. 판토하 씨는 자기의 욕망을 채우기 위해 전혀 망설임 없이 여자들을 착취하여 돈을 벌며, 가족과 교회, 그리고 우리의 영토를 보전하고 우리 조국의 주권을 수호하는 군대처럼 가장 성스러운 기관의 이름까지도 더럽히고 해치고 있습니다.

[몇 번의 짧은 아르페지오, 음반과 테이프에 녹음된 광고 방송: 30초, 몇 번의 짧은 아르페지오]

이것은 어제의 이야기도 아니며 그제의 이야기도 아닙니다. 이것은 적어도 우리가 살았던 지난 1년 반—18개월—동안 있었던 이야기입니다. 놀랍고 믿을 수 없게도 우리는 음탕하고 방종한 판티랜드가 성장하고 널리 파급되는 것을 지켜보았습니다. 우리는 말하기 위한 목적으로 나불거리고 있는 게 아닙니다. 우리는 모든 걸 철저하게 조사했고 연구했으며 점검했습니다. 그리고 이제 〈신치의 소리〉는 가장 먼저 우리의 친구인 애청자들에게 충격적인 사실을 공개하고자 합니다. 벽을 흔들고 까무러칠 정도의 충격적인 진실입니다. 〈신치의 소리〉는 묻습니다. 굴욕적으로 자신의 육체를 매개로 장사를 하는 사람에게 여자라는 말을 쓸 수 있을지는 모르지만, 애청자 여러분은 어느 정도의 여자들이 현재 판탈레온 판토하 씨의 거대한 후궁에서 일하고 있다고 생각하십니까? 무려 마흔 명이나 됩니다. 더도 덜도 아닌, 정확하게 마흔 명입니다. 우리는 그 여자들의 명단까지 확보하고 있습니다. 마흔 명의 창녀들이 이곳저곳으로 수송되는 이 매음굴의 여성 인력을 구성합니다. 그들은 말할 수 없는 쾌락을 위해 전자 시대의 모든 기술을 사용하여, 인간이라는 상품을 수송선과 수상비행기에 태워 아마존 지역으로 유통시킵니다.

기업인들의 진취적 기상으로 유명한 이 진보적 도시의 그 어떤 산업도 판티랜드의 기술력과는 경쟁이 되지 않습니다. 그렇게 생각하지 않는 애청자가 있다면, 여기에 있는 증거와 반박할 수 없는 사실들을 보십시오. 그들은 자체 전화선과, 차량번호 '로레토 78-256'이라는 도지 픽업 트럭도 구비하고 있고, 이키토스의 그 어떤 방송국도 질투하여 얼굴이 창백해질 정도의 무선통신 장치와 안테나를 갖추고 있습니다. 또한 성경의 창부 이름을 딴 '델릴라'라는 수상비행기 카탈리나 37호와 냉소적으로 '이브'호라고 명명된 200톤급 수송선도 보유하고 있습니다. 그리고 이타야 강변의 사무실에는 이키토스 전 지역에서 가장 탐내고 욕심낼 만한 편의시설이 갖추어져 있습니다. 가령 이키토스의 훌륭한 사무실 중에서도 몇 곳에만 있는 에어컨이 설치되어 있습니다. 이런데도 우리의 말이 사실이 아니라고 생각하십니까? 단지 1년 반 만에 이런 엄청난 제국을 설립한 페루의 왕과도 같은 이 판토하라는 행운아는 누구일까요? 운영본부가 판티랜드인 이 강력한 조직의 기나긴 촉수가 아마존 사방으로 뻗어 음란한 무리를 데려갑니다. 애청자 여러분, 그런데 **어디로 가는지 아십니까?** 존경하는 청취자 여러분, **어디로 가는지 아시나요? 바로 조국의 군부대로 간답니다.** 그렇습니다, 신사 숙녀 여러분. 이것이 바로 파라오와 같은 판토하 씨가 엄청나게 돈을 버는 사업 방식입니다. 수상비행기와 수송선 덕택에 그는 밀림의 수비대와 야영지, 그리고 국경 기지와 초소들을 타락의 장소로 만들면서 엄청난 돈을 법니다. 방금 여러분이 들으신 것과 마찬가지로, 그리고 방금 제가 애청자 여러분에게 말한 것과 마찬가지로, 제 말에는 한 치의 과장도 없습니다. 만일 제가 사실을 왜곡하고 있다면, 판토하 씨가 이곳으로 와서 제가 잘못 알고 있다고 말씀해주셔도 좋습니다. 민주적으로 저는 그에게 필요한 시간을 모두 할애할 작정입니다. 내일이나 내일모레, 혹은 그가 원한다면 언제라도 그 시간을 내줄 용의가 있습니다. 제가 거짓말을 하고 있다고 반박할 수 있도록 말입니다. 그러나 그는 이곳으로 오지 않을 겁니다. 당연히 오지 않을 겁니다. 그것은 제가 진실만을, 깊이 있고 감동적인 진실만을 이야기한다는 것을 그 누구보다 그가 잘 알기 때문입니다.

애청자 여러분, 하지만 이게 전부가 아닙니다. 아직도 다른 문제들이 더 있는데, 방금 말한 것보다 더 심각할 수도 있습니다. 아무런 억제 수단도 없고 양심의 가책도 받지 않는 이 작자, 즉 악의 황제는 조국의 병영이나 페루의 사원에서 섹스 사업을 하는 것에 만족하지 않습니다. 여러분은 그가 창녀들을 어떤 수단으로 그곳까지 이동시킨다고 생각하십니까? 빨간색과 초록색으로 칠한 그 수상비행기는 어떤 종류일까요? 우리가 수없이 봐왔으며, 우리가 분노 가득한 가슴으로 쳐다보았던 그 수상비행기, 즉 부적절하게 '델릴라'라고 불리는 그 기계는 이키토스의 청명한 하늘을 가로지르고 있습니다. 저는 판토하가 이곳으로 와서, 이 마이크 앞에서 수상비행기 '델릴라'가 카탈리나 37호가 아니라고 밝힐 수 있는지 묻고 싶습니다. 그 수상비행기는 페루 공군에게 영광의 날이었던 1929년 3월 3일, 우리 도시가 크나큰

애정을 가지고 기억하는 루이스 페드라사 로메로 중위가 이키토스와 유리마과스 사이를 처음으로 무착륙비행하여 로레토의 모든 사람들에게 기쁨과 진보에 대한 열정을 가득 채워주었던 비행기입니다. 그렇습니다, 애청자 여러분. 진실이란 씁쓰름하지만 속임과 사기는 더욱 쓴 것입니다. 판토하 씨는 이 수상비행기를 매음 집단의 수송 수단으로 사용하면서 조국의 역사적 기념물이자 모든 페루 사람들이 거룩하게 여기는 것을 불법으로 짓밟고 훼손하고 있습니다. 그래서 〈신치의 소리〉는 묻습니다. 아마존과 우리나라의 군사 당국은 이런 국가 차원의 신성모독을 제대로 알고 있는 겁니까? 페루 공군 수뇌부, 특히 아마존 지역을 담당하고, 페드라사 중위가 기억에 남을 만한 공훈을 세웠던 그 비행기를 방심하지 않고 지켜야 할 의무가 있는 공군 제42대대의 지휘부는 이런 망국적 행위를 아는 것일까요? 우리는 그렇다고 믿고 싶지 않습니다. 우리는 이 지역의 육군과 공군 지휘부를 알고 있으며, 그들이 얼마나 의연하고 정직하게 자아를 희생하면서 국방의 의무를 다하는지 잘 알고 있습니다. 우리는 판토하 씨가 한 치도 방심하지 않는 그들의 관심을 교묘히 이용하였으며, 그들을 천한 책략의 희생자로 만들었고, 음란한 마법을 이용하여 역사적 기념물을 이동 매음굴로 바꾸는 끔찍한 짓을 저지르고 있다고 믿으며, 그렇게 믿고 싶습니다. 만일 그렇지 않다면, 만일 아마존의 위대한 뚜쟁이에게 속고 기습을 당하는 대신에 군사당국과 그 작자 사이에 일종의 공모가 존재한다면, 애청자 여러분, 거리로 나가 마구 울음을 터뜨려도 좋을 일입니다. 경애하는 청취자 여러분, 그렇다면 여러분은 그 누구도 믿지 않고 그 어떤 것도 다시는 소중히 여기지 않게 될 것입니다.

하지만 그래서는 안 되고, 절대로 그렇게 될 수도 없습니다. 이런 불법 행위의 온상지는 문을 닫아야만 하며, 판티랜드의 칼리프는 이키토스와 아마존 지역에서 추방되고, 그의 모든 여자는 경매에 부쳐져야만 합니다. 로레토의 시민인 우리, 건전하고 순수하며 열심히 일하는 올바른 사람인 우리에게는 그들이 필요 없기 때문입니다.

[몇 번의 짧은 아르페지오, 음반과 테이프에 녹음된 광고 방송: 60초, 몇 번의 짧은 아르페지오]

애청자 여러분, 이제 '거리의 신치: 인터뷰와 르포' 코너 시간입니다. 우리는 지금의 현안을 멈추지 않고 다룰 것입니다. 우리는 판티랜드의 차르가 음란한 월계관 위에서 편히 쉬도록 놔두지 않을 작정입니다. 존경하는 애청자 여러분, 여러분은 신치를 잘 알고 있습니다. 여러분은 신치가 정의와 진실, 이키토스의 문화와 도덕을 위한 캠페인을 벌이며 목표에 도달할 때까지 쉬지 않고 일한다는 사실을 알고 계십니다. 비록 장작불에 조그만 땔감을 올려놓는 일에 불과할지라도, 그것은 아마존의 발전을 위해 공헌하는 일입니다. 그럼 오늘밤에는 우리가 '오늘의 논평'에서 고발했던 악덕 행위에 대한 생생하고도 직접적인 방송을 하고자 합니다. 〈신치의 소리〉는 활기 있고 극적이며 따스한 인간적인 증언입니다. 그래서 애청자 여러분에게 위험을 무릅쓰고 힘들게 입수한 두 개의 독점 녹음테이프를 들려드릴 예정입니다. 이 테이프들은 수상한 판티랜드와 그 단체를 만들고 그 단체를 통해 부를 축적한 사람의 신상을 고발하고 있습니다. 그는 돈 욕심에 눈이 멀어 가장 성스러운 것조차 주저하지 않고 희생시킨 사람입니다. 즉 자신의 명성과 가족, 그리고 명예로운 아내와 자신의 딸까지도 개의치 않았던 것입니다. 역겨운 진실을 있는 그대로 드러내고 있기에 불쾌하게 들릴 수도 있는 두 개의 증언입니다. 애청자 여러분, 신치가 이것을 여러분에게 들려드리는 이유는 부도덕한 판티랜드의 내부에서 매일 이루어지는 육체적 사랑의 매매와 거래, 즉 그 음험한 기법을 알려드리고자 함입니다.

[몇 번의 짧은 아르페지오]

여기 우리 앞에는 마이크와 친숙하지 않아 다소 당황한 모습을 보이는 젊고 매혹적인 여인이 한 명 앉아 있습니다. 그녀의 이름은 마클로비아입니다. 그녀의 성은 중요하지 않습니다. 게다가 그녀는 매우 인간적인 이유로 성을 밝히고 싶어 하지 않습니다. 자기 가족이 자신을 알아보길 원치 않으며, 그녀의 진정한 삶이 지금까지 창녀라는, 죄송합니다, 창녀였다는 사실을 알게 되면서 고통을 겪길 원하지 않기 때문입니다. 우리는 아무도 그녀에게 돌을 던지지 않길, 누구도 그녀의 머리카락을 쥐어뜯지 않길 바랍니다. 우리 청취자들은 한 여자가 아무리 깊은 수렁에 빠졌더라도 항상 구원받을 수 있음을 알고 있습니다. 기회가 주어지면 그녀는 새로운 삶을 살기 위한 정신적 도움을 받을 수 있고, 친구들이 도움의 손길을 뻗으면 항상 구원받을 수 있습니다. 점잖고 정숙한 삶으로 돌아가기 위해 가장 필요한 것은 본인의 의지입니다. 여러분들이 곧 확인하실 수 있겠지만, 마클로비아는 품위 있는 삶을 살고 싶어 합니다. 그녀는 '세탁부'였습니다. 의심의 여지 없이 배고픔과 가난 때문에, 그리고 불행한 삶 때문에 이키토스의 거리를 배회하면서 가장 비싼 값을 부르는 사람에게 자신의 몸을 제공하는 비극적인 직업을 가져야만 했습니다. 그리고 그 후에는 우리가 파헤치고자 하는 사악하고 타락한 판티랜드에서 일했습니다. 이런 이유로 그녀는 그 서커스단과 같은 이름 아래 숨겨진 것들을 우리에게 폭로할 수 있을 겁니다. 인생의 불운 때문에 마클로비아는 불법의 온상으로 들어가 X씨가 그녀를 수탈하게 할 수밖에 없었습니다. 그는 그녀의 품위를 짓뭉개면서 교활하게 자신의 이익을 추구했던 것입니다. 공부할 기회도 없었고 교양을 쌓을 기회도 없었지만, 험난한 인생을 통해 많은 경험을 습득한 가난한 여인인 그녀가 스스로 우리에게 모든 걸 이야기하도록 하는 편이 좋을 것 같습니다. 마클로비아, 자, 마이크 쪽으로 조금만 가까이 오십시오. 그래요, 바로 여기서 이야기하십시오. 아무것도 두려워할 필요 없고 창피해할 필요도 없습니다. 진실은 불쾌감을 주지도 않으며 죽지도 않는 법입니다. 자, 이제 마이크 앞에서 마음대로 말씀하십시오, 마클로비아.

[몇 번의 짧은 아르페지오]

고마워요, 신치. 그런데 제 성에 관련해서 말씀드리자면, 그건 제 가족 때문이 아니에요. 사실대로 말하자면 제 사촌 로시타를 제외하면 제게는 그 어떤 가족이나 친척, 적어도 가까운 친척은 없어요. 어머니는 제가 당신이 말했던 일에 종사하기 전에 돌아가셨고, 아버지는 마드레 데 디오스로 가는 길에 물에 빠져 돌아가셨어요. 제 하나뿐인 남동생은 병역을 피하기 위해 5년 전에 산으로 들어갔고, 아직도 저는 동생이 돌아오길 기다리고 있어요. 신치, 뭐라고 말해야 할지 모르겠는데요, 그건 사실 제가 일할 때만 마클로비아란 이름을 사용하기 때문이에요. 그것도 제 본명이 아니에요. 반면에 본명은 다른 모든 때, 가령 친구들 사이에서 사용하지요. 당신이 저를 여기로 데려온 이유는 이런 것에 관해서 말하라는 거죠, 그렇죠? 그건 제가 두 여자인 것과 같아요. 서로 다른 이름을 사용하면서 한 여자는 이런 일을 하고, 다른 이름의 여자는 다른 일을 하니까요. 저는 그런 것에 이미 익숙해져 있답니다. 제가 지금 당신에게 제대로 설명하지 못하고 있다는 사실을 알아요. 그런데 무엇에 관해 말하라고 했죠? 아, 그래요, 제가 지금 옆길로 새고 있네요. 알았어요, 이제 그것에 관해 말하겠어요, 신치.

그래요, 당신이 말한 것처럼 저는 판티랜드에 들어가기 전에 '세탁부'로 일했고, 그다음에는 '코딱지'의 집에 있었어요. 어떤 사람들은 세탁부가 떼돈을 벌고 편안한 삶을 산다고 생각하지요. 하지만 그건 새빨간 거짓말이에요, 신치. 정말 힘들고 피곤한 일이에요. 종일 걸어다녀야 하고, 그러면 발이 퉁퉁 부어요. 그리고 한 푼도 못 벌 때가 더 많아요. 한 사람의 고객도 받지 못한 채, 손질한 머리가 전혀 헝클어지지 않은 채 집으로 돌아가는 경우가 허다해요. 게다가 기둥서방은 담뱃값도 가져오지 않았다면서 괴롭히고요. 그러면 신치, 당신은 왜 기둥서방을 달고 다니느냐고 말하겠지요. 만일 기둥서방이 없으면 아무도 우리를 소중히 여기지 않고, 마구 공격하며 돈을 훔쳐가서 우리는 아무런 보호도 받을 수 없게 돼요. 게다가 어느 여자가 남자 없이 혼자 사는 걸 좋아하겠어요? 그래요, 내가 다시 옆길로 샜네요. 그럼 이제 그것에 관해 이야기하겠어요. 이건 판티랜드에서 고정적인 월급에다 일요일은 쉬고 심지어 여행비까지 부담해주는 계약을 체결한다는 소문이 돌았을 때, 왜 세탁부들이 그토록 열광했는지를 설명하기 위해서였어요. 복권 같았죠. 신치, 이해하겠어요? 손님을 찾아다닐 필요 없는 안정되고 보장된 직장이었거든요. 다른 사람에게 줄 정도로 손님은 넘쳐흘렀고, 게다가 모든 손님에게 정중한 대우를 받았으니까요. 정말 꿈처럼 보였어요. 이타야 강변으로 수많은 여자가 몰려들었어요. 우리 모두 그곳으로 달려갔어요. 거기에 몸 파는 여자들이—아, 미안해요, 이런 표현을 써서—수없이 많았지만, 단지 몇 사람만 계약을 맺을 수 있었어요. 게다가 추추페가 그곳 책임자로 있었기 때문에 들어갈 방법이 없었어요. 판토하 씨는 그녀의 조언에 귀를 기울였고, 그녀는 나나이 거리의 자기 하우스에서 일했던 여자들만 골랐어요. 가령 다른 경쟁업체, 그러니까 코딱지 집에서 온 여자들은 대기시켜놓고 온갖 종류의 트집을 잡고, 엄청난 수수료를 챙겼어요. 세탁부는 더 심했어요. 추추페는 판토하 씨가 암캐들처럼 거리를 떠돌던 여자들은 좋아하지 않으며, 익히 알려진 하우스에서 일한 여자들만 좋아한다고 말했지요. 그건 물론 '추추페 하우스'를 말하는 거였어요. 그 빌어먹을 여자가 적어도 4개월 동안 제 길을 막았던 거예요. 이타야 강변에 빈자리가 있다는 소문이 돌자 저는 그곳으로 달려갔고, 그때마다 추추페라는 거대한 산에 부딪혀 좌절해야만 했어요. 그래서 저는 코딱지 집에 들어갔어요. 그 사람이 예전부터 운영하던 하우스가 아니라 추추페한테 구입한 나나이 거리에 있는 하우스였지요. 하지만 그곳에는 단지 두어 달 정도만 있었어요. 판티랜드에 다시 자리가 났기 때문이죠. 저는 그곳으로 달려갔고, 판토하 씨는 단체 신체검사를 하는 동안 나를 처다보더니, "훌륭한 용모를 갖췄네요, 자, 아가씨, 저 줄에 서요"라고 말했어요. 그는 내가 훌륭한 몸매를 가지고 있어서 선택한 것이었어요. 신치, 저는 그렇게 판티랜드에 들어갔어요. 이미 계약을 하고 신체검사를 받기 위해 처음으로 이타야 강변에 갔던 날을 저는 분명하게 기억해요. 맹세하건대, 첫영성체를 받던 날처럼 행복했어요. 판토하 씨는 저를 비롯해 새로 들어간 네 명의 대원들에게 연설을 했지요. 그 연설을 듣자 우리는 눈물을 흘리지 않을 수 없었어요. 신치, 당신에게 솔직히 이야기하는데, 그 사람은 "이제부터 당신들은 새로운 지위를 획득했습니다. 당신들은 창녀가 아니라 특별봉사대원입니다. 당신들은 임무를 완수해야 합니다. 당신들은 조국을 위해 봉사하는 육군의 협력자입니다"라고 말했어요. 다른 말도 했는데, 잘 기억이 나지 않네요. 신치, 판토하 씨는 당신처럼 멋지고 아름답게 말해요. 기억하길 당신은 언젠가 저와 산드라, 털보녀를 울게 만들었어요. '이브'를 타고서 마라논 강을 따라가고 있었는데, 당신이 라디오 방송으로 '미성년자의 집'에 있는 고아에 관해 말하기 시작했고, 우리 눈은 눈물로 적셔졌는데……

　마클로비아, 말씀 정말 고맙습니다. 우리 방송을 전 지역에서 청취하고 계시고, 〈신치의 소리〉가 여러 상황으로 인해 가장 힘든 삶을 사는 사람들의 심금을 울릴 수 있다는 사실을 알게 되어 정말로 기쁩니다. 당신 말을 들으니 얼마나 큰 힘이 되는지 모르겠습니다. 우리가 마주친 배은망덕한 모든 행위를 보상하고도 남는 말입니다. 그렇게 당신은 판티랜드의 포주가 이끄는 그물에 걸려들었군요. 그 후 어떤 일들이 있었습니까?

신치, 저는 정말로 행복했어요. 제 말을 믿어주세요. 저는 여행을 하면서 시간을 보냈고, 아마존 밀림 전역의 군대 막사와 기지들과 야영지들을 알게 되었어요. 그때까지 저는 비행기를 타본 적도 없었어요. 제가 처음으로 '델릴라'를 탔을 때 저는 너무 놀라서 배가 간지럽고 온몸이 후들후들 떨리고, 토할 것만 같았어요. 하지만 그 이후에는 정반대였지요. 그렇게 좋을 수가 없었어요. 그들이 "봉사대원들, 수상비행기로!"라고 소리치면, 저는 항상 "판토하 씨, 저 여기 있어요!"라고 대답했지요. 신치, 이제 앞에서 말한 것으로 돌아가서 당신에게 한 가지 말하고 싶어요. 당신 프로그램은 정말 아름다워요. 고아들에 관한 캠페인을 벌인 것처럼 당신은 아주 훌륭한 개혁운동을 벌이고 있어요. 왜 당신이 '방주의 형제단'을 공격하는지, 왜 항상 그들을 비난하고 모욕하는지 이해할 수 없어요. 신치, 그건 정말 부당해요. 우리는 단지 선이 이 세상을 지배하고 하느님이 만족하시기만을 바라고 있어요. 뭐라고요? 그래요, 이제 그것에 관해 말하겠어요. 미안해요, 하지만 여론을 대표해서 그런 사실을 당신에게 말해주고 싶었어요. 우리는 군대 막사로 갔고, 병사들은 우리를 여왕처럼 환대했어요. 병사들을 위해서라면 우리는 평생을 그곳에 머물면서 그들이 힘든 복무를 참고 견디게 해줄 수도 있어요. 군인들은 우리가 산책할 수 있도록 도와주었고, 강으로 여행할 수 있도록 배도 빌려주었고, 우리를 바비큐 파티에 초대하기도 했지요. 신치, 이런 일을 하면서 좀처럼 찾아볼 수 없는 대우를 받았어요. 그것 이외에도 우리는 이 일이 합법적이며, 경찰을 두려워하지 않고 살 수 있으며, 경찰의 급습을 받지도 않을 것이고, 한 달 동안 번 돈을 일순간에 빼앗길 염려도 없다는 사실을 알게 되자 마음이 편안해졌어요. 군인들과 일하는 것이 얼마나 안정적인지 몰라요. 게다가 군대의 보호를 받는다는 느낌도 들었어요. 그렇지 않겠어요? 누가 우리를 귀찮게 하겠어요? 심지어 기둥서방들도 쥐새끼처럼 온순하게 처신했어요. 우리를 때리려고 손을 들기 전에 두 번 생각해야 했죠. 우리가 군인들에게 불평을 하면 군인들이 자기를 가만두지 않을 거라고 두려워했던 거예요. 우리가 몇 명이었냐고요? 제가 일하던 기간에는 스무 명이었어요. 지금은 마흔 명이고요. 모두 천국에 있는 것처럼 행복하게 지내요. 신치, 심지어 장교들은 우리를 보살펴주려고 안달이에요. 신치, 그래서 내가 바보처럼 판티랜드를 나온 걸 생각하면 너무나 슬퍼져요.

    사실 모든 게 제 잘못이었어요. 제가 보르하로 여행했을 때 상사랑 도망쳐서 결혼을 했기 때문에 판토하 씨가 저를 내쫓은 거예요. 몇 달 전 일이었는데 저한테는 몇 세기처럼 길게 느껴지네요. 그런데 결혼한 게 죄인가요? 특별봉사대원이 되는 것 중에서 한 가지 나쁜 게 바로 결혼한 여자는 받아주지 않는다는 거예요. 판토하 씨는 결혼과 봉사대원의 임무는 양립할 수 없다고 말해요. 제가 보기에 이건 부당해요. 신치, 하지만 이제 제가 결혼한 게 그다지 좋은 결정은 아니었다고 말하고 싶어요. 테오필로가 반쯤 미쳤던 거예요. 그래요, 지금 감옥에 갇혀 있고, 앞으로도 몇 년간은 감옥에 있을 그 사람에 관해 나쁜 말은 하지 않겠어요. 심지어 그 사람들은 다른 '형제들'까지 총살할 수도 있다고 했어요. 그런데 정말로 그럴 거라고 생각하세요? 사실 저는 제 불쌍한 남편을 네 번인가 다섯 번밖에 보지 못했어요. 비극적인 큰일이 있었거든요. 그렇지 않았다면 당신은 저를 비웃었을지도 몰라요. 그리고 제가 테오필로를 '형제'로 만들었다는 걸 생각해보세요. 그는 저를 만나기 전에는 '방주'나 프란시스코 형제, 혹은 십자가를 통한 구원 같은 것은 생각해보지도 않았어요. 제가 '방주'에 관해 말했고, 그것이 착한 사람들의 것이라는 사실을 깨닫게 해준 이도 바로 저였어요. 이웃의 행복을 위한 것이지, 바보들이 말하듯 사악한 것이 전혀 아니라는 것을 보여줬어요. 신치, 당신도 그게 나쁘다고 말하지만 그는 산타마리아 데 니에바의 '형제들'을 알게 되면서 결국 제 말을 믿게 되었지요. 우리가 도망쳤을 때 그들은 정성을 다해 우리를 도와줬거든요. 우리에게 먹을 것을 주었고, 돈도 빌려줬으며, 마음도 열었고 집도 빌려줬어요. 신치. 그런 다음 테오필로가 군대 영창에 갇히니까 매일 그를 면회하러 가기도 했고 먹을 것도 갖다줬어요. 바로 거기서 그들은 그에게 진리를 가르쳐줬어요. 그러나 저는 그가 그토록 강하게 종교에 귀의하리라고는 꿈도 꾸지 못했어요. 테오필로가 군대 영창에서 나오자 저는 돈을 낱낱이 모아 보르하로 가는 배표를 샀어요. 함께 살려고 갔던 거예요. 하지만 테오필로는 다른 사람이 되어 있었어요. 저를 맞이하더니 제게 "나는 당신을 건드릴 수 없어. 나는 사도가 될 거야"라고 말했어요. 그러면서 제가 원하면 함께 살 수는 있지만, 사도는 순수해야 하기 때문에 단지 '형제'와 '자매'로만 살아야 한다고 덧붙였어요. 하지만 그렇게 산다는 건 두 사람 모두에게 고통일 거예요. 두 사람이 가고자 하는 길이 달랐기 때문이지요.

그래서 우리는 각자 자신의 길을 가는 게 좋겠다고 결정했고, 그는 성인의 길을 선택했어요. 신치, 결국 당신이 보듯 저는 판티랜드에서도 쫓겨났고, 남편도 잃었어요. 이키토스로 돌아와서 저는 아레발로 벤사스가 그곳 산타마리아 데 니에바에서 십자가에 못 박혔고, 그 모든 것을 테오필로가 주도했다는 사실을 알게 되었어요. 아, 신치, 그 소식을 듣고 얼마나 큰 충격을 받았는지 몰라요. 그 노인은 제가 아는 사람이었어요. 그 마을 '방주' 책임자였고, 우리를 가장 많이 도와줬으며, 우리에게 많은 조언을 해줬던 사람이었어요. 저는 테오필로가 산타마리아 데 니에바 '방주'의 우두머리가 되기 위해 그를 십자가에 못 박았다고 말하는 신문 기사를 믿지 않아요. 당신도 신문과 마찬가지로 그 이야기를 반복하고 있어요. 신치, 제 남편은 성인이 되었던 거예요. 그는 사도가 되고자 했거든요. '형제들'이 고백한 것이 틀림없을 거예요. 그 노인은 자신이 곧 죽을 것을 알고 형제들을 불러 자신이 그리스도처럼 죽도록 못 박아달라고 부탁한 게 분명해요. 그리고 형제들은 그의 소원을 들어주기 위해 그렇게 했고요. 불쌍한 테오필로, 저는 그 사람이 총살을 당하지 않길 바라고 있어요. 총살당한다면 저는 제 잘못 때문이라고 느낄 거예요. 신치, 제가 그 사람을 '형제'로 만들었다는 걸 알죠? 그가 핏속에 그토록 깊이 종교를 간직한 채 삶을 마감할 거라고 그 누가 생각이나 했겠어요? 그래요, 이제 그것에 관해 말하겠어요.

신치, 당신에게 말했던 것처럼 판토하 씨는 제가 불쌍한 테오필로와 도망친 것을 결코 용서하지 않았어요. 제가 그토록 간청하고 두 손이 발이 되도록 싹싹 빌었지만, 판티랜드로 되돌아오는 것을 허락하지 않았어요. 당신에게 말한 후, 이제야 생각이 드는데 만사가 끝나버린 것 같아요. 하지만 저 같은 여자도 살아야 해요. 그렇지 않나요, 신치? 판토하 씨의 또다른 금기는 판티랜드에 관해 말하지 말라는 거예요. 그 누구에게도, 심지어 가족이나 친구에게도 말이에요. 만일 당신이 그곳 여자들에게 물어본다면 하나같이 그 존재를 부정할 거예요. 너무 어처구니없는 일 아닌가요? 이키토스의 바위조차 판티랜드가 무엇이며 특별봉사대원이 누구인지 알고 있는데, 마치 그걸 모르는 것처럼 말이에요. 하지만 신치, 당신이 원하는 게 뭐죠? 우리 모두는 각자 광기를 지니고 있고, 판토하 씨는 넘치는 광기를 가지고 있어요. 하지만 아니에요, 언젠가 당신이 말한 것처럼 마치 노예 감독관처럼 그가 채찍을 휘두르며 소금물만 주면서 판티랜드를 관리한다는 건 사실이 아니에요. 우리는 공정해야 해요. 그는 판티랜드를 매우 체계적으로 조직했어요. 그의 또다른 광기가 바로 체계와 질서거든요. 우리 모두는 판티랜드가 매음굴이 아니라 군대와 같다고 말하지요. 그는 우리를 정렬시키고 점호를 불러요. 그리고 그가 말할 때면 부동자세로 입을 다물어야만 하지요. 유일하게 우리가 병사들과 다른 점은 기상나팔을 불지 않고 행진을 하지 않는다는 거예요. 정말 다행스러운 일이에요. 그러나 우리는 그의 이런 광기를 오히려 즐겼고 참았어요. 그건 다른 모든 면에서 그는 공평하고 착한 사람이었기 때문이에요. 단지 사랑에 빠졌을 때, 그러니까 판토하 씨는 미스 브라질을 사랑했는데, 그때부터 부당한 편애가 시작되었어요. 예를 들자면 여행을 할 때마다 '이브'호의 유일한 개인 선실을 그녀에게 주도록 했어요. 맹세컨대 그 여자는 그를 마음대로 다루었어요. 그런데 이 대목도 방송할 건가요? 삭제하는 게 좋을 것 같아요. 미스 브라질과 말썽 생기는 걸 원치 않아요. 그 여자는 사악한 마녀라서 그랬다간 나한테 무슨 해코지를 할지 몰라요. 게다가 그 여자 때문에 벌써 두 명이 죽었다는 사실을 잊지 마세요. 그러니 제가 그녀와 판토하 씨에 관해 한 말은 지워주세요. 어쨌거나 모든 남자는 사랑에 빠질 권리가 있는 거니까요. 각자 자기가 가장 마음에 드는 여자를 사랑할 권리가 있고, 그건 모든 여자도 마찬가지지요. 그렇게 생각하지 않으세요? 제가 만일 부인에게 편지를 쓰지 않았더라면 판토하 씨는 저를 용서해주었을 거라고 믿어요. 사실 그 편지는 제가 안 썼어요. 학교 선생님인 사촌 여동생 로시타에게 불러준 거예요. 바로 그게 제가 범한 가장 큰 실수였죠. 신치, 제가 말썽을 일으킨 거예요. 바로 제가 칼로 제 등을 찌른 격이지요. 하지만 어쩔 수 없었어요. 저는 절망에 빠져 있었고, 배고파 죽을 지경이었거든요. 판토하 씨가 저를 다시 채용하게 하기 위해서라면 무슨 일이든 했을 거예요. 그리고 또 테오필로도 돕고 싶었고요. 그 사람, 보르하의 감옥에서 굶주리고 있었거든요. 사실 로시타는 "언니는 지금 미친 짓을 하고 있는 거야"라고 경고했어요. 어쨌거나 그 순간 저는 그렇게 생각하지 않았어요. 그래서 그의 아내의 마음을 감동시킬 수 있을 것이고, 저를 불쌍히 여겨 남편에게 말해줄 것이며, 그러면 판토하 씨가 저를 다시 받아주리라 생각했어요. 하지만 그분이 그토록 화내는 건 처음 봤어요. 마치 저를 죽일 것만 같았어요. 바보처럼 저는 아내가 중재를 해서 이미 그의 분노가 어느 정도 사그라졌을 거라 생각하고 그를 만나러 판티랜드로 갔어요. 그가 "당신을 용서해주겠소, 까무잡잡한 대원. 자, 건강검진을 받고 속히 귀대하시오"라고 말할 거라고 확신했어요. 신치, 나를 만나자 그는 권총만 빼들지 않았을 뿐…… 상스러운 말을 안 하는 사람인데, 심지어 내게 욕까지 했어요. 눈은 벌겋게 충혈되고, 너무 화가 난 나머지 말도 제대로 못 하고 입에 거품을 물기까지 했어요. 그러면서 내가 그의 결혼 생활을 망쳤으며, 자기 아내의 심장에 칼을 찔렀고, 자기 어머니는 기절까지 했다고 소리쳤어요. 저는 판티랜드에서 마구 뛰어 도망쳐 나왔어요. 그가 나를 때릴 거라고 생각했거든요. 하지만 그 사람도 불쌍해요, 그렇지 않아요 신치? 그 사람 아내는 판티랜드에 대해 전혀 모르고 있었어요. 그런데 제 편지를 받고 나서 판토하 씨가 무슨 일을 하는지 알게 되었던 거예요. 정말 치명적인 실수였어요. 하지만 저는 점쟁이가 아니잖아요. 부인은 너무나 순진해서 자기 남편이 어떻게 돈을 벌어 집에 갖다주는지 전혀 모르고 있었어요. 하지만 그녀가 그러리라고 제가 어떻게 짐작할 수 있었겠어요? 이 세상에는 순진한 사람도 많아요, 그렇죠? 부인은 그를 버리고 딸과 함께 리마로 가버린 것 같아요. 제 잘못으로 얼마나 큰 문제가 벌어졌는지 보세요. 그리고 저는 다시 세탁부로 일하고 있어요. 코딱지는 저를 받아들이지 않았어요. 제가 그곳을 버리고 판티랜드로 갔다는 이유로요. 그는 자기 하우스가 여자 없는 집이 되지 않도록 한 가지 법칙을 세웠어요. 그건 바로 판토하 씨가 있는 곳으로 일하러 가는 여자는 더이상 코딱지의 하우스로 되돌아올 수 없다는 거였어요. 그래서 저는 여기에 처음과 같은 상태로 있게 되었고, 거리를 오르내리면서 기둥서방한테 갖다줄 돈조차도 벌지 못하고 있어요. 정맥이 불끈 튀어나오지만 않았더라도 그나마 괜찮겠어요. 제 다리를 보세요. 신치, 제 다리보다 더 퉁퉁 부은 다리를 보신 적 있나요? 이 더운 날씨에 저는 툭 불거진 정맥이 보이지 않도록 두꺼운 스타킹을 신고 다녀야만 해요. 그러지 않으면 한 명의 고객도 받을 수 없거든요. 그래요, 더이상 무슨 말을 해야 할지 모르겠네요, 신치. 이제 제 이야기는 끝났어요……

수고하셨습니다, 마클로비아. 라디오 아마존의 〈신치의 소리〉 청취자를 대표해서 너무나 솔직하게 자발적으로 말씀해주신 것에 감사드립니다. 우리는 청취자들이 당신의 비극을 이해하고 당신의 불행을 가엾게 여길 것이라고 확신합니다. 이타야 강변의 잔혹하고 무정한 남자의 외설적 행동을 고발하는 증언을 해주셔서 감사합니다. 하지만 당신에게 일어난 모든 재앙이 판타랜드에서 나왔기 때문이라는 점에는 동의할 수 없습니다. 우리는 무시무시한 판토하 씨가 자신의 의도와는 상관없이 당신을 해고하면서 당신에게 커다란 도움을 주었다고 생각합니다. 그것은 바로 당신에게 재활할 기회를 주었고, 고귀하고 정상적인 삶으로 다시 돌아갈 수 있게 해주었기 때문입니다. 우리는 당신이 원하는 바를 빠른 시일 내에 성취하기를 진심으로 바랍니다. 그럼 안녕히 가십시오, 마클로비아.

[몇 번의 짧은 아르페지오, 음반과 테이프에 녹음된 광고 방송: 30초, 몇 번의 짧은 아르페지오]

애청자 여러분, 여러분은 지금까지 불행한 여인, 그러니까 전 특별봉사대원인 마클로비아의 증언을 들으셨습니다. 그녀의 증언은 비극적이고 고통스러운 사건의 핵심을 극적으로 정확하게 지적해주었습니다. 그녀는 이 나라에서, 그리고 아마도 모든 라틴아메리카 국가에서 가장 악명 높고 가공할, 많은 사람이 드나드는 매음굴을 이키토스에 만든 사악한 공적을 세운 사람의 특징을 사진이나 영화보다 더욱 정확하게 설명해주었습니다. 판탈레온 판토하 씨가 가족이 있으면서, 아니 보다 정확하게 말하자면 가족이 있었으면서, 이중생활을 영위했다는 것은 분명한 사실입니다. 그는 성매매라는 유해한 늪 속에 빠져 있으면서, 한편으로는 아내와 딸처럼 그가 사랑하는 사람의 무지를 이용하여 실제 자신의 더러운 행동을 숨기면서, 고귀하고 당당하게 훌륭한 가정생활을 하는 것처럼 가장했습니다. 그러나 어느 날 진실의 빛이 그의 불행한 가정으로 들어갔고, 아무것도 모르던 그의 아내는 엄청난 충격과 수치심을 느꼈습니다. 그리고 당연한 소리지만 분노까지도 느꼈습니다. 그러자 모욕당한 어머니와 가장 성스러운 명예를 기만당한 아내의 모든 기품을 간직한 채, 이 곧고 청렴한 여인은 추문으로 얼룩진 가정을 당당하게 떠나기로 결심했습니다. 〈신치의 소리〉는 그녀의 고통을 증언하기 위해 이키토스의 베르헤리 중위 공항에서, 우리 사랑스러운 도시의 하늘을 날아 그녀를 데려갈 파우세트 항공사의 현대식 수상비행기 트랩까지 그녀를 마중하며 그녀와 함께했습니다!

[몇 번의 짧은 아르페지오, 비행기 엔진 소리가 높아지다 작아지며 배경음악으로 남는다.]

"안녕하십니까, 부인. 판토하 부인이시죠? 뵙게 되어 반갑습니다."

"그래요, 제가 판토하 부인인데요. 그런데 누구시죠? 손에 들고 있는 건 뭐죠? 글라디스, 좀 조용히 해. 제발 신경질나게 하지 마. 알리시아, 우리 딸 입 좀 다물게 고무젖꼭지를 물려줘."

"라디오 아마존의 〈신치의 소리〉입니다. 짧게 인터뷰를 하고자 하는데, 잠시 소중한 시간 내주실 수 있겠습니까?"

"인터뷰라고요? 날 인터뷰한다고요? 그런데 뭘 인터뷰하겠다는 건가요?"

"남편에 관해서입니다, 부인. 훌륭하고 저명하신 판탈레온 판토하 씨에 관한 겁니다."

"그럼 그 사람하고 직접 하세요. 저는 그 사람에 관해, 그리고 그 사람의 유명세에 관해 아무것도 알고 싶지 않아요. 그가 유명하다니 웃음만 나오네요. 그리고 이 지긋지긋한 도시에 관해서도 알고 싶지 않아요. 다시는 이곳을 보고 싶지도 않아요. 사진에서라도 말이에요. 그런데 한 가지 부탁드려도 될까요? 제발 여기서 떠나주세요. 지금 당신이 우리 아기를 밟을 뻔했잖아요!"

"저는 부인의 고통을 이해합니다. 우리 청취자들도 그 고통을 충분히 이해합니다. 우리가 부인의 일을 애석하게 생각한다는 사실을 알아주셨으면 합니다. 우리는 당신이 너무나 큰 고통을 받았기에 아마존의 진주인 이 지역을 이토록 무례하게 언급할 수밖에 없다는 사실도 이해합니다. 하지만 이키토스는 당신에게 아무런 나쁜 짓도 하지 않았습니다. 오히려 이 땅에 많은 해를 끼치고 있는 건 당신 남편입니다."

"미안해, 알리시아. 난 네가 로레토 사람이란 걸 알아. 하지만 네게 맹세하는데, 난 이 도시에서 너무나 많은 고통을 겪어서 진심으로 이 곳이 싫어. 다시는 절대로 이 땅을 밟지 않을 거야. 나를 만나려면 네가 치클라요로 와야 해. 사람들 앞에서 내 눈에 다시 눈물이 괴고 있어. 아, 알리시아, 너무 창피해서 어떻게 해야 할지 모르겠어."

"울지 마, 포치타. 울지 마, 마음 굳게 먹어야 해. 바보처럼 손수건도 안 가져왔네. 나한테 줘. 글라디스는 나에게 맡겨. 내가 데리고 있을게."

"부인, 제 손수건을 드려도 될까요? 자, 받으세요, 부탁입니다. 눈물 흘리는 걸 너무 창피해하지 마세요. 여자의 눈물은 꽃에 맺히는 이슬과도 같답니다, 판토하 부인."

"그런데 왜 아직도 여기에 있는 거죠? 알리시아, 이 사람 대체 왜 이렇게 귀찮게 하지? 내 남편에 대해서는 할 말 없다고 하지 않았나요? 게다가 이제는 남편도 아니에요. 알리시아, 네게 맹세하는데, 리마에 도착하면 변호사를 찾아가 이혼을 청구할 거야. 그 빌어먹을 놈이 여기서 별 추잡한 짓을 다 하니까 글라디스 양육권은 내가 가질 수 있을 거야."

"판토하 부인, 아주 짧더라도 그런 방식으로 부인의 진술을 듣고자 합니다. 부인은 분명히 그런 불법적인 사업을 모르고 있었으니……"

"어서 가란 말이에요. 당장 가지 않으면 경찰을 부르겠어요. 당신은 이미 날 넌덜머리 나게 만들고 있어요. 경고하는데, 나는 지금 이 순간 그 어떤 무례한 행동도 참을 수 없는 기분이에요."

"너무 심하게 다루지 마, 포치타. 저 사람이 방송에서 널 공격하면 사람들이 뭐라고 말하겠니? 더 심한 험담을 하게 될 거야. 선생님, 제발 판토하 부인을 이해해주세요. 지금 괴로운 마음으로 이키토스를 떠나고 있어요. 그 문제로 라디오 방송에 말할 기분이 아니에요. 판토하 부인을 이해하셔야 해요."

"물론 이해합니다, 아가씨. 우리는 판토하 부인이 판토하 씨가 이 도시에서 한 행동 때문에, 모든 시민들의 강력한 항의를 받은 바람직하지 않은 행동 때문에 떠난다는 사실을 알고 있습니다. 우리는……"

"알리시아, 너무 창피해. 모든 사람이 알고 있었어. 나만 빼고 모든 사람이 알고 있었어. 난 정말이지 바보였어. 천치였단 말이야. 난 그 도둑놈을 증오해. 맹세하는데, 글라디스에게 오점이 되지 않도록 절대로 그 아이를 못 만나게 할 거야."

"진정해, 포차. 벌써 탑승하라고 너를 부른다. 비행기가 곧 떠날 참이야. 포치타, 네가 이렇게 떠나게 되어 정말 가슴 아파. 하지만 네 생각이 맞아. 그 사람이 너무 잘못했으니 너와 살 자격이 없어. 글라디스, 사랑해. 알리시아 이모에게 키스해줄래?"

"알리시아, 도착하면 편지 쓸게. 그동안 정말 고마웠어. 네가 없었다면 내가 무슨 짓을 했을지 몰라. 이 지긋지긋한 몇 주 동안 넌 내 눈물을 닦아주는 손수건이 되어주었어. 너도 알겠지만, 앞으로 두세 시간 동안은 판타나 레오노르 부인에게 아무 말도 하지 마. 안 그러면 두 사람이 무선으로 교신해서 비행기를 회항시킬지도 몰라. 안녕, 알리시아, 잘 있어."

"그럼 무사히 여행하시길 바랍니다, 판토하 부인. 청취자들을 대신하여 진심으로 행복한 여행이 되길 빕니다. 그리고 우리가 당신의 비극을 애석하게 생각하고 있다는 것도 알아주시기 바랍니다. 당신의 비극은 우리 모두의 비극이며, 우리가 사랑하는 도시의 비극이기도 합니다."

[몇 번의 짧은 아르페지오, 음반과 테이프에 녹음된 광고 방송: 30초, 몇 번의 짧은 아르페지오]

우리 스튜디오에 걸린 모바도 시계가 정확하게 저녁 여섯시 반을 가리키고 있습니다. 판티랜드의 주인이 비참한 모험을 감행하여 자신의 가족에게 얼마나 엄청난 고통과 슬픔을 선사했는지, 그리고 마찬가지로 죄라고는 그를 환영하고 그에게 호의를 베푼 것밖에 없는 우리의 땅에 얼마나 큰 고통과 슬픔을 가져왔는지 분명하게 보여준 이 충격적인 기록을 마지막으로 오늘의 프로그램을 마감하고자 합니다. 애청자 여러분, 좋은 하루 보내시길 바랍니다. 여러분이 듣고 계신 방송은……

[시그널 음악: 왈츠 〈라 콘타마니나〉, 소리가 높아지다 작아지며 배경음악으로 남는다.]

신치의 소리!

[시그널 음악: 왈츠 〈라 콘타마니나〉, 소리가 높아지다 작아지며 배경음악으로 남는다.]

항상 진실과 정의를 추구하면서 30분 동안 시사 해설과 논평, 일화, 그리고 정보를 전해드립니다. 페루 아마존 지역 주민들의 맥박과 고동을 수집하여 전하는 목소리입니다. 여러분도 잘 아시는 기자 헤르만 라우다노 로살레스, 일명 '신치'가 직접 쓰고 진행하는 너무나 솔직하고 인간적인 생방송 프로그램으로, 월요일에서 토요일까지 매일 오후 여섯시에서 여섯시 반까지 페루 동부 최초의 방송국인 라디오 아마존에서 방송됩니다.

[시그널 음악: 왈츠 〈라 콘타마니나〉, 소리가 높아지다 작아지며 완전히 사라진다.]

1958년 2월 13일 밤부터 14일까지

징소리가 울려 퍼지고, 메아리는 떨면서 공중에 남아 있다. 판탈레온 판토하는 생각한다. '그녀는 떠났어. 너를 버렸어. 네 딸을 데려갔어.' 그는 부동자세로 어두운 표정을 지은 채 지휘초소에 있다. 손은 계단 난간을 붙잡고 있다. 그는 포치타와 글라디스를 잊으려 애쓰고, 울지 않으려고 모든 노력을 다한다. 게다가 이제는 공포에 사로잡혀 있다. 다시 징소리가 나고 그는 생각한다. '다시, 또다시 빌어먹을 열병식이야, 꿈속에서 나타나는 인물들이 또 나타나는 열병식이야.' 그는 땀을 흘리며 몸을 떨고, 그의 마음은 레오노르 부인의 치마 속에 얼굴을 묻으러 달려갈 수 있었던 그 여름들을 그리워한다. 그는 생각한다.'그녀는 너를 떠났어. 너는 네 딸이 자라는 모습을 결코 보지 못할 거야. 그들은 절대로 되돌아오지 않을 거야.' 그러나 그런 생각을 억지로 떨쳐버리면서 기운을 차리고 그 광경에 정신을 집중한다.

얼핏 보면 그가 놀랄 이유는 하나도 없다. 병참본부 마당은 체육관이나 육상경기장으로도 사용할 수 있을 만큼 충분히 넓어졌다. 그러나 그토록 넓어진 크기를 제외하면 과거의 건물과 똑같다. 저쪽 높은 칸막이벽은 구호와 격언과 지시 사항을 적어 넣은 포스터로 뒤덮였고, 대들보는 상징색인 빨간색과 초록색으로 칠해졌으며, 그물침대와 특별봉사대원들의 로커가 있는 조그만 방들과 의무실의 하얀 칸막이 커튼, 그리고 빗장이 떨어진 두 개의 나무문도 예전과 똑같다. 여기에는 아무도 없다. 그러나 이 친숙하고 사람 없는 풍경도 판탈레온 판토하의 마음을 진정시키지 못한다. 의혹은 커지고, 집요하게 윙윙거리는 소리가 그의 귀를 귀찮게 한다. 몸은 경직되어 있고 그는 두려움에 사로잡혀 있다. 하지만 희망을 잃지 않은 채 이렇게 되뇐다.'불쌍한 포치타, 불쌍한 글라디스, 불쌍한 판타.' 부드럽고 유연하게 울려 퍼지는 징소리가 나자, 그는 의자에서 벌떡 일어나고 싶다. 그는 무언가를 시작하려고 한다. 안간힘을 다한다. 우스꽝스러운 의지를 총동원한다. 그는 자리에서 일어나 성큼성큼 계단을 내려가 악마에 이끌리는 영혼처럼 병참본부를 떠나지 않게 해달라고, 아무도 모르게 리마의 로사 성녀와 모로나코차의 아이 순교자에게 도움을 청한다.

부두로 향하는 문이 부드럽게 열리고, 판탈레온 판토하는 차려 자세로 서서 어둑어둑한 윤곽을 바라보면서 병참본부로 들어오라는 지시를 내리려고 한다. 그는 머리카락이 곤두선 채'꿈하고 똑같아, 똑같아' 라고 생각하면서, 자기 몸이 아래서부터 위로, 그러니까 발과 발목, 그리고 무릎 순서로 얼어붙기 시작함을 느낀다. 하지만 행진은 이미 시작되었고, 그 어느 것도 그의 두려움을 설명할 수 없다. 단지 다섯 명의 병사들만 일렬로 서서 대문에서 지휘초소를 향해 다가오고 있다. 속보로 걷고 펄쩍펄쩍 뛰며 동요하는 병사들의 발끝에 쇠사슬이 채워져 있다. 저게 뭐지? 그는 불안에 사로잡혀 손이 축축하게 땀에 젖고 이를 덜덜 떤다. 그렇게 판탈레온 판토하는 앞으로 머리를 내밀어 눈을 가늘게 뜨고서 열심히 바라본다. 다가오는 것은 군인이 아니라 개라는 사실을 깨닫는다. 안도의 한숨을 내쉬면서 그의 가슴은 부풀었다가 다시 수축한다. 그러자 그의 영혼이 다시 육체로 돌아온다. 그가 두려워할 것은 아무것도 없다. 그의 걱정은 기우에 불과하고, 그들은 죽음의 징조가 아니라 인간들의 가장 친한 친구이다. 병사들은 더욱 가까이 오지만, 아직도 지휘초소와는 너무 멀리 떨어진 곳에 있다. 이제 판탈레온 판토하는 그 사병들을 더욱 잘 식별할 수 있다. 사병과 사병 사이는 몇 미터씩 떨어져 있고, 다섯 마리의 개들은 마치 경연을 하듯 정확하게 정렬해 있다. 그는 그 개들이 깨끗이 목욕을 했으며, 단정하게 털을 자르고 빗질을 했고, 향수를 뿌렸다는 사실을 간파한다. 개들은 목걸이 이외에도 목덜미에 나비처럼 매듭진 빨간색과 초록색 리본을 매고 있다. 사병들은 정면을 바라보면서 앞서 나가지도 않고 뒤에 처지지도 않은 채 아주 진지한 표정으로 행진한다. 각자 조심스럽게 앞뒤 간격을 정확하게 지킨다. 개들은 순순히 말을 들으며 앞으로 나아간다. 색깔과 모양과 크기가 제각각이다. 닥스훈트, 그레이트데인, 독일 셰퍼드, 치와와, 그리고 울프하운드다. 판탈레온 판토하는 생각한다. '나는 아내와 딸을 잃어버렸어. 하지만 적어도 여기서 일어날 일은 지난번처럼 끔찍하지는 않을 거야.' 그는 사병들이 다가오는 것을 보면서 자기 자신을 더럽고 사악하며 상처받은 사람이라 느낀다. 그는 몸 전체에 옴이 발진하여 뒤덮는 것 같은 느낌을 받는다.

다시 징소리가 난다. 이번에는 그 울림이 표독하고 비열하다. 판탈레온 판토하는 갑자기 경악하면서 의자에서 불안하게 움직인다. 그는 생각한다. '까마귀를 기르면 그 까마귀가 눈을 파먹어.' 그는 애를 쓰면서 쳐다본다. 눈은 눈구멍에서 튀어나올 것 같고, 심장은 너무나 세차게 뛰는 바람에 마치 비닐봉지처럼 터질 것만 같다. 그는 난간을 꽉 움켜잡고, 나무를 너무 세게 잡는 바람에 손가락이 아프다. 사병들은 이제 아주 가까이에 있다. 보려고만 하면 그들의 얼굴을 알아볼 수도 있는 거리다. 하지만 그는 쇠사슬 끝이 부딪치고 뒹굴고 덜컥덜컥 소리를 내는 것만 본다. 거기에, 그러니까 개들이 있는 곳에는 이제 활기차고 끔찍한 커다란 모습들이 있다. 그에게 혐오감을 주면서도 동시에 매력을 선사하는 존재들이다. 그는 하나씩 차례차례 자세히 점검하고, 그들이 사라지기 전에 눈에 거슬리는 그들의 모습을 기록하고 싶다. 하지만 그들을 낱낱이 구별할 수 없다. 그의 눈은 하나에서 다른 것으로 건너뛰기도 하고 동시에 모든 것을 한꺼번에 바라보기도 한다. 사람 같기도 하고 원숭이 같기도 한 그들은 엄청나게 크다. 그들의 꼬리는 공중을 내리치고 눈은 수없이 많으며, 가슴은 땅바닥에 닿아 있고, 뿔은 잿빛이며, 비늘은 떨고 있고, 곱사등 같은 발굽은 판석을 뚫는 드릴처럼 삐걱 소리를 내고, 온몸은 털투성이이며, 혀와 침은 파리로 뒤덮여 있다. 입술은 언청이와 같고, 딱지에는 피가 덕지덕지 엉겨 붙어 있으며, 코에는 콧물이 질질 흐르고, 발에는 굳은살이 박여 있으며, 발톱은 굽어져 살을 파고들어 발가락 안쪽에는 염증이 생겼고, 털은 가시와 같으며, 털 사이에는 커다란 이들이 몸을 흔들면서 숲 속의 원숭이들처럼 펄쩍펄쩍 뛴다. 판탈레온 판토하는 자기의 모든 걸 과감하게 버리고서 도망치기로 결정한다. 공포가 그의 치아를 비틀고, 비틀린 치아는 마치 옥수수 알처럼 그의 무릎으로 떨어진다. 하지만 그의 손과 발이 난간에 묶였기 때문에, 그는 그들이 지휘초소 앞을 지나갈 때까지 옴짝달싹할 수 없다. 그는 자기에게 총을 쏘라고, 자기의 뇌를 날려버리라고, 그렇게 단숨에 그의 고통에 종지부를 찍어달라고 애원한다.

그러나 다시 징소리가 울려 퍼진다. 끝없는 메아리가 그의 신경 하나하나를 따라 진동한다. 이제 첫번째 병사가 지휘본부 앞을 슬로 모션으로 지나간다. 손발이 묶여 불안해하며 재갈이 물린 판탈레온 판토하는 바라본다. 그건 개도 아니고 괴물도 아니다. 쇠사슬에 묶인 채 짓궂게 그에게 미소를 보내는 사람은 레오노르 부인이다. 그녀의 얼굴을 대체하지 않은 채, 그 얼굴 속으로 레오노르 쿠린칠라의 얼굴이 삽입된다. 그리고 그녀의 가냘픈 골격에—판탈레온 판토하는 담즙을 삼키며 '또다시 그렇군' 하고 생각한다—추추페의 젖가슴과 궁둥이, 불룩한 아랫배와 팔자걸음이 더해진다. "애야, 포차가 떠났어도 개의치 마라. 내가 계속해서 너를 보살펴줄 테니." 레오노르 부인이 말한다. 그녀는 인사를 하더니 그곳을 떠난다. 그는 생각할 시간이 없다. 두번째 병사가 이미 와 있기 때문이다. 그런데 그 병사는 신치의 얼굴을 하고 있다. 신치처럼 뚱뚱하고, 짐승처럼 뻔뻔스러우며, 손에는 마이크를 들고 있다. 그러나 군복과 견장에 달린 별은 티그레 코야소스의 것이다. 가슴을 내미는 자세와 콧수염을 만지작거리는 모습, 자신에 차서 기분 좋게 웃는 모습과 명료하게 지시를 내리는 솜씨까지 모두 티그레 코야소스와 똑같다. 그는 잠시 걸음을 멈춘다. 그러더니 마이크를 입에 갖다 대고 큰 소리로 외친다. "용기를 내시오, 판토하 대위. 포치타는 치클라요의 특별봉사대에서 스타급 대원이 될 것이오. 그리고 글라디스는 우리 봉사대의 마스코트로 삼겠소." 병사가 쇠사슬을 잡아당기고 신치 코야소스는 한 발로 콩콩 뛰면서 멀어진다. 이제 그의 앞에는 초록색 군복을 입은 대머리 난쟁이가 있다. 그는 칼집에서 뽑은 칼을 보여주는데, 그 칼은 빈정거리는 그의 눈보다 덜 반짝거린다. 젖빨개 스카비노 장군은 호령한다. "홀아비! 바람쟁이 남편! 더러운 놈! 판탈레온, 넌 개 같은 놈이고 겁쟁이야!" 그는 빠른 발걸음으로 멀어져가면서 칼라 속에서 우아하게 목을 흔든다. 하지만 이미 여기에 째진 눈을 하고 달콤한 목소리로 말하는 벨트란 중령이 있다. 그는 검은 사제복을 입고 엄하게 훈계하면서 차갑게 축복을 내린다. "몰로나코차 쑨교자의 일름으로 영원히 아내도 없고 딸도 없이 사는 형벌를 내립니다. 판탈레온 씨." 사제복을 입은 채 폭소를 터뜨리면서 포르피리오 신부는 다른 병사를 뒤따라간다. 이제 마지막 사열을 받은 사람이 여기에 있다. 판탈레온 판토하는 용서를 빌기 위해 손을 풀려고 사력을 다하고, 애원을 하려고 재갈을 물어뜯지만, 그의 노력은 아무 소용도 없다. 우아한 윤곽과 검은 머리카락, 그리고 황갈색 피부와 진홍 입술을 자랑하는 사람이 끝없는 슬픔에 둘러싸여 저 아래 있다. 그는 생각한다. '널 증오해, 미스 브라질.' 그러자 조그맣게 보이는 그 사람은 슬프게 웃더니 우수에 가득 찬 목소리로 말한다. "판타, 벌써 당신의 포치타를 알아보지 못하는 거예요?" 그녀는 뒤로 돌더니 쇠사슬을 힘껏 잡아당기는 어느 사병의 손에 이끌려 멀어져간다. 귀가 멍할 정도로 징소리가 울려대는 동안 그는 자기가 고독과 분노와 두려움에 취해 있다고 느낀다.

8

"얘야, 이제 일어나야지. 벌써 여섯시야." 레오노르 부인이 방문을 두드리고서 침실로 들어와 판타의 이마에 입을 맞춘다. "벌써 일어났구나."

"한 시간 전에 샤워하고 면도했어요." 판타는 하품을 하고 지루하다는 몸짓을 한 다음, 셔츠의 단추를 채우며 몸을 웅크린다. "제대로 잠을 못 잤어요. 또 그 빌어먹을 악몽을 꾸었어요. 준비 다 하셨나요?"

"사흘치 옷을 챙겼다." 레오노르 부인은 고개를 끄덕이면서 나가더니 가방을 끌고 들어와 정리된 옷가지들을 보여준다. "충분하겠니?"

"충분하고도 남아요. 이틀만 머물 거예요." 판타는 조그만 기수 모자를 쓰고 거울에 비친 자기 모습을 바라본다. "옛날 친구가 있는 와

야가로 가요. 그 친구하고는 초리요스 군사학교를 함께 다녔어요. 못 만난 지 꽤 오래됐어요."

"좋아. 지금까지는 별로 중요하게 생각하지 않았지. 그럴 만한 이유가 없었으니 말이야." 스카비노 장군은 전보를 읽고, 장교들과 의논하고, 서류를 검토하고, 모임에 참석하고, 무선으로 이야기한다. "경찰은 몇 달 전에 우리에게 도움을 요청했네. 그들은 그런 광신도들과 맞설 수가 없거든. 그래, '방주' 사람들 말이야. 보고서 받았나? 문제가 심각해지고 있어. 이번 주만 해도 두 번이나 신도를 십자가에 못 박으려는 시도가 있었다네. 아메리카 항구와 '5월 2일' 마을에서 말이야. 아니야, 티그레. 그들을 체포하지 못했네."

"판타, 우유라도 마셔라." 레오노르 부인은 컵에 우유를 가득 채우고 설탕을 넣은 다음, 부엌으로 달려가 빵을 가져온다. "너 먹으라고 토스트도 구워놨다. 버터하고 잼을 발라줄게. 조금이라도 먹어야지, 애야. 제발 부탁이다."

"커피만으로도 충분해요." 판타는 서서 커피 한 모금을 마신 후 시계를 보며 초조해한다. "배고프지 않아요, 어머니."

"병나겠다." 레오노르 부인은 슬픈 미소를 지으며 먹으라고 다시 부드럽게 권하다가 그의 팔을 붙잡아 의자에 앉힌다. "한 입도 먹으려고 하지 않는구나. 넌 지금 뼈에 살가죽만 붙어 있어. 판타, 너를 보면 내가 어떻게 해야 할지 모르겠다. 먹지도 않고, 잠도 안 자고, 일요일이랑 공휴일에도 일만 하니 말이야. 그러다가 폐렴에 걸릴지도 몰라."

"이제 그만 하세요, 어머니. 바보 같은 소리 마세요." 판타는 포기하고서 컵에 담긴 우유를 단숨에 마시고, 머리를 흔들더니 토스트를 먹고 입을 닦는다. "서른이 넘으면 가끔 금식하는 게 건강 비결이에요. 전 괜찮으니 걱정하지 마세요. 혹시 필요할지 모르니 여기 돈 몇 푼 놓고 갈게요."

"또 멕시코 민요〈라 라스파〉를 휘파람으로 불고 있구나." 레오노르 부인은 귀를 막는다. "내가 그 빌어먹을 노래를 얼마나 증오하는지 모르니? 그 노래는 포차도 미치게 만들었어. 휘파람으로 다른 노래를 불면 안 되겠니?"

"제가 휘파람을 불었나요? 몰랐어요." 판타는 얼굴이 빨개지면서 기침을 하더니 자기 침실로 가서 슬픈 표정으로 사진 하나를 내려다보고는 가방을 들고 다시 부엌으로 돌아온다. "포차에 관해서 말인데요, 혹시 편지라도 온 게……"

"난 이런 일에 군대를 개입시키고 싶지 않네." 티그레 코야소스 장군은 곰곰이 생각하며 걱정을 하고, 파리 한 마리를 잡으려다 실패한다. "마법사나 광신도들과 싸우는 건 신부나 경찰이 할 일이지, 군인이 할 일이 아니네. 그렇게 문제가 심각하단 말인가?"

"네가 돌아올 때까지 내가 잘 보관하마. 나도 잘 아니까 어떻게 해야 한다는 둥 바보 같은 소리는 하지 말고." 레오노르 부인은 화를 내면서 무릎을 꿇더니 판타의 신발을 닦아준 다음 바지와 셔츠에 솔질을 하고서 그의 얼굴을 매만진다. "내가 축복을 해줄 테니 이리로 오렴. 판타, 네게 축복을 내리노니 열심히 노력하고 가능한 것을 행하도록……"

"나도 알아요, 이미 알고 있어요. 그 여자들은 쳐다보지도 않을 거고, 그 여자들에게 한 마디도 하지 않을 거예요." 판타는 눈을 감고 주먹을 불끈 쥐며 인상을 쓴다. "서면으로, 그리고 등을 돌린 채 그 여자들에게 지시할 거예요. 어머니도 내게 어떻게 하라는 둥 바보 같은 소린 마세요."

"도대체 내가 뭘 잘못했기에 하느님께서 이런 벌을 내리시는 거니?" 레오노르 부인은 흐느끼면서 지붕을 향해 손을 들고 격노하면서 발을 동동 구른다. "내 아들이 하루 스물네 시간 동안 타락한 여자들과 함께 있다니, 그것도 군의 명령에 의해서…… 우리는 모든 이키토스 사람들 입에 오르내리고, 거리에서는 내게 손가락질을 한단다."

"진정하세요, 어머니. 울지 마세요, 제발 부탁이에요. 전 지금 시간이 없어요." 판타는 어머니의 어깨를 감싸고 다정하게 어루만지면서 뺨에 입을 맞춘다. "제가 목소리를 높였다면 용서하세요. 신경이 곤두서서 그래요. 그러니 제 말은 흘려들으세요."

"만일 네 아버지와 할아버지가 살아 계셨다면 경악을 금치 못하고 돌아가셨을 거야." 레오노르 부인은 치맛자락으로 눈을 닦고 누렇게 변한 사진을 가리킨다. "네가 부여받은 임무를 아시게 되면 아마 무덤 속에서 벌떡 일어나실 거야. 그분들이 살던 시절에는 그런 일로 장교들을 타락시키지는 않았어."

"8개월 전부터 어머니는 하루에 네 번씩 똑같은 소리만 하세요." 판타는 소리치고는 후회하면서, 목소리를 낮추고 내키지 않는 미소를 지으며 다시 말한다. "저는 군인이에요. 명령을 완수해야 해요. 제가 다른 지시를 받을 때까지 이 일을 제대로 하는 게 제 임무예요. 이미 말씀드린 것처럼 어머니가 원하시면 리마로 보내드릴게요."

"예, 매우 놀라운 일입니다, 장군님." 페테르 카사우안키 대령은 가방을 뒤적거리더니 사진과 마분지를 한 움큼 꺼내 한 묶음으로 만들고는 다시 봉해서 리마로 발송하라고 지시한다. "최근 군복 점검을 통해 병사의 반이 프란시스코 형제의 기도문이나 아이 순교자의 기도문을 갖고 있다는 사실을 발견했습니다. 장군님께 몇 가지 견본을 보내 드리겠습니다."

"난 문제가 생기면 가정을 버리는 그런 사람이 아니다. 잘못 생각하지 마라." 레오노르 부인은 몸을 펴더니 검지를 흔들며 호전적인 자세를 취한다. "난 작별 인사도 하지 않고 하룻밤 사이에 갑자기 떠나기로 결심하는 사람이 아니야. 아버지에게서 딸을 훔쳐가는 그런 여자가 아니다."

"이제 포차에 관한 이야기는 하지 마세요." 판타는 복도로 나가다가 화분에 부딪히자 욕을 하고는 발목을 문지른다. "어머니, 다시 어머니 머리에서 떠나지 않는 주제로 돌아가셨군요."

"포차가 글라디스를 훔쳐가지 않았다면 네가 이렇게 되지는 않았을 거야." 레오노르 부인이 대문을 열어준다. "판타, 어린 딸 때문에 네가 얼마나 괴로워하면서 너 자신을 좀먹고 있는지 내가 모를 줄 아니? 자, 어서 가거라."

"더이상 못 참겠어. 빨리, 서두르란 말이야!" 판타는 '이브' 호의 트랩을 올라 선실로 내려가 침대에 드러누우며 속삭인다. "그래, 내가 좋아하는 목과 귀에 해줘. 살며시 꼬집지만 말고, 천천히 물어줘. 지금 당장."

"판타, 기꺼이 해드리지요." 미스 브라질은 한숨을 내쉬고 관심 없다는 표정으로 그를 바라보면서, 선착장을 가리키고 선실의 커튼을 향해 달려간다. "하지만 '이브'호가 출발할 때까지만이라도 기다려요. 로드리게스 상사와 다른 승무원들이 수시로 드나든단 말이에요. 나 때문이 아니라 당신 때문에 그러는 거예요."

"1분도 기다릴 수 없어." 판탈레온 판토하는 셔츠를 급히 벗고 바지를 내리고서 신발과 양말을 벗으며 숨을 헐떡인다. "선실 문을 닫고 이리 와. 가볍게 꼬집고 물어줘."

"맙소사, 당신은 지치지도 않아요, 판타?" 미스 브라질은 문을 닫고 옷을 벗은 후 침대로 올라와 몸을 흔든다. "당신 한 명을 상대하는 게 연대 병사 전체를 상대하는 것보다 일이 더 많아요. 당신이 얼마나 나를 놀라게 하는지 알아요? 처음 당신을 봤을 때, 당신은 절대로 아내를 속이거나 할 사람이 아니라고 생각했어요."

"그건 사실이야. 하지만 지금은 조용히 해." 판티타는 숨을 헐떡이며 기대더니, 올라가고 내려오며, 들어가고 나오며, 다시 헉헉거린다. "빌어먹을, 마음이 뒤숭숭하다고 네게 말했잖아. 자, 귀에, 귀에 해달란 말이야."

"불알을 너무 많이 놀리면 폐결핵에 걸릴 수도 있다는 거 알아요?" 미스 브라질은 웃으면서 움직이다가 따분해하고, 자기 손톱을 바라보다가 움직이는 걸 멈추더니 쭈그리며 다시 서두른다. "그거 사실이에요. 당신 요즘 꼬챙이보다도 더 말랐어요. 하지만 매번 그렇게 뜨거운 걸 보면 병 때문은 아닌 것 같아요. 그래요, 난 알고 있어요. 조용히 할게요. 그래요, 귀에 해줄게요."

"아아아, 그거야, 아. 그래, 너무 좋아." 판티타는 폭발하면서 창백해지고, 숨을 들이쉬며 마음껏 즐긴다. "심장이 터질 것 같아. 현기증이 나."

"티그레, 아주 솔직하게 말하겠는데, 나 역시 경찰이 수행해야 할 작전에 군대를 개입시키는 게 싫네." 스카비노 장군은 비행기를 타고 모터보트로 강을 가로지르며, 마을과 야영지를 점검하고 세세한 것들을 요구하며 메시지를 보낸다. "그래서 지금까지 참았던 것이야. 그러나 '5월 2일' 마을 사건은 자네를 불안하게 만들기에 충분하다네. 다빌라 대령의 보고서를 읽었나?"

"일주일에 몇 번이나 해요, 판티타?" 미스 브라질은 앉아서 세면대에 물을 채워 물과 비누로 씻고 옷을 입는다. "틀림없이 봉사대원 한 명 이상이겠죠? 후보자 시험이 있으면 셀 수도 없을 거고요. 당신 습관으로 보건대…… 그런데 그걸 뭐라고 부르죠? 전문가 검사라고 하나요? 당신은 정말 얄궂어요."

"그건 유흥이 아니라 업무야." 판타는 기지개를 켜고 침대에 앉아 다시 기운을 차리고는 발을 질질 끌면서 변기로 가서 오줌을 눈다. "웃지 마. 사실이야. 게다가 그 모든 잘못은 네게 있어. 네 육체를 검사할 때 그런 생각이 들었거든. 그전에는 생각조차 한 적이 없어. 이렇게 하는 게 쉽다고 생각해?"

"누구와 하느냐에 따라 다르겠지요." 미스 브라질은 침대 시트를 바닥에 던지고 매트리스를 살펴보더니 스펀지로 문지른 다음 마구 흔든다. "아무리 많아도 당신 건 멈추지 않을 거예요."

"물론이지. 내 걸 멈추게 하는 여자들은 당장 탈락시키지." 판탈레온 판토하는 거기에 비누칠을 하고는 화장지로 물기를 닦고 물을 내린다. "그게 바로 최고의 여자들을 고르는 가장 적절한 방법이야. 그걸 속일 수는 없거든."

"출발해요. '이브' 호가 흔들리기 시작했어요." 미스 브라질은 선실의 창문을 열고 젖은 부분이 햇빛을 받도록 매트리스를 움직인다. "이리 와서 날 좀 도와줘요. 숨 막혀 죽겠단 말이에요. 선풍기는 언제 살거죠? 내가 숨 막혀 죽은 다음에 후회하지 마요, 판타타."

"그들은 '5월 2일' 마을 광장에서 밤 열두시에 마을 주민 214명이 지켜보는 가운데 이그나시아 쿠르딤브레 펠라에스를 못 박았습니다." 막시모 다빌라 대령이 보고서를 구술하고 점검한 후 서명하고서 신속히 처리한다. "'형제들'의 행동을 저지하려던 두 경찰관은 심한 매질을 당했습니다. 증인들에 의하면 노파의 신음은 새벽까지 이어졌답니다. 장군님, 하지만 더 심한 건 그다음입니다. 사람들은 십자가에서 흐른 피를 몸과 얼굴에 발랐으며, 심지어 마시기도 했습니다. 그리고 이제 그들은 그 희생자를 기리기 시작했습니다. 이미 성녀 이그나시아의 기도문이 유포되고 있습니다."

"나는 그런 사람이 아니었어." 판탈레온 판토하는 침대에 앉아 두 손으로 머리를 잡고는 비탄에 잠긴다. "나는 그런 사람이 아니었어. 빌어먹을 운명 같으니. 난 그런 사람이 아니었어."

"당신은 착하고 지조 있는 당신 아내를 결코 속인 적이 없었어요. 그리고 보름에 한 번밖에 해주지 않았지요." 미스 브라질은 침대 시트를 털고서 세탁한 후 물기를 쥐어짜고 넌다. "난 이 모든 걸 기억하고 있어요, 판타. 당신은 여기 와서 버릇이 나빠졌죠. 하지만 너무 심해요. 너무 극단적으로 변했어요."

"처음에는 기후를 탓했어." 판탈레온 판토하는 팬티와 셔츠를 입고 양말과 신발을 신는다. "열기와 습기가 남자의 그것을 부풀게 만든다고 생각했어. 하지만 아주 이상한 걸 발견했어. 지금 내 불알에 생긴 일은 모두 이 업무 탓이야."

"그러니까 유혹과 너무 가까이 있어서 그런단 말인가요?" 미스 브라질은 자기 엉덩이를 만지고 가슴을 보면서 거드름을 피운다. "그러니까 나한테서 삐약삐약 우는 법을 배웠단 말이네요. 너무 과한 칭찬이에요, 판타."

"넌 이해 못해. 나조차도 이해가 안 돼." 판타는 거울을 바라보면서 눈썹을 매만지고 머리를 빗는다. "아주 이상한 현상이야. 그 누구에게도 일어나지 않았던 일이야. 불건전한 의무감이야. 마치 질병 같은 거지. 그건 정신적인 것이 아니라 생물학적인, 그러니까 육체적인 거야."

"티그레, 그러니까 자네는 이미 광신도들이 무슨 일이든 저지를 수 있다는 사실을 알았단 말이군." 스카비노 장군은 지프에 올라 진창 지역을 가로질러 장례식을 집행하고 희생자들을 위로하면서 장교들에게 지시를 내리고 전화로 말한다. "이건 작은 모임의 문제가 아닐세. 그들은 수천 명이나 돼. 어느 날 밤에는 모로나코차에 있는 아이 순교자 십자가 근처를 지나가다가 너무나 놀랐다네. 엄청나게 많은 사람이 있었는데, 심지어 군복을 입은 군인들도 있었어."

"그러니까 당신은 의무감 때문에 온종일 성욕이 인다는 말인가요?" 미스 브라질은 돌처럼 굳은 채 입을 벌리더니 이내 자지러지게 웃는다. "이봐요, 판타. 난 수많은 남자를 경험했고, 이런 일에서는 당신보다 훨씬 경험이 많아요. 당신에게 자신 있게 말하는데, 이 세상 그 누구도 의무감 때문에 그게 발딱 서지는 않아요."

"난 이 세상 어느 누구하고도 같지 않아. 그게 바로 내 불행이야. 다른 사람들에게 벌어지는 일이 내게는 일어나지 않아." 판탈레온 판토하는 빗을 떨어뜨리고 큰 소리로 말한다. "어렸을 때, 나는 지금보다 더 식욕이 없었어. 하지만 처음으로 임무가 할당되자마자, 그러니까 부대의 배급 임무가 할당되자마자 갑자기 굉장한 식욕이 생겼어. 나는 온종일 먹으면서 요리법을 읽었고, 요리하는 법을 배웠어. 그런데 곧 다른 임무를 부여받았어. 그러자 먹는 것과는 작별하고 재봉 기술과 의류와 옷 모양새에 관심을 갖기 시작했어. 부대장은 나를 동성애자라고 믿었지. 이제야 알겠는데, 그건 바로 나한테 수비대의 군복 관리를 맡겼기 때문이었어."

"판타, 제발 정신병원 관리만은 맡지 않았으면 좋겠네요. 그렇게 되면 당신은 무엇보다도 미치는 일부터 시작할 테니까요." 미스 브라질은 선실의 창문을 가리킨다. "저 빌어먹을 년들 좀 봐요. 우리를 몰래 살펴보고 있어요."

"거기서 꺼져, 산드라, 비루카!" 판탈레온 판토하는 문으로 달려가 빗장을 열고 큰 소리로 명령한다. "젖빨개, 저 두 사람에게 각각 벌금 50솔!"

"신부들은 무엇 때문에 있는 건가? 도대체 우리는 왜 군종신부들에게 월급을 주는 건가?" 티그레 코야소스 장군은 사무실 안을 성큼성큼 오가다가 장부를 꼼꼼히 바라보면서 덧셈과 뺄셈을 하더니 화를 낸다. "배때기나 긁고 있으라고 주는 줄 아나? 스카비노, 아마존의 수비대가 '형제들'로 가득하다는 게 있을 법한 소린가?"

"판티타, 문밖으로 몸을 너무 많이 내밀지 마요." 미스 브라질은 그의 어깨를 잡아끌어 선실로 데려오면서 문을 닫는다. "당신 반은 알몸이란 걸 잊었어요?"

"자네를 잊었냐고?" 알베르토 멘도사 대위는 수병들과 사병들을 팔꿈치로 밀면서 트랩으로 올라가 팔을 활짝 벌린다. "어떻게 그런 생각을 할 수 있나, 친구? 자 이리로 오게. 자네 손을 힘껏 잡도록 해주게. 정말 오랜만이야, 판타."

"만나서 반갑네, 알베르토." 판토하 대위는 손뼉을 치고서 트랩으로 내려가 장교와 악수를 하고, 부사관들과 사병들의 경례에 응답한다. "자넨 여전하군. 마치 세월이 자네를 비껴간 것 같아."

"장교 식당으로 가서 술이나 한잔하세." 멘도사 대위는 팔을 붙잡고서 그를 데리고 초소를 지나 스크린도어를 열고 선풍기 밑에 있는 테이블을 고른다. "쓸데없는 일에는 신경 쓰지 말게. 모든 게 준비되었으니. 여기서는 모든 게 항상 시계태엽처럼 척척 진행되니까. 상사, 자네가 모든 걸 책임지고 축제가 끝나면 우리에게 알려주게. 사병들이 불알을 터는 동안 우리는 맥주나 마시도록 하지. 다시 만나게 되어 정말 기쁘네, 판타."

"이보게, 알베르토, 이제야 기억이 나는데……" 판토하 대위는 창문을 통해 야전 텐트로 들어가는 봉사대원들과 줄을 선 사병들, 그리고 자신들이 있어야 할 위치를 선정하는 통제관들을 바라본다. "자네가 아는지 모르겠지만, 그 특별봉사대원, 그러니까 사람들이…… 에헴."

"미스 브라질 말인가? 나도 이미 알고 있네. 규정에 따라 딱 열 명만 받게 되어 있지. 자네 지시 사항을 내가 안 읽었겠나?" 멘도사 대위는 주먹으로 쿡 때리는 시늉을 하며 병마개를 따고 컵에 술을 채우며 건배한다. "자네도 맥주 마시겠나? 아주 차가운 걸로 두 병 가져왔네. 하지만 판타, 그건 불합리하네. 자네가 그 여자를 좋아하고 그녀가 병사들에게 봉사해주는 걸 보는 게 괴롭다면, 완전히 봉사에서 열외를 시키는 게 어떤가? 자네가 대장인데 그렇게 못 할 것도 없지 않은가?"

"그건 안 되네." 판토하 대위는 헛기침을 하고 얼굴이 빨개지면서 말을 더듬으며 술을 마신다. "내 임무를 게을리 하고 싶지는 않아. 게다가 자네에게 자신 있게 말하지만, 그 봉사대원과 나는 사실……"

"모든 장교들이 자네에게 애인이 있다는 사실을 알고 있고, 그걸 절대로 나쁘게 생각하지도 않네." 멘도사 대위는 콧수염에 묻은 맥주 거품을 빨아먹고, 담배에 불을 붙인 후 맥주를 마시고 맥주를 더 가져오라고 주문한다. "하지만 그 누구도 자네의 체제를 이해하지 못하네. 병사들이 자네 여자와 사랑하는 걸 자네가 못마땅하게 생각한다는 건 충분히 이해할 수 있는 일이야. 그런데 왜 그런 우스꽝스런 형식에 구애를 받는 건가? 열 명이나 백 명이나 그건 마찬가지야, 친구."

"규정에 의거된 최소 숫자가 열 명이네." 판토하 대위는 야전 텐트를 떠나는 첫번째 병사를 보고, 두번째 병사와 세번째 병사가 들어가는 걸 보면서 침을 삼킨다. "내가 어떻게 그런 규정을 위반할 수 있겠나? 바로 내가 만든 규정인데 말이야."

"전자회로 같은 자네 머리는 항상 변함이 없군." 멘도사 대위는 고개를 뒤로 젖히고 눈을 살며시 감으면서 향수에 젖은 표정으로 미소 짓는다. "초리요스 시절이 기억나는군. 기동연습 후에는 군화가 진흙 투성이가 되는데도, 연습을 나갈 때 군화에 윤을 내던 유일한 후보생이 자네였지."

"사실대로 말하자면, 벨트란 신부가 전역을 요청했을 때부터 군종 사제단은 도저히 눈 뜨고 볼 수 없을 지경이 되었다네." 스카비노 장군은 불평을 접수하고 미사를 들은 후, 트로피를 건네주고 말을 타고 볼링을 친다. "티그레, 어쨌거나 아마존에서는 일반적인 현상이 되었네. 병사들도 그 질병의 전염에서 예외가 될 수 없어. 좌우간 너무 걱정하지 말게. 우리는 단호하게 그 문제를 해결하려고 노력하고 있네. 아이 순교자나 성녀 이그나시아의 기도문을 지닌 병사는 30일간의 강제 노역에 처하고, 프란시스코 형제 사진을 가지고 다니는 병사는 45일간의 강제 노역에 처한다네."

"지난주에 벌어진 사건 때문에 라구나스에 온 것이네." 판토하 대위는 네번째 병사가 나오고 다섯번째와 여섯번째 병사가 들어가는 모습을 본다. "물론 자네 보고서를 읽었네. 하지만 내가 보기에 너무나 심각해서 도대체 어떤 지역이기에 그런 일이 일어났는지 보러 온 걸세."

"구태여 그렇게 힘들여 알아볼 필요는 없네." 멘도사 대위는 허리띠를 풀고 주문한 치즈 샌드위치를 먹으며 맥주를 마신다. "지금 일어나고 있는 일은 아주 간단해. 이 조그만 마을에서는 특별봉사대가 상륙할 때마다 소란이 벌어진다네. 특별봉사대 생각만 해도 마을의 수탉들 불알이 빳빳해지는 거야. 그리고 가끔 황당한 일도 일어나지."

"군대 초소로 몰래 잠입하는 건 미쳐도 너무 미친 짓이야." 판토하 대위는 젖빨개가 병사들에게서 사진과 잡지를 수거하는 모습을 본다.

"그런데 순찰대는 없었나?"

"지금처럼 순찰이 강화되어 있었지. 특별봉사대가 도착할 때면 항상 순찰을 강화한다네." 멘도사 대위는 그를 밖으로 데리고 나가서 울타리와 총검을 꽂은 보초병과 한 무리의 민간인들을 보여준다. "자, 이리 와서 직접 자네 두 눈으로 보게나. 이제 알겠지? 마을의 불알 달린 놈들이 모두 주둔지 주변에 모여 있다네. 저기를 보게. 저 사람들이 보이나? 나무에 올라가 눈이 빠지도록 쳐다보는 놈들 말이야. 그런데 뭘 바라나, 친구? 발딱 서는 건 인간적인 거야. 이런 데 예외처럼 보이던 자네에게도 그런 일이 벌어지지 않았나."

"'방주'의 미친 작자들과 이 문제는 관련이 없는가?" 판토하 대위는 일곱번째 사병이 나오고 여덟번째 사병과 아홉번째 사병, 그리고 열번째 사병이 들어가는 것을 보고, 마침내 중얼거린다. "보고서에 적힌 내용을 내게 반복할 필요는 없어, 알베르토. 대신 실제로 일어난 일을 이야기해주게."

"라구나스 녀석 여덟 명이 부대로 들어와 두 명의 봉사대원을 납치하려고 했네." 스카비노 장군은 무전기를 탁탁 친다. "아니야, 난 '형제들'이 아니라 특별봉사대에 관해 말하고 있네. 또다른 밀림의 재앙이지. 티그레, 지금 우리가 어느 지경까지 이르렀는지 알겠나?"

"다시는 그런 일이 없을 걸세, 친구." 멘도사 대위는 계산을 하고 군모와 검은 선글라스를 쓰더니 판타를 먼저 내보낸다. "이제는 특별봉사대가 도착하기 전날 밤부터 순찰 병력을 두 배로 증강하고 경계선 전역에 보초를 배치한다네. 우리 기지는 사병들이 마음 편히 봉사를 받을 수 있도록 전투태세에 돌입하는 거지. 참으로 웃기지 않은가?"

"진정하고 목소리를 낮추게." 티그레 코야소스 장군은 보고서들을 비교하면서 설문을 실시하라고 지시하고 편지를 다시 읽는다. "스카비노, 너무 흥분하지 말게. 나도 모두 알고 있네. 여기 멘도사 대위의 보고서가 있군. 군 병력이 봉사대원들을 구출했고 그것으로 끝났네. 그래, 자살할 정도까지의 이유는 없는 사건이지. 그저 다른 사건들과 똑같은 것에 불과하네. 그것보다 '형제들'의 문제가 더 심각하지 않나?"

"이런 일이 일어난 게 처음은 아니네." 판토하 대위는 미스 브라질이 텐트에서 나오는 것을 보고, 병사들이 휘파람을 부는 가운데 그녀가 연병장을 가로질러 '이브' 호에 승선하는 것을 본다. "계속해서 민간인들이 방해를 해. 특별봉사대가 나타나면 빌어먹게도 모든 마을에서 흥분하는 사태가 발생하고 있어."

"그 두 봉사대원으로 말미암아 군인과 민간인 사이에 치열한 싸움이 벌어졌어." 스카비노 장군은 전화를 받고 감옥을 방문하며 체포된 작자들을 심문하면서 밤을 지새운 후, 진정제를 먹고 글을 쓰며 전화를 건다. "잘 들었나? 병사들과 시민이 싸움을 했단 말이네. 납치범들은 부대에서 두 명의 여자를 데리고 나가는 데 성공했네. 싸움은 마을 한가운데서 벌어졌다네. 그리고 네 명이 부상을 당했어. 어느 순간에라도 심각한 일이 발생할 수 있어, 티그레. 그놈의 빌어먹을 특별봉사대 때문에 말이야."

"그럴 만한 충분한 이유가 있어, 친구." 멘도사 대위는 구경꾼들과 막사를 떠나 선창으로 되돌아가는 봉사대원들을 가리킨다. "이키토스에도 가보지 못한 이 밀림 사람들에게 저 여자들은 하늘에서 떨어진 천사와 같다네. 병사들 역시 일부 책임은 있어. 마을에 가서 이런저런 이야기를 하면서 그들의 욕망을 부추기지. 특별봉사대에 관해서 절대 말하지 말라고 금지시켰지만 병사들은 그 이유를 이해하지 못해."

"특별봉사대를 확장하고 보다 우수한 인력을 충원하려는 계획이 거의 마무리되고 있는 지금, 이런 일이 일어나 정말 화가 나." 판토하 대위는 호주머니에 손을 넣고 머리를 푹 숙인 채 걸으면서 조그만 돌멩이들을 발로 찬다. "매우 야심 찬 계획이야. 오랫동안 생각하고 계산한 거야. 내 계획대로라면 아마도 민간인들의 불알 문제도 해결할 수 있어, 친구."

"판토하 대위, 하지만 자네는 다른 문제를 세 배나 골치 아프게 만들 수 있어. 사제들과 신심 깊은 여자들이 스카비노 장군의 인내심을 갉아먹고 있어." 티그레 코야소스 장군은 연락병을 불러 담배를 사오라고 지시하면서 팁을 주고는 라이터를 빌려달라고 한다. "아니네, 너무 많아. 50명의 봉사대원만으로도 충분해. 더이상 증원시킬 수 없네. 적어도 지금은 말이야."

"100명의 봉사대원과 아마존 강을 상시로 항해하는 세 척의 배로 이루어진 행동부대를 갖추면……" 판토하 대위는 '이브'호 출항에 따른 준비 작업을 주의 깊게 지켜본다. "봉사대가 이용 기관에 언제 도착할지 아무도 예측할 수 없을 겁니다."

"자네는 지금 제정신이 아니야." 빅토리아 장군이 라이터를 켜서 티그레 코야소스 장군 얼굴 가까이에 갖다 댄다. "더 많은 창녀를 고용하기 위해 육군은 무기 구입을 중지해야 할지도 몰라. 게걸스러운 녀석들의 환상을 충족시키는 데 사용할 예산은 없어."

"장군님, 제가 보낸 계획안을 검토해주십시오." 판토하 대위는 두 손가락으로 타자기를 치고 계산을 하며 종합적인 개요를 보여주는 도표를 작성하고, 잠을 제대로 이루지 못한 채 몇날 밤을 보내며 지우고 덧붙이며 수정한다. "저희는 비조직적이며 비정규적인 순환 체제를 마련할 수 있습니다. 특별봉사대의 봉사활동은 항상 기습적이고 예기치 않게 이루어질 것이며, 따라서 앞으로 절대 이와 같은 사건이 발생하지 않을 겁니다. 단지 부대 지휘자들만 봉사대의 도착일자를 알게 될 겁니다."

"특별봉사대 창설 임무를 그에게 맡기려고 얼마나 고민했는지 생각해보십시오." 로페스 로페스 대령은 사무실에서 재떨이를 찾아 티그레 코야소스 장군 옆에 놓는다. "이제 그는 자신이 만든 환경에 익숙해져 있습니다. 마치 물속의 물고기처럼 창녀들 사이를 자유자재로 누빕니다."

"그건 맞습니다. 이 체제를 효과적으로 통제할 수 있는 유일한 방법은 항공기를 이용하는 것입니다." 판토하 대위는 비망록의 암호를 해독하고 커피포트를 준비하며, 곱셈과 나눗셈을 하면서 머리를 긁적인다. "비행기 한 대가 부족할 것 같습니다. 적어도 행정장교 한 명이 더 필요합니다. 소위 정도면 충분할 것 같습니다, 장군님."

"머리가 조금 이상해진 것 같군. 의심의 여지가 없어." 스카비노 장군은 〈오리엔테〉 신문을 읽고 〈신치의 소리〉를 청취하며, 익명의 편지들을 받고 늦게 영화관에 도착하여 영화가 끝나기 전에 나온다. "이번에도 그의 요청을 받아들여 이 계획안을 승인한다면, 자네에게 경고하는데 나도 벨트란 중령처럼 전역을 신청하겠네. '방주'의 광신도들과 판토하의 특별봉사대원들 문제 때문에 나는 파멸의 구렁텅이에 빠지고 말 걸세. 난 지금 신경안정제로 간신히 버티고 있네, 티그레."

"장군님, 좋지 않은 소식을 전하게 되어 죄송합니다." 아우구스토 발데스 대령은 원정길에 나서고, 황량한 마을로 쳐들어가 욕설을 퍼붓고, 못을 뽑는 일을 도와주며, 병사들에게 강행군을 계속해 원대 복귀하라고 명령한다. "지난밤 제 휘하의 수비대에서 상류로 두 시간 거리에 있는 프라일레시요스 부락에서 아벨리노 미란다 상사가 십자가에 못 박혔습니다. 그는 외출 허가를 받아 사복 차림으로 나갔습니다. 그들은 상사가 군인이라는 사실을 모른 채 그렇게 한 것 같습니다. 아닙니다, 아직 죽지는 않았지만 의사들 말로는 시간문제라고 합니다. 부락 전체 주민은 30명이나 40명 정도 됩니다. 모두가 산으로 도망쳤습니다."

"진정하게, 스카비노. 그럴 정도로 심각한 일은 아니네." 빅토리아 장군은 군인 클럽에서 특별봉사대원들에 관해 농담하며, 밀림에서 십자가에 못 박힌 사람들에 관해 얘기하면서 자기 어머니를 안심시킨다. "정말로 그 시골 사람들이 판토하의 여자들을 보고 환장하나?"

"환장하느냐고, 장군?" 스카비노 장군은 맥박을 재고 자기 혓바닥을 보고, 압지에 십자가를 그리며 낙서한다. "오늘 아침 주교가 참모 신부들과 수녀들을 대동하고 이곳을 찾아왔네."

"이런 통보를 하게 되어 매우 유감스럽지만, 만일 특별봉사대가 사라지지 않는다면 나는 그 봉사대를 이용하는 모든 사람들을 파문하겠습니다." 주교는 사무실로 들어와 머리를 숙여 가볍게 인사하지만, 웃지도 않고 앉지도 않으면서 자기 반지를 닦아 내민다. "스카비노 장군, 품위와 예의가 요구하는 최소한의 한계조차 더럽혀졌습니다. 판토하 대위 어머니가 자신의 비극을 몹시 애통해하면서 절 찾아왔습니다."

"그 판단에 저도 전적으로 공감합니다. 주교님도 제가 그렇다는 걸 잘 아실 겁니다." 스카비노 장군은 자리에서 일어나 한쪽 무릎을 구부리고서 주교의 반지에 입을 맞춘 후, 간곡하게 이야기하고 음료수를 제공하며 거리의 방문객들에게 작별 인사를 한다. "제가 결정할 수 있는 사안이라면 이 특별봉사대는 탄생하지도 않았을 겁니다. 여러분에게 인내심을 갖고 조금만 더 참아달라고 부탁드리고 싶습니다. 판토하라는 이름은 제 앞에서 꺼내지도 마십시오, 주교님. 무슨 비극입니까? 비극은 없습니다. 울면서 주교님을 찾아간 그 부인의 아들은 지금 일어나고 있는 일에 상당한 책임이 있습니다. 적어도 그자는 그걸 엉망으로, 그러니까 아주 불완전하게 조직할 수 있었습니다. 하지만 그 바보는 특별봉사대를 육군에서 가장 효율적인 조직으로 만들어버렸습니다."

"사실을 회피하려고 하지 말게, 판타." 멘도사 대위는 배에 올라 함교 주변을 기웃거리고 나침반을 뚫어지게 바라보며 키를 돌려본다. "자네는 특별봉사대의 아인슈타인이야."

"물론 그렇습니다. 저는 광신도들을 체포하기 위해 몇 개 수색대를 파견했습니다." 아우구스토 발데스 대령은 의무실로 가서 희생자를 위로하고 격려하며 지도에 조그만 국기를 꽂고 지시 사항을 구술하며 출발하는 장교들에게 행운을 빈다. "합당한 설명을 듣기 위해 부락민 전체를 제게 데려오라고 명령했습니다. 장군님, 그러나 그럴 필요도 없었습니다. 제 부하들은 몹시 분개한 상태였습니다. 아벨리노 미란다 상사는 병사들에게 늘 사랑받는 군인이었습니다."

"조만간 티그레 장군은 내 계획을 수락하게 될 거야."판토하 대위는 '이브'호의 선실과 선창, 그리고 엔진을 멘도사 대위에게 보여준 다음 침을 뱉고서 그것을 발로 비빈다. "특별봉사대의 성장은 불가피한 일이네. 세 척의 배와 두 대의 비행기를 갖추고 두 명의 보조 장교 지원을 받아 100명의 봉사대원으로 이루어진 조직을 멋지게 이끌 수 있을 거야, 알베르토."

"초리요스 군사학교에서 우리는 네 천직은 군대가 아니라 컴퓨터 공학이라고 말하곤 했지."멘도사 대위는 하선 트랩으로 내려가 판타의 팔짱을 끼고 다시 부대로 돌아와 상병, 통계보고서 준비되었나? 하고 묻는다. "그런데 지금 보니 우리가 실수했네. 자네의 꿈은 페루의 위대한 포주가 되는 거야."

"잘못 생각했어. 나는 태어났을 때부터 군인이 되고 싶었네. 그중에서도 행정장교가 되고 싶었어. 포병이나 보병만큼 중요한 거지. 바로 지금 내가 육군에서 하고 있는 일이야." 판토하 대위는 허름한 사무실과 석유램프, 모기장과 마루청 사이의 틈에서 자라는 잡초를 보면서 자기 가슴을 만진다. "너는 비웃겠지. 바카코르소 중위도 마찬가지였어. 하지만 내가 보장하는데, 너도 언젠가는 놀라게 될 거야. 우리는 소형선대를 비롯해 버스를 갖추고 수백 명의 봉사대원으로 이루어진 조직이 되어 전국에서 활동하게 될 거야."

"저는 가장 원기왕성한 장교들을 수색대 지휘자로 임명했습니다." 아우구스토 발데스 대령은 원정부대의 이동과 배치를 무전으로 지휘하고, 지도에서 작은 깃발들의 위치를 바꾸며 의사들과 말한다. "지금 병사들의 분노가 하늘을 찌르고 있기 때문에 억제시킬 필요가 있습니다. 그러지 않으면 광신도들을 데려오기도 전에 린치를 가할 것입니다. 장군님, 미란다 상사는 목숨은 구할 것 같습니다. 하지만 팔과 다리를 하나씩 잃을 것 같습니다."

"육군에 새로운 특수병과를 하나 만들 필요가 있겠군." 멘도사 대위는 통계보고서를 받고, 그걸 다시 읽고 수정하며 바지의 지퍼를 가리킨다. "포병, 보병, 공병대, 병참부대, 그리고 군 섹스 부대인가? 아니면 군 사창 부대라고 해야 하나?"

"그것보다 점잖고 신중한 이름이어야 하네." 판토하 대위는 웃으면서 스크린도어를 통해 식사를 알리는 나팔수를 흘끗 보고, 목재 건물로 들어가는 병사들을 본다. "하지만 그렇게 되지 말란 법도 없지 않나? 언제 그렇게 될지 누가 알겠어?"

"자, 이제 봉사활동은 끝났고, 저기서 자네 암탉들이 〈라 라스파〉를 부르고 있네." 멘도사 대위는 '이브' 호와 배의 경보기, 갑판에 팔을 괴고 있는 봉사대원들, 함교로 올라간 로드리게스 상사를 가리킨다. "자네 특별봉사대의 찬가를 들을 때마다 나는 배꼽이 빠지도록 웃어, 친구. 지금 당장 이키토스로 돌아갈 작정인가?"

"그래, 지금 가야 해." 판토하 대위는 멘도사를 껴안고, 큰 두 걸음으로 '이브' 호에 올라 선실 문을 닫고는 침대에 털썩 드러눕는다. "귀에, 목덜미에, 그리고 젖꼭지에 해줘. 할퀴고 꼬집고 물어줘."

"판타, 정말 지겨워요." 미스 브라질은 거부하고 발을 굴러 소리를 내더니, 커튼을 치고 천장을 쳐다보며 한숨짓고는 자기 옷을 바닥에 던져버린다. "방금 일을 끝냈어요. 내가 얼마나 피곤한지 모르겠어요? 이다음엔 뭐가 올지 벌써 알고 있어요. 바로 커다란 질투의 장면이죠."

"쉿! 주둥이 닥쳐! 어떻게 해야 하는지 잘 알잖아. 그래, 조금 더 위에." 판타는 몸을 웅크렸다. 뻗으며 몸을 흔들고 신음을 하다가 정신을 잃고 황홀해한다. "바로 거기야, 아아, 너무 좋아."

"판타, 당신한테 할 말이 있어요." 미스 브라질은 침대로 올라와 몸을 웅크렸다가 벌렁 드러누워 흥분하더니 이내 그 흥분을 잠재운다. "당신이 열 명만 배정하는 바람에 내가 제대로 돈을 못 벌고 있어요. 이제 지겨워요."

"휴우!" 판타는 마음을 가라앉히면서 땀을 흘리고 공기를 마구 들이마신다. "지금 이 순간만이라도 조용히 할 수 없어?"

"당신 때문에 내가 돈을 못 벌고 있단 말이에요. 나도 내 수입을 고려해야만 해요." 미스 브라질은 그에게서 떨어져 나와 몸을 씻고 옷을 입으며 선실의 창문을 열고 고개를 내밀어 숨을 들이마신다. "당신이 좋아하는 그런 것들은 세월이 지나면 끝나버려요. 그런 다음에는 어떻게 되죠? 오늘 모든 대원들이 스무 명한테 봉사했어요. 나보다 두 배를 더 받았어요."

"빌어먹을! 지금도 병참사령부가 특별봉사대에 상당한 경비를 지출하고 있는데, 그런 건 안중에도 없는 것 같습니다." 로페스 로페스 대령은 전문을 받아 읽고 나서 마구 흔든다. "장군님, 지금 판토하가 무슨 얘길 하는지 아십니까? 특별봉사대원들이 이동할 경우 위험수당을 지급할 수 있는지, 그 가능성을 검토해달라고 합니다. 광신도들에게 두려움을 느끼고 있답니다."

"하지만 넌 다른 대원들보다 두 배나 비율이 높잖아. 그걸로 차액은 상쇄돼. 내가 계산한 다음 검산까지 해서 그렇게 네게 견적을 내줬잖아." 판탈레온 판토하는 갑판으로 올라가, 얼굴에 화장품을 찍어 바르는 비루카와 산드라, 그리고 흔들의자에서 자고 있는 젖빨개를 본다. "난 지금 너무 피곤해. 맥박이 너무 빨리 뛰고 있어. 내가 만들어준 표 잃어버렸어? 게다가 네 수입을 보장해주려고 내 월급에서 15퍼센트씩 매달 떼어주는 것도 잊었어?"

"잘 알아요, 판타." 미스 브라질은 뱃머리에 팔을 괴고서 강변의 나무들과 흙탕물, 물거품 자국, 그리고 장밋빛 구름을 본다. "하지만 당신 월급은 겉만 번드르르하지 형편없어요. 화내지 마요, 사실이니까. 그것 말고도 당신이 나한테 홀딱 빠져 있는 바람에 대원들이 전부 날 미워해요. 봉사대원들 중에서 친구가 한 명도 없어요. 추추페까지 대위의 애완견이라고 부르면서 등을 돌린단 말이에요."

"그건 사실이고, 넌 내 인생의 커다란 수치야." 판토하는 갑판을 어슬렁거리면서 이키토스에 일찍 도착할 것 같은가? 하고 묻고, 상사 로드리게스는 물론입니다 하고 대답한다. "너무 불평하지 마. 그건 부당해. 불평해야 할 사람은 바로 나야. 너 때문에 내가 성년이 된 이후로 줄곧 지켜왔던 원칙을 깼단 말이야."

"그거 알아요? 당신 또 시작했어요." 미스 브라질은 선미의 차일 아래서 라디오를 듣는 털보녀와, 밧줄을 둘둘 말고 있는 선원 한 명에게 미소를 짓는다. "조금 더 솔직해지는 게 어때요? 원칙에 관해 말하는 대신, 라구나스에서 내 봉사를 받은 열 명의 병사들에게 질투를 느겼다고 인정하는 게 어때요?"

"자네는 그 사람들 수가 줄고 있다고 생각하나? 티그레, 절대 그렇지 않아. 산불처럼 엄청나게 확산되고 있다네." 스카비노 장군은 사복을 입고 사람들 사이를 누비며, 양파와 향냄새를 맡고 촛불이 탁탁거리며 타는 모습을 보고, 희생 제물의 악취를 맡는다. "자네는 아이 순교자의 기념일이 어땠는지 모를 걸세. 이키토스에서는 한 번도 보지 못한 엄청난 행렬이었어. 모로나코차 호숫가가 사람들로 빽빽이 들어찼다네. 호수도 마찬가지였지. 거룻배나 작은 배 하나도 들어갈 틈이 없었다네."

"난 내 의무를 한 번도 게을리 한 적이 없어. 난 내 이런 팔자를 저주해." 판탈레온 판토하는 땡볕 아래서 카드놀이를 하는 젖퉁이와 리타에게 인사말을 건네고, 구명정에 기대어 지평선 너머로 해가 지는 것을 바라본다. "난 항상 올바르고 공평한 사람이었어. 네가 나타나기 전에는 이렇게 사람의 고혈을 빨아먹는 기후조차도 내 원칙을 깨지 못했어."

"열 명의 사병들에게 질투를 느껴 내게 욕을 하고 싶다면, 기꺼이 그 욕을 듣겠어요." 미스 브라질은 시계를 보고 얼굴을 찌푸리더니 또 멈췄어, 하고 말하고는 태엽을 감는다. "하지만 계속해서 당신의 원칙이 어떠니 당신의 체제가 어떠니 말하면 가만히 있지 않겠어요. 선실로 내려가 잠이나 자겠어요."

"이 일과 네가 나를 파멸시킨 주범이야." 판탈레온 판토하는 갑자기 안색이 달라지더니, 피추사와 대화를 나누는 선원의 인사에 대답도 하지 않고 강물과 어두워지는 하늘을 유심히 바라본다. "너만 아니었어도 내 아내와 딸을 잃어버리지 않았을 거야."

"판타, 당신 정말 지겹고 귀찮은 사람이에요." 미스 브라질은 그의 팔짱을 끼고서 선실로 데려가 그에게 샌드위치와 콜라를 주면서 오렌지 껍질을 벗기고, 그 껍질을 강에 버린 다음 불을 켠다. "이제는 당신 아내와 딸을 생각하면서 눈물 흘릴 차례 아닌가요? 나랑 함께 있을 때마다 당신은 항상 후회해요. 그러니 누가 당신 같은 사람을 참고 견디겠어요? 바보처럼 행동하지 마요."

"난 아내와 딸이 필요해. 너무 보고 싶단 말이야." 판타는 먹고 마신 다음, 파자마를 입고 침대로 가면서 목이 멘다. "포차와 내 딸 글라디스가 없어서 집이 텅 빈 것 같아. 내겐 그런 집이 낯설어."

"자, 이리 와요. 이리 와요, 울보짓 하지 마요." 미스 브라질은 속치마만 입은 채 판타의 옆에 누워 불을 끄고 팔을 벌린다. "지금 당신은 그 병사들을 질투하는 거예요. 자, 이리 와서 편하게 있어요. 내가 머리 긁어줄게요."

"심지어 프란시스코 형제가 나타날 것이라는 소문도 돌았다네." 스카비노 장군은 흰옷을 입은 사도들과 양팔을 벌린 채 무릎을 꿇은 신도들, 그리고 십자가를 에워싸고 있는 불구자와 맹인, 나병환자들, 그리고 난쟁이들과 죽어가는 사람들을 바라본다. "그가 나타나지 않은 게 그나마 다행이지. 그랬다면 우리는 곤경에 처했을 걸세. 그를 위해서라면 목숨까지도 바칠 2만 명 앞에서 그를 체포하라는 명령을 내릴 수는 없었을 테니까. 빌어먹을, 그 작자는 도대체 어디에 있는 건가? 그 미친놈의 흔적을 도저히 찾을 수가 없네."

"이 배는 요람이고, 나는 포치타예요. 그리고 당신은 글라디스고요." 미스 브라질은 노래를 부르며 몸을 흔들고, 선실 창문을 가로지르면서 침대 끝을 은색으로 물들이는 달을 본다. "쩡말 예쁜 아이구나. 머릴 긁어줄게. 내가 뽀뽀해줄게. 젖꼭지 빨라줄까?"

"지금 머리에 붙어 있습니다. 그래, 거깁니다. 아, 그래요, 날아갔습니다." 바카코르소 중위는 '아마존 박물관과 수족관'의 문을 밀어 판토하 대위에게 먼저 들어가라고 한다. "쏘이셨나요? 제가 보기엔 말벌 같았습니다."

"조금 더 아래, 조금 천천히." 판토하는 기분을 바꾸고 어린애처럼 굴며 고분고분해지고 상냥해지며 응석을 부린다. "등에, 목덜미에, 귀에 해줘. 아가씨, 바로 거기에 조금 더 있어줘."

"와, 제가 죽였습니다." 바카코르소 중위는 마나티, 즉 해우(海牛)의 수조를 손바닥으로 찰싹 때린다. "말벌이 아니라 말파리였습니다. 아주 위험하지요. 사람들은 나병을 옮기는 주범이라고 말합니다."

"내 피는 산성임이 틀림없네. 벌레들이 절대로 날 물지 않거든." 판토하 대위는 미친 돌고래, 회색 돌고래, 분홍돌고래 옆을 지나 목수개미 앞에서 발길을 멈추고 '야간에 활동하며 매우 위험하다. 하룻밤 만에 조그만 농장을 폐허로 만들어버릴 수도 있으며, 수십만 마리씩 떼를 지어 다닌다. 성충이 되면 날개가 돋고 배가 불룩 튀어나온다'라는 설명을 읽는다. "반면에 불쌍한 우리 어머니는 정말 끔찍해. 거리에 나섰다 하면 벌레들이 사정없이 달려들지."

"여기서는 이 개미를 불에 구워 소금을 친 다음 바나나와 함께 먹습니다. 혹시 알고 계셨습니까?" 바카코르소 중위는 박제된 이구아나 관모와 큰부리새의 울긋불긋한 깃털을 손가락으로 만진다. "조심하셔야 합니다. 많이 수척해 보이십니다. 최근 몇 달 동안 적어도 10 킬로그램은 빠진 것 같습니다. 대위님, 무슨 일 있으십니까? 업무 때문입니까, 아니면 무슨 걱정이 있으십니까?"

"둘 다 약간씩 있네." 판토하 대위는 고개를 숙여 검은과부거미의 독액을 분비하는 크고 툭 튀어나온 여덟 개의 눈을 찾지만 결국 찾지 못한다. "모든 사람이 말한다면, 그건 진실일 수밖에 없지. 나는 줄어든 몸무게를 되찾기 위해 충분한 영양을 섭취할 작정이네."

"미안하네, 티그레. 하지만 광신도들을 체포하는 데 군대가 경찰을 도우라는 명령을 내려야만 했네." 스카비노 장군은 청원서와 탄원서, 고소문을 받고 조사한다. 그리고 주저하면서 자문을 구한 후 결정을 내려 통보한다. "6개월 사이에 네 명이 못 박혀 죽었는데 너무 많은 숫자야. 이 미친놈들이 아마존을 야만의 땅으로 만들고 있으므로 가혹하고 강력한 수단을 써야 할 순간이 되었네."

"대위님은 홀아비 생활을 즐기지 못하시는군요." 바카코르소 중위는 돋보기를 들어 '와이랑가'라고 불리는 말벌과 종 말벌, 그리고 '시로시로'라는 말벌을 확대해서 본다. "다시 획득한 자유를 누리며 행복하고 즐겁게 보내는 대신, 박쥐보다도 더 슬픈 표정으로 지내시네요."

"나는 독신 생활이 그리 기쁘지 않네." 판토하 대위는 큰 고양잇과 구역으로 가더니 박제된 검은 호랑이와 '밀림의 왕자' 오토롱고, 스라소니와 퓨마, 점박이 살쾡이를 몸으로 스친다. "대부분의 남자들은 일정 기간이 지나면 단조로운 가족과의 생활에 염증을 내고, 아내의 손에서 벗어나기 위해 무슨 일이든 한다고 하네만, 내게는 그럴 일이 없었다네. 사실대로 말하자면, 포차가 떠나서 나는 너무 큰 상처를 받앉어. 특히 내 딸을 데려갔기에 더욱 그랬지."

"마음의 상처를 입었다는 말은 하지 않으셔도 됩니다. 얼굴에 다 씌어 있습니다." 바카코르소 중위는 '어린 카멜레온은 나무에서 살고 다 자란 것들은 물에서 산다'는 설명을 읽는다. "어쨌거나 인생살이란 다 그런 것 아니겠습니까. 사모님 소식은 들으셨습니까?"

"그렇다네. 매주 내게 편지를 쓰지. 지금 치클라요에서 동생 치치와 함께 살고 있어." 판토하 대위는 뱀들과 '물의 어머니' 야쿠마마 뱀, 검은 보아 뱀, 만토나 뱀, '밀림의 어머니'라고 불리는 사샤마마 뱀의 숫자를 센다. "포차에게 나쁜 감정은 없네. 난 그녀 마음을 이해해. 내 임무가 포차를 너무 화나게 만들었지. 그 어떤 점잖은 여자도 참지 못했을 거야. 그런데 왜 웃나? 이건 농담이 아니네, 바카코르소."

"죄송합니다. 하지만 너무 재미있습니다." 바카코르소 중위는 담배에 불을 붙이고 '파우카르' 새장 창살 사이로 연기를 내뿜으며, '다른 새들의 노래를 흉내 내며 어린아이처럼 웃고 운다'는 설명을 읽는다. "대위님은 도덕적 문제와 관련해서는 매우 까다롭고 엄격하시지요. 그래서 상상할 수 없을 정도로 악명을 떨치시고요. 여기 이키토스에서는 모두가 대위님을 가공스러운 범죄자로 생각하고 있답니다."

"포차가 떠난 게 잘못이라고요? 제발 현실에 눈을 뜨세요." 알리시아는 양털 실타래를 레오노르 부인에게 건네주고 실꾸러미를 만들어 뜨개질을 시작한다. "판티타가 지나가는 걸 보면 모든 엄마들이 딸들을 방 안에 가두고 자물쇠를 채운 다음 성호를 긋고 그를 욕해요. 지금이라도 이런 사실을 아셔야 해요. 포차를 불쌍히 여기세요."

"내가 모르고 있다고 생각하나?" 판토하 대위는 관상용 물고기에게 먹을 것을 주며 즐거워하고 무지개 빛깔의 네온테트라가 인광을 내는 모습을 지켜본다. "육군이 내게 이 업무를 맡겨서 나를 이 지경으로 만든 거야."

"대위님께서 그토록 특별봉사대에서 열심히 일하셨는데, 대위님이 그걸 후회하고 계시리라고는 아무도 상상하지 못할 겁니다." 바카코르소 중위는 투명한 블루테트라와 비늘로 뒤덮인 '윈도 워셔', 그리고 육식 물고기인 피라니아를 관찰한다. "그렇습니다, 저도 대위님의 의무감을 잘 알고 있습니다."

"장군님, 두 수색대가 돌아왔습니다." 페테르 카사우안키 대령은 부대 입구에서 수색대원들을 맞이해 축하하며 맥주를 권하고, 소리치는 포로들을 조용히 시키며 그들을 영창에 처넣으라고 명령한다. "여섯 명의 광신도를 잡아왔습니다. 그중 한 명은 삼일열을 앓고 있습니다. '5월 2일' 마을에서 노파가 못 박히던 순간 그곳에 있었던 작자들입니다. 여기에 데리고 있을까요, 경찰에 넘길까요, 아니면 이키토스로 이송할까요?"

"이보게, 바카코르소. 자네는 아직도 왜 이 박물관에서 만나자고 했는지 이야기하지 않았네." 판토하 대위는 이 세상에 알려진 가장 큰 민물고기인 파이체의 크기를 눈으로 잰다.

"대위님께 뱀과 거미들 사이에서 좋지 않은 소식을 전해드리기 위해서입니다." 바카코르소 중위는 뱀장어와 쥐가오리, 그리고 민물거북을 무관심하게 바라본다. "스카비노 장군이 급히 보고 싶어하십니다. 열시에 사령부에서 기다리실 겁니다. 조심하십시오, 미리 알려드리는데, 장군님은 지금 몹시 화가 나 계십니다."

"단지 고자와 내시들, 그리고 성기가 없는 사람들만이 이렇게 생각할 겁니다."〈신치의 소리〉가 몇 번의 아르페지오 속에서 커졌다가 작아지고, 낭독하면서 분노를 표출한다. "조국의 용감한 수호자들, 그러니까 우리의 복잡한 국경에 복무하면서 희생하는 군인들이 독신의 순결을 유지하며 살고 있다고 말입니다."

"장군은 항상 화를 내네. 적어도 내겐 그렇지." 판토하 대위는 제방으로 나가 살인적인 태양 아래서 반짝거리는 물과 베들레헴 항구로 들어오는 모터보트와 뗏목들을 바라본다. "이번에는 왜 그토록 언짢은 건지 혹시 알고 있나?"

"그 빌어먹을 신치의 방송 말인데……" 스카비노 장군은 그의 인사에 답하지도 않고 그에게 앉으라고 권하지도 않은 채, 테이프를 넣고 녹음기를 튼다. "그 악당이 자네 얘기만 했네. 30분짜리 프로그램을 모두 자네에게 할애했다네. 판토하, 이게 사소한 일이라고 생각하나?"

"우리의 용감한 병사들이 몸을 쇠약하게 만드는 수음에 의지해야만 합니까?"〈신치의 소리〉는 의문을 제기하고 민속 왈츠〈라 콘타미니나〉의 장단에 맞춰 춤을 추면서 대답을 기다리고 다시 질문을 던진다. "유치하기 그지없는 자위행위로 돌아가야만 합니까?"

"〈신치의 소리〉라고요?" 판토하 대위는 녹음기가 딱딱 소리를 내는 것을 들으며 말을 더듬거리고, 스카비노 장군이 녹음기를 흔들고 마구 때리면서 버튼은 전부 누르는 모습을 본다. "틀림없습니까, 장군님? 다시 저를 공격했습니까?"

"귀관을 옹호했네. 이제 자네를 옹호하고 있어." 스카비노 장군은 플러그가 헐겁게 꽂힌 것을 발견하고는 이런 바보 같으니, 하고 중얼거리고 몸을 웅크려 다시 플러그를 제대로 꽂는다. "그가 귀관을 공격하는 것보다 천 배는 더 나쁜 짓이야. 무슨 소린지 모르겠나? 이건 우리 육군을 놀리는 것일 뿐만 아니라 아주 진창에 처넣는 행위야."

"그렇습니다, 장군님. 지시하신 대로 정확하게 수행했습니다." 막시모 다빌라 대령은 병참을 책임진 소위와 의논하고, 병참 창고를 살펴보며 급식 담당 상사와 식단을 짠다. "급식 보급에서 매우 심각한 문제가 발생했습니다. 체포된 광신도가 모두 쉰 명인데, 그들에게 배식을 하려면 병사들의 배급량을 줄여야 합니다. 어떻게 해야 할지 모르겠습니다, 장군님."

"저는 제 이름을 언급하지도 말라고 단호하게 금지시켰습니다." 판토하 대위는 누런 불빛이 켜지고 테이프가 돌아가는 것을 보며, 금속성의 소리와 그 반향을 듣고 분노한다. "뭐라 말할지 모르겠습니다. 확실하게 약속드리는데……"

"입 닥치고 듣게." 스카비노 장군은 명령을 내리고 팔짱을 끼고 다리를 꼰다. 그리고 증오의 눈초리로 녹음기를 본다. "정말 구역질 나게 만드는군."

"정부 고위급 관료들은 판탈레온 판토하 씨에게 '태양훈장'을 수여해야 합니다." 갑자기 〈신치의 소리〉가 흘러나오고, 당신을 향기롭게 하는 비누 럭스와 시원한 휴식 코카콜라, 그리고 미소의 펩소던트 치약 광고 사이로 생기를 띠고 과장하면서 말한다. "페루 병사들의 은밀한 욕망을 만족시켜주기 위해 그가 칭찬받을 만한 일을 수행했기 때문입니다."

"아내가 이 방송을 듣다가 흥분해서 우리 딸들은 아내가 정신을 잃지 않도록 약을 먹여야 했네." 스카비노 장군은 녹음기를 끄고 뒷짐을 진 채 사무실 안을 가로지른다. "지금 이자는 열변을 토하면서 우리를 이키토스 사람들의 웃음거리로 만들고 있어. 〈신치의 소리〉가 특별봉사대에 관해 더이상 이야기하지 않도록 조치를 취하라고 하지 않았나?"

"그 작자의 입을 막는 방법은 총알로 해결하거나 돈을 쥐여주는 것뿐이야." 판탈레온 판토하는 라디오를 듣고, 특별봉사대원들이 승선하기 위해 가방을 꾸리고 추추페가 '델릴라'에 오르는 모습을 본다. "죽여버리면 문제가 커질 거야. 그러니 뇌물을 먹이는 수밖에 다른 방법이 없어. 젖빨개, 그 작자에게 가서 즉시 이리로 오라고 전하게."

"그러니까 특별봉사대 예산 일부를 기자들을 매수하는 데 사용하고 있다는 소린가?" 스카비노 장군은 머리끝에서 발끝까지 그를 살펴보면서 콧구멍을 벌름거리고 이마를 찌푸리며 앞니를 드러낸다. "매우 흥미로운 생각이군, 대위."

"미란다 상사를 십자가에 못 박은 작자들은 이미 체포하여 가두었습니다." 아우구스토 발데스 대령은 수색대를 달달 볶고, 근무시간을 두 배로 늘리며, 휴가와 외출을 취소하고, 수색대원들을 얕보고 격노케 한다. "그렇습니다. 대부분의 신원을 확인했습니다. 단지 문제라면 제 부하들이 '방주의 형제단'을 뒤쫓기 위해 출동했기 때문에 국경수비가 소홀해졌습니다. 전혀 위험하지 않다는 것은 저도 알고 있습니다만, 혹시 적이 침투하고자 한다면 1분도 안 되어 우리를 이키토스까지 후퇴시킬 수도 있습니다, 장군님."

"예산에서 지불한 것이 아닙니다. 예산은 성스러운 것입니다." 판토하 대위는 스카비노 장군 머리에서 몇 센티미터 떨어지지 않은 창턱을 재빠르게 지나가는 쥐새끼 한 마리를 쳐다본다. "장군님은 회계사본을 가지고 계시니 확인해보실 수 있을 겁니다. 그 공갈범이 입을 다물도록 매달 제 월급의 5퍼센트를 바쳐야 했습니다. 그런데 왜 그자가 이런 일을 하는지 이해할 수 없습니다."

"방송인으로서의 윤리와 도덕적 분노, 그리고 인간적인 결속을 위해서요, 친구 판토하." 신치는 문을 쾅 닫으며 병참본부로 들어오더니 마치 질풍처럼 지휘초소 계단을 올라와 판토하를 얼싸안으려고 한다. 그리고 재킷을 벗고 책상에 앉아 웃으며 큰 소리로 열변을 토한다. "나는 이곳, 그러니까 내 성스러운 어머니께서 나를 낳으신 이 도시에, 당신의 작업을 비하하고 하루 종일 당신을 욕하고 비난하는 사람들이 있다는 사실을 참을 수가 없기 때문이오."

"분명하게 합의해놓고, 당신은 그 약속을 깼소." 판탈레온 판토하는 판벽 널을 자로 탁 때리면서, 입에는 거품을 물고 눈에서는 불꽃을 내뿜으며 이를 간다. "내가 왜 매달 500솔을 줬겠소? 내가 존재한다는 사실을 잊도록, 특별봉사대가 존재한다는 사실을 잊게 해달라고 줬던 것이오."

"나 역시 인간적인 사람이오, 판토하 씨. 나도 책임을 질 줄 아는 사람이오." 신치는 그의 말에 동의하고 그를 진정시키면서 손짓을 하고 프로펠러가 포효하는 소리를 듣고, '델릴라'가 강물을 따라가다가 물벽을 만들며 서서히 일어나는 모습을 보고, 수상비행기가 이륙하여 하늘로 사라지는 것을 쳐다본다. "나도 감정이나 충동, 그리고 느낌이 있는 사람이오. 내가 가는 곳마다 당신을 욕하는 소리를 들으면 나도 흥분하게 되오. 사람들이 너무나 신사적인 당신을 중상모략하는 걸 그대로 놔둘 수 없었소. 우리가 친구이기 때문에 더욱 그렇소."

"이 사기꾼, 당신에게 엄중히 경고하겠소." 판탈레온 판토하는 그의 셔츠를 잡고 앞뒤로 흔들어대다가 그가 놀라서 얼굴이 빨개지고 벌벌 떠는 모습을 보고는 그를 놓아준다. "당신이 지난번에 특별봉사대를 공격했을 때 무슨 일이 일어났는지 당신은 잘 알고 있소. 난 특별봉사대원들이 당신 눈을 뽑고 당신을 '무기 광장'에 못 박고 싶어 하는 걸 말려야만 했소."

"나도 익히 잘 안다오, 판토하 친구." 신치는 셔츠를 고쳐 입고서 웃으려고 애쓴다. 그리고 마음의 평정을 되찾고 목을 치켜든다. "봉사대원들이 내 사진을 판티랜드 입구에 붙여놓고 드나들 때마다 침을 뱉었다는 사실을 모르는 줄 아시오?"

"티그레, 사실 이건 큰 문제일세." 스카비노 장군은 폭동과 포탄 장전, 사상자, 살벌한 신문 머리기사, 파면, 재판, 선고와 눈물을 상상한다. "최근 3주에 걸쳐 우리는 밀림에 숨어서 활동하던 500명에 가까운 광신도들을 체포했네. 하지만 지금은 그들을 어떻게 해야 할지 모르겠어. 이키토스로 이송하면 야단법석이 날 것이고, 수천 명의 '형제들'이 자유의 몸으로 돌아다니고 있으니 시위도 일어날 걸세. 참모본부는 어떻게 생각하고 있나?"

"하지만 이제 봉사대원들은 방송에서 추어올리는 말에 몹시 행복해하고 있소, 판토하 씨." 신치는 재킷을 입고 난간으로 가더니 짱꼴라 포르피리오에게 작별 인사를 하고서, 다시 책상으로 돌아와 판토하의 어깨를 가볍게 치고는 손가락을 포개고 맹세한다. "나를 거리에서 만나면 봉사대원들은 휘파람을 불며 내게 키스를 보낸다오. 자, 판토하 친구, 나를 너무 나쁘게 생각하지 마시오. 난 당신을 도와주고 싶었소. 하지만 당신이 원한다면 〈신치의 소리〉에서 앞으로 당신 이름을 언급하는 경우는 결코 없을 것이오."

"앞으로 내 이름을 들먹이거나 특별봉사대에 관해 말하면 당신을 50명의 봉사대원 앞에 던져버릴 거요. 미리 알려주는데, 그 대원들은 모두 긴 손톱을 자랑하지요." 판탈레온 판토하는 책상 서랍을 열어 권총을 꺼내 총알을 장전하더니, 다시 총알을 빼내고는 탄창을 돌리면서 칠판과 전화와 서까래를 겨냥한다. "만일 특별봉사대원들이 당신의 목숨에 종지부를 찍지 않으면, 내가 당신의 목숨을 끊어주겠소. 머리에 총알 한 방이면 될 것이오. 알겠소?"

"아주 잘 알겠소, 판토하 친구. 더이상 한 마디도 필요 없소." 신치는 여러 번 인사하고서 미소를 짓더니, 또다시 작별 인사를 하고는 뒤로 돌아 계단을 내려가 마구 뛰기 시작한다. 그리고 이키토스로 향하는 오솔길로 자취를 감춘다. "태양처럼 아주 분명하오. 판토하가 누구요? 그를 아는 사람은 아무도 없고, 그런 사람은 존재하지도 않으며, 그에 대해서는 한 번도 들은 바가 없소. 그리고 특별봉사대는? 그게 무엇이오? 특별한 음식을 제공하는 식당이오? 맞소? 자, 이제 우리는 서로 충분히 이해했소. 이번 달의 500솔 역시 평소처럼 젖빨개를 통해 보낼 예정이오?"

"아니야, 아니야, 그건 아닐 거야." 레오노르 부인은 알리시아에게 속삭이고서, 아우구스티누스 종단의 신부들이 있는 곳으로 달려가 교장신부로부터 비밀 얘기를 들은 후, 숨도 제대로 쉬지 못한 채 집으로 돌아와 판타를 맞이하면서 소리 지른다. "교회에 그 빌어먹을 창녀 중 하나와 갔다더구나! 그것도 성 아우구스티누스 교회에! 호세 마리아 신부가 말씀해주셨다."

"우선 제 말 좀 들어보세요, 어머니." 판타는 모자를 옷장에 던지고서 부엌으로 가 얼음을 넣어 파파야 주스를 마신 후 입을 닦는다. "전 그런 적 없어요. 절대로 봉사대원하고는 이 도시를 활보하지 않아요. 그건 아주 특별한 경우였어요."

"호세 마리아 신부가 두 사람이 아주 자연스럽게 팔짱을 끼고 들어오는 걸 봤다고 했단 말이야." 레오노르 부인은 욕조를 찬물로 가득 채우고, 비누 포장지를 벗기고는 깨끗한 수건을 걸어놓는다. "이키토스의 모든 귀부인이 미사를 드리러 가는 바로 아침 열한시에."

"그건 바로 그 시간에 세례를 주기 때문이에요. 제 잘못이 아니에요. 설명해드릴 테니 말 좀 들어보세요." 판티타는 평상복 셔츠와 바지, 러닝셔츠를 벗고 목욕 가운과 슬리퍼를 신고 욕실 안으로 들어가더니, 다시 가운과 슬리퍼를 벗고 욕조 물속에 몸을 담그고서 눈을 살며시 감고 정말 시원하다고 중얼거린다. "젖퉁이는 우리 봉사대에서 가장 오랫동안 가장 열심히 일하는 대원 중 하나예요. 그래서 그렇게 해줄 수밖에 없었어요."

"우리는 순교자들을 제조할 수 없네. 그들이 만들어내는 순교자만으로도 족해." 티그레 코야소스 장군은 빨간 색연필로 표시된 신문 스크랩을 검토하고, 첩보부대 장교들과 경찰 수사과 간부들과 비밀 모임을 주재하면서, 참모본부에 계획안을 제안하고, 그것을 실행에 옮긴다. "스카비노, 그들을 군 영창에서 2주일간 빵과 물만 주면서 데리고 있게. 그런 다음 겁주고서 내쫓게. 열 명이나 열두 명 정도의 수뇌부만 제외하고 말이네. 그리고 수뇌부는 리마로 이송하게."

"젖퉁이라……" 레오노르 부인은 안절부절못한 채 침실과 조그만 거실을 돌아다니더니 욕실을 빠끔히 열고는 발장구를 치면서 바닥에 물을 튀기는 판타를 본다. "네가 어떤 사람들이랑 일하는지 한번 봐라. 도대체 누구하고 어울려다니는지 한번 생각해봐. 젖퉁이라고, 젖퉁이! 타락했을 뿐만 아니라 그런 이름을 가진 여자와 어떻게 교회에 함께 나타날 수가 있니? 도대체 어느 성인에게 기도를 해야 할지 모르겠구나. 나는 아이 순교자에게까지 가서 너를 그 부정한 소굴에서 꺼내달라고 무릎 꿇고 기도했단다."

"자기 아들의 대부가 되어달라고 부탁하는데 거절할 수가 없었어요, 어머니." 판타타는 머리와 얼굴과 몸에 비누칠을 하고 물로 씻어낸 다음, 수건을 둘둘 두르고 욕조에서 펄쩍 뛰어나와 물기를 닦고 데오도란트를 바른다. "젖퉁이하고 카멜레온이 다정하게도 아기한테 내 이름을 붙여줬어요. 아기 이름은 판탈레온이고, 제가 그 아기를 기독교인으로 만들었어요."

"가문의 영광이구나." 레오노르 부인은 부엌으로 가서 자루걸레를 가져와 욕실 바닥을 닦고 침실로 들어가 판타에게 셔츠와 방금 다린 바지를 건네준다. "그러니까 역겨운 일은 하지만 적어도 나한테 약속한 건 지키고 있구나. 그 여자들이랑 어울려다니지 마라. 그래야 사람들이 너를 보지 못하지."

"저도 알아요, 엄마. 걱정 마세요. 내가 천장까지 들어올려줄게요.

영차!" 판티타는 옷을 입고, 더러운 옷을 바구니에 던지고서 미소 지으며 레오노르 부인에게 다가간다. 그리고 그녀를 껴안아 번쩍 든다. "아 참, 어머니에게 보여드린다는 걸 깜박했어요. 자, 보세요. 포차한테서 온 편지예요. 글라디스 사진도 보냈어요."

"그래, 보자꾸나. 안경 좀 갖다줄래?" 레오노르 부인은 치마와 블라우스를 똑바로 하고서 봉투를 낚아채고는 창문으로 간다. "어이구, 이렇게 좋은 일이! 내 손녀가 이렇게 예쁠 수가! 얼마나 통통해졌는지 봐라. 바가산의 성 그리스도여, 언제 제 부탁을 들어주실 건가요? 우리를 이곳에서 꺼내달라고 매일 오후 교회에 가서 기도하고 9일 기도도 드렸는데, 당신은 아무것도 해주시지 않는군요."

"이키토스에 와서 독실한 신자가 되셨네요. 치클라요에서는 미사도 가지 않고 카드놀이만 하시더니." 판타는 버들가지 흔들의자에 앉아 신문을 훑어보고 가로세로 낱말 퍼즐을 하며 웃는다. "어머니 기도는 효험이 없는 것 같아요. 그건 아이 순교자, 바가산의 성 그리스도, 기적의 주님, 성녀 이그나시아를 섬기면서 가톨릭교와 미신을 뒤섞기 때문이에요."

"잊어서는 안 됩니다. 사람들의 관심을 다른 곳으로 돌려야 하고, '방주'의 미친놈들을 사냥하고 제압할 자금이 필요합니다." 로페스 로페스 대령은 비행기와 지프와 거룻배를 타고 아마존을 돌아다닌 후 리마로 돌아와, 회계와 예산 담당 장교들에게 초과근무를 시키고서 티그레 코야소스 장군 사무실에 출두한다. "이건 육군에 막대한 경비가 드는 것을 의미합니다. 특별봉사대는 일종의 출혈이며, 완전히 밑지는 일입니다. 게다가 다른 문제들도 수반합니다."

"여기 포차의 편지가 있어요. 딱 네 줄밖에 안 되지만요. 어머니께 읽어드릴게요." 판타는 음악을 듣고 레오노르 부인과 함께 '무기 광장'을 산책하며, 침실에서 한밤중까지 작업하고 여섯 시간을 잔 다음, 새벽이 밝아올 무렵 자리에서 일어난다. "치치와 함께 해변에서 여름을 보내려고 피멘텔에 갔대요. 하지만 돌아오는 것에 대해서는 아무 말도 없어요, 어머니."

"출발점에서 시작하라고?" 티그레 코야소스 장군은 머리에 군모를 쓰고, 먼저 빅토리아 장군과 로페스 로페스 대령을 사무실에서 나가게 한 다음, 자동차 앞 좌석에 앉아 운전사에게 전속력으로 '로시타 리오스'로 가라고 지시한다. "그럼, 물론이지. 그것도 하나의 해결책이 될 수 있네. 스카비노가 지금 당장 선택할 수 있는 해결책이지. 하지만 너무 서두른다고 생각하지 않나? 난 특별봉사대가 실패작이라고 단정할 만한 이유도 없고, 그렇게 서두를 필요도 없다고 생각하네. 어쨌거나 봉사대로 인해 일어난 사건들은 그리 중요한 게 아니네."

"난 특별봉사대의 부정적인 면이 아니라 긍정적인 면이 더 걱정된다네." 빅토리아 장군은 야외에 있는 테이블 하나를 골라 상석에 앉더니 넥타이를 헐겁게 풀고 열심히 메뉴판을 살펴본다. "봉사대가 환상적으로 성공했다는 것이 바로 심각한 문제네. 내가 보기에 문제는 우리가 극악무도한 메커니즘을 작동시켰다는 것일세. 물론 그렇게 되리라고는 아무도 예상 못했고 알지도 못했지. 로페스 로페스 대령이 밀림의 수비대들을 둘러보고 막 돌아왔는데, 대령의 보고서를 읽다 보니 불안해지더군."

"신속하게 열 명의 대원을 충원할 필요성이 있다고 여김." 판토하 대위가 타전한다. "봉사대를 확충하기 위한 목적이 아니라 현재까지 완수한 작업 리듬을 유지하기 위해서임."

"사실 판토하의 특별봉사대원들은 모든 수비대와 야영지와 국경 초소의 주요 관심사가 되었습니다." 로페스 로페스 대령은 식전 음식으로 시시케밥과 구운 옥수수를, 본 요리로는 고추를 많이 넣고 프렌치드레싱을 뿌린 오리고기를 주문한다. "장군님, 전혀 과장된 게 아닙니다. 장교와 부사관들, 사병들과 이야기를 했는데 다른 이야기는 거의 할 수도 없었습니다. 봉사대원들에 관해 말할 때면 심지어 '방주'의 범죄도 그 중요성을 상실합니다."

"이유는 광신적인 살인자들을 추적하고 체포하는 수많은 수색대와 정찰대 때문임." 판토하 대위는 암호로 적는다. "상부에서도 알고 있듯이 특공대원들은 산속에 은둔하며 최일선에서 민간경찰 전투 업무를 수행중임."

"이 서류가방 안에 증거가 있네, 티그레." 빅토리아 장군은 프렌치드레싱을 뿌린 생선요리와 흰 쌀밥을 곁들인 콩팥요리로 결정한다. "이 서류들이 뭘지 추측해보게. 에콰도르와 콜롬비아, 그리고 브라질과 볼리비아 국경의 육해공군 방위 태세에 관한 보고서일까? 천만에. 그럼 아마존에서의 우리 안보와 공격 체제 개선을 위한 제안과 계획서일까? 천만에. 통신 시설과 병참, 원주민 구성에 대한 연구일까? 천만에."

"특별봉사대는 이 특공대원들이 있는 곳까지 봉사대원들을 보낼 의무가 있다고 생각함." 판토하 대위는 무선으로 전한다. "한 명의 예외도 없이 모든 대원의 피나는 노력 덕택에 본 특별봉사대는 목표를 달성할 수 있었음."

"장군님, 그건 특별봉사대와 관련된 요청서들입니다." 로페스 로페스 대령은 후식으로 꿀과 땅콩을 넣은 과자를 주문하고, 마실 것으로 아주 차가운 필젠 맥주를 시키면서 말을 맺는다. "아마존의 모든 부사관들이 특별봉사대를 이용할 수 있도록 허락해달라는 요청서에 서명했습니다. 이것이 차례대로 정리된 요청서입니다. 모두 172장입니다."

"이런 목적으로 저는 두세 명으로 구성된 비행 그룹을 만들었으며, 이런 인력 분산으로 말미암아 이용 기관의 정기적 방문을 보장할 수 없게 되었습니다." 판토하 대위는 전화로 이야기한다. "장군님, 제가 월권을 행사한 것이 아니기를 바랍니다."

"장교들에게 실시한 로페스 로페스 대령의 설문은 더욱 믿기지가 않네." 빅토리아 장군은 빵조각을 입으로 가져가고, 빵을 뜯어먹을 때마다 맥주를 마시고, 냅킨으로 이마를 닦는다. "위관급 장교의 95퍼센트가 마찬가지로 특별봉사대원들을 원하고 있네. 그리고 영관급은 55퍼센트네. 티그레, 이에 대해 하고 싶은 말이 있나?"

"비공식적인 설문에서 로페스 로페스 대령이 제게 통보한 수치에 의하면, 저는 최소한의 계획을 전적으로 수정하여 수국초특을 확장해야 한다고 생각합니다, 장군님." 판토하 대위는 흠칫 놀라면서 공책에 무언가를 갈겨쓰고, 암페타민 각성제를 먹으면서 새벽까지 지휘초소에 머물러 일하고, 두꺼운 등기우편물을 발송한다. "부탁드리건대 제가 보낸 계획안은 받지 않으신 걸로, 그리고 그런 건 존재하지도 않은 걸로 해주시기 바랍니다. 저는 새로운 계획안을 마련하기 위해 밤낮으로 작업하고 있습니다. 입안되는 대로 즉시 보내겠습니다."

"이런 말을 해서 미안하네. 판토하가 비록 그 일에 미쳐 있긴 하지만 그 말은 모두 일리가 있다네, 티그레." 빅토리아 장군은 힘껏 콩팥 요리를 공격하고, 만일 우리가 적절한 리듬을 찾게 된다면 수많은 음식, 그게 열여덟 개건 스무 개건 모두 소화시킬 수 있다는 프랑스 사람들의 말이 맞다고 농담한다. "그의 논지에는 반박의 여지가 없네."

"만일 부사관과 위관급들을 포함시킨다면 이용 가능자 수는 두 배로 늘어나." 판토하 대위는 추추페, 젖빨개, 짱꼴라 포르피리오와 논의하고, 후보자들을 검사하면서 세탁부들을 탈락시키고, 기둥서방들과 이야기하고 포주들에게 뇌물을 준다. "정기적 봉사에 필요한 최소한의 계획안을 당신들에게 통보하겠네. 예전과 마찬가지로 최소한의 성적 충동을 만족시키는 것이지. 그렇게 되려면 '이브'호 정도의 선박 네 척, '델릴라'와 같은 유형의 비행기 세 대, 그리고 272명의 행동 대원이 필요해."

"특별봉사대가 사병 및 하사와 중사들에게 봉사를 한다면, 상사와 같은 부사관들에게 봉사를 제공하지 않을 이유가 있습니까?" 로페스 로페스 대령은 양파와 뼈를 골라내고, 몇 번 덥석덥석 물어서 오리고기를 먹어치운 다음 미소를 짓더니 한 여자가 지나가는 것을 보면서 윙크를 하고, 조각품처럼 예뻐요, 하며 감탄을 금치 못한다. "부사관들에게 봉사한다면, 장교들에게도 못할 이유가 없지 않습니까? 모든 사람이 이런 의문을 제기합니다. 솔직히 말하자면, 어떤 대답도 할 수 없습니다."

"물론 고급 장교들에게까지 확대한다면, 제 추정치는 다시 달라질 수밖에 없습니다, 장군님." 판토하 대위는 마법사들을 찾아가 '아야

와스카를 먹고 여군들이 〈라 라스파〉를 부르면서 연병장을 가로질러 행진하는 꿈을 꾼다. 그리고 토하면서도 일하고 기뻐 날뛴다. "저는 바로 이 경우 실행 가능성이 있는 연구를 진행하고 있습니다. 특별반을 창설해야 할 것입니다. 물론 특별봉사대원으로만 이루어진 그룹입니다."

"물론이네." 빅토리아 장군은 후식을 거절하고 커피를 시켜 사카린 병을 꺼내 두 알을 집어넣고 단숨에 마셔버린 후, 담배에 불을 붙인다. "만일 군인들의 생물학적, 심리적 건강을 위해 특별봉사대가 불가피하다고 여겨진다면 매달 봉사 횟수를 늘릴 필요가 있네. 티그레, 자네도 잘 알고 있겠지만 연습을 하면 근육이 불거진다네. 이 경우 수요는 항상 공급을 초과할 것이네."

"바로 그렇습니다, 장군님." 로페스 로페스 대령은 계산서를 가져오라고 부탁한 후 지갑을 꺼내려고 한다. 그러자 자네 미쳤나, 오늘 초대한 사람은 티그레야, 하는 소리를 듣는다. "구멍 하나를 막으려고 우리는 하수관을 열었습니다. 아마도 병참사령부의 예산이 전부 빠져나갈 것입니다."

"우리 병사들의 기운도 전부 빠져나가지." 스카비노 장군은 특별 임무를 띠고 리마로 가서, 정치인들을 찾아가 공청회를 열고 조언을 구하며 음모를 꾸미고 조정한 다음 이키토스로 돌아온다.

"그리스도도 밀림에서 눈을 뜬, 봉사대원들에 대한 배고픔을 해결할 수는 없을 걸세, 티그레." 빅토리아 장군은 자동차 문을 열고 먼저 차를 타고는, 이런 점심을 먹은 다음에 낮잠을 잘 수 없어 유감이야, 하고 말한 후 국방부로 돌아가자고 명령한다. "아니, 요즘 유행하는 말로 하자면, 아이 순교자도 해결할 수 없을 걸세. 그런데 말이 나왔으니 말인데, 리마에서도 그 순교자를 숭배한다는 사실을 아는가? 어제 난 내 며느리가 아이 순교자의 기도문이 새겨진 조그만 제단을 갖고 있다는 사실을 알았다네."

"장군님, 고급 장교들에게는 특별히 선정된 열 명의 봉사대로 시작할 수 있을 겁니다." 판토하 대위는 거리에서 혼잣말을 하고, 자기 책상에서 잠들고 공상에 빠진다. 그리고 비쩍 마른 모습으로 레오노르 부인을 놀라게 한다. "물론 최고의 품질을 보증하기 위해 리마에서 채용할 것입니다. 수국초특의 '특봉장'이란 약자가 마음에 드십니까? 특별봉사대의 장교반이란 의미입니다. 곧 자세한 계획서를 송부하겠습니다."

"빌어먹을. 자네 생각이 맞는 것 같네." 티그레 코야소스 장군은 사무실로 들어가 생각에 잠기고, 자기 우편물을 열면서 손톱을 물어뜯는다. "빌어먹을, 하찮은 일이 너무 복잡해지고 있어."

9

〈오리엔테〉 신문, 나우타 살인 사건 특집호

(1959년 1월 5일, 이키토스)

주간 호아킨 안도아의 뛰어난 지휘 아래 〈오리엔테〉 신문 기자단이 총동원된 특별 취재. 나우타에서의 습격부터 이키토스의 장례식에 이르기까지, 전 시민에게 충격을 주었던 아름다운 미스 브라질의 비극적 사건을 로레토의 독자들에게 정확하고 자세하게 전합니다.

눈물과 경악으로 살해된 미녀의 유해와 작별하다

어제 아침 열한시경, 올가 아레야노 로사우라 양의 유해가 이 도시의 역사적인 공동묘지에 안장되었다. 슬픔과 비탄에 빠진 직장 동료와 친구들의 모습은 수많은 군중의 심금을 울리게 했다. 그녀는 브라질에서 몇 년간 거주했던 까닭에 화류계에서 '미스 브라질'로 알려져 있었다(그녀의 생애에 관해서는 2면 4단과 5단 참조). 바르가스 게라 군부대 보병호위대가 고인에게 군장(軍葬)의 예를 갖췄는데, 이런 이상한 행동은 잘못된 길로 인도된 이 젊은 로레토 미녀의 비극적 사망 사건으로 깊은 슬픔에 잠겨 있던 사람들도 예상치 못했던 일이었기에 상당한 놀라움을 야기했다. 그녀를 기리는 송덕문에서 판탈레온 판토하 대위는 "책임과 의무를 다한 불행한 순교자이며 남자의 비열함과 악행의 희생자"라고 말했다(송덕문 전문은 3면 1단 참조).

 어제 아침, 이 불운한 젊은 여인의 장례식이 거행된다는 소식이 전해지자 많은 구경꾼들이 알폰소 우가르테 거리와 라몬 카스티야 거리의 교차 지점에 있는 공동묘지 근처로 몰려들었다. 이른 시간임에도 사람들은 공동묘지 정문과 '조국의 전사자 기념탑' 주변을 가득 메웠다. 참석자들은 역시 삼십분경 바르가스 게라 부대의 군용 트럭이 도착하는 것을 보았으며, 트럭에서 철모를 쓰고 멜빵 혁대를 매고 소총을 휴대한 열두 명의 호위병이 내렸다. 병사들은 바카코르소 보병 중위의 지휘 아래 있었으며, 장교는 자기 부하들을 공동묘지 정문 양쪽에 정렬시켰다. 이런 군사 행동은 그곳에 있던 참석자들의 호기심을 자극했다. 그도 그럴 것이 참석자들은 왜 그 시간과 장소에 육군 호위대가 도착했는지 이유를 전혀 알 수 없었기 때문이다. 하지만 그런 궁금증은 얼마 후 명확하게 밝혀졌다. 구경꾼과 일반인들이 묘지로 가는 접근로를 완전히 막고 있어 바카코르소 중위는 정문에서 구경꾼들을 물러나게 했고, 그 지시는 병사들에 의해 즉각 이행되었기 때문이다.
 열시 사십오분, 이키토스 제일의 장의사인 '모두스 비벤디'의 초호화 영구차가 모습을 드러냈다. 꽃과 화환으로 뒤덮인 영구차는 알폰소 우가르테 거리로 내려왔으며, 수많은 택시와 자가용들이 그 뒤를 따랐다. 영구차는 장례 행렬이 묘지로 천천히 다가오기 몇 분 전에 이타야 강변에 위치한 지역, 즉 특별봉사대 혹은 일반적으로 '판티랜드'라고 알려진 곳을 떠났다. 그 장소는 불운한 운명을 맞은 올가 아레야노 로사우라의 유해가 전날 밤을 지새운 곳이었다. 영구차가 나타나자 엄숙한 침묵이 즉시 그 주변에 퍼졌고, 그곳에 모인 사람들은 장례 행렬이 공동묘지 입구에 이를 수 있도록 자발적으로 길을 터주었다. 참관자들의 추정치에 의하면 백여 명이나 되는 많은 사람들이 불행한 올가가 마지막 안식처로 가는 길에 동행했다. 많은 여자 참석자들은 검은 옷을 입고 있었으며, 슬픔을 감추지 못했다. 특히 그녀의 직장 동료와 특별봉사대원들, 그리고 이키토스의 '세탁부'들은 침통한 표정이 역력했다. 장례 행렬에 이타야 강변의 악명 높은 기관에서 일하는 여자들이 모두 참석했다는 점이 특히 눈에 띄었다. 그들은 베일과 검은 만틸라를 두른 채 하염없이 뜨거운 눈물을 흘리며 고통으로 얼굴이 일그러져 있었는데, 이는 충분히 이해할 수 있는 일이었다. 그녀의 목숨을 앗아간 나우타 사건을 고인과 함께 겪었던 여섯 명의 여자들이 행렬의 첫째 줄에 자리를 같이함으로써 감동적이고 극적인 분위기를 자아내기도 했다. 그중에는 루이사 카네파(일명 '젖퉁이')도 있었는데, 우리 독자들도 알고 있다시피 그녀는 그 비통한 사건(나우타 매복 공격과 그 피비린내 나는 종말에 관한 자세한 요약 기사는

4면 참조)에서 가해자들에 의해 심각한 부상을 입었다. 그러나 장례식에 모인 시민들을 가장 놀라게 한 것은 특별봉사대의 대장이자 창립자인 판탈레온 판토하 씨가 육군 대위 군복을 입고 검은 선글라스를 낀 채 영구차에서 내리는 장면이었다. 유명하기는 했지만 그다지 존경은 받지 못했던 판토하 씨가 육군 장교였다는 사실은, 그때까지 그러니까 적어도 우리 일간지에서 알게 되기까지는 그 누구도 몰랐던 것이었다. 물론 이런 의외의 사실로 인해 참석자들은 여러 상이한 의견을 주고받았다.

영구차에서 관을 내리자, 참석자들은 그 관이 십자가 모양이라는 것을 알 수 있었다. 이에 많은 사람들이 놀라움을 금치 못했다. 십자가 모양의 관은 '방주의 형제단'에 속했다가 죽은 사람들을 위해 관례적으로 사용되는 것으로, '방주'의 최고 예언자가 강하게 부인하고 있기는 하지만, 이 종교단체 단원들이 미스 브라질을 죽였다는 혐의를 받고 있기 때문이다(본보가 3면 3단과 4단에 게재한 프란시스코 형제의 '악한 사람들에 관해 선한 사람들에게 보내는 편지' 참조). 영구차에서 내려진 관은 공동묘지로 들어갔다. 판토하 대위와 평판 나쁜 특별봉사대의 협력자들이 관을 운구했으며, 그들은 모두 검은 상복을 입고 있었다. 협력자들은 베들레헴 동네에서 '짱꼴라'라고 알려진 포르피리오 윙, 해군의 카를로스 로드리게스 사라비아 상사(나우타에서 피습 사건이 일어났을 때 '이브' 호를 지휘하고 있었음), 곡예비행으로 악명이 높아 '미친놈'이라고 불리는 페루 공군의 알론소 판티나야 상사, 병사 신포로소 카이과스와 팔로미노 리오알토, 남자 위생병 비르힐리오 파카야였다. 관 뚜껑 위에는 우아하고 고독해 보이는 난초가 새겨진 장식 끈이 화려하게 빛나고 있었는데, 그 장식 끈을 붙잡은 사람들은 일명 '추추페'라고 불리는 그 유명한 레오노르 쿠린칠라와 이타야 강변에 위치한 비행(非行) 기관의 여러 제자들로, 산드라와 비루카, 피추사, 털보녀를 비롯한 또다른 여자들이었다. 또한 일명 '젖빨개'라고 불리는 유명한 후안 리베라 역시 여자들과 함께 있었다. 그는 붕대를 칭칭 감고 있었는데 이는 나우타에서 적에게 습격당하자 전형적인 로레토 남자답게 용감하게 적을 격퇴하려다 입은 수많은 상처의 흔적이었다. 또한 어느 정도 나이가 지긋하고 가난해 보이는 두 여자도 장식 끈을 잡고 있었지만, 그들은 이름을 밝히기를 거부했으며 고인과의 관계도 말하기를 거부했다. 그러나 소문에 의하면 두 여자는 올가 아레야노 로사우라의 친척으로, 십자가에 못 박힌 젊은 여자가 살아생전에 추천할 수 없는 직업에 전념했다는 이유로 자신들의 신원을 숨기려고 한 것 같다.

장례 행렬이 앞서 설명한 것처럼 정렬되자 판토하 대위의 신호에 따라 바카코르소 중위가 호위병들에게 "받들어 총!"을 외쳤고, 그 즉시 병사들은 우아하고 늠름하게 그 명령에 따랐다. 그렇게 바다와 같은 아마존 강이 시작되는 지점으로부터 그리 멀지 않은 곳에서 목숨을 잃은 불행한 미스 브라질은, 동료와 친구들의 어깨에 얹힌 채 경의를 표하는 두 줄의 소총 사이로 이키토스의 공동묘지에 들어섰다. 관은 "들어가라, 기도하라, 이 저택을 사랑스럽게 바라보라. 이곳은 너의 마지막 안식처가 될 수 있다"라는 음침한 돈호법으로 방문객에게 인사를 전하는 표찰이 붙은 '조국의 전사자 기념탑' 옆 조그만 토대석으로 옮겨졌다. 전 군종신부이자 현재는 이키토스 공동묘지의 책임신부인 고도프레도 벨트란 칼릴라는 이해할 수 없는 기분 나쁘고 성난 표정을 지어 참석자들에게서 많은 비난을 받았다. 사제는 재빨리 장례미사를 마쳤으며, 익히 예상했던 것처럼 그 어떤 설교도 하지 않고 장례식이 끝나기를 기다리지도 않은 채 자리를 떴다. 종교의식이 끝나자 판탈레온 판토하 대위는 불행하게 세상을 떠난 올가 아레야노 로사우라의 관 앞에 서서 송덕문을 낭독했는데, 우리는 이 송덕문 전문을 별도 지면에 게재한다(3면 1단 참조). 연설은 장례식에 참석한 사람들을 감동의 절정으로 이끌었으며, 판토하 대위 자신도 눈물을 흘리는 바람에 송덕문 낭독을 여러 차례 중단해야만 할 정도였다. 그리고 앞서 언급했던 협력자들과 장례식에 참석했던 많은 창녀들도 판토하 대위가 흐느낄 때마다 마치 슬픈 메아리처럼 똑같이 흐느꼈다.

송덕문 낭독이 끝나자 관은 다시 운구했던 사람들의 어깨에 실렸다. 그러는 동안 다른 사람들, 특히 대다수의 특별봉사대원과 세탁부들이 교대로 장식 끈을 잡았다. 이런 식으로 장례 행렬은 공동묘지를 통과해 남쪽 끝에 이르렀다. 고인의 유해가 영원한 안식을 취할 성토마스 동의 17호 상단 벽감이 있는 곳이었다. 관을 내려놓고 비석을 설치하는 동안(비석에는 금박의 글씨로 단순하게 '미스 브라질이라고 불리던 올가 아레야노 로사우라(1936~1959). 슬픔에 잠긴 동료들이'라고만 적혀 있었다), 그녀가 피를 흘리며 세상을 떠났다는 사실에 다시 슬픔이 복받쳐오른 많은 여자들이 하염없는 울음을 터뜨렸다. 장례 행렬은 일명 추추페라고 불리는 레오노르 쿠린칠라의 제안에 따라 유명을 달리한 로레토 출신 여인의 영원한 행복을 비는 주기도문과 성모송을 함께 읊은 후 해산했다. 참석자들이 각자의 목적지를 향해 흩어지기 시작했을 때, 마치 하늘도 슬픔에 동참하려는 것처럼 갑작스럽게 비를 뿌렸다. 정오였다.

나우타에서 못 박힌 특별봉사대원 아름다운 올가 아레야노 로사우라의 장례식에서 판탈레온 판토하 대위가 읽은 송덕문

본보는 독자 분들께서 심금을 울리는 솔직함과 새로이 밝혀진 놀라운 사실들에 관심을 가질 것이라 판단하여 친구이자 고용주인 유명한 판탈레온 판토하가 고(故) 올가 아레야노 로사우라(일명 '미스 브라질')의 장례식에서 낭독한 장례 연설문 전문을 게재합니다. 놀랍게도 그는 페루 육군의 행정부대 대위라는 사실이 밝혀졌습니다.

세상을 떠난 올가 아레야노 로사우라, 아직도 우리 기억 속에 생생한 사랑스러운 미스 브라질, 당신을 알고 당신과 함께 일상의 업무를 했던 우리 모두는 당신을 다정하게 '미스 브라질'이라고 불렀습니다.
저는 지상에서 당신의 마지막 안식처가 될 이곳에 당신과 함께하기 위해 페루 육군 장교의 숭고한 정복을 입었습니다. 그것은 우리가 떳떳이 책임감을 가지고 세상 사람들 앞에서, 당신이 사랑하는 우리 조국 페루를 위해 봉사한 용감한 병사 자격으로 세상을 떠났다고 공포해야 할 의무가 있기 때문입니다. 우리는 조금의 부끄러움도 없이, 아니 자랑스럽게 당신의 친구이며 상관이었고, 운명이 우리에게 지시한 임무를 당신과 함께 수행한 것이 영광스러웠다는 사실을 보여주러 이곳에 왔습니다. 그 임무는 다름 아닌 우리나라와 우리의 병사들에게 봉사하는 것이었습니다. 그 일은 절대 쉽지 않았습니다. 그것은 온갖 어려움과 희생으로 점철된 일이었습니다. 사랑하는 친구여, 당신은 그 일을 몸소 경험했습니다. 당신은 의무를 수행하다 세상을 떠난 불행한 순교자이며, 몇몇 남자들의 비열하고 천한 행동의 희생자입니다. 술이라는 악마와 음탕함이라는 가장 천한 본능과 가장 악마적인 광신의 사주를 받아, 그 비겁한 자들은 나우타 근교에 위치한 '코카마 족장' 협곡에 자리를 잡고서 야비한 속임수와 비열한 거짓말로 우리의 수송선 '이브'호에 해적처럼 승선했습니다. 그런 다음 짐승처럼 노골적으로 자신들의 무자비한 욕망을 채웠습니다. 그들은 자신들이 범죄를 저지르며 탈취한 당신의 아름다움이 페루의 용감한 병사들에게만 관대하게 바쳐졌다는 사실을 모르고 있었습니다.

세상을 떠난 올가 아레야노 로사우라, 우리의 기억 속에 아직도 생생한 미스 브라질이여. 우리 병사들, 아니 당신의 병사들은 결코 당신을 잊지 않을 것입니다. 지금 이 순간에도 우리 페루 군인들은 아마존 지역의 가장 험난한 구석에, 학질모기가 주인이자 군주인 계곡에, 가장 멀리 떨어진 산속의 개간지에 주둔하면서 그곳이 우리의 땅임을 알리고 있습니다. 바로 그런 곳에 당신은 벌레나 질병이나 불편함도 아랑곳하지 않고 아무런 주저함도 없이 당신의 아름다움을 선물로 가지고 갔으며, 당신의 쾌활함을 페루의 수호자들에게 전염시켰습니다. 눈에는 눈물을 가득 담은 채, 그리고 가슴에는 당신을 무자비하게 살해한 살인범들에 대한 분노를 품은 채 당신을 기억하는 병사들이 있습니다. 그들은 당신의 친절함과 당신의 짓궂으면서도 매력적인 장난을 결코 잊지 않을 것이며, 혹독한 군생활을 당신이 어떻게 함께했는 지도 결코 잊지 않을 것입니다. 당신 덕택에 우리 사병과 하사관들은 그런 생활을 즐겁게 참아낼 수 있었습니다.

세상을 떠난 올가 아레야노 로사우라, 우리의 기억 속에 아직도 생생한 미스 브라질이여, 당신은 젊은 시절 끊임없는 활동을 위해 우리의 형제국가에서 살았기 때문에 그런 별명으로 불렸습니다. 하지만 여기서 우리는 밝혀야 할 사실이 하나 있습니다. 그것은 당신이 피 한 방울도, 당신의 머리카락 한 올도 페루인이라는 사실입니다.

아마존 전역에 흩어져 있는 병사들이 수비대와 국경 및 인근 초소를 위한 특별봉사대의 모든 동료들과 함께 당신을 떠올리며 슬퍼하고 있음을 당신은 알아야만 합니다. 이타야 강변의 병참본부에서 당신은 항상 화려한 꽃이었고, 그 꽃은 우리 봉사대를 풍요롭고 향기롭게 만들었습니다. 우리 참모진은 항상 의무감에 불타던 당신에게 경탄했고 당신을 존경했으며 사랑했습니다. 우리는 당신의 지칠 줄 모르는 유머 감각과 당신의 위대한 동지애와 협동심, 그리고 당신을 장식했던 다른 여러 장점들을 사랑했습니다. 그들 모두의 이름으로 나는 눈물을 머금으며 당신의 희생이 헛되지 않을 것이라고 말하고 싶습니다. 아직도 젊은 당신의 피, 잔인하게 흘린 당신의 피는 우리를 더욱 강하게 하나로 만드는 거룩한 결속의 힘이 될 것이며, 매일 우리를 인도하여 우리가 당신과 마찬가지로 그 어떤 사심도 없이 완벽하게 의무를 수행하도록 만드는 본보기가 될 것입니다. 그리고 마지막으로 나 판탈레온 판토하는 내 이름으로 당신에게 깊은 감사의 말을 전하고 싶습니다. 수많은 사랑과 이해의 증거와 결코 잊지 못할 수많은 은밀한 가르침에 대해 진심으로 감사하고 싶습니다.

세상을 떠난 올가 아레야노 로사우라, 우리의 기억 속에 아직도 생생한 미스 브라질이여, 주님 품에서 영원히 편히 쉬소서.

나우타 습격 사건 일지

'코카마 족장' 협곡 범죄에 대한 상세 기사 ― 피, 열정, 시체성애 사디즘과 비열한 본능

편집자 주: 〈오리엔테〉 신문은 제5지구 경찰서장 후안 아메사가 리오프리오와 페루 경찰 수사국 로레토 지부의 지부장 페데리코 춤피타스 페르난데스 형사에게 깊은 감사를 표합니다. 이들은 비극적인 나우타 사건의 수사 책임자로, 자신들의 소중한 시간을 희생하면서까지 앞서 언급한 사건에 관한 지금까지의 모든 자료를 본보에 제공해주었습니다. 본보는 이 훌륭한 경찰 책임자들이 자유와 민주 언론에 보여준 협조적인 태도에 대해 칭송하며, 경찰국의 다른 부서들도 이들을 본보기로 삼아야 할 것이라는 점을 밝히는 바입니다.

레케나의 음모

나우타 사건에 대한 수사가 진척되면서, 신문과 방송에 발표된 최초의 가설을 바로잡는 증거들이 속속 드러나고 있다. 그 과정에서 나우타 습격 사건과 일명 '미스 브라질'이라고 불린 올가 아레야노 로사우라를 십자가에 못 박아 죽인 사건이 '방주의 형제단'이 지시한 '피를 통한 희생과 정화'이며, 그 종파 소속의 일곱 작자들은 단순한 도구에 불과한 것이라는 여론은 갈수록 힘을 잃어가고 있다. 우리의 동료 헤르만 라우다노 로살레스는 그의 라디오 프로그램〈신치의 소리〉에서 '방주의 형제단'을 변호하고, 자신들은 프란시스코 형제의 명령에 따랐을 뿐이라는 범죄자들의 고백을 거짓이라고 증언하면서 열렬한 캠페인을 벌이고 있는데, 이런 의견은 갈수록 진실로 굳어져가고 있다. 신치는 그 고백이 감옥에 갇힌 죄수들이 형량을 줄이고자 꾸며낸 술책에 불과하다고 추측하며, 지금까지 밝혀진 사실들은 그의 추측이 일리가 있음을 보여준다. 또한 1월 2일부터 나우타에서 배편을 통해 이키토스로 이송되었던 피고인들에 대한 심문 결과, 본 지방 경찰과 경찰 수사국은 항간에 떠도는 또다른 소문 역시 근거가 없다고 판단했다. 이 소문은 나우타 습격 사건이 음주의 사악한 영향으로 인한 순간적인 충동의 산물이라는 것인데, 본 지방 경찰과 경찰 수사국은 이 사건의 가장 사소하고 가장 섬뜩한 세부적인 사항들까지 철저하게 사전 모의되었다는 사실에는 의심의 여지가 없음을 확인하였다.

분명히 모든 것은 숙명의 날보다 보름 앞서서 시작되었다. 레케나라는 밝고 명랑한 마을에서 개최된 그 모임은 사람들이 말하듯 종교적인 모임이 아닌 아무런 저의가 없는 친구들끼리의 사교 모임이었다. 파티는 지난 12월 14일, 전 면장인 테오필로 모레이의 54회 생일을 기념하기 위해 그의 집에서 열렸던 것으로 보인다. 그 파티에는 검거된 모든 피고인들 아르티도로 소마(23세), 네포무세노 킬카(31세), 카이파스 산초(28세), 파비오 타파유리(26세), 파브리시아노 피산고(32세), 레난 마르케스 쿠리침바(22세)가 참석했다. 파티에서는 엄청난 양의 술이 소비되었고 이들 피고인들도 모두 술에 취했다. 공동 피고인들의 진술에 의하면, 파티가 진행되는 동안 감각적인 취향의 소유자이자 미식가이며 독주와 그와 유사한 것들을 좋아하기로 익히 알려진 전 면장 테오필로는, 특별봉사대가 군사기지로 이동하는 동안 그 봉사대를 습격하여 타락한 대원들의 매력을 강제로 음미하자는 제안을 했다. (우리 독자들이 알고 있는 것처럼, 처음에 이 가해자들은 습격 계획이 레케나의 '방주'에서 거행된 야간 미사 동안에 태동되었으며, 바로 그곳에서 모든 미사 참석자들이 그 임무를 수행할 일곱 형제들을 추첨으로 뽑았다고 진술했다. 그들의 진술에 따르면 미사 참석자들은 100여 명이 넘었다.) 일곱 명의 피고인들은 그 제안을 뜨거운 마음으로 기꺼이 승인했다. 그들 모두는 자신들이 일상생활에서나 모임에서 특별봉사대원에 대해 언급하는 경우가 자주 있었다고 인정했다. 또한 그들은 앞서 언급한 행실이 부정한 이 여인들이 아마존 지역 마을을 지날 때 민간인들도 고객으로 맞이할 수 있도록 허락할 것을 요청하는 항의 서한을 몇 차례에 걸쳐 군 고위당국에 보낸 적이 있다고도 밝혔다. 그리고 한번은 인근 마을인 산타 이사벨의 해군기지 책임자에게 군 병력만 그런 매춘부 파견대를 향유하는 것은 일종의 독점이며 부당한 행위라고 항의하기 위해 레케나의 다른 청년들과 항의단을 결성하기도 했다. 이런 전력으로 볼 때, 전 면장인 테오필로 모레이가 그런 제안을 통해 참고 있던 욕망을 터뜨릴 기회를 제공하자 검거된 피의자들이 얼마나 미친 듯이 그 제안을 환영했을지는 익히 짐작할 수 있다. 아직까지도 사람들이 말하듯 그 일곱 명의 공모자들이 프란시스코 형제의 추종자들인지, 그리고 레케나의 '방주'에서 거행된 비밀 의식에 자주 참석했는지, 아니면 그 종파의 여러 사도들이 은신처에서 언론사로 보낸 성명서를 통해 밝혔듯이 그리고 심지어 프란시스코 형제가 직접 확인해주었듯이(3면 3단과 4단 참조), 이런 생각들이 완전히 거짓된 것인지는 명확하게 밝혀지지 않았다. 하지만 바로 그 파티에서 일곱 친구가 사전 계획을 입안했다는 사실은 밝혀졌다. 그들은 그 일그러진 음모를 레케나와 멀리 떨어진 곳에서 실행에 옮기기로 합의했다고 한다. 그것은 마을의 명예와 명성을 더럽히지 않고, 혹시 수사가 진행될 경우 수사당국을 따돌리기 위해서였다. 아무튼 그들은 나우타 혹은 바가산 근교를 공격하기에 가장 유리한 지역으로 결정하고, 그곳에 특별봉사대가 도착하는 날짜를 비밀리에 확인해보기로 했다. 면에서의 지위 덕택에 산타 이사벨 기지의 장교들과 밀접한 관계를 유지하던 전 면장 모레이는 그런 관계를 이용하여 자기가 필요한 정보를 수집하겠다고 자원했다.

이후 작업은 순조롭게 진행되었다. 피고인들은 두세 번의 모임을 더 가지면서 그들의 계획을 완성해나갔다. 실제로 테오필로 모레이는 교묘한 방법으로 해군 중위 헤르만 우리오스테에게서 여섯 명의 대원으로 이루어진 특별봉사대가 1월 초에 이키토스에서 파견되어 나우타와 바가산 그리고 레케나를 지날 것이며, 이 중 나우타에는 1월 2일 정오경에 도착하기로 확정되었다는 정보를 캐내는 데 성공했다. 다시 전 면장의 집에 모인 일곱 피고인은 범죄 구상을 완료했으며, 나우타 근교에 매복했다가 특별봉사대를 습격하기로 결정했다. 그것은 희생자들과 경찰로 하여금 성폭행 가해자들이 그 역사적 장소의 주민이라고 생각하게 만들기 위해서였다. 그리고 바로 이 때문에 그들은 매복 장소 근처에 가짜 단서를 놓아둘 생각을 했던 것 같다. 그 단서란 매복 작전이 나우타 '방주의 형제들' 짓이라고 추정할 수 있도록 하는 산 짐승을 못 박은 십자가였다. 이런 목표를 위해 그들은 필요한 못과 망치를 준비했지만, 범인들의 주장에 의하면 우연이라는 운명이 그 계획을 엄청나게 지지하여 짐승이 아니라 젊고 아름다운 매춘부의 몸을 못 박을 기회를 제공하리라고는 그들조차도 생각지 못했다고 한다. 어쨌든 일곱 명의 범인은 두 그룹으로 나뉘어 레케나를 비우는 이유를 가족과 친구들에게 다르게 설명하기로 결정했다. 그리고 그 결정에 따라 테오필로 모레이, 아르티도로 소마, 네포무세노 킬카와 레난 마르케스 쿠리침바는 12월 29일 테오필로 모레이의 모터보트를 타고 마을을 떠났다. 마을 사람들은 그들이 카라우이테 호수를 향해 떠났으며, 그곳에서 송어와 '가미타나'를 잡는 건전한 해양스포츠를 즐기면서 연말 휴가를 보낼 것이라고 믿었다. 한편 카이파스 산초, 파비오 타파유리와 파브리시아노 피산고로 이루어진 다른 그룹은 파브리시아노 피산고의 '글라이더', 즉 일종의 소형 쾌속정을 타고 1월 1일 새벽에 마을을 떠났다. 그렇게 그들은 지인들에게 바가산 근교로 사냥을 간다고 입을 맞췄다. 최근 마을에서 그리 멀지 않은 곳에서 포악한 재규어 떼들이 어슬렁거리는 것이 발견되었기 때문이다.

  그들이 계획한 대로 두 그룹은 나우타를 향해 강 하류로 나아갔다. 그들은 카라우이테 호수가 있는 마을을 지났지만 그곳에 멈추지는 않았다. 바가산에서도 마찬가지였다. 그들의 목표는 바다처럼 큰 강인 아마존의 발원지에서 아래로 3킬로미터 떨어진 지점, 즉 '코카마 족장' 협곡에 누구의 눈에도 띄지 않고 도착하는 것이었기 때문이다. 그

협곡에 그런 이름이 붙여진 것은 전설 때문이다. 전설에 의하면, 비가 많이 내리는 우기에는 이곳에서 유명한 코카마 족장 마누엘 파카야의 유령이 강변 가까이에서 떠다니는 것이 목격된다고 한다. 이 족장은 1840년 4월 30일 마라뇬 강과 우카얄리 강이 만나는 곳에 나우타라는 진보적인 마을을 설립한 장본인이다. 피고인 중 몇이 이 미신으로 인해 두려움을 느꼈음에도 일곱 명의 피고인들은 그곳을 매복 장소로 선택했다. 그것은 수풀이 울창하게 우거져서 하상(河床)의 일부를 가려주므로 그 누구의 눈에도 띄지 않고 지나갈 수 있기 때문이었다. 두 그룹은 1월 1일 해가 질 무렵 코카마 족장 협곡에서 만났다. 그리고 저지대에 텐트를 치고, 즉석 파티를 벌이며 그날 밤을 즐겼다. 그들은 권총과 카빈총을 비롯해 못과 담요 등을 갖추고 있었을 뿐만 아니라, 매우 현명하게도 각자 아니스 술과 맥주를 병에 담아 가져왔고, 그 술을 마시고 취했다. 그러는 동안 의심의 여지 없이 매우 흥분하고 말이 많아진 그들은 새날이 밝아오면 자신들의 병적인 간계와 소망이 이루어질 것이라 생각하면서 더욱 황홀경에 빠졌다.

코카마 족장 협곡의 침략과 약탈
 일곱 작자들은 아침 일찍부터 나무에 올라가 아마존의 강물을 지켜보았다. 강을 보다 잘 살피기 위해 그들은 쌍안경을 가져와 교대로 지켜보았다. 그들은 그렇게 그날 대부분을 보냈다. 그리고 오후 네시경 파비오 타파유리는 그들이 그토록 고대하던 화물을 싣고 저 멀리 누런 강물을 거슬러 올라오는 빨간색과 녹색의 '이브'호를 보았다. 일곱 피의자들은 즉시 교활하고 간악한 계획을 실행에 옮겼다. 그들 중 네

명, 즉 테오필로 모레이, 파비오 타파유리, 파브리시아노 피산고와 레난 마르케스 쿠리침바는 강변 덤불에 모터보트를 가린 채 그곳에 숨었다. 그리고 나머지 세 명인 아르티도로 소마, 네포무세노 킬카와 카이파스 산초는 교활한 연극을 하기 위해 '글라이더'를 타고 강 중심으로 나아갔다. 아주 느린 속도로 그들은 '이브'호로 접근했다. 그러는 동안 소마와 킬카는 손을 흔들며 카이파스 산초가 도움이 필요하다고, 독사에 물려 급히 의료진의 치료를 받아야 한다고 큰 소리로 외쳤다. 이 작자들의 고함을 들은 상사 카를로스 로드리게스 사라비아는 배를 완전히 멈추라고 지시한 다음, 환자를 '이브'호에 올라타도록 해주었다. '이브'호는 구급약품을 갖추고 있었기 때문에 야바위꾼 카이파스 산초를 도와주려는 기특한 생각을 했던 것이다.

  앞서 언급한 계략을 이용해 배에 오른 세 작자는 평온의 가면을 벗고 숨겨두었던 권총을 꺼내 로드리게스 사라비아 상사와 네 명의 부하들에게 겨눈 채 자신들의 명령에 복종하라고 지시했다. 아르티도로 소마는 여섯 명의 특별봉사대원('젖퉁이'라는 별명의 루이사 카네파, '산드라'라는 가명의 후아나 바르비치 루, '에두비헤스'라는 이름의 에두비헤스 라우리, '로레타'라고 불리는 에르네스타 시포테, '플로르'라는 가명의 마리아 카라스코 룬추, 그리고 '미스 브라질'이라는 별명의 불행한 올가 아레야노 로사우라)과 봉사대원들을 지휘하는 '젖빨개'라는 별명의 후안 추피토 리베라를 강제로 선실에 가두었다. 그러는 동안 네포무세노 킬카와 카이파스 산초는 추잡한 욕과 함께 죽이겠다는 위협을 하면서 '이브'호의 승무원들에게 다시 배를 움직여 나머지 일당들이 기다리는 협곡으로 향할 것을 명령했다. 이런 상황 속에서, 즉 공격자들이 지시한 조치를 취하는 동안 재치 있는 조타수 이시도로 아와나리 레이바는 생리적인 요구를 배출할 필요가 있다는 기발한 거짓말을 하여 잠시 갑판을 떠나는 데 성공한 후, 무전실로 들어가 나우타 기지에 필사적으로 S.O.S를 쳤다. 한편 나우타 기지는 그 신호의 의미를 제대로 이해하지 못했지만, 즉시 조종사 한 명과 두 명의 병사를 태운 글라이더를 하류로 급파하여 '이브'호에 무슨 일이 있는지 알아보기로 결정했다. 그러는 사이 '이브'호는 전략적으로 선택된 장소인 코카마 족장 협곡에 정박했다. 무성한 덤불 덕택에 '이브'호는 반쯤 가려져 있었고, 그 때문에 강 중간에 있는 어부들의 거룻배나 바다와 같은 강을 여행하는 모터보트는 '이브'호가 거기에 있음을 쉽게 알아차릴 수 없었다.

비겁한 폭행: 강간과 부상

　범죄자들의 음험한 음모는 수학 공식처럼 차례차례 정확하게 실행에 옮겨졌다. 배가 코카마 족장 협곡에 닿자 지상에 남아 있던 네 작자는 급히 배에 올라탔다. 그리고 세 명의 공범자들과 함께 로드리게스 사라비아 상사와 네 명의 승무원들을 난폭하게 포박한 뒤 재갈을 물렸다. 그런 다음 이들을 밀치고 때려 배의 화물창에 가두고, 자신들은 '방주'의 명령에 따라 특별봉사대의 비도덕적 행위에 교훈을 주기 위해 그곳에 왔다고 엉터리로 둘러댔다. 희생자들의 증언에 의하면, 일곱 명의 약탈자들은 몹시 취해 있었으며 신경과민으로 소심하게 벌벌 떨고 있었다. 이후 그들은 자신들의 방종하고 거친 욕망을 만족시키기 위해 즉시 특별봉사대원들이 갇혀 있던 선실로 향했다.

이때 최초의 유혈 사태가 발생했다. 그 작자들의 범죄 의도를 파악한 봉사대원들이 젖빨개 후안 추피토 리베라를 따라서 강하게 저항했던 것이다. 젖빨개는 작은 키와 허약한 신체에도 불구하고 겁을 먹지도 않고 뒤로 물러서지도 않은 채, 약탈자들에게 달려들어 머리로 받고 발로 차면서 그들의 행동을 저지했다. 그러나 불행하게도 돈키호테와 같은 그의 행동은 오래가지 못했다. 그 작자들이 그를 권총 손잡이로 때려 바닥에 쓰러뜨린 후 발길질을 하며 얼굴을 짓밟았고, 의식을 잃을 때까지 두들겨 팼던 것이다. 특별봉사대원 루이사 카네파(일명 '젖퉁이')도 이와 비슷한 일을 당했다. 그녀 또한 엄청난 힘으로 남자처럼 납치범들에 맞서 싸웠으며, 그들을 할퀴고 물어뜯었다. 하지만 그 작자들은 더 엄청난 힘으로 그녀를 구타했고 결국 의식을 잃게 만들었다. 타락한 여자들의 저항을 통제하자, 약탈자들은 그들에게 권총과 카빈총을 들이대면서 자신들의 그릇된 욕망을 만족시키도록 강요했다. 각각의 약탈자는 동시에 이 사건에서 희생된 여인을 선택했다. 그들 모두 불운한 올가 아레야노 로사우라를 차지하려고 했고, 거의 주먹다짐을 하며 자기들끼리 싸울 태세를 보였다. 그러나 곧 가장 연장자인 테오필로 모레이가 그녀를 차지하게 되었다.

총격전과 구조: 미녀 봉사대원 사망하다

일곱 명의 범인들이 폭력적으로 섹스 파티를 즐기는 동안, 나우타 기지에서 급파된 글라이더는 아마존 강의 상당 부분을 선회하며 돌아다녔는데도 '이브'호의 흔적을 찾지 못하자 기지로 돌아가려 했다. 그리고 바로 그때 반짝이는 멀리 코카마 족장 협곡 나무 사이로 석양의 붉은 햇빛 덕택에 빨간색과 녹색의 '이브' 호를 기적적으로 발견했다. 글라이더는 즉시 선박이 있는 곳으로 향했다. 이에 너무나 놀란 약탈자들은 그들에게 엄청난 총탄 세례를 퍼부었고 그중 한 방이 이 병 펠리시오 탄치바의 왼쪽 허벅지, 즉 왼쪽 엉덩이 아랫부분에 상처를 입혔다. 총알 세례의 충격에서 회복하자 병사들은 대응사격을 했다. 몇 분에 걸쳐 총격전이 벌어졌고, 그때 올가 아레야노 로사우라(일명 '미스 브라질')가 치명적인 부상을 입고 쓰러졌다. 시체 검시 결과 그녀는 병사들이 발사한 총탄을 맞은 것으로 확인되었다. 열세에 몰렸다는 사실을 깨닫고 병사들은 나우타로 돌아가 병력 증원을 요청하기로 했다.

글라이더가 출발하는 것을 확인한 후, 범인들은 한 사람이 사망했다는 사실을 깨닫고 공포에 사로잡혀 어찌할 바를 몰라 했다. 가장 먼저 반응한 사람은 테오필로 모레이였던 것 같다. 그는 동료들에게 침착하라고 타이르면서 글라이더가 나우타로 가는 동안 자신들에게는 도망칠 시간뿐만 아니라 계획을 마무리할 시간도 있다고 지적했다. 바로 그때, 누군가가 살아 있는 동물 대신 '미스 브라질'을 십자가에 못 박자고 제안했다. 그 사람이 누구인지는 확실하지 않다. 몇몇 범인들은 모레이였다고 말했고, 다른 범인들은 파비오 타파유리였다고 자백했다. 범인들은 그들의 잔인한 계략을 실행에 옮기기로 하고 올가 아레야노 로사우라의 시체를 강변에 던져버리고는, 시간을 절약하기 위해 십자가를 만들지 않고 아무 나무나 사용하기로 결정했다. 그들이 섬뜩한 작업을 한창 진행하고 있을 때 군인들을 가득 태운 네 대의 글라이더가 수평선 위로 모습을 드러냈다. 범인들은 즉시 도망쳐 덤불 속에 숨었다. 그 당시에는 네포무세노 킬카와 레난 마르케스 쿠리침바 두 사람만 체포할 수 있었다. '이브' 호에 오른 병사들은 소름 끼치는 장면을 보았다. 반라의 여자들이 공포에 사로잡힌 채 신경이 날카로워질 대로 날카로워져 이리저리 마구 뛰어다니고 있었던 것이다. 몇몇 봉사대원은 얼굴과 신체에('젖퉁이'의 경우) 잔혹한 행위를 당한 흔적이 있었고, 그 너머로는 즉 강변에서 몇 발짝 떨어지지 않은 곳에는 아름다운 올가 아레야노 로사우라의 시체가 나무줄기에 못 박혀 있었다. 충격전이 시작될 무렵 몇 발의 총탄이 그 불행한 여인에게 명중되었고, 심장과 뇌 등 치명적인 부위를 관통하면서 즉시 숨을 거두었다. 군인들은 그 불쌍한 여인의 몸에서 못을 빼내어 시체를 담요로 덮은 다음, 다른 희생자들이 공포를 느끼며 미친 듯이 울어대는 가운데 배에 실었다.

  포박과 재갈에서 풀려난 즉시 로드리게스 사라비아 상사와 승무원들은 무선으로 나우타와 레케나, 그리고 이키토스에 이 사건을 통보했다. 그 즉시 모든 초소와 해군기지 및 아마존 주둔 수비대가 다섯 명의 도주자를 쫓는 광범위한 체포 작전을 개시했다. 그리고 24시간도 안 되어 범인들은 모두 체포되었다. 그들 중 세 사람(테오필로 모레이, 아르티도로 소마, 파비오 타파유리)은 해 질 무렵 나우타 외곽에서 검거되었다. 그들은 수풀로 뒤덮인 숲 속으로 도망쳐다니면서 옷이 찢기고 몸에 상처도 입게 되자, 몰래 나우타로 잠입하려다가 체포되었던 것이다. 그리고 나머지 두 범인(카이파스 산초, 파브리시아노 피산고)은 다음 날 이른 아침 나우타 항구에서 훔친 글라이더로 우카얄리 강을 거슬러 올라가다가 생포되었다. 두 사람 중 카이파스 산초는 입 부위가 총탄에 맞아 찢겨나가는 중상을 입은 상태였다.

습격의 희생자들은 나우타로 이송되었고, 루이스 카네파와 젖빨개는 그곳에서 적절한 치료를 받았다. 두 사람은 부상을 입은 상황에서도 대단한 정신력과 용기를 보여주었다. 얼마 뒤 비로소 끔찍한 경험에 관한 희생자들의 첫 진술이 이루어졌다. 불쌍한 올가 아레야노 로사우라의 시체는 사법 절차로 인해 1월 4일이 되어서야 수상비행기 '델릴라'에 실려 항공편으로 이키토스에 도착했다. 그때까지 판탈레온 판토하 씨만 나우타로 이동하여 시체와 함께 있었고 예비 조사에 협조했다. 나머지 특별봉사대원들은 배편으로, 즉 습격에도 큰 피해를 입지 않았던 '이브'호를 타고 이키토스로 돌아왔다. 한편 체포된 일곱 명의 범인은 이틀간 더 나우타에 머무르면서 관계당국에 의해 철저한 조사를 받았다. 어제 삼엄한 경비 속에서 그들은 페루 공군 소속의 수상비행기 편으로 이키토스에 도착하였고, 현재 로레스 하사 거리에 위치한 중앙구치소에 감금되어 있다. 의심의 여지 없이 비열한 행동을 저지른 탓에 그들은 앞으로도 상당 기간 그곳에 있게 될 것이다.

세상을 떠난 특별봉사대원의 파란만장하고 불명예스러운 삶

그녀는 1936년 4월 17일, 난카이라는 외딴 마을(그때까지만 해도 이 휴양지와 이키토스를 연결하는 도로가 없을 때였다)에서 어머니 에르메네힐다 아레야노 로사우라와 신원미상의 아버지 사이에서 태어났다. 그리고 바로 그해 5월 8일 푼차나 교회에서 '올가'라는 이름과 어머니의 두 성(姓)으로 세례를 받았다. 그녀의 어머니를 기억하는 동네 사람들의 말에 의하면 어머니는 푼차나 해군기지와 그 지역 식당에서 청소부 등 여러 가지 일을 했다. 하지만 그녀는 항상 직장에서 해고되곤 했는데, 이유는 그녀가 술을 너무나 좋아했기 때문이었다. 심지어는 사람들이 비웃는데도 어린 딸 올가를 데리고 비틀거리면서 동네를 돌아다니는 일이 비일비재했다고 한다. 그래서 사람들은 그녀에게 '원샷 에르메스'라는 별명을 붙여주기도 했다. 딸이 아홉 살인가 열 살 때, 그녀는 약간의 행운을 얻게 되자 어린 딸을 버려두고 난카이에서 모습을 감추었다. 올가는 제칠일안식일재림 교회 사람들이 자선으로 운영하는 조그만 고아원에 수용되었다. 고아원은 현재 교회만 덩그렇게 서 있는 사마네스 오캄포 거리와 나포 거리가 만나는 곳에 위치해 있었다. 똥개처럼 오물과 무지 속에서 자랐던 불쌍한 어린 소녀는 그 기관에서 처음으로 교육을 받으면서 읽고 쓰고 셈하는 법을 배웠다. 그리고 교회의 엄격한 도덕적 가르침에 따라 가난하지만 건전하고 품위 있는 삶을 살았다. ("이 봉사대원의 복무기록으로 판단해보건대, 그런 가르침은 그들이 주장하는 것처럼 철저하지는 않습니다"라고 한 가톨릭 사제는 우리 편집기자에게 통렬한 어조로 말했다. 작년까지 육군에서 일했으며 설교중에 이키토스에 자리 잡은 수많은 개신교 교회에 관해 비아냥거리기로 유명한 이 사제는 우리에게 자기의 이름을 밝히지 말아달라고 요구했다.)

젊은 선교사의 극적인 사건

한편 제칠일안식일재림 교회의 에이브러햄 맥퍼슨 목사는 "그녀를 아주 잘 기억하고 있습니다"라고 말했다. 그는 어린 올가 아레야노 로사우라가 고아원에 머물렀던 시절에 그곳을 운영했던 사람이다. "활달하고 이해력이 아주 빠르며 생기 넘치는 갈색 머리 아이였지요. 관리인들과 선생님들의 가르침을 고분고분하게 따랐고요. 그래서 우리는 그 아이에게 많은 걸 기대했습니다. 그러나 의심의 여지 없이 아름다운 육체 덕분에 그 아이는 잘못된 길로 빠지게 된 것입니다. 사춘기가 지나고 운명이 그녀에게 준 선물이었지요. 하지만 어찌 되었든 나는 그 누구에게도 도움이 되지 못하고 그 어떤 곳으로도 이끌지 못한 슬프고 쓰라린 과거를 기억하는 대신에, 그녀를 위해 기도하고 그녀의 경우를 본보기 삼아 우리 자신의 삶을 고치도록 고취하자고 말하고 싶습니다." 에이브러햄 맥퍼슨 목사는 암묵적으로 당시 이키토스를 시끄럽게 만든 사건을 언급했다. 그것은 열다섯 살짜리 아름다운 여자아이가 관리인 중 한 명인 제칠일안식일재림 교회의 젊은 목사 리처드 제이 피어스 주니어와 함께 제칠일안식일재림 교회 고아원을 도망침으로써 세상을 놀라게 했던 사건이다. 그 여자아이가 다름 아닌 올가 아레야노 로사우라였고, 목사는 그즈음에 최초의 선교 전투를 벌이기 위해 미국이라는 먼 땅에서 이곳 이키토스에 갓 도착한 사람이었다. 그 일화는 비극적으로 막을 내렸다. 〈오리엔테〉의 많은 독자들은 기억하리라 생각하는데, 이유는 우리 신문이 당시 이키토스에서 가장 유명했기 때문에 괴로움을 참지 못한 그 선교사가 자신의 삶에 종지부를 찍기 전에 로레토 시민에게 사죄하기 위해 본 신문사에 편지를 보냈기 때문이다. 올가의 풋내 나는 아름다움에 굴복한 후 그는 양심의 가책을 느낀 나머지 산후안 마을 근교에 있는 야자수에 스스로 목을 매었던 것이다. 《오리엔테》는 반은 영어로, 나머지 반은 스페인어로 작성된 그의 편지 전문을 1949년 9월 20일자에 게재했다.)

매춘으로의 전락

이런 조숙하고 불행한 감정의 모험을 겪은 후, 올가 아레야노 로사우라는 악습과 방탕한 삶이라는 비탈길로 미끄러져 내려가기 시작했다. 그런 삶을 사는 데 그녀의 육체적 아름다움과 다정다감한 성격이 많은 도움이 되었음은 물론이다. 그 시기 이후 '마오 마오' '밀림'과 이미 사라진 '화원' 같은, 불법의 온상인 이키토스의 야간업소에서 그녀의 아름다운 실루엣이 두각을 나타냈고, 그것은 일상사가 되었다. 특히 '화원'의 경우에는 행정당국에서 폐쇄 명령을 내렸는데, 이는 이 술집이 자신의 이름을 기리듯 오후 네시부터 일곱시 사이 이키토스의 여고생들이 정조를 잃는 매음굴 역할을 해왔다는 사실이 발각되었기 때문이다. 업소 주인은 거의 신화적인 존재라 할 수 있는 움베르토 시파(일명 '코딱지')로, 그는 몇 개월간 감옥 신세를 져야 했다. 모두가 알다시피 이후 그는 이 분야에서 성공하여 출세했다. 매력적인 올가 아레야노 로사우라의 낭만적이고 감성적인 행적을 모두 밝히려면 너무 많은 시간과 지면이 소모될 것이다. 이유는 당시 그녀가 수많은 후원자와 힘 있는 친구들과 어울렸다는 험담과 뒷이야기가 셀 수도 없이 많기 때문이다. 게다가 그런 사람들 대다수는 유부남이었으며, 그녀는 그들과 함께 공개석상에 나타나는 것을 서슴지 않았다. 확인이 불가능한 이런 소문들 중 하나가 1952년 말 당시 주지사였던 미겔 토레스 살라미노가 아무도 모르게 그녀를 이키토스에서 추방했다는 것이다. 그것은 주지사의 아들이자 공학도였던 미겔리토 토레스 사아베드라가 방탕한 올가와 뜨겁게 사랑하는 사이였기 때문이다. 주지사의 아들은 키스토코차 호수의 더러운 물에서 죽음을 맞았는데, 많은 사람들이 그가 자살했다고 생각한다. 사랑하는 여인이 떠난 후 그 젊은이가 고독의 징후를 수없이 반복해서 보여주었기 때문이다. 그러나 그의 가족은 이런 소문을 강하게 부정했다. 어쨌거나 한시도 가만히 있지 않던 올가는 브라질 마나우스로 떠났고, 그녀가 그곳에 체류했던 시기에 관해 알려진 유일한 사실은 자신의 행동을 고치는 대신 오히려 백주(白晝)에 매춘에 전념하면서 자신의 삶을 더욱 깊은 악의 구렁텅이로 몰고 갔다는 것이다. 그렇게 그녀는 매음굴이나 홍등가와 같은 너무나 눈에 잘 띄는 장소에서 밤낮을 가리지 않고 수천 년간 지속되어온 매춘이라는 직종에 몸을 담았다.

귀국

그런 음란한 직업에 더 익숙해지고 예전보다 더 아름다워진 모습으로 올가 아레야노 로사우라는 2년 전 고향 이키토스로 돌아왔고, 로레토는 그녀에게 '미스 브라질'이라는 창의적인 별명을 붙여주었다. 베들레헴 출신의 뚜쟁이인 중국인 포르피리오를 통해 그녀는 도착 즉시 특별봉사대, 즉 타락한 여자들을 마치 가축이나 기초생필품인 것처럼 국경수비대로 운반하는 기관에 들어갔다. 그러나 그 일이 있기 얼마 전, 구제불능의 올가는 또다른 시끌벅적한 스캔들의 주인공이 되었다. 저녁 시간 영화를 상영중이던 볼로네시 영화관의 관람석 마지막 줄에서 경찰 부서장과 음란한 행위를 하다가 발각된 것이다. 그 일로 인해 부서장은 로레토에서 다른 지역으로 자리를 옮겨야만 했다. 게다가 우리 독자들도 기억하겠지만, 부서장의 아내가 폭력을 행사하려는 일까지 벌어졌다. 그녀는 목요 연주회가 있던 날 '미스 브라질'을 공격했고, 두 여자는 '무기 광장'의 잔디밭에서 서로 욕설과 주먹을 주고받았던 것이다.

올가 아레야노 로사우라는 매력적인 육체로 인해 이내 이타야 강변의 악명 높은 특별봉사대의 스타가 되었고, 그 기관의 총 관리자이자 책임자의 **가장 친한 친구**가 되었다. 그 책임자가 바로 어제까지만 해도 우리가 순진하게 평범한 시민이라고 여겼던 판탈레온 판토하 씨이다. 그가 **육군 대위**임이 밝혀지면서 많은 사람들은 놀라움과 혼란 속에 빠졌다. 아름다운 고인과 현역 대위인 판토하가 은밀하고 밀접한 관계였다는 사실은 이 도시 그 누구에게도 비밀이 아니다. 이 커플이 '7월 28일 광장'을 다정하게 산책하는 모습이나 타라파카 제방에서 석양이 질 무렵 격렬하게 포옹하는 모습을 목격하는 것은 드문 일이 아니었다. 자신의 뜻과는 상관없이 비극의 씨앗이 되어버린 올가 아레야노 로사우라, 즉 유혹적인 '미스 브라질'은 비참하게도 판토하 대위의 아내가 이키토스를 떠나게 된 이유이기도 하다. 아무것도 모르던 대위의 아내는 이 도시의 유명한 라디오 시사평론가이며 우리의 동료 언론인이 밝힌 비극적 가정사에 몹시 유감을 느끼며 이곳을 떠난 것이다.

비극적 종말

이렇게 우리는 그녀의 인생 대단원에 도착한다. 1959년의 두번째

날, 해가 질 무렵이었다. 아직 한창 젊은 나이의 그녀는 나우타 근교의 코카마 족장 협곡에서 충격적인 종말을 맞으면서 요절한다. 배신적인 탄알들은 수많은 남성들처럼 그녀의 아름다움에 홀린 나머지, 변태성욕자나 광신도처럼 아무런 가치도 없는 쓰레기들이 아닌 그녀를 선택해 날아갔다. 장의사 모두스 비벤디가 촛불로 둘러싸인 최고급 빈소를 설치했던 이타야 강변의 불명예스러운 장소에서, 많은 사람들은 밤새도록 진행된 올가 아레야노 로사우라의 조문 행사에 참석하여 관으로 다가가 투명한 유리를 통해 장례 촛불 아래에서 본래의 모습 그대로 환한 빛을 발하는 그녀를 보면서 미스 브라질의 가무잡잡한 아름다움에 경탄을 금치 못했다.

〈오리엔테〉 특종 게재

프란시스코 형제가 악한 사람들에 관해 선한 사람들에게 보내는 편지

특종기사로 우리는 지난밤 본사 편집실에 도착한 글의 전문을 게재한다. 이 글은 그 이름이 널리 알려진 '방주의 형제단' 최고 책임자이자 예언자인 프란시스코 형제가 손수 작성한 것이다. 그는 얼마 전부터 우리의 사랑스러운 아마존을 피로 물들인 십자가 처형의 배후 주모자로 4개국 경찰이 뒤쫓고 있는 사람이기도 하다. 〈오리엔테〉는 이 충격적인 기록이 진실임을 보장한다.

성부와 성령과 십자가에 못 박혀 돌아가신 성자의 이름으로, 그리고 선한 사람들을 기다리시는 천국의 목소리로부터 감화를 받고 허락을 받아, 슬프게도 나우타 근교의 코카마 족장 협곡에서 발생한 올가 아레야노 로사우라 양의 강간과 죽음과 십자가 처형을 방주의 형제 자매들에게 전가하려고 시도하는 사악한 자들의 고발을 부정하고 그것이 그릇되었음을 밝히기 위해, 나는 페루 전역과 세계 모든 사람들에게 이 편지를 보냅니다. 그런 고발은 악의적이고 중상적이며 그 어떤 진실도 결여되어 있습니다. 이 머나먼 은신처에서 나는 주님께서 인자하고 무한한 지혜로써 내 운명으로 정해주신 십자가를 짊어지며 살아가고 있습니다. 주님께서는 나를 불경한 손에서 멀리 있게 하시면서, 그들이 지금 나를 체포할 수 없고 앞으로도 결코 체포할 수 없을 뿐만 아니라, 우리의 독실하고 성스러우며 착한 형제 자매들과 나를 제거할 수 없도록 하십니다. 하느님을 사랑하고 악을 미워하는 신성한 결합 속에서 나는 우리 형제 자매들과 하나가 되어 손을 들고 왼쪽에서 오른쪽으로 그리고 오른쪽에서 왼쪽으로 힘껏 흔듭니다. 그러니까 아니다! 하고 외치면서 손짓합니다. 방주의 형제 자매들의 목표는 선을 행하고, 성부와 성령과 십자가에서 돌아가신 성자께서 성경이라는 훌륭한 책에서 예언하신 것처럼 악과 불경한 행위로 가득한 이 세상이 불과 물 속에서 종말을 맞아야만 한다고 결정하시는 순간에 천국으로 가기 위해 준비하는 것입니다. 이런 일은 곧 일어날 것입니다. 내가 듣고 있는, 이 세상의 것이 아닌 목소리가 그렇게 말했기 때문입니다. 우리 방주의 형제 자매들은 자신들의 죄를 우리에게 전가하고, 우리의 못을 더욱 굵고 날카롭게 만들며, 우리 십자가의 나무를 보다 거칠게 만들려고 하는 악한 자들이 저지른 죄와는 아무런 관련도 없습니다. 아레야노 양의 죽음으로 피소된 자들은 그 누구도 선한 사람들로 이루어진 '형제단' 소속이 아닙니다. '방주'는 그들이 살았던 지역에서, 즉 나우타와 바가산과 레케나에서 여러 번 모임을 가졌습니다. 그 '방주'의 선량한 사도들이 내게 확인해준 바로는, 그들은 우리 모임에 단순한 관객이나 구경꾼 자격으로도 참석한 적이 단 한 번도 없습니다. 피고인 중 그 누구도 성부와 성령과 십자가에서 돌아가신 성자를 기리기 위해 열린 미사에 모습을 보이지 않았으며, 마지막 순간이 도래할 때 깨끗한 영혼을 가질 수 있도록 그들의 죄를 고백하며 용서를 빌지도 않았습니다. 우리 형제 자매들은 살인을 하지 않으며 강간을 하지 않고, 그 누구에게도 폭력을 휘두르지 않으며 무엇을 훔치는 법도 없습니다. 천국이 내 입을 통해 그들에게 가르친 것처럼 그들은 단지 악한 자들의 폭력을 증오할 뿐입니다. 선행과 반대된 그 어떤 행동도 우리의 소행이 아니며, 우리가 죄를 지으라고 설교한다는 것도 진실이 아닙니다. 그것은 우리를 뒤쫓고 우리를 마치 못된 짐승들처럼 밀림의 깊은 곳에 숨어 살게 하는 사람들이 우리에게 죄를 전가하는 말일 뿐입니다. 그러나 우리는 그들을 용서합니다. 그것은 그들이 천국의 손에 있는 유순하고 단순한 사람들이기 때문이며, 천국은 우리에게 영광의 영원 불멸을 얻게 해줄 십자가로써 그들을 사용하기 때문입니다. 우리의 불쌍하고 가련한 올가 아레야노는 비록 우리의 말을 듣지 못했지만, 우리는 그녀를 위해 기도할 것이며, 성부와 성령과 십자가에서 돌아가신 성자와 함께 저 위에서 천국의 평화를 누리면서 우리를 지켜보고 우리의 말을 들으시며 우리에게 말씀하시고 우리를 보호하시는 순교자와 성인들과 함께, 우리는 지금부터 그녀를 기억할 것입니다.

프란시스코 형제

편집자 주: 실제로 장례식이 거행되는 동안 이키토스의 공동묘지에서는 모로나코차의 아이 순교자와 성녀 이그나시아처럼 십자가에 못 박힌 '방주'의 다른 사람들의 기도문과 흡사하게, 올가 아레야노 로사우라의 모습을 담은 기도문이 유통되는 것이 목격되었다.

1959년 1월 6일자 〈오리엔테〉 사설

로레토 신문기자에 대한 언어폭력

어제 신문에 '방주의 형제들' 혹은 '십자가'의 최고 영적 지도자이며 안내자인 프란시스코 형제가 밀림의 비밀 은신처에서 본사 편집부에 보낸 '악한 사람들에 관해 선한 사람들에게 보내는 편지'가 특종으로 게재되었다. 이로 인해 국제적 명성을 누리는 유명한 신문기자이자 본사 편집국장인 호아킨 안도아는 로레토 경찰당국으로부터 말로 다 할 수 없는 폭력의 대상이 되었으며, 언론의 자유를 위해 투쟁한 희생자 목록에 이름을 올렸다. 실제로 본지 편집국장은 어제 아침 경찰 제5지구(로레토) 국장인 후안 아메사가 리오프리오와 로레토 지부 수사경찰 책임자인 페데리코 춤피타스 페르난데스 수사관으로부터 소환 명령을 받았다. 앞서 언급한 경찰당국은 〈오리엔테〉가 아마존에서 일어난 여러 차례의 십자가 처형의 **배후조종자**로서 사법당국의 추적을 받고 있는 프란시스코 형제의 편지를 어떻게 입수하게 되었는지 밝힐 것을 요구했다. 본지 편집국장이 정중하고도 단호하게 기자의 정보원은 직업상 비밀이며, 따라서 사제가 고해성사에서 얻은 것을 밝힐 수 없는 것처럼 성스러운 불가침의 영역이라고 대답하자, 두 경찰 수뇌부는 호아킨 안도아 씨에게 전례를 찾아볼 수 없는 부적절한 욕설을 내뱉었으며, 그들의 질문에 대답하지 않을 경우 물리적 처벌까지도 가하겠다고 위협했다(정확히 표현하자면 "발길질을 하겠어"라고 말했다). 우리 편집국장이 직업윤리를 거스를 수 없다며 정당하게 거부하자 그들은 여덟 시간 동안, 즉 저녁 일곱시까지 경찰서 유치장에 그를 가두었다. 그는 도지사의 개입으로 비로소 석방되었다. 언론의 자유와 직업상의 비밀과 언론 윤리를 수호하기 위해 〈오리엔테〉 신문사 전체 편집진은 로레토의 유명 지식인이자 기자에 대한 이런 권력 남용에 항의하며, 페루 최대의 조합인 페루기자연맹과 페루기자연합에 본 행위를 고발하고 비난하는 전보문을 보냈음을 밝힌다.

코카마 족장 협곡의 살인 사건, 군사재판에 회부되지 않다

1월 6일, 이키토스 — 제5지구(아마존 지역) 총사령부에 정통한 소식통은 오늘 아침 이키토스에 끈질기게 떠도는 소문, 즉 나우타에서 범행을 저지른 일곱 명의 범인들이 군사재판소로 이송되어 약식절차를 통해 군사재판을 받을 것이라는 소문은 근거가 없다고 부인했다. 본 소식통에 의하면 육군은 범인들의 재판과 선고를 위임해달라고 요청한 적이 없으며, 따라서 이들은 민간사법당국의 정규재판에 회부될 예정이다.

  이 와전된 소문의 근원은 행정장교 판탈레온 판토하 대위가 군사고등법원에 보낸 요청서 때문인 것으로 보인다. 판토하 대위가 이 도시에서 어떤 기능을 수행하고 있는지는 익히 알려진 바와 같다. 그는 '이브'호와 그 승무원들이 페루 해군에 소속되어 있고 비록 평판이 안 좋긴 하지만 특별봉사대도 군사 기관의 일부로 대위가 지휘하고 있다는 점을 바탕으로, 군사법원이 나우타 습격의 책임자들에 대한 법적 수사와 처벌을 담당해달라고 요청했다. 본지 소식통에 따르면 군 당국은 판토하 대위의 요청을 '헛소리'라는 표현을 쓰며 각하했고, 수송선 '이브'호와 그 승무원들은 습격의 희생자가 되었을 당시 그 어떤 군 업무도 수행하고 있지 않았으며, 엄격하게 말해 단지 민간 업무만 수행했다고 지적했다. 또한 특별봉사대라고 일컬어지는 조직은 그 어떤 경우에도 군사 기관이 될 수 없으며, 그것은 민간 거래업체로 임시로 우연히 군에 의해 묵인되었을 뿐 군의 지원을 받지도 않았고, 군 당국에 의해 공식화되지도 않았으며, 군과 그 어떤 관계도 없다고 밝혔다. 본지 소식통은 현재 군 당국이 군 참모본부가 지시했을 것으로 추정되는 특별봉사대에 관한 수사를 신중하게 진행중이며, 수사를 통해 조직의 합법성을 검토하기 위해 그 기원과 구성을 비롯하여 기능과 실질적인 수혜를 밝히고, 비합법적이라고 판단될 경우 그에 책임을 묻고 적절한 처벌을 할 것이라고 덧붙였다.

10

"벌써 일어났구나, 애야." 레오노르 부인은 쥐가 바퀴벌레를 먹고, 도마뱀은 쥐를 먹고, 재규어는 도마뱀을 먹고, 재규어는 십자가에 못 박히고, 그 사체를 바퀴벌레가 먹어치우는 꿈을 꾸면서 공포에 사로잡혀 밤을 보내고는 새벽에 자리에서 일어나 손을 비틀며 어두운 거실을 오간다. 그러다가 여섯시를 알리는 종소리를 듣고 판타의 침실을 두드린다. "아니, 왜 다시 군복을 입었니?"

"이키토스의 모든 사람들이 제가 군복 입은 것을 봤잖아요, 어머니." 판티타는 상의의 색이 바래고 바지는 헐렁헐렁해진 것을 확인하고, 다양한 자세로 거울을 바라보며 슬픔에 잠긴다. "판토하 씨라고 속이면서 사는 건 이제 의미가 없어요."

"그건 군대가 결정해야지, 네가 정할 문제가 아니야." 레오노르 부인은 부엌 열쇠를 다른 것과 혼동하고 우유를 흘린다. 그리고 빵 사는 걸 잊어버렸다는 사실을 떠올리고는 손에 든 쟁반이 후들후들 떨리는 것을 억제할 수가 없다. "이리 와라, 적어도 커피는 조금 마셔야지. 배가 텅 빈 채 나가면 안 돼. 자, 고집 부리지 말고 이리 와."

"괜찮아요. 그럼 반 잔만 마실게요." 판타는 차분하게 식당으로 가서 군모와 장갑을 식탁 위에 올려놓고 자리에 앉아 홀짝홀짝 커피를 마신다. "자, 이리 와서 입 맞춰줘요. 그런 얼굴 하지 마세요, 어머니. 어머니가 근심스러운 얼굴을 하시면 저도 그렇게 된단 말이에요."

"밤새 끔찍한 악몽을 꾸었어." 레오노르 부인은 소파에 털썩 주저앉고는 손을 입으로 가져간다. 목소리는 감기에 걸린 것처럼 쉬고 고통스러워 보인다. "판타, 이제 어떻게 되는 거니? 우리는 어떻게 될 것 같아?"

"아무 일 없을 거예요." 판타는 지갑에서 지폐 몇 장을 꺼내 레오노르 부인의 실내복 주머니에 넣어주고 블라인드를 연다. 그리고 직장으로 가는 사람들과 받침 접시와 피리를 들고 길모퉁이에 자리 잡은 눈먼 거지를 바라본다. "게다가 무슨 일이 일어난다고 해도 전 개의치 않아요."

"라디오 들었어요?" 이리스는 택시 뒷좌석에서 소스라치게 놀라며 얼굴색을 바꾸고는 운전사가 소리치는 걸 듣고서, 그럴 리가 없어, 세상에 어떻게 그런 일이, 하고 되뇐다. 그러고서 돈을 지불하고 택시에서 내려 문을 쾅 닫고는 판티랜드로 들어가면서 울부짖는다. "프란시스코 형제가 체포되었어요! 마산 근처에 있는 나포 강에 숨어 있었대요. 정말 걱정돼요. 그분 앞으로 어떻게 될까요?"

"전 제가 한 일에 대해 아무것도 후회하지 않아요." 판타는 비석장이인 알리시아 남편이 집에서 나가는 것을 보고, 또 자동차들과 교복을 입고 책가방을 든 아이들이 지나가는 모습을 본다. 그리고 복권을 파는 노파를 보고 이상한 느낌을 받으며 군복 상의의 단추를 채운다. "저는 제 양심에 따라 행동했고, 그건 바로 군인의 의무예요. 무슨 일이 벌어지든 정면으로 맞설 거예요. 절 믿어주세요, 어머니."

"난 항상 널 믿었다, 아들아." 레오노르 부인은 그의 옷에 솔질을 하고, 구두를 닦아주며, 바지를 똑바로 펴준다. 그리고 팔을 벌리고는 그에게 입을 맞추며 꼭 껴안고는 오래된 사진의 두툼한 콧수염을 바라본다. "너를 무작정 믿었어. 하지만 이 일을 어떻게 생각해야 할지 모르겠다. 넌 지금 미쳤어, 판타. 창녀의 장례식에서 연설하려고 장교복을 입다니! 네 아버지, 네 할아버지 같으면 그렇게 했겠니?"

"어머니, 제발 다시는 그 문제를 입에 올리지 마세요." 판타는 누군가 복권 파는 여자와 눈먼 남자에게 인사하는 것을 보고, 신문을 읽으며 걷는 남자와 오줌을 넉넉하게 싸는 개를 본 다음, 뒤로 돌아 문 쪽으로 간다. "그 문제에 대해서는 다시는 언급하지 말라고 분명히 말씀드렸는데요."

"알았다, 내가 입 다물마. 그래, 난 상관의 명령에 복종할 줄 알아." 레오노르 부인은 그에게 축복을 내리면서 골목길에서 작별을 하고 침실로 돌아와 침대에 드러누워 울면서 몸을 떤다. "판타, 하느님께서도 네가 후회하지 않길 바라시면 좋겠구나. 아무 일 없도록 기도할게. 하지만 넌 너무나 끔찍한 일을 저질렀기에 우리는 불행해질 거야. 틀림없어."

"음, 어떤 의미에서는 그렇습니다. 적어도 저는 그렇게 생각합니다." 바카코르소 중위는 희미하게 미소 짓고는 방문 시간을 기다리면서 감방문 앞에 몰려 있는 수감자의 친척들 사이로 지나간다. 그는 거북이니 원숭이니 소리치고 다니는 아이를 밀어낸다. "올해 진급해야 하는데 그 기회를 놓쳤습니다. 의심의 여지가 없죠. 하지만 어쨌거나 그건 이미 기정사실이고, 되돌릴 수는 없습니다."

"호위대를 데려가라고 지시한 사람은 나야. 그리고 그 가련한 여인에게 군장(軍葬) 의식을 치르라고 지시한 사람도 나였고." 판토하 대위는 몸을 숙여 군화 끈을 매고, 아마존 은행 문 앞의 '밀림의 돈은 밀림을 위해'라는 표어를 흘낏 쳐다본다. "내가 모든 책임을 지겠네. 내가 책임져야 할 문제란 말이야. 코야소스 장군에게 보내는 이 편지에 그 사실을 상기시켰고, 스카비노 장군에게도 직접 찾아가서 그렇게 말할 작정이야. 바카코르소 중위, 자네는 아무 잘못도 없어. 규정은 너무나 명확하게 '부하는 상관의 말에 복종해야 한다'고 정하고 있잖나."

"그분은 주무시고 계셨어요." 페넬로페는 신포로소 카이과스의 그물침대에 앉아서 봉사대원들이 둥글게 모인 한가운데서 말한다. "나뭇가지와 잎사귀로 조그만 동굴을 만들고 하루 종일 기도하면서 보내세요. 사도들이 먹을 걸 갖다주지만 아무것도 드시지 않아요. 풀뿌리하고 잎사귀만 드세요. 그분은 성인이에요. 그분이 바로 성인이에요."

"사실 제가 대위님의 말을 듣지 말았어야 했습니다." 바카코르소 중위는 양손을 주머니에 찔러 넣고 '아이스크림 천국'이라는 가게로 들어간다. 그리고 밀크커피를 주문하고서 판토하 대위가 저 사람은 교수인가 아니면 마법사인가? 하고 묻는 말에 둘 다라고 대답한다.

"우리끼리 얘기지만, 대위님 부탁은 정말 어처구니없었어요. 이마에 밥풀떼기 두 개를 달고 있는 사람이 스카비노 장군을 찾아가 대위님께서 하려는 행동을 보고했다면, 이미도 장군은 대위님을 말리셨을 겁니다. 그랬다면 대위님은 지금쯤 제게 고마워하고 계실지도 모르죠."
"후회하기엔 너무 늦었어." 판토하 대위는 교수가 한 여자에게, 만일 네 갓난아기가 머지않아 말하게 되길 원한다면 그 아이 입에 옥수수 알을 집어넣어라, 하고 충고하는 말을 듣는다. "자네가 그렇게 생각했다면 왜 그렇게 하지 않았나, 바카코르소? 나 때문에 자네에게 밥풀떼기 하나를 더 붙여주지 않는다면 내가 얼마나 양심의 가책을 느낄지 몰랐나? 그랬다면 자네는 그런 고통에서 날 해방시켜줬을 거야."
"그건 단지 제가 밥풀떼기를 두 개밖에 안 달고 있기 때문이지요." 바카코르소 중위는 이마를 만지작거리며 밀크커피를 마시고 돈을 지불하고서, 교수가 손님에게 만일 뱀이 자네 아이를 문다면 야마의 담즙을 젖병에 가득 담아 먹이면 치료될 것이네, 하고 말하는 소리를 들으며 밖으로 나간다. "제 아내도 항상 그렇게 말합니다. 이제 진지하게 말씀드리면, 저는 그 봉사대원의 죽음으로 대위님께서 상당한 충격을 받으셨을 거라고 생각합니다. 물론 저도 가슴이 아팠습니다."
"〈오리엔테〉 편집국장은 기를 쓰고 프란시스코 형제가 있던 곳을 밀고하지 않았다고 말하고 있어요. 그리고 경찰한테 아무것도 이야기하지 않았다고 맹세하면서 울고 있어요." 코카는 가장 늦게 판티랜드에 도착해서 새로운 뉴스를 가져왔어, 하고 말하면서 그물침대에 앉는다. "정말 충격적인 소식이에요. 사람들이 벌써 편집국장 자동차는 불태웠고, 신문사에도 불을 지르려고 했대요. 만일 이키토스를 떠나지 않으면 '형제'들이 그를 죽여버릴 거예요. 당신들은 안도아 씨가 프란시스코 형제의 은신처를 알고 있었다고 생각하나요?"

"갈보에게 그런 군장 의식을 치러주겠다니 미친 짓이나 다름없었지요. 바로 그런 이유로 저는 그 생각에 매료되었습니다." 바카코르소 중위는 너털웃음을 터뜨리고서 행상꾼과 리마 거리에 빽빽이 들어찬 가게 사이를 걸어간다. 그리고 '모던 특별매장'이 '내구성이 뛰어나며 영원히 잊지 못할 디자인으로 유명한 상품들'이라고 쓰인 간판을 새로 달았다는 것을 깨닫는다. "저도 제가 왜 그런 짓을 했는지 모르겠습니다. 아마도 대위님의 광기에 전염되었던 것 같습니다."

"광기는 없었어. 차분하고 이성적으로 판단한 결정이었다고." 판토하 대위는 깡통을 발로 차고 아스팔트 도로를 건너면서 소형 트럭을 피한다. 그리고 '무기 광장'의 로즈애플 나무 그늘을 밟는다. "하지만 그건 다른 이야기지. 바카코르소, 이 일로 자네에게 피해가 가지 않도록 무슨 일이든 하겠네."

"손자들에게 들려주기 좋은 이야기지요. 물론 제 말을 믿지는 않겠지만 말입니다." 바카코르소 중위는 미소 지으며 '영웅 기념탑'에 기대고서 거기에 새겨진 이름들이 새똥으로 지워졌거나 더럽혀졌다는 사실을 깨닫는다. "하지만 그건 신문에나 도움이 되지요. 그런데 군복을 입은 대위님의 모습이 제게는 매우 낯설다는 것을 아십니까? 마치 다른 분 같습니다."

"나도 마찬가지야. 나 자신도 이상하게 느껴져. 3년은 긴 시간이지." 판토하 대위는 '신용은행'을 돌아 '강철의 집' 앞에 침을 뱉고서 '임페리얼 호텔' 주인이 여자아이를 뒤쫓아가는 것을 본다. "스카비노 장군을 만났나?"

"아닙니다. 아직 만나지 못했습니다." 바카코르소 중위는 반짝거리는 타일로 장식된 사령부 창문을 쳐다보고, 타라파카 제방으로 들어가더니 외국인 그룹이 카메라를 들고 관광호텔을 떠나는 모습을 바라본다. "장군님은 제게 지시를 내리셨습니다. 특별임무, 그러니까 대위님과의 일은 이제 끝났다고요. 월요일에 사무실로 출두하라는 명령을 받았습니다."

"기운을 차리고 폭풍우에 대비하는 데 아직 나흘이란 시간이 남아 있군." 판토하 대위는 바나나 껍질을 밟고, 오래된 성 아우구스티누스 학교의 페인트 벗겨진 벽과 그 벽을 갉아먹고 있는 풀을 유심히 바라보면서, 조그만 잎사귀를 끌고 가던 개미 가족을 박살낸다. "그러니까 이것이 우리의 마지막 공식 만남이군."

"재미있는 이야기 하나 해드리지요. 아마 웃지 않으실 수 없을 겁니다." 바카코르소 중위는 '로터리 클럽' 기념비 옆에서 담배에 불을 붙이고, 제방 빈터에서 배구를 하던 여학생 몇을 발견한다. "한적한 곳에 저희 단둘이 있는 모습을 봤던 사람들 사이에서 어떤 소문이 퍼졌는지 아십니까? 우리를 동성애자라고 했다는군요. 기가 막히죠? 제기랄, 이런 말을 해도 웃지 않으시는군요."

"그분을 마산에 가둬놓았대요. 그리고 군인들이 그 마을을 완전히 에워쌌대요." 피추사는 라디오에서 귀를 떼지 않고 자기가 들은 내용을 큰 소리로 반복하더니 선창으로 달려가 강을 가리킨다. "사람들이 전부 프란시스코 형제를 구하려고 마산으로 가고 있대요. 봤어요? 저 거룻배들과 글라이더, 뗏목들을 보세요. 저길 봐요, 저길 봐."

"최근 몇 년간 거의 기밀에 가까운 대화를 하면서 난 자네를 존경하게 되었네, 바카코르소." 판토하 대위는 바카코르소의 어깨에 손을 올려놓고서 여학생들이 펄쩍펄쩍 뛰면서 공을 때리고 뛰어가는 모습을 바라본다. 그리고 귀에서 간지럼을 느끼자 귀를 긁는다. "자네는 내가 처한 너무도 이상한 상황 때문에 지금까지 내가 이곳에서 사귀었던 유일한 친구야. 이런 사실을 알려주고 싶었네. 또한 자네에게 매우 고맙다는 말을 하고 싶네."

"대위님도 마찬가지십니다. 처음부터 제 마음에 쏙 들었습니다." 바카코르소 중위는 시계를 보고는 택시를 잡는다. 그리고 택시 문을 열고 올라타더니 사라진다. "또한 저는 대위님의 진짜 모습 그대로를 알고 있는 유일한 사람이라는 생각이 듭니다. 사령부에서 좋은 일이 있길 바랍니다. 하지만 힘든 시간이 대위님을 기다리겠지요. 제가 밥풀떼기 세 개를 달 수 있도록 노력해주십시오, 대위님."

"들어오게. 기다리고 있었네." 스카비노 장군은 자리에서 일어나 그를 맞으러 간다. 하지만 악수를 청하지 않은 채 아무런 미움이나 증오나 원한도 없이 그를 쳐다보고, 그의 주변을 기계적으로 맴돌기 시작한다. "내가 얼마나 초조하게 자네를 기다렸는지 익히 짐작할 걸세. 자, 자네의 행위를 합리화해보게나. 자, 지금 당장 시작하게."

"안녕하십니까, 장군님." 판토하 대위는 차려 자세를 취하고서 인사를 한다. 그런 다음 화나 보이지는 않네, 참으로 이상하군, 하고 생각한다. "이 편지를 읽으신 후 사령부에 전해주시길 간곡히 부탁드립니다. 이것은 공동묘지에서 일어난 책임을 저 혼자서 떠맡겠다는 내용입니다. 그러니까, 바카코르소 중위는 그 어떤……"

"그만 하게. 그 작자에 대해서는 말하지 말게. 내 속이 뒤집어질 것 같거든." 스카비노 장군은 잠시 서 있더니 한 손을 든다. 그러더니 다시 빙빙 맴돌기 시작하면서 약간 화난 목소리로 말한다. "나는 귀관이 내 앞에서 중위에 관해 말하는 것을 금지하겠네. 중위를 믿을 만한 장교라고 생각했네. 그는 자네를 감시하고 억제해야 했는데 결국 자네의 추종자가 되고 말았어. 내 맹세하건대, 중위는 창녀 장례식에 호위대를 데려간 것을 후회하게 될 걸세."

"중위는 제 명령에 복종했을 뿐입니다." 판토하 대위는 계속해서 부동자세를 취하면서 부드럽게 말하고, 글자를 하나하나 되뇌듯이 천천히 발음한다. "저는 이 편지에 모든 걸 자세히 설명했습니다, 장군님. 제가 바카코르소 중위에게 공동묘지에 호위대를 데려오라고 명령했습니다."

"그 누구도 변호하려고 하지 말게. 지금 변호가 필요한 사람은 바로 자넬세." 스카비노 장군은 다시 자리에 앉아 의기양양하면서도 찬찬한 눈빛으로 그를 염려해주고는 신문을 뒤적인다. "자네도 자네의 매력적인 행위가 어떤 결과를 낳았는지 이미 알고 있으리라고 생각하네. 물론 이 기사들을 읽었을 것이라고 믿네. 하지만 아직도 〈프렌사〉나 〈코메르시오〉 같은 리마의 주요 신문들은 이 사실을 모르고 있어. 모든 사람들이 특별봉사대에 관해 고래고래 비난하고 있어."

"증원 병력을 보내주지 않으면 매우 좋지 않은 일이 발생할 수도 있습니다, 대령님." 산타나 중위는 보초를 배치하고 총검을 장착하라고 지시하며, 수상한 사람들에게 만일 한 발짝이라도 더 접근하면 발포하겠다고 경고한다. 그리고 휴대용 무전기를 작동하면서 몹시 놀란 표정을 짓는다. "이 골치 아픈 작자를 이키토스로 이송하게 해주십시오. 시시각각 더 많은 사람들이 강변에 도착하고 있습니다. 대령님도 아시다시피, 여기 마산에서 우리는 그대로 노출되어 있습니다. 어느 순간 저들이 그를 가둬놓은 오두막을 공격할지 모릅니다."

"장군님, 저는 제 행위에 대한 책임을 회피하고 싶은 생각이 없습니다." 판토하 대위는 쉬어 자세를 취하고 손에 번지는 땀을 느낀다. 그는 스카비노 장군의 눈이 아니라 대머리의 반점을 바라본다. "하지만 나우타 사건 이전에 이미 라디오와 신문에서는 특별봉사대에 관해 보도하고 있었다는 사실을 상기시켜드리고 싶습니다. 저는 그 어떤 경솔한 짓도 저지르지 않았습니다. 제가 공동묘지에 갔다는 사실이 특별봉사대의 존재를 탄로나게 한 것은 아니었습니다. 이미 그 존재는 널리 알려진 사실이었습니다."

"그러니까 육군 장교복을 입고 갈보들과 포주들의 장례 행렬에 나타난 것이 그다지 중요하지 않다는 말이군." 스카비노 장군은 과장된 몸짓을 하면서 이해심 많고 자비로우며 심지어 상냥한 태도를 보인다. "그 매춘부에게 군장 의식을 치르면서, 마치 그게……"

"전투중에 사망한 병사처럼 장례를 치러주었습니다." 판토하 대위는 목소리를 높이고 제스처를 취하면서 한 발짝 앞으로 나아간다. "죄송합니다. 하지만 그건 특별봉사대원 올가 아레야노 로사우라의 신분에 모자라지도 과하지도 않은 의식이었습니다."

"어떻게 감히 내게 소리를 지르나!" 스카비노 장군은 버럭 고함을 치더니 시뻘건 얼굴로 의자에 앉아 부들부들 떤다. 그리고 책상의 서류를 마구 흐트러더니 금방 흥분을 가라앉힌다. "상관 모욕죄로 체포되고 싶지 않으면 목소리를 낮추게. 지금 자네가 누구와 이야기하고 있는지 알고 있나?"

"용서해주십시오." 판토하 대위는 뒷걸음질하더니 구두 굽으로 딱 소리를 내면서 차려 자세를 취하고, 눈을 아래로 떨어뜨리며 속삭이듯이 말한다. "정말 죄송합니다, 장군님."

"리마에서 지시를 받을 때까지 우리 사령부는 그를 그곳에 억류하려고 했다. 그러나 지금 마산에서는 일이 심상치 않게 전개되고 있다. 그러니 그를 이키토스로 이송하는 게 최고의 선택일 것 같다." 막시모 다빌라 대령은 휘하 장교들과 상의하고, 지도를 살펴보며 항공유 증빙서에 서명한다. "좋다, 산타나 중위. 그곳에서 예언자를 빼내오도록 수상비행기를 보내겠다. 냉정을 되찾고 피로 강물을 물들이지 않도록 최선을 다하라."

"그러니까 귀관의 연설문에 담긴 바보 같은 내용을 귀관은 정말로 인정하고 있다는 말이군." 스카비노 장군은 다시 냉정을 되찾고 웃더니 거만한 모습을 보이고는 한 마디 한 마디 딱 부러지게 말한다. "아니네. 나는 지금 자네가 어떤 사람인지 예전보다 더 잘 알게 되었네. 판토하, 자네는 훌륭한 냉소자일세. 그 창녀가 귀관의 애인이란 걸 내가 모를 줄 알았나? 귀관은 절망의 순간에 감상에 사로잡혀 그런 광경을 연출했네. 그건 귀관이 그녀를 사랑하고 있었기 때문이지. 그리고 이제 귀관은 그 빌어먹을 계집애가 전투중에 사망한 병사니 뭐니 씨부렁거리고 있어."

"장군님께 맹세하건대, 제 개인적인 감정은 이 일에 전혀 영향을 끼치지 않았습니다." 판토하 대위는 얼굴을 붉히고 뺨에서 불덩이가 이글거리는 것 같은 느낌을 받는다. 그는 말을 더듬고 손톱으로 자기 손바닥을 찌른다. "그녀가 아니라 다른 봉사대원이 희생되었더라도 저는 동일한 의식을 치렀을 겁니다. 그건 제 의무이기도 합니다."

"귀관의 의무라고?" 스카비노 장군은 환희의 비명을 지르더니 자리에서 일어나 왔다 갔다 한다. 그리고 소나기가 내리고 안개가 강을 뒤덮는 풍경을 본다. "군대를 바보 취급하는 게 귀관의 의무라는 건가? 아니면 바보 역을 맡게 하는 게 그렇다는 건가? 장교가 대규모 뚜쟁이로 행동하고 있다는 것을 폭로하는 게 귀관의 의무인가, 판토하? 도대체 어떤 적에게서 돈을 받고 있는 건가? 그건 고의적 방해이고 적과 내통해서 파괴행위를 자행하는 제5열과 하나도 다르지 않네."

"봤지? 내가 내기했잖아. '형제들'이 그를 구해냈어." 랄리타는 손바닥을 치고 마분지 십자가에 개구리 하나를 못 박으며, 무릎을 꿇고 웃는다. "방금 전에 소식을 들었어. 신치가 라디오에서 그랬어. 리마로 데려가려고 그분을 비행기에 태울 예정이었는데 '형제들'이 군인들을 덮쳐 그를 구해낸 다음 밀림으로 도망쳤대. 아, 정말 행복해! 프란시스코 형제 만세!"

"장군님, 불과 두 달 전에 육군은 말에서 떨어져 죽은 의사 페드로 안드라데에게 군장 의식을 치러주었습니다." 판토하 대위는 기억을 떠올리면서 빗방울의 무차별 공격을 받은 창문 유리를 바라보고, 천둥 치는 소리를 듣는다. "장군님이 몸소 묘지에서 훌륭한 송덕문을 읽으셨습니다."

"지금 귀관은 특별봉사대의 갈보들이 군에 배속된 의사들과 동일한 지위에 있다고 에둘러 말하려는 건가?" 스카비노 장군은 누군가가 문을 두드리는 소리를 듣고 들어오라고 말한다. 그리고 당번병이 건네주는 인쇄물을 받더니, 바쁘니 귀찮게 하지 말란 말이야, 하고 소리친다. "판토하, 판토하, 제발 현실로 돌아오게."

"특별봉사대원은 우리 군을 위해 봉사합니다. 그들은 의사나 변호사 혹은 군종신부들 못지않게 중요합니다." 판토하 대위는 납빛의 구름 사이로 번개가 치는 것을 보고 잠시 기다리더니 하늘에서 내리치는 천둥소리를 듣는다. "죄송합니다만, 사실이 그렇고 저는 그것을 증명해드릴 수 있습니다, 장군님."

"벨트란 신부가 이 소릴 듣지 않은 게 그나마 다행이네." 스카비노 장군은 소파에 털썩 주저앉고는 인쇄물을 훑어보더니 쓰레기통에 던져버린다. 그리고 불안하고 걱정스러운 표정으로 판토하 대위를 쳐다본다. "방금 말한 소리를 들었다면, 그는 아마도 기절초풍했을 걸세."

"특별봉사대가 존재한 이후, 우리의 모든 병사와 하사관들은 보다 더 훌륭하게 복무하고 있으며, 보다 효율적이며 군기가 잡혀 있고, 밀림에서의 생활을 보다 잘 견뎌내고 있습니다." 판토하 대위는 월요일이 글라디스의 두번째 생일이구나, 하고 생각하고는 감정에 사로잡히더니 슬픔을 느끼면서 한숨을 내쉰다. "우리가 실시한 모든 연구와 조사가 그걸 증명합니다. 하지만 정말로 아무런 사심 없이 이 일을 수행한 봉사대원들은 한 번도 제대로 인정받지 못했습니다."

"그러니까 귀관은 그런 더러운 거짓말을 진정으로 믿고 있단 말이군." 스카비노 장군은 갑자기 초조해하더니 사무실 한쪽 끝에서 다른 쪽 끝으로 걸어간다. 그리고 인상을 쓰면서 혼잣말로 중얼거린다. "귀관은 우리 군이 황송하게도 군인들에게 봉사를 해준 그 창녀들에게 감사해야만 한다고 생각하는군."

"장군님, 저는 그렇게 해야 한다고 굳게 믿고 있습니다." 판토하 대위는 황량한 거리를 휩쓸고 지붕과 창문과 벽을 깨끗이 닦아주면서 거세게 흘러내려가는 물살을 본다. 또한 가장 우람한 나무들조차 마치 종이처럼 흔들리는 것을 본다. "저는 그 여자들과 함께 일합니다. 저는 그들이 하는 일의 증인입니다. 저는 그들이 어려운 일을 하고, 보신 바와 같이 위험한 일을 하면서도 형편없는 돈을 받는 것을 지켜보았습니다. 나우타 사건 이후, 군 당국은 그들의 노고에 조금이나마 경의를 표해야만 했습니다. 어떤 식으로든 그들의 사기를 진작시켜야만 했습니다."

"지금 난 너무나 놀란 나머지 화조차 낼 수 없다네." 스카비노 장군은 귀와 이마와 대머리를 만지작거리면서 고개를 흔든다. 그리고 어깨를 움찔거리더니 희생자와 같은 표정을 짓는다. "화를 낼 수조차 없네. 지금 내가 꿈을 꾸고 있는 건 아닌가 하는 생각이 드네, 판토하. 귀관 때문에 지금 나는 이 모든 게 비현실이자 악몽이며, 내가 바보이고 무슨 일이 일어나고 있는지 아무것도 이해 못한다는 느낌이 들어."

"발포했대? 사망자는?" 젖퉁이는 공포에 사로잡혀 두 손을 모으고 기도한다. 그리고 봉사대원들을 불러 자기를 위로해달라고 부탁한다. "성녀 이그나시아여, 카멜레온에게 아무 일도 일어나지 않게 해주소서. 그래요, 그 사람 그곳에 있어요. 다른 사람들처럼 프란시스코 형제를 보기 위해 마산으로 갔어요. '형제'는 아니고, 단지 구경하러 간 거예요."

"저는 이런 진취적인 생각이 상부의 허락을 받지 못할 것이라고 생각했고, 그래서 지휘계통을 따르지 않고 처리한 것입니다." 판토하 대위는 비가 그치고 하늘이 개며 나무들이 진한 초록색을 띠고 거리가 사람들로 북적이는 것을 본다. "물론 저는 제가 처벌받아 마땅하다는 사실을 알고 있습니다. 그러나 저는 저 자신이 아니라 군을 생각해서 그런 일을 했습니다. 무엇보다도 특별봉사대의 미래를 생각했던 것입니다. 이번에 일어난 사건으로 인해 봉사대원들의 이탈이 야기될 수 있었습니다. 그들의 흥분을 적당히 가라앉히고 약간의 사기를 진작시킬 필요가 있습니다."

"특별봉사대의 미래라……" 스카비노 장군은 또박또박 한 글자씩 말하더니 그에게 가까이 다가가서 동정과 기쁨이 뒤섞인 표정으로 그를 주시하고는 거의 얼굴에 입을 맞출 듯이 말한다. "그러니까 귀관은 아직도 특별봉사대에 미래가 있다고 생각하는군. 판토하, 그건 이미 존재하지 않네. 그 빌어먹을 봉사대는 죽었어. 결딴난 거야. 끝났단 말이네."

"특별봉사대가 말입니까?" 판토하는 갑자기 차가운 공기가 온몸을 강타하고 바닥이 흔들리는 느낌을 받고, 무지개가 나타난 것을 보고는 자리에 앉아 눈을 감고 싶어진다. "이미 죽었다고요?"

"앞뒤가 왜 그리 꽉 막혔나, 대위?" 스카비노 장군은 웃으면서 그의 눈을 바라보더니 얼굴을 찌푸리며 말한다. "그런 소동을 일으키고도 무사할 것이라고 생각했나? 나우타 사건이 일어난 바로 그날, 해군은 선박을 회수했고, 공군도 수상비행기를 찾아갔네. 코야소스 장군과 빅토리아 장군도 이런 어리석은 생각에 종지부를 찍을 필요가 있다고 합의했네."

"발포하라고 명령했지만 병사들이 복종하지 않았습니다, 대령님."
산타나 중위는 공중을 향해 총을 두 발 쏘고 병사들에게 욕을 내뱉고 마지막 '형제들'이 사라지는 것을 보면서 무전기로 호출한다. "광신도들이 너무 많았습니다. 특히 여자들이 많았습니다. 어쩌면 발포하지 않은 게 나았던 것 같습니다. 그랬다면 유혈참극이 벌어졌을 것입니다. 그리 멀리 가지는 못했을 겁니다. 증원 병력이 도착하면 뒤쫓아 체포하겠습니다. 반드시 그렇게 하겠습니다."

"그런 조치는 가능한 한 빠른 시일 내에 철회되어야 합니다." 판토하 대위는 확신 없이 말을 더듬거리면서 현기증을 느낀다. 그는 책상에 기댄 채 사람들이 집에서 물을 퍼내는 모습을 본다. "특별봉사대는 절정에 있습니다. 이제 3년간의 작업이 결실을 보기 시작했습니다. 저희는 부사관과 장교들에게도 봉사를 확대할 예정이었습니다."

"천만다행으로 이제는 영원히 죽어서 묻혔네." 스카비노 장군이 자리에서 일어난다.

"자세한 조사 결과와 통계를 제출하겠습니다." 판토하 대위는 계속해서 말을 더듬는다.

"창녀 살해 사건과 공동묘지 사건으로 말미암아 생긴 좋은 일이지." 스카비노 장군은 도시가 햇빛을 받아 화사하게 빛나지만 사람들은 아직도 빗물을 뚝뚝 흘리고 있는 모습을 본다. "그 빌어먹을 특별봉사대가 나를 파멸로 몰고 갈 찰나에 있었어. 하지만 다 끝났네. 나는 다시 이키토스의 거리를 마음 편히 걸어다닐 것이네."

"도표와 조사표를……" 판토하 대위는 제대로 소리를 내지 못하고 입술도 움직이지 못한다. 그는 눈앞이 깜깜해지는 것을 느낀다. "그건 번복 불가능한 결정이 아닐 겁니다. 아직도 조치를 철회할 시간이 있습니다."

"필요하다면 아마존 전역에 군대를 출동시키게. 하지만 스물네 시간 내로 그 메시아를 체포해야 하네." 티그레 코야소스 장군은 국방부 장관의 질책을 받고 제5지구 사령관을 질책한다. "리마 장교들의 비웃음을 사고 싶나? 네 명의 마법사가 자네 손에서 포로를 약탈해가다니, 도대체 자네는 어떤 장교들을 거느리고 있는 건가?"

"귀관에게 전역을 신청하라고 권하고 싶네." 스카비노 장군은 모터보트들이 강에 모습을 드러내고 파드레 섬의 오두막집에서 연기가 솟아오르는 것을 바라본다. "이건 자네를 돕기 위한 마지막 충고네. 이제 자네의 군생활은 끝났어. 공동묘지에서의 어릿광대극과 더불어 자네는 직업적으로 자살한 거야. 군에 남게 되면 그런 오점을 지닌 복무기록 때문에 그냥 대위로만 썩어 문드러지게 될 걸세. 이보게, 무슨 일인가? 지금 우는 건가? 판토하, 어려워질 때를 미리 대비해야 하네."

"죄송합니다, 장군님." 판토하 대위는 코를 풀고는 다시 흐느끼면서 눈을 비빈다. "최근 며칠 동안 너무 긴장해서 그런 것 같습니다. 눈물을 억제할 수가 없었습니다. 약한 모습을 보인 것을 용서해주시기 바랍니다."

"오늘 당장 이타야 강변 창고를 닫고 오전중에 열쇠를 병참사령부에 반납하게." 스카비노 장군은 이제 면담이 끝났다는 신호를 보내고, 판토하가 다시 차려 자세를 취하는 것을 본다. "오전중에 파우세트 항공사 비행기를 타고 리마로 떠나게. 코야소스 장군과 빅토리아 장군이 저녁 여섯시에 국방부에서 자네를 기다리고 있을 걸세. 그러니 거기서 그들에게 자네의 공훈을 이야기하게나. 하지만 아직 제정신이라면 내 조언을 따르게. 전역을 요청하고 일반 사회에서 일자리를 알아보도록 하게."

"절대로 그럴 수 없습니다, 장군님. 결코 제 발로 군대를 떠나는 일은 없을 겁니다." 판토하 대위는 아직도 제 목소리를 찾지 못하고, 아직도 눈을 제대로 들지 못하며, 아직도 창백한 얼굴로 부끄러워한다. "이미 장군님께 군대는 제 일생에서 가장 중요한 것이라고 말씀드렸습니다."

"자, 이제 그만 가게." 스카비노 장군은 짐짓 다정한 표정을 지으며 재빨리 악수를 하고, 문을 열어주고서 그가 멀어져가는 모습을 지켜본다. "나가기 전에 다시 코 풀고 눈물을 닦게. 제기랄, 매음굴을 닫았다고 대위가 울었다고 하면 그 누구도 내 말을 믿지 않을 걸세. 자, 이제 그만 가게, 판토하."

"죄송합니다, 대위님." 신포로소 카이과스는 지휘초소로 급히 올라와 망치와 나사돌리개를 휘두르고, 차려 자세를 한다. 그는 먼지로 뒤덮인 작업복을 입고 있다. "조그만 깃발들이 꽂힌 커다란 지도도 뗄까요?"

"그렇게 하게. 하지만 찢지는 말게." 판토하 대위는 책상을 열어 종이 다발을 꺼내서 훑어보더니 찢어버린다. 그리고 그것을 바닥에 던지고 명령한다. "지도 보관실에 되돌려줘야 하거든. 팔로미노, 도면과 도표는 모두 떼어냈나?"

"아아, 어떻게 이럴 수가! 자, 모두 무릎을 꿇고 울면서 성호를 그으세요." 산드라가 머리를 마구 흔들면서 팔로 십자가 형태를 만든다.

"죽었어요. 그들이 죽였어요. 어떻게 죽였는지는 모르겠어요. 프란시스코 형제가 인디아나 근교에서 십자가에 못 박혔다고 말하고 있어요. 아아아!"

"그렇습니다, 대위님. 이미 떼어냈습니다." 팔로미노 리오알토는 벤치에서 뛰어내려 서류가 가득 든 상자를 번쩍 들더니 문 앞에 주차된 트럭에 내려놓는다. 그러고는 빠른 발걸음으로 되돌아와 바닥에 발을 굴러 소리를 낸다. "카드와 공책과 서류철 다발이 아직 남아 있습니다. 이건 어떻게 할까요?"

"그것들 역시 찢어버리게." 판토하 대위는 불을 끄고 전화선을 뽑아버린 다음 덮개로 싸고서 짱꼴라 포르피리오에게 맡긴다. "이 쓰레기 더미를 공터로 가져가 불을 피우는 게 차라리 나을 것 같네. 하지만 빨리 하게. 자, 힘내, 힘내. 추추페, 왜 그러나? 또 우는 건가?"

"아니에요, 판토하 씨. 울지 않겠다고 약속했잖아요." 추추페는 꽃무늬 머릿수건을 쓰고 앞치마를 두른 채 짐을 싸고 침대 시트를 접으며 가방에 베개를 차곡차곡 쌓는다. "눈물을 참으려고 애를 쓰지만 너무 힘들어요."

"수많은 시간 동안 열심히 일했던 것이 몇 초도 안 되어 잿더미가 되고 있어요, 판토하 씨." 병풍과 상자와 가방의 혼돈 속에서 젖빨개가 모습을 드러내면서 공터의 불길과 연기를 가리킨다. "당신이 저 도표를 만들고 서류를 정리하면서 수많은 밤을 새웠던 것을 생각하니 가슴이 미어져요."

"나 역시 당씬이 상상할 수 없을 정돌로 넘무 슬퍼요, 판토하 씨." 짱꼴라 포르피리오는 의자와 그물침대 꾸러미와 둘둘 만 포스터를 뒤로 던진다. "이곳을 마치 내 집처럼 사랑했었어요. 정말이에요."

"힘든 때일수록 웃어야 해." 판탈레온 판토하는 램프의 플러그를 빼고 몇 가지 책을 꾸리며 책장 선반을 빼내고 칠판을 둘러멘다. "인생은 그런 거야. 자, 서두르자고. 이걸 전부 가져가야 하니까 좀 도와줘. 그리고 필요 없는 건 버려. 난 오전중에 이 창고를 병참사령부에 인계해야 하네. 자, 책상을 옮기도록 해."

"아니에요, 군인들이 아니라 '형제들'이 그랬던 거예요." 털보녀는 울면서 이리스를 껴안고 피추사의 손을 잡으며 산드라를 쳐다본다. "그분을 구출했던 사람들이었어요. 그분이 '저들이 날 다시는 체포하지 못하도록 하라. 날 십자가에 못 박으라, 날 십자가에 못 박으라'라고 했어요. 그렇게 해달라고 명령했어요."

"한 가찌만 말하고 싶어요, 판토하 씨." 짱꼴라 포르피리오는 몸을 꾸부리고서, 하나, 둘을 세고는 영차! 소리치더니 책상을 번쩍 든다. "여기에서 난 쩡말 행복했다는 걸 말하고 싶어요. 난 내 윗살람을 참고 견딘 적이 없어요. 한 달도 견뜨지 못했어요. 그런떼 당신과 얼마나 함께 보냈죠? 3년이에요. 평쌩 함께 일라고 싶었어요."

"고맙네, 짱꼴라. 나도 잘 알고 있어." 판토하는 양동이에서 하얀 페인트를 묻혀 벽에 적힌 표어와 경고문과 금언들을 지운다. "자, 계단 조심해. 그래, 그거야. 천천히 내려가. 나도 이 책상과 당신들 모두한테 정이 들었어."

"오랫동안 여기엔 발을 들이지 않을 거예요, 판토하 씨. 눈물이 쏟아질 것 같거든요." 추추페는 세척기와 요강, 수건, 겉옷, 신발과 양말 등을 가방에 넣는다. "정말 바보들이에요! 최고의 전성기를 맞고 있을 때 이곳을 철폐한다는 사실이 믿기지 않아요. 우리가 정말 훌륭한 계획을 짰는데 말이에요."

"제안은 사람이 하지만 그걸 주시는 분은 하느님이시지, 추추페. 그런데 자네는 뭘 할 생각인가?" 판토하는 블라인드를 갈고리에서 빼고서 지푸라기 매트리스를 둘둘 만다. 그리고 트럭에 실은 상자와 꾸러미를 세다가 병참본부 입구를 에워싼 구경꾼들을 내쫓는다. "젖빨개, 이 서류 뭉치를 옮길 정도로 아직 힘이 남아 있나?"

"전부 테오필로 몰레이랑 그 똘료들 때문이에요. 그들만 아니었어도 아무 문제 없었을 거예요." 짱꼴라 포르피리오는 가방을 닫으려 하지만 실패하고 만다. 그러자 그 위에 젖빨개를 앉히고 자물쇠를 채운다. "염병할 놈들, 그들이 울림를 망쳤어요. 안 그래요, 판토하 씨?"

"어느 정도는 그렇지." 판탈레온 판토하는 가방을 밧줄로 묶고 매듭을 꽉 조인다. "하지만 이건 조만간 끝날 운명이었어. 군 내부에서 아주 강력한 적들이 우리를 공격하고 있었거든. 젖빨개, 이제 보니 붕대를 풀었군. 이제 예전처럼 팔을 움직이네."

"썩은 사과 하나가 전체를 망치는 법이지요." 젖빨개는 짱꼴라 포르피리오의 이마에 불끈 솟은 힘줄과 판토하의 땀을 본다. "이런 일을 누가 이해해주겠어요? 왜 우리를 공격하는 거죠? 우리는 수많은 사람들의 행복이었고, 병사들은 우리를 보면서 너무나 좋아했어요. 부대에 도착할 때면 마치 나 자신이 동방박사처럼 느껴졌어요."

"그분이 손수 나무를 골랐대요." 리타는 두 손을 모으고서 눈을 감고는 물약을 마시고 자기 가슴을 친다. "그분이 '저 나무를 잘라 이 정도 크기의 십자가를 만들라'라고 했대요. 그리고 손수 강변에 있는 아주 아름다운 장소를 고르고 '여기에 세워라. 이곳이 될 것이다. 하늘이 내게 이곳으로 정하라고 명하셨다'라고 말씀하셨대요."

"시기와 질투를 일삼는 사람들은 도처에 있어요." 추추페는 코카콜라를 가져와 나눠주고, 신포로소와 팔로미노가 더 많은 종이를 던져 모닥불을 활활 피우는 것을 본다. "이 사업이 너무 잘되니까 받아들일 수 없었던 거예요, 판토하 씨. 당신 덕택에 우리가 너무 잘되자 참을 수 없었을 거예요."

"당씬은 일런 분야의 천재입니다." 짱꼴라 포르피리오는 병에 입을 대고 쭉 들이켜더니 딸꾹질을 하고 침을 뱉는다. "모뜬 여자애들리 말합니다. 판토하 씨의 위에는 단지 플란시스코 형제만 있다고요."

"서류 캐비닛은 왜 저기 있나, 신포로소?" 판토하는 겉옷을 벗어 불길로 던지면서 등유로 손과 팔에 묻은 페인트를 닦는다. "의무실의 병풍은 왜 저기 있지, 팔로미노? 자, 서두르게. 모두 트럭에 실어. 자, 이제 기분 좋게 떠나자고."

"왜 우리 제안을 받아들이지 않는 거죠, 판토하 씨?" 젖빨개는 두루마리 화장지와 소독약 병, 그리고 붕대와 솜이 들어 있는 봉지를 챙긴다. "당신 노력에 비해 형편없는 보수를 지급하는 군에서 나와 우리랑 함께해요."

"저 벤치들도 싣게, 짱꼴라." 판토하는 의무실에 아무것도 남아 있지 않다는 것을 확인하고 구급약 상자의 빨간 십자가를 찢어버린다. "아니야, 젖빨개. 이미 안 된다고 말했잖아. 군이 나를 버리거나 내가 죽거나 하는 경우에만 난 군을 떠날 거야. 저 그림도 실어주게."

"우리는 부자가 될 겁니다, 판토하 씨. 이 절호의 기회를 놓치지 마요." 추추페는 빗자루와 먼지떨이, 옷걸이와 세숫대야를 끌고 온다. "여기 남으세요. 당신이 우리 대장이 될 거고 상관은 이제 한 명도 없을 거예요. 우리는 무슨 일이든 당신 지시에 따르겠어요. 그리고 중개료든 월급이든 합당하다고 생각하는 만큼 당신 마음대로 정하세요."

"자, 우리 두 사람 사이에 있는 이 이젤은 뭐지? 짱꼴라, 어서 들어." 판탈레온 판토하는 거친 숨을 내쉬고서 구경꾼들이 다시 몰려든 것을 보고는 어깨를 움찔거린다. "이미 설명했잖아, 추추페. 난 특별봉사대를 상부의 지시에 따라 조직한 거야. 사업에는 관심 없어. 게다가 나는 윗사람이 필요해. 그들이 없으면 난 뭘 해야 할지 몰라. 그렇게 되면 난 순식간에 무너지고 말아."

"그분의 거룩한 목소리가 울고 있는 우리를 위로했어요. '울지 마라, 형제들아, 울지 마라, 형제들아.'" 카멜레온은 눈물을 닦고, 모니카와 페넬로페가 젖퉁이를 안아주는 모습을 보지 못한 채 바닥에 입을 맞춘다. "난 모든 걸 봤어요. 나는 그곳에 있었어요. 난 그분의 피한 방울을 받았어요. 그러자 산을 타고 여러 시간을 걸어간 탓에 느끼던 피로가 씻은 듯이 사라졌어요. 앞으로 난 남자건 여자건 결코 건드리지 않을 거예요. 오, 지금 그분이 다시 나를 부르는 것 같아요. 나는 일어나요. 난 그분의 제물이에요."

"돈에 등을 돌리지 마요, 판토하 씨." 짱꼴라 포르피리오는 구경꾼들이 다가오는 것을 보고 방망이를 집는다. 그러자 판토하가 그냥 놔두라고, 이제는 더이상 숨길 게 없다고 말한다. "특별봉사대원들을 사병들과 민간인들에게 델려가면, 울리는 백만장자가 될 거예요."

"활주정과 거룻배를 구입하고, 여력이 되면 소형비행기도 살 거예요, 판토하 씨." 젖빨개는 마치 사이렌처럼 소리를 내고 프로펠러처럼 코를 골더니 〈라 라스파〉를 휘파람으로 불며 행진하고 경례한다. "돈도 투자할 필요 없어요. 추추페랑 여자애들이 저금한 돈을 투자할 거예요. 시작하기에 충분하고도 남는 자금이에요."

"만일 부족하면 우리가 저당을 잡히고 은행 대출을 받을 거예요." 추추페는 앞치마와 머릿수건을 벗는다. 그러자 뽀글뽀글한 머리카락이 나온다. "모든 여자애들이 동의했어요. 우리는 당신이 원하는 대로 할 거예요. 당신에게 그 어떤 것도 요구하지 않을 거예요. 그러니 여기 남아 우리를 도와주세요."

"울리의 자본과 당신의 멀리로, 우리는 제국을 세울 수 있을 거예요, 판토하 씨." 짱꼴라 포르피리오가 강에서 손과 얼굴과 발을 씻는다. "자, 어서 결정하세요."

"난 이미 결정했어. 내 대답은 '노'야." 판탈레온 판토하는 아무것도 걸려 있지 않은 맨벽과 텅 빈 공간을 다시 점검하고는 마지막으로 못 쓰는 물건들을 문 옆에 쌓아놓는다. "자, 그런 얼굴 하지 마. 당신들이 그토록 열의가 있다면, 당신들 손으로 그 사업을 시작해요. 잘되었으면 좋겠네. 정말이지 진심으로 그렇게 되길 바라. 난 원래의 나로 돌아갈 거야."

"난 굳게 믿어요. 틀림없이 잘될 거예요, 판토하 씨." 추추페는 가슴에서 조그만 목걸이를 꺼내더니 거기에 입을 맞춘다. "우리를 도와달라고 아이 순교자에게 빌었어요. 하지만 당신이 책임자로 있는 것만큼은 되지 않겠지요."

"소리치지도 않았고, 한 방울의 눈물도 흘리지 않았으며, 그 어떤 고통도 느끼지 않았대요." 이리스는 갓 태어난 자기 아들을 '방주'로 데려가고, 사도에게 세례를 해달라고 부탁한다. 그리고 아이가 대부가 흘려준 핏방울을 빨아먹는 모습을 본다. "못을 박던 사람들에게, 더 세게 형제들이여, 두려워 말고 더 세게 박으라, 형제들이여, 지금 너희들은 나를 도와주고 있는 것이다, 하고 말했대요."

"우리는 그 계획을 실천에 옮길 거예요." 젖빨개는 물결 모양의 양철 지붕을 향해 돌을 하나 던지고, 왜가리가 날갯짓을 하면서 멀어지는 것을 본다. "안 그러면 우리한테 뭐가 남지요? 다시 돌아가 나나이에 매음굴을 열어야 하나요? 우리는 죽을 거예요. 코딱지랑 경쟁하는 건 불가능해요. 벌써 우리보다 훨씬 유리한 상황에 있어요."

"나나이에 있는 또다른 하우스라…… 예전에 있던 곳으로 되돌아간다고?" 추추페는 우리를 보살펴주소서, 하고 중얼거리더니 그 말에 반박하면서 성호를 긋는다. "다시 그 동굴에 처박힌다고? 다시 그 지겨운 일을 한다고? 다시 그 비참한 일로 돌아간다고? 다시 끄나풀들이 우리 피를 빨아먹도록 허리가 부러져라 일한다고? 그건 죽어도 안 돼, 젖빨개."

"우리는 여기서 현대인들처럼 큰 규모로 일하는 것에 익숙해졌어요." 젖빨개는 공기와 하늘과 도시와 밀림을 껴안는 시늉을 한다. "대낮에 떳떳하게 말이에요. 자선을 베풀거나 불행에 빠진 사람을 위로하거나 혹은 아픈 사람을 치료하는 것처럼, 훌륭한 행동을 하는 것처럼 느꼈다는 게 내게는 가장 좋은 점이었어요."

"그분은 서두르라, 어서 못을 박으라, 병사들이 오기 전에 못을 박으라, 그들이 도착할 때 난 이미 저 위에 있고 싶다, 하는 부탁만 했대요." 페넬로페는 '7월 28일 광장'에서 손님을 붙잡고서 레케나 호텔에서 봉사하고는 200솔을 받고 손님과 헤어진다. "그리고 울면서 발을 동동 구르던 '자매들'에게 기뻐하라, 저곳에서 나는 너희들과 함께 있을 것이다, 자매들이여, 하고 말했대요."

"판토하 씨, 여자애들은 하나같이 말해요." 추추페는 차 문을 열고 트럭에 올라타 자리에 앉는다. "우리가 필요한 존재라고 느꼈고, 우리의 일을 자랑스럽게 여겼어요."

"당신이 떠나겠다는 말른 여자애들 쩐부 쭉인다는 말이랑 같아요." 짱꼴라 포르피리오는 셔츠를 입고 운전석에 자리를 잡고서 엔진을 데운다. "제발 울리가 그런 낙관적인 쌩각, 그런 정신을 쌔로운 사업에서도 가졌으면 좋겠어요. 그게 가짱 쭝요한 것이지 않아요, 그렇죠?"

"그런데 우리 대원들은 전부 어디 있지? 모두 사라졌군." 판탈레온 판토하는 선창가로 향한 사무실 문을 닫고 빗장을 다시 한번 확인하며, 마지막으로 병참본부를 쳐다본다. "우리 대원들 모두를 안아주고 그들의 협력에 감사의 말을 전하고 싶었소."

"조그만 선물을 산다고 모두 '모리의 집'으로 갔어요." 추추페가 속삭이더니 이키토스 쪽을 가리키며 슬픈 표정을 짓는다. "당신 이름이 금박으로 들어간 은팔찌예요. 내가 말했다고 하지 마요. 그냥 모르는 체해주세요. 깜짝 선물로 당신을 놀래주고 싶어 하거든요. 공항으로 가져갈 거예요."

"맙소사, 왜 그런 일을!" 판탈레온 판토하는 열쇠고리를 돌려 문을 다시 단단히 잠그고는 트럭에 올라탄다. "그런 선물을 받으면 정말 슬퍼질 거야. 신포로소, 팔로미노! 지금 당장 안 나오면 그대로 안에 두고 떠나겠네. 지금 출발할 거란 말이야. 판티랜드여, 안녕. 이타야 강이여, 안녕. 자, 이제 출발하게, 짱꼴라."
"사람들 말로는 그분이 죽는 순간 하늘이 시커메졌대요. 오후 네시였는데 말이에요. 사방이 어두워지고 비가 내리기 시작했어요. 사람들은 번개 때문에 앞을 볼 수 없었고, 천둥소리 때문에 아무것도 들을 수 없었어요." 코카는 '마오 마오'의 바를 관리하고, 고객을 찾아 목재공장으로 간다. 그리고 어느 칼 가는 사람과 사랑에 빠진다. "산속의 동물들은 으르렁대며 울부짖기 시작했고, 물고기들은 물 위로 튀어나와 하늘로 올라가던 프란시스코 형제와 작별했어요."
"짐은 이미 꾸려놨다, 얘야." 레오노르 부인은 짐 꾸러미와 상자, 그리고 헝클어진 침대를 요리조리 피해다니면서 집에 있는 물품 목록을 만든 후 집을 인도한다. "네 파자마랑 세면도구랑 칫솔만 빼놨다."
"잘하셨어요, 어머니." 판타는 가방을 파우세트 항공사 카운터로 가져가서 수하물이 아닌 일반화물로 부친다. "포차하고 통화하셨어요?"
"아주 힘들었다만 결국 성공했어." 레오노르 부인은 '판토하 가족 객실 예약'이라고 호텔에 전보를 친다. "목소리가 많이 안 좋더구나. 하지만 좋은 소식이 하나 있어. 내일 글라디스하고 리마로 올 거래. 우리랑 글라디스가 만날 수 있도록 말이야."
"판타가 우리 딸을 껴안아볼 수 있게 리마로 가겠어요. 하지만 미리 알려드리는데, 저는 어머니 아들이 저지른 추잡한 짓은 결코 용서 못 해요." 포치타는 라디오를 듣고 잡지를 읽으며 남의 험담을 듣는다. 하지만 거리에서 사람들이 자기에게 손가락질한다고 느끼고, 치클라요의 얘깃거리가 되었다고 생각한다. "여기 신문들은 전부 공동묘지 사건을 계속 보도하고 있어요. 뭐라는지 아세요? 기둥서방이래요. 그래요, 기둥서방이래요! 어머니, 저는 그 사람하고 결코 좋게 지낼 수 없을 거예요. 절대로, 절대로 말이에요."

"정말 기뻐요. 그 아이가 얼마나 보고 싶었는지 몰라요." 판타는 리마 가의 상점들을 돌아다니면서 장난감과 인형, 그리고 턱받이와 하늘색 허리띠가 있는 오건디 드레스를 구입한다. "지난 1년 동안 많이 변했을 거예요. 그렇지 않아요, 어머니?"

"글라디스는 아주 건강하고 예쁘고 약간 통통하다고 하더구나. 그 아이가 전화를 가지고 장난치는 소리가 들렸어. 아, 우리 예쁜 아이." 레오노르 부인은 모로나코차의 '방주'로 가서 형제들과 포옹하고는 아이 순교자의 메달과 성녀 이그나시아의 기도문, 그리고 프란시스코 형제의 십자가를 구입한다. "네가 이키토스를 떠난다는 사실을 알고는 포차가 몹시 기뻐했어, 판타."

"아, 그래요? 물론 그렇겠죠." 판타는 로레토 꽃집에 가서 난초 한 송이를 사 공동묘지로 가져가 '미스 브라질'의 벽감에 놓는다. "하지만 어머니처럼 기뻐하지는 않았을 거예요. 제가 여기를 떠난다니까 어머니는 20년은 더 젊어진 것 같아요. 단지 거리로 나가 노래하고 춤추지만 않았을 뿐이에요."

"그런데 넌 별로 즐겁지 않은 표정이구나." 레오노르 부인은 아마존 음식 요리법을 적고, 씨앗과 물고기 비늘과 송곳니로 만든 목걸이를 사고, 새의 깃털로 만든 꽃과 색색의 줄이 달린 활과 화살을 구입한다. "난 정말로 너를 이해할 수가 없구나. 그 더러운 직업을 그만두고 진정한 군인으로 되돌아가는 걸 몹시 유감스럽게 생각하는 것 같아."

"바로 그때 병사들이 도착했고, 그 녀석들은 십자가에 못 박혀 죽은 그분을 보자 너무 놀란 나머지 한 발짝도 움직이지 못했어요." 피추사는 복권을 사고 폐렴에 걸린다. 그리고 파출부로 일하면서 교회에서 동냥을 한다. "유다 같은 놈들, 헤롯 같은 놈들, 저주받아도 싼 놈들. 그놈들이 뭘 했어, 미친놈들. 그놈들이 뭘 했느냐 말이야, 미친놈들. 오르코네스의 중위인 그 작자는 계속해서 이렇게 말했어요. 하지만 '형제들'은 그의 말을 들은 척도 하지 않았어요. 사람들은 무릎을 꿇고 양손을 올린 채 기도하고 또 기도했어요."

"슬퍼서 그런 게 아니에요." 판티타는 고개를 숙인 채 혼자 황량한 거리를 떠돌아다니면서 이키토스에서의 마지막 밤을 보낸다. "어쨌거나 내 인생의 3년을 이곳에서 보냈어요. 전 아주 힘든 임무를 부여받았고, 그 임무를 성공적으로 완수했어요. 이미 존재하고 있던 것에 생명을 불어넣었어요. 그러자 그건 서서히 자랐고 유용해졌지요. 그런데 이제 그걸 단칼에 때려부수고, 심지어 내게 고맙다는 말도 하지 않아요."

"그게 널 얼마나 힘들게 하고 괴롭혔는지 모르니? 넌 도둑년이랑 버림받은 사람들 사이에서 사는 데 이미 익숙해졌구나." 레오노르 부인은 '샴비라' 그물침대 값을 깎고, 여행가방, 손가방과 함께 그것을 들고 가기로 결심한다. "여기를 떠나서 행복한 게 아니라 아주 괴로운 것 같구나."

"그런데 그 어떤 기대도 하지 마세요." 판타는 작별 인사를 하기 위해 바카코르소 중위에게 전화를 걸고, 길모퉁이의 눈먼 거지에게 입던 옷을 선물하며, 점심때 그리고 공항에 갈 때 그들이 타고 갈 택시를 예약한다. "이키토스보다 더 좋은 곳으로 우리를 보내지는 않을 것 같아요."

"이곳에서 더러운 일만 하지 않는다면 나는 어디든지 기꺼이 갈 거야." 레오노르 부인은 그들이 떠나기까지 남은 시간을 헤아린다. "세상 끝이라도 말이야, 판타."

"알았어요, 어머니." 판타는 새벽에 침대로 가서 눕지만, 눈을 붙이지도 못한 채 자리에서 일어나 샤워를 한다. 그리고 오늘 난 리마에 있게 될 거야, 하고 생각하자 그다지 즐거운 표정이 되지 않는다. "친구와 작별하러 잠깐만 나갔다 올게요. 필요하신 거 있어요?"

"그가 나가는 걸 봤어요. 그래서 지금이 가장 좋은 시간이라고 생각했어요, 레오노르 부인." 알리시아는 포차에게 보내는 편지와 글라디스에게 줄 선물을 건넨다. 그리고 공항까지 배웅 나가서 작별의 키스를 하고 포옹한다. "그년이 어디에 묻혔는지 보시게 얼른 공동묘지에 모셔다드릴까요?"

"그래, 알리시아. 잠깐만 슬쩍 나갔다 오자." 레오노르 부인은 코에 분을 바르고 모자를 쓰며 공항에서 분노로 몸을 떤다. 그리고 비행기에 오르고 비행기가 이륙하자 소스라치게 놀란다. "그런 다음 호세 마리아 신부와 작별할 수 있게 성 아우구스티누스 교회로 데려다줘. 그 신부와 알리시아 네가 내가 사랑스럽게 기억할 수 있는 유일한 친구야."

"그분 머리는 가슴 위로 떨어졌고 눈은 감겨 있었어요. 얼굴은 몹시 수척하고 너무나 창백했어요." 리타는 코딱지의 하우스에 들어가 일주일 내내 일하고, 1년에 두 번 성병에 걸린다. 그리고 세 번이나 기둥서방이 바뀐다. "비가 내려 십자가의 피는 씻겨 있었어요. 하지만 '형제들'은 헝겊과 세숫대야와 그릇에 그 성수를 받아 마셨고, 죄를 완전히 씻어냈어요."

"어떤 사람은 환호하고 또 어떤 사람은 눈물을 흘리는 가운데, 우리 시민들에게 미움과 사랑을 동시에 받았던 문제의 인물 판토하 대위는……" 신치는 목소리를 깔고 효과음으로 시끄러운 비행기 엔진 소리를 넣는다. "오늘 정오에 항공편으로 리마로 떠났습니다. 그는 자기 어머니와 함께 로레토 사람들의 상반된 감정을 한몸에 받으며 떠났습니다. 이키토스의 소문난 예의범절에 맞추어 우리는 그에게 잘 가길, 그곳에서는 보다 나은 행동을 하길 바란다는 말을 전합니다."

"너무 창피해, 너무 창피해." 레오노르 부인은 푸른 초원과 짙게 깔린 구름, 안데스 산맥의 눈 덮인 산봉우리, 해변의 모래밭, 바다, 그리고 험준한 절벽 등을 쳐다본다. "이키토스 창녀들은 전부 공항으로 배웅 나와 울면서 너를 껴안더구나. 이 도시는 마지막 순간까지 나를 미치게 하는구나. 아직도 얼굴이 화끈거려. 내 평생 이키토스 사람들은 다시는 보고 싶지 않다. 내 말 듣니? 저것 좀 봐. 곧 착륙할 건가 봐."

"귀찮게 해서 미안해요, 아가씨." 판토하 대위는 택시를 타고 호텔로 가서 군복을 다린 다음 육군 행정과 보급 및 병참사령부의 사령관 사무실에 출두한다. 그리고 세 시간 동안 의자에 앉아 있다가 몸을 굽힌다. "내가 계속해서 기다려야 하는 게 분명합니까? 여섯시에 약속했는데, 벌써 아홉시예요. 혹시 무슨 착오가 있는 게 아닙니까?"

"대위님, 그 어떤 착오도 없습니다." 아가씨는 이제 손톱에 매니큐어 바르는 것을 그만둔다. "모두들 여기 모여 계세요. 기다리라는 명령을 내렸어요. 곧 부르실 테니 잠깐만 참고 기다리세요. 코린 테야도의 다른 사진 소설을 빌려드릴까요?"

"아닙니다. 괜찮습니다." 판토하 대위는 모든 잡지를 훑어보고, 모든 신문을 읽고, 수천 번이나 시계를 쳐다본다. 덥고 춥고 목마르고 배고프다. "사실은 약간 긴장돼서 아무것도 읽을 수가 없어요."

"알아요. 익히 짐작하고 있었어요." 아가씨가 윙크를 하며 추파를 던진다. "저 안에서 지금 대위님의 미래를 결정하고 있어요. 너무 심한 징계가 내려지지 않았으면 좋겠네요."

"고마워요. 하지만 단지 그것만은 아닙니다." 판토하 대위는 얼굴을 붉히면서 포치타를 처음으로 만났던 파티와 연애 시절, 그리고 결혼식 날 군사학교 동료들이 칼을 들어 아치 길을 만들어준 장면을 떠올린다. "난 지금 내 아내와 딸을 생각하고 있었어요. 이미 한참 전에 치클라요에서 도착했을 거예요. 두 사람을 본 지 너무 오래됐어요."

"맞습니다, 대령님." 산타나 중위는 밀림을 가로지르고 또 가로질러 인디아나에 도착한다. 그런 다음 할 말을 잊고 상관들에게 전화를 건다. "약 이틀 전에 사망했으며, 옥수수 반죽처럼 썩어가고 있습니다. 누구라도 머리카락이 쭈뼛쭈뼛 설 정도의 모습입니다. 광신도들이 시체를 가져가게 놔둘까요? 아니면 여기에 묻어버릴까요? 이틀이나 사흘 정도 그곳에 있었고, 토할 정도로 악취를 풍기기 때문에 그 어떤 곳으로도 이송할 상황이 아닙니다."

"여기 사인 하나 더 해주실 수 있어요?" 아가씨는 가죽 장정의 수첩과 만년필을 건네주면서 존경한다는 표정으로 웃는다. "제 사촌여동생 차로를 잊었어요. 그 아이도 유명 인사들의 사인을 수집하거든요."

"기꺼이 해드리지요. 세 번이나 했는데 네 번 한다고 무슨 일이 나겠습니까?" 판토하 대위는 차로, 이렇게 인사하게 되어 정말 영광이에요, 하고 적고서 서명한다. "자신 있게 말하지만 아가씨는 잘못 알고 있어요. 나는 유명한 사람이 아니에요. 사인은 가수들이나 해주는 거지요."

"대위님은 그 어떤 영화배우보다 유명해요. 대위님이 하신 일 때문에요." 아가씨는 립스틱을 꺼내더니 책상 유리를 거울 삼아 입술을 칠한다. "대위님이 이렇게 근엄하고 점잖게 생겼다고 그 누가 상상이나 하겠어요."

"잠시 전화를 써도 될까요?" 판토하 대위는 다시 한번 시계를 쳐다보고서 창가로 간다. 그리고 전봇대와 안개 때문에 윤곽만 희미하게 보이는 집들을 바라보고, 거리의 습기가 어느 정도인지 예감한다. "호텔에 전화를 해야겠어요."

"전화번호를 주시면 제가 걸어드릴게요." 그녀는 버튼을 누르고 다이얼을 돌린다. "누구와 통화하고 싶으세요? 레오노르 부인인가요?"

"어머니, 저예요." 판토하 대위는 수화기를 들고 아주 작은 목소리로 말하면서 아가씨를 흘깃 본다. "아니에요. 아직 못 만났어요. 포차랑 우리 아기는 도착했어요? 글라디스는 어때요?"

"군인들이 개머리판을 휘두르며 십자가가 있는 곳까지 헤치고 들어갔다는 게 사실이에요?" 젖퉁이는 나나이와 베들레헴에서 일하고, 산후안으로 가는 도로변에 하우스를 열어 운영하고, 수많은 고객을 맞아 번창하고, 많은 돈을 저축한다. "도끼로 십자가를 쳐 바닥으로 넘어뜨렸다고요? 피라니아들이 먹어치우도록 십자가에 매단 채 프란시스코 형제를 강으로 던져버렸다고요? 카멜레온, 말해봐요. 기도는 이제 그만 해요. 도대체 뭘 본 거예요?"

"여보세요? 당신이에요?" 포차는 열대지방 가수처럼 목소리의 음조를 바꾸고, 행복한 미소를 지으며 시어머니와 장난감에 둘러싸인 글라디스를 바라본다. "여보, 어때요? 아, 어머니. 너무 감격해서 무슨 말을 해야 할지 모르겠어요. 글라디스는 옆에 있어요. 아주 예뻐요, 판타. 이제 곧 만나게 될 거예요. 갈수록 당신과 똑같아져요, 판타."

"포차, 어떻게 지냈어?" 판타는 가슴이 두근두근 뛰는 것을 느끼고, 난 그녀를 사랑해, 그녀는 내 여자야, 우리는 절대로 헤어지지 않을 거야, 하고 생각한다. "우리 딸에게 뽀뽀. 그리고 당신에게도 뽀뽀해주고 싶어. 아주 진하게. 당신과 글라디스가 보고 싶어 미칠 지경이야. 공항에 마중 나가지 못해서 미안해."

"당신이 국방부에 있다는 거 알고 있어요. 어머니가 얘기해줬어요." 포치타는 읊조리면서 눈물 몇 방울을 흘린다. 그리고 레오노르 부인과 공모의 미소를 교환한다. "공항에 못 왔어도 괜찮아요. 여보, 그런데 거기서 뭐래요? 당신을 어떻게 할 거래요?"

"나도 모르겠어. 곧 알게 되겠지. 아직도 대기실에서 조바심치고 있어." 판타는 유리창 너머로 어둠을 바라보고, 다시 불안해하고 두려워한다. "면담이 끝나면 얼른 그곳으로 갈게. 끊어야겠어, 포차. 지금 문이 열리고 있어."

"들어오시오, 판토하 대위." 로페스 로페스 대령이 악수도 하지 않고 인사도 하지 않으며 그에게 등을 돌리고서 명령한다.

"안녕하십니까, 대령님." 판토하 대위는 들어가면서 입술을 깨물고, 군화 굽을 부딪치면서 탁 소리를 내며 차려 자세를 취하고 경례를 한다. "안녕하십니까, 장군님. 안녕하십니까, 장군님."

"우리는 자네를 파리 새끼 한 마리도 죽이지 못할 사람으로 생각했는데, 자네는 너무나 완벽한 수완가였네, 판토하." 티그레 코야소스 장군은 담배연기의 장막 뒤에서 고개를 흔든다. "자네를 왜 그리 오랫동안 기다리게 했는지 아는가? 지금 설명해주겠네. 방금 저 문으로 나간 사람들이 누구인지 아나? 이야기해주게, 대령."

"국방장관님과 참모본부장일세." 로페스 로페스 대령은 눈에서 불꽃을 내뿜는다.

"이키토스로 시체를 가져온다는 것은 불가능했습니다. 이미 썩어서 냄새가 코를 찔렀기 때문입니다. 산타나와 그의 병사들은 매우 심각한 병에 전염될 수도 있었습니다." 막시모 다빌라 대령은 보고서를 승인하고, 모터보트를 타고 이키토스로 가서 스카비노 장군을 만난다. 그리고 수비대로 돌아오는 길에 새끼돼지 한 마리를 산다. "게다가 미친 작자들이 그를 뒤따르려 했고, 그를 묻으려면 엄청나게 힘이 들 게 분명했습니다. 따라서 강으로 던져버리는 게 최고의 방법이었다고 생각합니다, 장군님."

"그들이 왜 왔는지 짐작이 가나?" 빅토리아 장군은 고함을 치면서 알약을 물컵에 넣어 녹여 마시고는 그를 상대조차 하지 않는다. "이키토스의 추문 때문에 특별봉사대를 비난하기 위해 온 것일세."

"머리가 희끗희끗한 우리를 마치 신병인 것처럼 야단치고 소리를 지르러 온 것이네." 티그레 코야소스가 콧수염을 비비 꼬면서 피우다 남은 담배꽁초로 다른 담배에 불을 붙인다. "여기서 그 신사들을 접견하는 기쁨을 누린 것이 이번이 처음이 아니네. 우리 뺨따귀를 때리러 몇 번이나 왔지, 대령?"

"국방장관님과 참모본부장님이 친히 저희를 찾아오신 게 벌써 네 번째입니다." 로페스 로페스 대령은 재떨이의 담배꽁초를 휴지통에 버린다.

"이 사무실에 모습을 보일 때마다 우리에게 새로운 신문 스크랩을 선물로 가져오고 있네, 대위." 빅토리아 장군은 푸른색 손수건으로 귀와 코를 후빈다. "물론 하나같이 자네를 칭찬하는 기사지."

"요즘 판토하 대위는 가장 유명한 사람 중 하나네." 티그레 코야소스 장군은 신문 스크랩을 집고서 '육군 대위, 매춘을 찬미하다: 로레토의 창녀에게 경의를 표하다' 라는 머리기사를 가리킨다. "이따위 기사가 어디서 나왔다고 생각하나? 툼베스의 신문이야. 어떤 인상을 받았나?"

"의심의 여지 없이 이 나라 역사상 가장 많이 읽힌 연설문이네." 빅토리아 장군은 책상에 있는 신문들을 헝클고 뒤섞더니 흩뿌린다. "사람들은 그 대목을 외워서 읊고 다니고, 거리에서 그 연설에 대해 농담을 하고 있다네. 심지어 외국에서도 자네에 관해 말하고 있어."

"어쨌거나 아마존에 존재했던 두 개의 악몽은 영원히 끝나버렸어." 스카비노 장군은 바지 단추를 푼다. "판토하는 침묵을 지켰고, 예언자는 죽었고, 특별봉사대원들은 연기처럼 사라졌고, '방주'는 해체되었지. 이제 이곳은 다시 과거의 평안했던 시절처럼 조용한 땅이 될 거야. 털보녀, 상으로 약간의 사랑을 주겠어."

"그 사건으로 상부에 심려를 끼쳐드려 몹시 죄송합니다, 장군님." 판토하 대위는 머리카락을 흔들지도 눈을 깜빡거리지도 않은 채, 숨을 참고서 공화국 대통령의 사진을 뚫어져라 쳐다본다. "하지만 그건 제 의도가 아니었습니다. 전혀 그럴 생각이 없었습니다. 찬성파와 반대파를 잘못 계산한 것입니다. 저는 책임을 통감합니다. 그 실수로 인한 처벌은 기꺼이 받겠습니다."

"하지만 자네가 그곳 이키토스에서 범하려고 했던 극악무도한 행위에 충분할 정도의 중형이 없다는 게 문제네." 티그레 코야소스 장군은 가슴 위로 팔짱을 낀다. "그 스캔들로 군에 너무나 큰 손해를 입혔기 때문에 총살하더라도 충분하지 않을 걸세."

"이 문제에 대해 생각하고 또 생각했네. 그럴 때마다 더욱 혼란스럽네, 판토하." 빅토리아 장군은 팔을 괴고서 얼굴을 기댄다. 그리고 놀라워하면서도 질투 어린 표정으로 시기하듯이 짓궂게 그를 쳐다본다. "우리한테 솔직하게 사실대로 말해보게. 왜 그런 터무니없는 짓을 한 건가? 자네 애인이 죽는 바람에 너무 슬퍼서 미쳐버린 건가?"

"하느님을 두고 맹세하건대, 그 봉사대원에 대한 개인적 감정은 제 결정에 하등의 영향을 끼치지 않았습니다, 장군님." 그는 계속해서 부동자세로 서 있고 입술을 움직이지 않은 채 최고 통치자의 윗옷에 달린 여섯 개, 여덟 개, 열두 개의 훈장을 센다. "제가 작성한 보고서의 내용은 진실입니다. 그런 제안이 군에 도움이 될 것이라고 생각했습니다."

"창녀에게 군장의 의례를 베풀고, 그녀를 영웅이라고 부르며, 우리 군에 베푼 섹스에 감사하라는 게 말인가?" 티그레 코야소스 장군은 입으로 한 줌의 연기를 내뿜으며 기침하더니 증오의 눈빛으로 자기 담배를 바라보면서, 내가 죽고 말지, 하고 중얼거린다. "우리를 지켜줄 생각은 하지 말게. 이렇게 도와주는 건 우리를 영원히 망신시키고 파멸의 길로 몰고 가는 것이네."

"마지막 전투에서 싸우는 대신 서둘러 후퇴했지." 벨트란 신부는 그물침대에 머리를 기대고서 하늘을 보며 한숨을 쉰다. "네게 고백하자면 나는 야영지와 수비대, 그리고 계급이 그리워. 최근 몇 달 동안 매일 칼과 기상나팔을 꿈꿨어. 다시 군복을 입으려고 노력하고 있는데 아마도 일은 이미 해결된 것 같아. 내 불알을 잊지 마, 털보녀."

"제 협력자들은 그 봉사대원의 죽음으로 심한 충격을 받았습니다." 판토하 대위는 눈을 1밀리미터가량 돌리고서 페루의 지도와 밀림을 표시하는 커다란 초록색 얼룩을 본다. "제 목표는 미래를 생각하면서 그들의 사기를 진작시키고 기운을 북돋우는 것이었습니다. 저는 특별봉사대가 폐쇄될 것이라고는 전혀 생각지 못했습니다. 지금 그 어느 때보다 잘 돌아가고 있기에 상상조차 못했습니다."

"자네는 그 특별봉사대는 절대적인 비밀 속에서만 존재할 수 있다고 생각하지 않았나?" 빅토리아 장군은 방 안을 어슬렁거리면서 하품을 하더니 머리를 긁는다. 그리고 종소리를 듣더니 너무 늦었군, 하고 말한다. "자네 작업의 최우선 조건이 비밀이라고 귀에 못이 박히도록 말했네."

"이키토스의 모든 사람들은 특별봉사대의 존재와 기능을 이미 알고 있었습니다. 제가 그 연설을 하기 훨씬 전부터 말입니다." 판토하 대위는 발을 모으고 양손을 몸에 붙인 차려 자세로 고개를 움직이지 않은 채, 벽에 걸린 지도에서 이키토스를 찾으려 애쓰고, 검은 점에 관해 생각한다. "노력했지만, 정말 유감스러운 일이었습니다. 장군님께 자신 있게 말씀드리는데, 저는 특별봉사대의 존재가 알려지지 않도록 모든 예방조치를 취했습니다. 하지만 그토록 작은 도시에서는 불가능한 일이었습니다. 몇 달이 지나자 그 존재는 이미 다 알려졌습니다."

"그럼 자네의 행동은 소문을 진실로 확인시켜 대참사를 초래하고자 한 것인가?" 로페스 로페스 대령은 문을 열고서 언제든 가고 싶으면 가도 좋네 아니타, 내가 문을 잠글 테니, 하고 말한다. "자네가 연설을 하고 싶었다면 사복을 입고 자네 이름으로 할 수도 있었네. 그런데 그렇게 하지 않은 이유가 뭔가?"

"그러니까 모든 대원들이 그를 그리워한단 말이야? 나도 마찬가지야. 우리는 좋은 친구였어. 그 불쌍한 친구는 지금쯤 추워서 얼어 죽고 있을 거야." 바카코르소 중위가 드러눕는다. "하지만 적어도 군에서 퇴출시키지는 않았어. 그랬다면 그 사람 슬퍼 죽었을지도 몰라. 그래, 오늘은 그렇게 해. 손을 엉덩이에 대고, 머리를 뒤로 젖히고 움직여봐, 코카."

"결과를 잘못 예측한 까닭입니다, 대령님." 판토하 대위는 머리를 좌우로 흔들지도 않고 곁눈질로 보지도 않으면서, 저 모든 게 너무 멀어 보여, 하고 생각한다. "저는 나우타 사건 이후 특별봉사대에서 이탈자가 생기지 않을까 하는 생각으로 괴로워했습니다. 적어도 질적인 면에서는 갈수록 좋은 봉사대원을 고용하기가 어려웠습니다. 저는 봉사대원들을 그대로 유지하면서 본 기관에 대한 그들의 믿음과 사랑을 되살리고 싶었습니다. 제가 범한 판단 실수에 대해서는 무척 유감으로 생각합니다."

"자네의 그 실수 때문에 우리는 일주일 동안 울화를 참으며 잠도 제대로 자지 못했네." 티그레 코야소스 장군은 다시 담배에 불을 붙이고서 빨더니 입과 코로 연기를 내뱉는다. 그의 머리카락은 헝클어져 있고, 눈은 시뻘게져 있으며, 피로에 절어 있다. "특별봉사대에 지원하는 모든 여자들이 자네 손을 거쳐야 했다는 게 사실인가?"

"그건 일종의 입대 시험이었습니다, 장군님." 판토하 대위는 얼굴이 빨개지면서 말을 잇지 못한다. 그는 목이 메어 말을 더듬거리고 손톱으로 손바닥을 찌르며 혀를 깨문다. "적성을 확인하기 위해서였습니다. 저는 제 협력자들을 믿을 수 없었습니다. 그들이 편애하거나 뇌물을 받은 게 발각되었기 때문입니다."

"어떻게 폐결핵에 걸리지 않았는지 모르겠군." 티그레 코야소스 장군은 참다 못해 결국 웃음을 터뜨린다. 그러더니 다시 심각한 표정을 짓다가 다시 웃는다. 눈에는 눈물이 괴어 있다. "아직도 자네가 천사와 같은 바람둥이인지, 아니면 세상에서 가장 위대한 냉소자인지 모르겠네."

"특별봉사대는 해체되고, '방주'도 해산 됐어. 이제는 내가 지켜줄 사람도 없고, 내게 1원 한 푼 주는 사람이 없어." 신치는 자기 배를 툭툭 치면서 몸을 꼬고 또 꼬더니 혀를 찬다. "나를 굶겨 죽이려고 사람들이 음모를 꾸민 거야. 이런 이유로 네게 대답하지 않은 거지, 네가 매력적이지 않아서가 아니야, 사랑스러운 페넬로페."

"이제 이 일을 마무리 지읍시다." 빅토리아 장군이 책상을 탁탁 친다. "제대 신청을 거부했다는 게 사실인가?"

"단호히 거부합니다, 장군님." 판토하 대위는 다시 기운을 차린다.

"저는 평생을 군을 위해 봉사했습니다."

"우리는 지금 자네에게 가장 쉬운 해결책을 선물하고 있는 것이네." 빅토리아 장군이 가방을 열고 판토하 대위에게 타자기로 작성된 서류를 건네주면서 읽고 넣어둘 때까지 기다린다. "우리는 자네를 징계위원회에 회부할 수 있고, 자네도 어떤 벌을 받을지 잘 알 것이야. 그건 불명예 계급 강등에 불명예 퇴역이네."

"하지만 그렇게 하지 않기로 결정했네. 이제 우리도 세상에 물의를 일으키는 건 질색이고, 자네의 이전 경력이 워낙 좋기 때문이네." 티그레 코야소스 장군은 담배를 피우더니 기침을 한다. 그는 창가로 가서 창문을 열고 거리에 가래침을 뱉는다. "군에 남아 있길 원한다면 그렇게 하게. 하지만 우리가 자네 복무 서류에 첨부한 보고서 때문에 아마도 승진하려면 오랜 시간이 걸릴 거라는 사실은 명심하게."

"제 명예를 회복하기 위해 모든 노력을 경주하겠습니다, 장군님." 판토하 대위의 목소리와 가슴과 눈은 기쁨에 들떠 있다. "제 의지와 상반된 것이긴 했지만, 군에 해를 끼쳤다는 자괴감보다 더 심한 벌은 없을 것입니다."

"알았네. 앞으로는 그런 식의 실수를 범하지 말게." 빅토리아 장군은 시계를 보면서, 열시야, 가야겠어, 하고 말한다. "이키토스에서 아주 멀리 떨어진 새로운 곳으로 부임하게 될 걸세."

"내일 당장 그곳으로 가게. 그리고 적어도 1년 동안은 하루도 그곳을 비우지 말게." 티그레 코야소스 장군은 상의를 입고 넥타이를 매고 머리카락을 매만진다. "군에 계속 있고 싶다면 사람들이 그 유명한 판토하 대위의 존재를 잊어야만 하네. 그 누구도 그 일을 기억하지 못할 때 다시 만나기로 하세."

"팔은 이렇게, 다리는 이렇게 묶여 있었어. 그리고 머리는 젖꼭지 위로 떨어져 있었고." 산타나 중위는 숨을 헐떡이며 왔다 갔다 하고, 장식하고, 매듭을 지으며, 크기를 잰다. "이제 눈을 감고 죽은 척해봐, 피추사. 바로 그렇게 말이야. 불쌍한 내 봉사대원, 십자가에 못 박힌 내 여자. 아, 너무 불쌍해. '방주'의 너무나 사랑스런 내 작은 자매여."

"포마타 수비대에 행정장교 한 명이 필요하네." 로페스 로페스 대령은 커튼을 닫고 가구를 열쇠로 잠그고서 책상을 정리한 후 가방을 든다. "아마존 강 대신에 티티카카 호수가 있을 걸세."

"밀림의 더위 대신 고산지의 추위를 견뎌야 할 거야." 빅토리아 장군이 문을 열고 다른 사람들을 먼저 나가게 한다.

"특별봉사대원들 대신에 야마와 비쿠냐*가 있을 걸세." 티그레 코야소스 장군이 군모를 쓰고서 불을 끄고 손을 내민다. "판토하, 자네는 정말 이상한 놈이야. 그래, 이제 가도 좋네."

"어휴 추워. 너무 추워요, 너무 추워." 포치타가 몸을 덜덜 떤다. "성냥은 어디 있어요? 빌어먹을 초는 어디 있어요? 전깃불도 없는 곳에서 사는 건 너무 끔찍해요. 판타, 어서 일어나요, 벌써 다섯시예요. 난 왜 당신이 병사들 아침식사를 보러 가야 한다는 건지 모르겠어요. 당신은 일에 너무 집착해요. 너무 이른 시간이잖아요. 추워 죽을 것 같아요. 아이, 이 바보. 또 그 팔찌 때문에 긁혔잖아요. 밤에는 좀 빼놓는 게 어때요? 벌써 다섯시라고 했잖아요. 판타, 어서 일어나요."

---

* 둘 다 낙타과의 한 종류이다.

해설

마리오 바르가스 요사의 작품 세계

　페루 작가 중에서 마리오 바르가스 요사만큼 국제적으로 인정을 받은 작가는 드물다. 1936년 3월 28일에 페루 남부 지역인 아레키파에서 태어난 바르가스 요사는 소설, 단편, 희곡, 문학비평, 회고록 등을 비롯해 수많은 신문기사도 쓰는 다재다능한 작가이다. 그는 결코 지식인들과의 논쟁을 두려워하지 않았으며, 항상 라틴아메리카 문화적, 정치적 문제의 대변인으로 활동해왔다. 한편 바르가스 요사의 정치적 입장은 1960년대 사회주의와 쿠바 혁명을 옹호하는 것에서 1980년대 신자유주의 경제 사상과 자유시장 경제를 지지하는 것으로 옮겨간다. 그러나 최근의 왕성한 정치활동에도 불구하고, 문학은 그에게 가장 중요한 열정의 대상이며 그의 재능을 가장 잘 보여주는 것으로 평가받는다.

예외가 되는 몇 작품이 있긴 하지만, 페루 사회는 항상 바르가스 요사 문학세계의 중심이었다. 페루는 다양한 인종으로 이루어진 다문화 사회이다. 그곳에는 지배층인 백인 계급과 케추아 원주민 말을 사용하는 대다수의 국민을 비롯하여 소수의 아시아계와 흑인과 아마존 원주민도 있다. 이런 인종적 다양성은 해안의 사막지대, 안데스 산맥지대, 그리고 아마존 밀림이라는 지리적 구성에 의해 보다 더 복잡해진다. 한 나라 안에 이토록 다채로운 세계가 공존하지만, 페루의 정치기관은 허약하기 그지없어서 이런 광범위한 차이를 대표할 능력이 없다. 바르가스 요사가 발표한 대부분의 소설은 이런 수많은 세계가 서로 충돌하며 공존하는 현상을 다루고 있다.

1960년대와 1970년대 초 라틴아메리카의 '붐 소설'이 세계를 강타한다. 마리오 바르가스 요사는 가브리엘 가르시아 마르케스, 카를로스 푸엔테스 등의 작가와 더불어 '붐 소설'을 대표하는 작가이다. 유럽과 영미 모더니즘 소설의 영향을 받은 후 그는 19세기 리얼리즘의 특징을 20세기의 역동적인 문학 기법과 결합시킨다. 그래서 다양한 관점, 내면 독백, 내면적 대화와 같은 기법을 사용한다. 그리고 몽타주 효과, 비연속적이고 파편화되거나 서로 뒤얽힌 복층적인 서사를 구사한다.

한편 그가 소설에서 다루는 주제는 그의 경험을 잘 반영한다. 유쾌하게 시작하면서 독자의 기대를 부추기는 자유에 대한 약속은 대부분 환멸로 끝난다. 그것은 권력으로 자리 잡은 것들이 폭력을 통해 권위를 강요하거나, 권력이 없는 사람들은 보다 잠자코 그리고 보다 강제적으로 사회적 구속을 받아들이는 것으로 이루어진다. 그의 최근 작품에서 스토리텔링의 힘은 현실에 대한 그들의 권력을 부정하지 않은 채 그런 구속을 파괴한다. 이렇게 바르가스 요사는 소설이 현실을 수정하고 "인생의 짐을 견디도록" 할 수 있어야 한다는 관점을 열렬히 주장한다.

그가 처음으로 출판한 작품은 단편집 『두목들』(1959)이다. 이 이야기들은 문체적으로 빈약하며 구성도 그다지 극적이지 않다. 이 작품부터 『카테드랄 주점에서의 대화』(1969)에 이르기까지 바르가스 요사의 소설은 갈수록 복잡한 구조를 추구한다. 1980년대에 출판한 작품들도 동일한 장치를 사용하지만, 초기 작품보다는 단순하다. 그중의 예외는 『세상 종말 전쟁』이다. 이 작품은 에우클리데스 다 쿠냐(Euclides da Cunha)의 『오지의 반란 Os sertoes』(1902)에 바탕을 둔 역사소설이며, 그의 초기 소설에서 볼 수 있는 총체적 소설에 대한 충동을 공유한다. 1970년대 후반의 작품들은 특정한 사회적, 정치적, 사랑의 문제를 문학적 문제나 수수께끼와 뒤섞는다. 이런 방법으로 재현의 어려움, 역사적 정확성의 불가능성, 하나의 진술이나 관점의 거짓, 거스를 수 없는 선택적 필요성에 의한 거짓 확실성들을 표현한다. 덧붙이자면, 1970년대 후반의 소설은 오랫동안 그의 비평 주제가 되었던 예술과 자기 삶과의 관계를 극화시킨다.

바르가스 요사의 첫번째 소설 『도시와 개들』은 그가 재학했던 리마의 레온시오 프라도 군사고등학교를 배경으로 삼는다. 이 작품은 스페인에서 문학상을 수상하지만 페루의 군사학교 운동장에서 공개적으로 불태워지면서 주목을 받는다. 학교를 페루 사회의 밀폐기호증적 소우주로 사용하면서, 이 소설은 학교의 군대식 규율이 어떤 잔인한 효과를 야기하는지, 그리고 학생들이 자신들에게 부여하는 체면이 얼마나 잔인한 결과를 가져오는지 서술한다. 그의 두번째 소설『녹색의 집』은 도시와 학교의 대립을 아마존 정글 지역의 녹색의 '자유'와 피우라의 탁한 구속의 대립으로 확장시킨다. 시간적 대립은 물리적 대립을 만든다. 신화적 과거를 지닌 아마존과 피우라는 현재에 의해 침투되고 변형된다. 그렇게 40년에 걸쳐 일어나는 다섯 개의 서로 연결된 서사는 서로 혼합되면서 이 작품의 효과를 극대화시킨다.『카테드랄 주점에서의 대화』에서 바르가스 요사는 리마로 돌아온다. 그리고 서로 다른 이야기들을 혼합하면서, 탐정소설과 유사한 순환적 구조를 통해 수수께끼를 푼다. 서로 다른 이야기를 하나로 통일하는 이 소설은 1950년대 마누엘 아폴리나리오 오드리아(Manuel Apolinario Odria) 체제 동안 일어난 사회적, 성적, 정치적 타락과 같은 면을 보여준다.

 그의 초기 소설에서는 자전적 요소가 단순히 작품의 출처로 함몰되어 있다. 그러나 코믹한 소설『나는 훌리아 아주머니와 결혼했다』에서는 표면으로 등장한다. 정치적 부패가 아닌 일상생활의 역설과 사랑과 방송 각본을 쓰는 행위는 '마리토'와 숙모 훌리아와의 연애와 혼합된다.『이야기꾼』에서 바르가스 요사는 그를 알고 있는 사람이라면 쉽게 확인할 수 있는 자기 생애의 일부를 포함하는 차원을 넘어 그의 작품을 읽은 사람이라면 쉽게 확인 가능한 초기작품들의 내용을 언급한다. 이렇게 그는 소설과 현실의 불확실한 관계를 분명하게 보여준다.

 『카테드랄 주점에서의 대화』의 사색적인 구조를 탈피하여『이야기꾼』과 『마이타의 이야기』는 현재의 권력에 저항하는 바보 혹은 영웅인 사람을 구성하기 위해 잘 알려지지 않고 모순적인 증거들을 이용하면서, 화자를 통해 특정한 정치적, 경제적 문제를 부각시킨다. 『마이타의 이야기』는 초기의 실패한 테러리즘 일화부터 '빛나는 길'의 반정부 무장그룹의 투쟁에 이르기까지의 순간을 재구성한다. 반면에 『이야기꾼』은 전통적 아마존 문화와 근대화의 충돌적인 요구를 깊이 생각하지만 해결책을 제시하지는 못한다.

1981년에 그는 페루 대통령 페르난도 벨라운데의 요청에 의해 우추라카이 살인 조사위원회에 합류한다. 그 위원회의 임무는 '빛나는 길'의 폭동 기간에 우추라카이 마을 주민에 의해 여덟 명의 기자들이 학살된 끔찍한 사건을 조사하고 그 살인범들을 밝혀내는 것이었다. 『누가 팔로미노 몰레로를 죽였는가』(1986)는 그가 우추라카이 조사를 마친 지 얼마 안 되어 출판된다. 이 미스터리 소설은 우추라카이의 비극적 사건과 매우 유사하다. 그러나 비평가들은 그것이 살인사건을 재구성하려는 시도가 아니라, 단지 바르가스 요사가 조사위원회에 참여했던 경험의 '문학적 엑소시즘'이라고 평가한다. 이 경험은 1993년에 발표한 『안데스의 리투마』의 영감을 제공하기도 한다.

1988년에 출판된 『새엄마 찬양』은 『나는 훌리아 아주머니와 결혼했다』나 『판탈레온과 특별봉사대』보다 더 코믹하고 더 장난기가 배어 있는 작품이다. 이 소설은 작품에 그림을 삽입하면서, 현실과 해석의 체계의 차원을 복잡하게 만들면서 에로티즘을 통해 문학성이 어떻게 실현되는가를 보여준다. 한편 2000년에 바르가스 요사는 또 다른 대작으로 평가되는 정치적 스릴러 『염소의 축제』를 발표한다. 가장 야심적이고 완성도가 높은 작품이라는 평가를 받는 이 소설은 1930년부터 1961년에 살해될 때까지 도미니카 공화국을 통치했던 라파엘 트루히요의 독재에 바탕을 두고 전개된다. 이 소설은 세 개의 이야기로 구성된다. 첫째는 트루히요가 살해된 지 30년이 지나서야 처음으로 조국으로 되돌아오는 우라니아 카브랄의 이야기이고, 둘째는 트루히요의 살해와 그 살해 계획을 실천에 옮기는 음모자들과 그 결과를 다룬다. 마지막으로 셋째는 독재체제 말기의 트루히요에 관한 이야기이다. 2006년에 바르가스 요사는 프랑스의 모더니즘 작가인 귀스타브 플로베르의 고전소설 『마담 보바리』를 현대적 감각으로 다시 썼다는 평가를 받는 『나쁜 소녀의 짓궂음』을 발표한다.

『판탈레온과 특별봉사대』

1973년에 바르가스 요사가 이 작품을 발표하자, 많은 독자들과 문학 비평가들은 그가 갑작스럽게 서사적 관점을 바꾼 것에 놀란다. 그 어떤 유머도 사용되지 않았던 초기 작품들과는 달리 이 작품은 유머로 가득하기 때문이다. 이 소설이 출판되기 6년 전에 루이스 하스(Luis Harss)와 바바라 도먼(Barbara Dohmann)은 "그 어떤 방식으로든 유머는 바르가스 요사에게 터부이다"라고 선언했다. 이것은 바르가스 요사가 그들과 나눈 대화에서 "나는 문학적 유머에 아무런 관심이 없다"라고 말한 것에 기인한다. 그렇게 그는 유머가 일반적으로 비현실적이며 현실과 유머는 상반된다는 그의 믿음을 강조한다. 그러나『판탈레온과 특별봉사대』출판 이후 비평가인 호세 미겔 오비에도와 가진 인터뷰에서 바르가스 요사는 문학에서의 유머 사용에 대한 자기 생각이 근본적으로 바뀌었다고 밝힌다. 그러면서 그는 유머가 인간의 경험에서 매우 중요하며, 그것은 인간의 본성을 탐구하고 문학적 의미로 표현할 수 있는 여러 수단을 제공하고, 특히 소설적 글쓰기에 있어서는 "엄청난 기술적 수단의 원천"이라고 여긴다.

바르가스 요사는『판탈레온과 특별봉사대』에서 유머를 직접 느낄 수 있다고 밝히면서, 자기의 미래 소설들에서는 독자의 웃음과 함께 할 수 있는 비극적 의미를 제공하고, 독자들이 믿을 만한 작중인물을 창조하기 위해 보다 교묘하게 유머가 사용될 것이라고 덧붙인다.『판탈레온과 특별봉사대』는 어처구니없는 계획과 유머러스한 상황에서 만들어진 아이러니를 엿볼 수 있다. 여기서 기괴한 몇몇 사건들은 인간 본성의 여러 측면을 보여주며, 동시에 페루의 현실에 대한 확고한 관심과 비판적 자세를 포착하는 데 성공한다.

이 소설은 외딴 아마존 밀림에서 페루 군대가 직면하는 독특한 문제를 다룬다. 즉, 아마존 밀림의 고립된 군부대에 복무하는 병사들이 섹스에 굶주린 나머지 인근 마을의 여자들을 겁탈하면서, 지역주민들이 병사들의 불법적 행위를 고발하게 되었다는 사실이다. 이 놀라운 소식은 안데스 산맥을 넘어 페루의 수도 리마에 도착한다. 그곳에서 군 고위층은 병사들의 성욕을 달랠 수 있는 방법을 고안한다. 즉, 누군가를 밀림으로 파견하여 비밀리에 창녀들을 고용하도록 하자고 결정한다.

군 당국은 판탈레온 판토하 대위에게 군인이라는 신분을 속이고 비밀리에 임무를 수행할 것을 요구한다. 그래서 그는 군 장교들의 고급 숙소가 아니라 일반 민간인들처럼 살아야 한다. 그는 다른 군인들과 정규적 만남이 금지되며, 그 어느 누구에게도, 심지어 함께 사는 아내 포차와 어머니 레오노르 부인에게도 비밀 임무의 성격을 밝혀서는 안 된다. 처음에 판탈레온은 그 임무가 자기의 원칙에 위반되기 때문에 거부하지만, 결국 그 임무를 맡는다. 그리고 할당받은 기지를 깨끗이 청소하고 위생을 지키면서 철저하게 비밀을 유지한다.

판탈레온이 수행하는 임무는 '수국초특'(수비대와 국경 및 인근 초소를 위한 특별봉사대)라고 불리며, 그것은 창녀들을 아마존 지역의 병영과 초소로 데려가 병사들의 성욕을 해소시켜주는 것이다. 이 창녀들 중에는 아주 매력적인 올가 아레야노(일명 '미스 브라질')가 있는데, 판탈레온은 그녀를 자기 애인으로 삼으면서 아내 포차를 배신한다.

이후 '미스 브라질'은 이키토스 주민들에게 살해되고, 판탈레온은 봉사대원들의 사기를 북돋우기 위해 장교복을 입고 그녀의 장례식에 참석한다. 그렇게 그는 봉사대의 성격을 만천하에 공개하고 그가 지켜야만 했던 비밀을 폭로한다. 이 사건 때문에 수국초특은 군의 내외부로부터 심한 비판을 받고, 결국 판탈레온은 상관들의 압력으로 그 봉사대 기지를 폐쇄한다. 이런 복잡한 상황으로 판탈레온은 자기의 군 생활이 끝났다고 생각하지만, 그의 상관들은 그에게 마지막 기회를 제공하면서, 티티카카 호수의 수비대로 파견한다.

이 소설은 모두 10장으로 구성되며, 크게 네 부분으로 나눌 수 있다.

1부
1장: 대화
2장: 공식 문서(판토하)
3장: 포차의 편지
4장: 공식 합의서(카리요, 사르미엔토), 공식문서(판토하), 보고서(살라스, 산타나), 편지(로하스) 등

2부
5장: 대화
6장: 지시사항(판토하), 공식문서(멘도사, 판토하), 편지(소마, 킬카, 신치, 마클로비아, 칼릴라) 등
7장: 〈신치의 소리〉

3부
8장: 대화
9장: 신문 기사

4부
10장: 대화

4부로 나뉜 이 구조를 보면 각 부는 대화로 시작하며, 그 이후에 이어지는 부분은 거기서 제시된 상황을 보다 상세히 발전시킨다는 것을 알 수 있다. 이 부분들은 판토하의 특별봉사대 조직 과정의 단계에 해

당하면서 작전기지 설립-확장-침몰-에필로그의 순서로 전개된다.

1부인 작전기지 설립은 1장부터 4장까지 전개된다. 상이한 시간의 대화로 이루어진 1장은 이미 이 부분의 나머지에서 전개될 이야기의 등장인물들을 소개한다. 판탈레온 판토하와 포차의 대화를 통해 판토하가 장교라는 직책에 헌신하는 사람이며, 새로운 업무를 배정받은 지 얼마 안 되었다는 것을 알 수 있다. 다른 시간 차원에서 이루어진 대화에서는 그가 명령을 받아 그 임무를 수행하는 과정을 볼 수 있다.

2부는 특별봉사대의 확장을 다룬다. 1부와 마찬가지로 판토하와 포차의 대화로 시작하지만, 이내 다른 대화가 삽입되면서 보다 복잡한 양상을 띤다. 2부에 삽입된 군인들과의 대화에서 스카비노 장군은 "이제 그 사태를 멈추게 할 수는 없네"라고 지적한다. 2부의 마지막 부분에서는 포차가 남편을 버렸음을 유추할 수 있다. "이제 그 사태를 멈추게 할 수는 없네"라는 말이 일종의 전조인 것처럼, 이것은 현실이 되고, 작전은 갈수록 복잡해지면서 많은 문제를 야기한다. 여기서 판토하는 익명의 편지를 받는다. 그리고 마클로비아는 포차에게 자기가 특별봉사대에 다시 들어갈 수 있게 도와달라는 편지를 쓴다. 이 편지들은 특별봉사대의 봉사 업무가 확장되면서 점차 널리 알려지고 있다는 것을 보여준다. 이런 소식이 유포되었다는 사실은 신치의 라디오 프로그램에서 잘 드러난다.

3부는 2개의 장으로 구성된다. 이곳에서는 판토하의 몰락과 다른 문제를 볼 수 있다. 판토하와 레오노르의 대화로 시작하는 3부는 이내 그곳에 없는 아내로 대체되면서 판토하의 가족이 해체되었다는 것을 알려준다. 고위 장교들의 대화는 특별봉사대 해체의 원인에는 또

다른 문제들이 존재한다는 것을 시사한다. 신치의 라디오 프로그램, 미스 브라질을 기리는 판토하의 연설문, 일련의 신문 기사들은 바로 특별봉사대가 만천하에 알려졌으며, 그로 인해 판탈레온 판토하의 임무는 끝났다는 것을 보여준다.

4부는 실제로 에필로그이다. 이미 특별봉사대의 활동이 중지되었기 때문이다. 여기서는 판탈레온 판토하의 종말이 어떤 것인지 이야기된다. 그의 삶은 다시 초기의 질서와 화합을 되찾는다. 마지막 부분에서 포차와 남편은 함께 포마타로 간다는 걸 알 수 있다. 그리고 아내 포차는 새로운 업무를 맡은 판탈레온의 일에 대해 말하면서, 그가 평소와 마찬가지로 질서와 규율에 너무나 집착하고 있다는 사실을 보여준다.

이 소설의 구조는 마치 시계태엽 작품처럼 너무나 정확하다. 그리고 3부로 이루어진 전통적인 극작품의 구조를 떠올리게 한다. 즉, 1부는 충돌을 제시하고, 2부는 그 충돌이 보다 복잡해지며, 3부에서는 충돌이 해결된다. 대화로 이루어진 장들은 각 부의 도입으로 기능하고, 소설이 전개되면서 어떤 변화가 이루어질 것인지 미리 지적해준다. 한편 이 소설에서는 작품 처음에 등장하는 스카비노 장군의 경고가 판토하가 조직한 특별봉사대가 실패하면서 현실이 되고, 1장에서 나타나는 신치의 존재가 작품 마지막에서 결정적인 역할을 이행하며, 이 소설의 첫 문장인 "일어나요, 판타"가 마지막 문장으로 반복되면서 판토하와 포차가 다시 화합을 이루면서 순환적 구조를 보여준다.

이런 짜임새 있는 구조 이외에도 『판탈레온과 특별봉사대』는 마음은 부패하면서도 겉으로는 청교도와 같은 행동을 하는 페루 군부의 패러디라고 말할 수 있다. 그리고 그런 군부를 통해 동일한 특성을 지닌 정치세계를 패러디하기도 한다. 여기서 군부는 매음굴이고 장성급과 영관급은 관리인이며, 하급 장교들은 뚜쟁이나 기둥서방이고, 병사들은 매음굴을 드나드는 사내들이며, 창녀들은 엘리트 집단으로 해석될 수 있다. 또한 아마존에 고립된 병사들의 성욕을 해소하려는 이런 방식은 한 국가가 급박한 문제를 얼마나 황당한 방법으로 해결하려고 하는지를 다소 과장되게 보여준다고 볼 수 있다. 다시 말하면 『판탈레온과 특별봉사대』는 유머로 가득하지만, 그 안에는 정치적 의미가 가득 함축되어 있는 것이다.

송병선

마리오 바르가스 요사 연보

1936년	3월 28일 페루의 아레키파에서 에르네스토 바르가스와 도라 요사 사이에서 태어남. 부모는 그가 태어나기 전에 헤어짐. 어머니의 친척 집에서 어머니와 함께 살게 됨.
1937년	할아버지가 영사로 있던 볼리비아의 코차밤바로 어머니와 함께 이사함.
1945년	페루 북부의 피우라로 거처를 옮김.
1946년	부모의 불화가 해결되어 리마로 이사함.
1951년	리마 지역 신문 〈크로니카〉에서 작가로 일함.
1952년	군사학교를 중퇴하고 피우라로 돌아와 고등학교를 마치고 문학 경력을 쌓기 시작함. 지방 신문에서 칼럼니스트로 활동. 1년 전 리마에서 썼던 희곡 「잉카의 도주 La huida del Inca」를 무대에 올리고 시를 출판함.
1953년	리마의 산마르코스 대학에서 문학과 법학을 공부함.
1955년	열세 살 연상의 숙모 훌리아 우르키디와 결혼함.
1957년	뉴스 진행자, 도서관 사서로 일하며 문학 잡지에 글을 기고함. 두 개의 단편 「두목들 Los jefes」과 「할아버지 El abuelo」를 페루 신문 〈메르쿠리오〉와 〈코메르시오〉에 발표함. 대학을 졸업함.
1958년	단편 「도전 El desafío」으로 프랑스의 문학 잡지 『르뷔 프랑세즈』의 단편소설 공모에 당선되어 잠시 파리를 방문함. 마드리드 대학에서 장학금을 받아 박사논문을 작성함. 또한 민속그룹인 '잉카 춤꾼들'을 만들어 경연대회에서 1등을 차지하고 스페인 순회 공연을 함.

1959년	단편집『두목들Los jefes』로 레오폴도 아리아스 문학상을 수상함. 파리로 옮겨가 유럽에서 몇 년간 자진 망명 생활을 함.
1960년	파리에서 경제적으로 불안한 삶을 영위함. 베를리츠 학교에서 스페인어를 가르치고, AFP 통신에서 근무하고, 후에는 프랑스 라디오 텔레비전 네트워크에서 일함. 중요한 라틴아메리카 작가들을 만남.
1962년	첫 소설『도시와 개들La ciudad y los perros』을 탈고하고, 쿠바의 미사일 위기를 취재함. 잠시 페루를 방문하고 파리로 돌아옴. 카를로스 바랄을 만나 세익스 바랄 간이도서상에 작품을 응모함.
1963년	『도시와 개들』로 간이도서상 수상. 스페인 비평상을 받고, 포르멘토르상에서 2등을 차지함.
1964년	페루로 여행하여 밀림지역을 다시 방문하고 두번째 소설의 자료를 준비함. 훌리아 우르키디와 이혼함.
1965년	쿠바의 문화 기구인〈아메리카의 집〉문학상 심사위원이 되고, 그 잡지의 편집위원으로 활동함. 사촌인 파트리시아 요사와 결혼함.
1966년	『녹색의 집La casa verde』을 출간함. 뉴욕에서 열린 국제 펜클럽에 초청받음. 리마의『카레타스』잡지에 글을 씀. 큰아들 알바로가 태어남. 부에노스아이레스 문학상 심사위원으로 위촉됨. 거처를 런던으로 옮기고 퀸 메리 칼리지에서 강의함.
1967년	『애송이들Los cachorros』출간.『녹색의 집』이 페루 국가 소설상, 스페인 비평상, 베네수엘라의 로물로 가예고스상을 수상함. 로물로 가예고스상 시상식에서 그의 유명한 글「문학은 불길La literatura es fuego」을 발표함. 세바스티안 살라사르 본디의『전집Obras completas』서문을 쓰며 그

글에서 작가의 소명의식에 관해 논의함. 둘째 아들 곤살로가 태어남.

1969년 『카테드랄 주점에서의 대화Conversación en La Catedral』 출간. 푸에르토리코 대학에서 강의함.

1970년 훌리오 코르타사르와 오스카르 코야소스와 함께 문학 에세이집『혁명의 문학과 문학의 혁명Literature en la revolución y revolución en la literatura』을 출간. 바르셀로나로 거처를 옮김. 가브리엘 가르시아 마르케스에 관한 박사논문을 작성하고, 「오늘날의 라틴아메리카 문학Latin American Literature Today」라는 글을 발표함.

1971년 문학 에세이집『가르시아 마르케스: 아버지 죽이기의 역사García Márquez: Historia de un deicidio』 출간. 『녹색의 집』이 어떻게 쓰였는지 설명하는 문학 에세이『어느 소설의 비밀 역사Historia secreta de una novela』 출간.

1973년 소설『판탈레온과 특별봉사대Pantaleón y las visitadoras』 출판.

1974년 자발적 망명에 종지부를 찍고 페루에 영주하기로 결정함. 딸 모라가나가 태어남.

1975년 문학 에세이『영원한 향연: 플로베르와 보바리 부인La orgía perpetua: Flaubert y "Madame Bovary"』 출간.

1976년 국제 펜클럽 회장으로 선출됨. 예루살렘 대학에서 강연하고, 『판탈레온과 특별봉사대』 영화 제작에 참여함.

1977년 소설『나는 훌리아 아주머니와 결혼했다La tía Julia y el escribidor』 출간. 국제 펜클럽 회장으로 유럽과 러시아, 미국을 여행함. 오클라호마 대학에서 개최된 제6회 스페인어권 작가대회에서 주빈으로 선정되며, 캠브리지 대학에서 강의함.

1978년	〈현대세계문학〉에서 바르가스 요사 특집호를 발행함.
1979년	스미소니언 재단의 레지던스 작가로 선정됨.
1980년	일본을 여행함.
1981년	희곡『타크나의 아가씨La señorita de Tacna』와 소설『세상 종말 전쟁La guerra del fin del mundo』, 에세이 모음집『사르트르와 카뮈Sartre y Camus』 출간.
1982년	『나는 훌리아 아주머니와 결혼했다』로 이탈리아 라틴아메리카 재단의 릴라상 수상
1983년	희곡『카티와 물소Kathie y el hipopótamo』 출간. 학술지〈심포지엄〉에서 바르가스 요사 특집호를 발행함.
1984년	에세이 모음집『역경을 무릅쓰고Contra viento y marea』와 소설『마이타의 이야기Historia de Mayta』 출간.
1985년	프랑스 정부가 수여하는 레지옹 도뇌르 훈장을 받음.
1986년	소설『누가 팔로미노 몰레로를 죽였는가? ¿Quién mató Palomino Molero?』 출간. 희곡『충가La Chunga』 출간. 아스투리아스 왕자상 수상.
1987년	소설『이야기꾼El hablador』 출간. 미국 현대언어협회 명예 회원이 됨.
1988년	소설『새엄마 찬양Elogio de la madrastra』 출간.
1990년	페루 대통령 후보로 출마, 알베르토 후지모리에게 패배함. 플로리다 인터내셔널 대학에서 명예박사 학위를 받음.
1991년	잉거솔 재단의 록펠러 연구소가 주는 T. S. 엘리엇상 수상.
1992년	보스턴 대학과 이탈리아의 제노바 대학에서 명예박사 학위를 받음.
1993년	소설『안데스의 리투마Lituma en los Andes』로 플라네타상 수상. 대통령 선거전 회고담이라고 볼 수 있는 에세이집『물속의 물고기El pez en el agua』 출간.

1994년	조지타운 대학과 예일 대학에서 명예박사 학위를 받음. 세르반테스상 수상
1995년	예루살렘상 수상. 스페인의 무르시아 대학과 바야돌리드 대학에서 명예박사 학위를 받음.
1997년	소설 『리고베르토 씨의 비밀노트Los cuadernos de don Rigoberto』 출간. 리마 대학에서 명예박사 학위를 받음.
1999년	호르헤 이삭스상 수상. 하버드 대학에서 명예박사 학위를 받음.
2000년	소설 『염소의 축제La fiesta del chivo』 출간. 산마르코스 대학에서 명예 졸업장을 받음.
2001년	스위스 다보스 세계 경제 포럼이 수여하는 크리스탈상을 받음. 산마르코스 대학에서 명예박사 학위를 받음.
2003년	소설 『또다른 구석의 천국El paraíso en la otra esquina』 출간. 부다페스트상 수상. 옥스퍼드 대학에서 명예박사 학위를 받음. 베를린에 있는 세르반테스 연구소에서 '바르가스 요사 도서관' 개관.
2005년	소르본 대학에서 명예박사 학위를 받음. 미국의 〈포린 폴리시〉와 영국의 〈프로스펙스〉가 선정한 가장 영향력 있는 지식인 100명에 선정됨.
2006년	소설 『나쁜 소녀의 짓궂음Travesuras de la niña mala』 출간.
2010년	노벨문학상 수상.

문학동네 세계문학전집 발간에 부쳐

세계문학은 국민문학 혹은 지역문학을 떠나 존재하는 문학이 아니지만 그것들의 총합도 아니다. 세계문학이라는 용어에는 그 나름의 언어와 전통을 갖고 있는 국민문학이나 지역문학의 존재를 인정하면서 그것을 넘어서는 문학의 보편적 질서에 대한 관념이 새겨져 있다. 그 용어를 처음 고안한 19세기 유럽인들은 유럽문학을 중심으로 그 질서를 구축했지만 풍부한 국민문학의 전통을 가지고 있는 현대의 문학 강국들은 나름의 방식으로 세계문학을 이해하면서 정전(正典)의 목록을 작성하고 또 수정한다.

한국에서도 세계문학 관념은 우리 사회와 문화의 변화 속에서 거듭 수정돼왔다. 어느 시기에는 제국 일본의 교양주의를 반영한 세계문학 관념이, 어느 시기에는 제3세계 민족주의에 동조한 세계문학 관념이 출현했고, 그러한 관념을 실천한 전집물이 출판됐다. 21세기 한국에 새로운 세계문학전집이 필요하다는 것은 명백하다. 우리의 지성과 감성의 기준에 부합하는 세계문학을 다시 구상할 때가 되었다.

문학동네 세계문학전집은 범세계적으로 통용되는 고전에 대한 상식을 존중하면서도 지난 반세기 동안 해외 주요 언어권에서 창작과 연구의 진전에 따라 일어난 정전의 변동을 고려하여 편성되었다. 그래서 불멸의 명작은 물론 동시대 세계의 중요한 정치·문화적 실천에 영감을 준 새로운 작품들을 두루 포함시켰다.

창립 이후 지금까지 한국문학 및 번역문학 출판에서 가장 전문적이고 생산적인 그룹을 대표해온 문학동네가 그간 축적한 문학 출판 경험을 바탕으로 새로운 세계문학전집을 펴낸다. 인류가 무지와 몽매의 어둠 속을 방황하면서도 끝내 길을 잃지 않은 것은 세계문학사의 하늘에 떠 있는 빛나는 별들이 길잡이가 되어주었기 때문이다. 우리가 자부심과 사명감 속에서 그리게 될 이 새로운 별자리가 독자들의 관심과 애정에 힘입어 우리 모두의 뿌듯한 자산이 되기를 소망한다.

문학동네 세계문학전집 편집위원
민은경, 박유하, 변현태, 송병선, 이재룡, 홍길표, 남진우, 황종연

지은이 **마리오 바르가스 요사**
1936년 페루 아레키파 출생. 1963년 『도시와 개들』을 발표하며 주목받는 작가로 떠올랐고, 1966년 출간한 『녹색의 집』으로 로물로 가예고스상을 수상하며 세계적 명성을 얻었다. 주요 소설로 『나는 훌리아 아주머니와 결혼했다』 『새엄마 찬양』 『염소의 축제』 등이 있다.

옮긴이 **송병선**
한국외국어대학교 스페인어과를 졸업하고, 콜롬비아의 카로 이 쿠에르보 연구소에서 석사 학위를, 하베리아나 대학교에서 문학박사 학위를 취득했다. 하베리아나 대학교 전임교수를 역임했으며, 현재 울산대학교 스페인·중남미학과 교수로 재직중이다. 지은 책으로 『영화 속의 문학 읽기』 『보르헤스의 미로에 빠지기』 『〈붐 소설〉을 넘어서』 등이 있으며, 옮긴 책으로 『거미여인의 키스』 『콜레라 시대의 사랑』 『내 슬픈 창녀들의 추억』 『부에노스아이레스 어페어』 등이 있다.

세계문학전집 004
판탈레온과 특별봉사대

1판 1쇄 2009년 12월 15일
1판 2쇄 2010년 10월 15일

지은이 마리오 바르가스 요사 | 옮긴이 송병선 | 펴낸이 강병선
책임편집 임선영 이은현 오동규 | 독자모니터 정아정
디자인 랄랄라디자인 송윤형 한충현 김민하 | 저작권 김미정 한문숙
마케팅 정민호 김도윤 박보람 장선아 | 온라인 마케팅 이상혁 한민아 정진아
제작 안정숙 서동관 김애진 | 제작처 한영문화사

펴낸곳 (주)문학동네
출판등록 1993년 10월 22일 제406-2003-000045호
주소 413-756 경기도 파주시 교하읍 문발리 파주출판도시 513-8
전자우편 editor@munhak.com | 대표전화 031) 955-8888 | 팩스 031) 955-8855
문의전화 031) 955-8890(마케팅), 031) 955-2653(편집)
문학동네카페 http://cafe.naver.com/mhdn

ISBN 978-89-546-0905-0 04870
    978-89-546-0901-2 (세트)

www.munhak.com